KRISTINA PFISTER

NACH DEM SOMMER-REGEN

ROMAN

 FISCHER

Erschienen bei FISCHER Taschenbuch

© 2025 S. Fischer Verlag GmbH, Hedderichstr. 114,
60596 Frankfurt am Main
Die Nutzung unserer Werke für Text- und Data-Mining
im Sinne von § 44b UrhG behalten wir uns explizit vor.
Redaktion: Volker Jarck
Satz: Pinkuin Satz und Datentechnik, Berlin
Druck und Bindung: GGP Media GmbH, Pößneck
ISBN 978-3-596-71123-9

Kontaktadresse nach EU-Produktsicherheitsverordnung:
produktsicherheit@fischerverlage.de

SOMMER

FREITAG

KEINE ÜBERRASCHUNGEN

Cecilia: *Habt ihr die E-Mail von Mama gekriegt?*
Jonas: *Welche von den 3000?*
Cecilia: *Death Cleaning?*
Jonas: *Mama will nur aufräumen, die stirbt nicht. Wenn einer stirbt, dann Paps, er wird dicker und dicker.*
Marika: *Du kommst übrigens voll nach ihm, Herr Walterson, ich würde mal ganz still sein.*
Jonas: *Du brauchst reden, Marienkäfer.*
Marika: *Leck mich, Jonas. Ich glaube, ich verliere mal wieder mein Handy. Ciao.*
Cecilia: *Seid bitte pünktlich am Freitag, ihr wisst, wir müssen die Party vorbereiten.*
Jonas: *Welche Party?!*
Cecilia: *Sehr witzig.*
Jonas: *Freu mich auch auf euch, meine Lieblingsschwestern, Bussi!*

Die Luft am Bahnsteig war warm und roch trocken, die Sonne stand tief, brannte aber noch immer auf Marikas blassen Schultern. Sie hätte nicht so viele dicke Pullis einpacken sollen. Das Wetter in Berlin war viel schlechter gewesen: Ein Juli, der für Februar durchgehen konnte, 15 Grad, Nieselregen, Pfützen auf den Gehsteigen und lange Gesichter, wohin man blickte. Hier dagegen schwitzte sie in ihrem Wollpullover, über den sie heute Morgen, beim Aufbruch in aller Herrgottsfrühe, froh gewesen war.

Seit Stunden war sie unterwegs, das letzte Stück war der Zug gemächlich durch ein langgezogenes Tal gebummelt, so langsam, dass Marika das Gefühl gehabt hatte, sie könnte einfach nebenher gehen und wäre noch nicht mal wirklich aus der Puste. Neben den Gleisen plätscherte ein kleiner, recht wild anmutender Bach. Dahinter Wiesen und Kiefernwälder, sandige Hügel, die nach Mittelmeer und Strandurlaub aussahen.

Marika zog den Pulli aus und band ihn sich um die Hüften, betrachtete kurz ihren Bauch, als das T-Shirt hochrutschte; der sah aus wie immer. Sie versuchte, ihren Koffer ein Stück in Richtung der Straße zu wuchten. Vom Schlingern des Bummelzugs war Marika ein wenig übel, und sie dachte an den Test, den sie am Bahnhof gekauft hatte und der in den Untiefen ihres Rucksacks lag. Neben ihr in einem Wartehäuschen rauchten ein paar Teenager. Marika versuchte, flach zu atmen, hielt Ausschau nach ihrem Vater, der für gewöhnlich pünktlich war. Früher hatte er sie sogar nachts um vier von Partys abgeholt, damit sie nicht mit irgendwelchen zwielichtigen Gestalten nach Hause fahren musste. Nun war Papas alter roter Wagen nirgends zu sehen.

Der Geburtstag ihres Vaters im Sommerhaus. Jedes Jahr ein Familienwochenende am Arsch der Welt. Es war ein wohlbekannter Arsch, einer, von dem man jedes Pickelchen und jedes Muttermal kannte, von dem man wusste, wie er sich anfühlte: Nicht zu weich und nicht zu hart, ein hübsches Fleckchen, nichts Besonderes, aber gemütlich in seiner Vertrautheit, von Kindesbeinen an. Das Dorf mit dem Bächlein, das Tal, die Wiesen, die Felder, der Kiefernwald. Die gewundene Straße durch den Ort, die verlassenen Fachwerkhäuser. Weiter draußen hinter dem Wald nichts als Kühe, Solarpaneele und ein paar Windräder. Selbst die Luft roch vertraut nach einer Mischung aus Kuhdung und Staub und viel zu trockenen Nadelbäumen.

Das Auto ihres Vaters würde gleich um die Ecke biegen, und er würde gut aufgelegt sagen: »Na, wie war die Reise, Marienkäfer?«, und sie würde antworten: »Lang«, so wie jedes Jahr, und ihre Mutter würde im Sommerhaus bereits die Betten beziehen und über die Waschmaschine schimpfen, die immer noch tropfte, auch so wie jedes Jahr.

Und dann wären da ihre perfekten Geschwister mit ihren perfekten Leben und ihren perfekten Partnern, die perfekte Obstkuchen unter so etwas wie Tortenhauben mitbrachten, Gegenstände, die Marika nicht einmal besaß, geschweige denn besitzen wollte, und die anderen würden perfekte Klamotten tragen, ihre Schwester eine luftige Musselin-Culotte, die trotz Weite ihrer makellosen Figur schmeichelte, der zuliebe sie nur ein winziges Stückchen Kuchen essen würde, und ihr Bruder eines seiner Bandshirts von 2001, damit man sah, dass er zwar ein langweiliger Lehrer war (wie seine Eltern), aber einer von den coolen, einer, den die Schüler mochten und für den sie Spitznamen wie »El professore« erfanden. Marikas Neffe wäre größer, und würde dauernd brüllen, aber Cecilia und Per-Olov würden nur milde lächeln, »er ist ein High Need Baby«, weil dieses Kind alles tun und lassen durfte, was es wollte, nachdem es endlich, nach Jahren des Hoffens und Bangens, doch noch auf die Welt und in ihr aller Leben gekommen war, und alle würden sie nach Marikas Job fragen, der ihnen exotisch und wild vorkam, »wie konntest du einen Second-Hand-Laden kaufen, du bist ja verrückt.«

Sie sah alles vor sich, keinerlei Überraschungen.

Marika setzte sich auf ihren Koffer, nicht nur von der Fahrt erschöpft, sondern von einfach allem. Der Laden lief schlecht, ihre Miete wurde laufend erhöht, und nun gab es auch noch Kai, der ja ganz nett war, aber, du meine Güte, sie kannten sich gerade mal drei Monate, er war vier Jahre jünger als sie und glaubte, YouTuber sei ein ernsthafter Beruf, und das, obwohl auch er längst auf die 30 zuging. Der Test klapperte in ihrem Rucksack herum, gleich neben ein paar Büchern, die sie sowieso nur nervös machten, von weisen Frauen mit ihrem jahrhundertealten Wissen aus der Natur. Marika schloss die Augen. Sie freute sich auf das Sommerhaus, und darauf, zwei Tage ihr Gehirn abzuschalten. Denn das tat man hier: Man saß herum, dachte über nichts nach und aß Melonen. Aber der Rest, ihre Geschwister, ihre Familie – puh. Hinter ihren Lidern flimmerte die Abendsonne einen orangen Reigen an Flecken, die alle aussahen wie kleine Feuerkäfer. Dann hupte jemand neben ihr.

ANDERSWELT

»Ich kann es natürlich nicht nachfühlen, aber ich verliere ja auch jedes Mal ein Kind, ist ja nicht so, dass ...«

»Genau, du kannst es nicht nachfühlen.«

»Also willst du es nicht noch mal versuchen?«

»Doch, natürlich will ich das!«

»Ich meine ja nur, wir haben Oskar, und ich weiß, wie schwierig für dich die Abgänge ...«

»Du weißt gar nichts. Ich wollte immer eine große Familie, P-O!«

»Also gut, dann versuchen wir es.«

»Der Arzttermin ist am fünfzehnten, kannst du da mitkommen?«

»Da bin ich doch in Stockholm ...«

»Ja, spar's dir, ich geh allein.«

Cecilia winkte ihr aus einem riesigen SUV zu, der schwarz glänzte wie frisch geputzt.

Ihre schöne, ältere Schwester, schlank und groß und ätherisch mit ihrem schimmernden, mokkabraunen Haar und ihrer Leinenbluse. Trotz Klimaanlage, die kühl aus dem Auto herauswehte, hatte sie ein paar rote Hitzeflecken im Gesicht. Ansonsten war sie perfekt wie immer, Make-up, Lidstrich und Concealer dezent, ganz natürlich.

»Marika!«, rief Cecilia, die keine fünf Meter von ihr entfernt stand. »Wir nehmen dich mit!«

Marika rappelte sich hoch (Kreislauf, flackernde Punkte vor den

Augen, kurzes Rauschen in den Ohren) und schleifte ihren Koffer zu Cecilias Auto. Sie öffnete die hintere Tür, aber dort war alles voll mit Oskar: Ein Kindersitz, aus dem heraus er sie mit dunklen Augen anstarrte, und um ihn herum Brösel von (ganz bestimmt) zuckerfreien, veganen Cookies, Stapel von Kinderbüchern und eine Toniebox mit etlichen Figuren dazu, Kuscheltiere, Decken, Kissen, Sandalen, ein Paar Matschhosen und eine zusammengeknüllte, dem Geruch nach volle Windel. Marika lugte in den Kofferraum, der auch völlig überquoll von Taschen und Bettdecken und Kopfkissen und Picknickkörben und riesigen Koffern, in denen man Babyelefanten verschiffen könnte. Ihre Schwester war der ordentlichste Mensch der Welt, immer adrett und sauber, aber in ihrem Auto schienen andere Gesetze zu gelten. Als wäre das Wageninnere eine chaotische Anderswelt, eine Zone, in der etwas verstecktes Wildes an Cecilia zum Vorschein kommen durfte.

»Hallo«, sagte Marika. »Wow, Ossi, bist du groß geworden!« Sie biss sich auf die Unterlippe; sie klang wie ihre fürchterlich klischeehafte Tante Margit. Oskar guckte finster drein und lutschte wortlos an etwas, das aussah wie eine gekochte Zucchini.

»Er fremdelt«, sagte ihre Schwester vom Fahrersitz aus. »Er sieht dich ja nie. Du musst den Koffer mit nach vorne nehmen. Wir sind ziemlich beladen.« Marika ging ums Auto rum, setzte sich auf den Beifahrersitz, hievte den Koffer auf ihren Schoß.

»Was ist mit Per-Olov?«, fragte Marika. »Hatte er keinen Platz mehr im Auto?«

»Der arbeitet.«

»Ah! Ganz was Neues.« Im Wagen war es kühl, die Klimaanlage voll aufgedreht, und nach dem überhitzten Zug und der warmen Luft draußen fröstelte Marika. »Hast du einen Schokoriegel, Sisi? Mir ist irgendwie komisch.«

»Im Handschuhfach. Und manche Leute haben eben anstrengende Jobs.«

Unter einem Stapel Kassenzettel fand Marika im Handschuhfach eine Tupperdose mit Keksen und schnupperte daran. Sie rochen süßlich nach Banane. »Gibt es nichts Gehaltvolleres?«

»Die sind mit Datteln, die haben enorm viel Fruchtzucker. Im Übrigen solltest du wirklich mal anfangen, mehr auf dich zu achten, weil wenn man erst mal über 30 ist …«

»Ich mach Yoga«, sagte Marika, die ein-, zweimal beim Kurs gewesen war und es stinklangweilig fand. Ihre verkürzte Beinmuskulatur hatte weh getan.

»Oh, gut. Guter Anfang.« Cecilia setzte zu einem Überholmanöver an, und Marika klammerte sich an den Haltegriff über ihrem Sitz. Wild, dachte sie. Chaos.

Cecilia sagte: »Wie geht's dir und dem Laden? Läuft er wieder besser? Du weißt, wenn du Geld brauchst, P-O und ich können dir jederzeit …«

»Der Laden läuft okay.« Das war ein bisschen übertrieben, aber das musste die perfekte Sisi ja nicht wissen.

Die Kekse schmeckten erstaunlich lecker, waren vermutlich gut für die Verdauung und enthielten sicherlich viel Vitamin C und B und K und sonst was. Marika drehte sich zu Oskar um. »Ossi, sag mal: Tante Rika! Tante Rika!«

Das Kind sah sie ausdruckslos an.

»Spricht er immer noch so wenig?«

Cecilia atmete heftig durch die Nase ein; es klang wie ein Schniefen. »Wir sind schon beim Logopäden.«

»Tan-te Ri-ka!«, sagte Marika übertrieben heiter und kam sich blöd vor.

»Lass ihn, Marika, ich schreib dir doch auch nicht vor, was du zu sagen hast!« Cecilia hupte.

»Ist er mit der Zweisprachigkeit verwirrt? Ihr erzieht ihn doch zweisprachig, oder? Oder dreisprachig?«

Ihre Schwester antwortete nicht, sondern überholte wagemutig einen langsamen Trecker vor ihnen.

»Und ist er denn jetzt in der Kita?«, fragte Marika.

»Wir haben uns doch dagegen entschieden.«

»Wieso?«

»Ach, man muss da bei sich bleiben. Die bindungsorientierte Bubble zerfleischt Mütter, die ihre Kinder unter drei in eine Krippe geben, und andere machen sich darüber lustig, wie gluckig man ist, wenn man sein Kind nicht mit einem Jahr fremdbetreuen lässt und wieder arbeiten geht. Als Mutter kannst du nur verlieren.«

»Aha«, sagte Marika, die eigentlich nur höflichkeitshalber gefragt hatte.

»Ständig muss man sich wegen irgendwas rechtfertigen!«, fuhr ihre Schwester fort. »Man ist dauernd in der Zwickmühle zwischen Raben- und Helikopter-Mutter.«

Schon wieder überholte sie ein langsames Auto vor ihnen. Marika stemmte sich in ihren Sitz. »Boah, Sisi, du fährst wie ne gesengte Sau. Hast du nicht schon mal fast deinen Führerschein verloren, wegen …«

»Hab ich nicht. Ich fahre sehr verantwortungsbewusst.«

»Wie man's nimmt. Und wie geht's dir?«, fragte Marika, schon jetzt leicht angestrengt von ihrer großen Schwester. »Wie läuft es an der Babyfront?«

»Oskar ist kein Baby mehr.«

»Ja, ich meinte eher …« Marika machte eine pumpende Geste mit dem Arm wie pubertierende Jungs in amerikanischen Highschool-Filmen. »Arbeitet ihr nicht an Nummer zwei?«

»Tja, äh, Arbeit trifft es.«

»Wart ihr noch mal beim Arzt?«, fragte Marika.

»Kürzlich erst, ja. Himmelherrgott, kannst du noch langsamer fahren, du …« Cecilia hupte wieder, dann klingelte ihr Handy über die Freisprechanlage, und sie drückte einen Knopf an ihrem Lenkrad. Aus irgendeinem versteckten Lautsprecher dröhnte die Stimme ihres Vaters: »Hast du Käferchen abgeholt, Cecilia?«

Marika verdrehte die Augen; diesen Spitznamen hasste sie.

»Natürlich«, sagte ihre Schwester, dann rauschte es in der Leitung, denn der Handyempfang am Arsch der Welt war eben genau das, was man erwartete.

»Das Netz ist gleich weg, Papa, bis später!«, rief Cecilia ins Auto, in den leeren Raum, als könnte lautes Sprechen das Funkloch überwinden.

»Käferchen«, sagte Marika.

»Bist halt unsere Kleine.« Cecilia startete ein weiteres schrecklich waghalsiges Überholmanöver auf der kurvigen Landstraße, und Marika schaute auf die vorbeirauschenden Kiefernwälder, ließ sich die Klimaanlagenluft ins verschwitzte Gesicht wehen und umklammerte ihren Koffer. Waghalsig, so war in ihrer Familie nur Cecilia, und die auch nur beim Autofahren. Cecilia, die Große. Cecilia, die Bedachte. Bis auf ihre Fahrkünste.

SOMMERHAUS, WIE IMMER

Hi Jonas, ich lass dir ne Sprachnachricht da, bin auf dem Sprung in ein Meeting. Weißt du, ich hab das gestern nicht so gemeint. Ich war einfach durch den Wind. Aber der Gedanke, dass das jetzt ewig so weitergeht – sicherer Job, verheiratet, Eigentumswohnung, alles gleich, bis zur Rente und darüber hinaus, ähm, nee. Da hab ich einfach nicht so Bock drauf. Auf ein Sabbatical hätte ich schon länger mal Lust. Ich wollte schon immer mal nach Island, zum Beispiel. Du, ich hab so ein Kratzen im Hals, ich hoffe, das wird keine Sommergrippe. Na ja, muss los. Bis später.

Es war ein bisschen übertrieben, das Sommerhaus der Familie Ritter *Sommerhaus* zu nennen. Das klang nach reichen New Yorkern, die in einer viktorianischen Villa hinter feinen Dünen am Meer die heißen Sommermonate verbrachten. Dabei war das Haus kein schniekes Ferienhaus, es hatte Marikas Großeltern gehört und davor deren Eltern und so weiter und so fort. Ein einfaches Wohnhaus in unmittelbarer Umgebung einer Mühle, die im Laufe der Jahre verschwunden war, das Mühlrad morsch und veraltet. Niemand aus der Verwandtschaft ihrer Mutter hatte in dem winzigen Ort wohnen wollen, aber wert war das Haus auch nichts gewesen, also hatte man es eben einfach behalten, als Sommerfrische, als Ferienhaus, als Zuflucht aus der Stadt an besonders heißen Julitagen (so gesehen doch ein bisschen New York in der deutschen Pampa).

Der Name Ritterburg, der natürlich von ihrem Papa stammte,

passte so gar nicht. Während Cecilia den SUV die Auffahrt hinauf-
lenkte, betrachtete Marika das Häuschen: Ihr Vater hatte es letzten
Herbst neu getüncht, und es strahlte weiß wie frisch gewaschene
Bettwäsche. Jonas hatte ihr auf der staubigen Zufahrt zum Haus
Fahrradfahren beigebracht, sie hatte sich dabei ihren rechten Schnei-
dezahn ausgeschlagen. In der Einfahrt gab es einen Bereich, wo alle
drei Kinderfußabdrücke in Beton eingeprägt waren. Im Badetümpel neben dem Haus, dort, wo sich der Bach am Mühlrad aufstau-
te, hatte sie erste Schwimmzüge gemacht, war dutzende Male vom
Steg ins Wasser gehüpft, Sommer für Sommer. War bei Gartenpartys
heimlich aus dem Bett gekrochen und hatte den Erwachsenen dabei
zugesehen, wie sie betrunkener wurden. Hatte selbst ein erstes Bier
beim Geräteschuppen hinter dem Haus in die Hecke gespuckt. Sich
im Hof mit den Geschwistern gezankt.

Cecilia bremste und hupte, und Marika wartete darauf, ihre Eltern im Garten zu sehen, wie jedes Jahr. Mamas Blumenbeet am
Haus – von der Familie hochtrabend »Cottage-Garten« genannt –
unstrukturiert und vollgestopft mit pflegeleichten Pflanzen, die sich
immer wieder selbst aussäten: Der Mohn blühte besonders schön
rot, dazu eine Pracht an blauen, rosafarbenen und gelben Blumen,
die Marika alle nicht kannte, bis auf den Rittersporn, den sie nur
wegen des Namens gepflanzt hatten.

Aber heute wurden keine Köpfe aus den Beeten gereckt, stattdessen knatterte es plötzlich, ein Rasenmäher sprang an, und ein
schlaksiger Junge fuhr ratternd damit über die Wiese. Marika atmete tief ein. Gras, Gänseblümchen, bienensurrende Efeu-Hecken.

Der fremde Teenager winkte ihnen zu.

»Wer ist das denn?« Cecilia grüßte höflich zurück, während Marika ihren Koffer von ihren Beinen und aus dem Auto wuchtete. Er
landete mit einem »Pflomp« auf der staubigen Erde.

»Keine Ahnung.«

Sie würde wie immer das größte der vier winzigen Schlafzimmer im ersten Stock beziehen, das mit der Aussicht hin zum Bach und den Apfelbaumranken vor dem Fenster, die nachts im Wind leise an der Fensterscheibe kratzten und sie als Kind furchtbar gegruselt hatten.

»Hallo?«, rief Cecilia, während Oskar bereits zum Haus tapste. Marikas Blick folgte ihm. Vor ein paar Jahren hatten sie alle gemeinsam die Fensterläden gelb gestrichen, und obwohl die Farbe schon ein wenig abblätterte, sah das Häuschen aus wie ein wahrgewordener gemeinsamer Traum von Astrid Lindgren und Rosamunde Pilcher.

»Ooooh!«, schrie Oskar, und endlich tauchte das Gesicht ihres Vaters am Küchenfenster auf.

»Ossi! Du läufst ja wie eine Eins!«, rief er. »Was wollt ihr auf eure Pizza?«

Marika schleifte den Koffer ins Haus. Unten gab es nur eine Wohnküche (eine altbackene Küchenzeile im Landhausstil, bunt bemalt in verschiedenen Farben, weil sich niemand für eine entscheiden konnte: ein gelb-grün-blau-lila-pinker Regenbogen von Küche, zwei ausrangierte Sofas, und zu viele Stühle mit morschen Beinen) und ein winziges Zimmer, in dem sich nie jemand aufhielt und das wohl früher ausschließlich zum Fernsehen genutzt worden war. Zwei verkalkte Bäder, eins unten, eins oben, vier kleine Schlafzimmer, und ein vollgestopfter Keller. Das war das gesamte Haus.

Ihr Bruder und ihr Vater standen am Herd und kneteten beide an etwas herum, was aussah wie ein misslungener Pizzateig.

»Habt ihr den nicht gehen lassen?«, fragte Cecilia, während sie erst ihrem Vater, dann Jonas einen Kuss auf die Wange hauchte. »Wer ist denn dieser Typ im Garten?«

»Das ist bloß Otto«, sagte ihr Vater.

»Selbstgemachte Hefe«, sagte Jonas gleichzeitig. »Braucht bestimmt länger. Hi, Rika.«

Sie hob eine Hand. Ihr Bruder sah schlecht aus, mit struppigem Bart und hohlen Augen, als hätte er nächtelang nicht geschlafen. »Na, Burnout-Kandidat«, sagte sie immer spaßeshalber zu ihm, weil er so ziemlich das Gegenteil davon war. Das Gegenteil ihrer Mutter, die mittlerweile in Pension, aber früher die engagierteste Lehrerin überhaupt gewesen war. Und das Gegenteil von Cecilia, die sowieso immer und überall engagiert war, Job oder privat, egal.

»Marienkäfer, Mensch, hab ich dich lang nicht gesehen!«

Ihr Vater kam mit mehlverklebten Händen auf sie zu und drückte sie an sich. »Wie geht's dir denn? Wie ist Berlin? Und der Laden?«

»Gut, gut, gut«, behauptete Marika. Papa roch nach Hefe und *Head & Shoulders* und irgendwie auch nach altem Mann. Er wurde 70, du meine Güte. Sie konnte sich noch erinnern, wie er sie auf den Schultern durch den Garten getragen hatte, sie hoch zu den Kirschen im Baum gehoben hatte. *Streck dich, da kommst du ran, du bist die Größte!*

Nun kam er ihr kleiner vor, wie geschrumpft. Sie drückte ihn noch einmal und wollte dann loslassen, aber er hielt sie einfach fest. »Mein kleines Mädchen«, sagte er.

Über die Schulter ihres Vaters hinweg sah Marika, wie Cecilia einen Finger über die bemehlte Arbeitsfläche fahren ließ und in das klumpige Teigknäuel piekte.

»Den müsst ihr neu machen.«

Ein Fall für Kai, dachte Marika, den YouTube-Bäcker und Pizza-Meister. Sie verscheuchte den Gedanken aus ihrem Gehirn und Jonas Cecilia mit einem Armwedeln.

»Wo ist denn Mama?«, fragte Marika, als sie sich aus der Umarmung ihres Vaters befreit hatte.

»Die kommt nach«, sagte der. »Sie … hat so viel um die Ohren.«

»Was? Ossi, stopp! Keine Kabel, mein Freund! Mama kommt später?« Cecilia schnipste nach ihrem Sohn, der nicht hörte, und schob dann Jonas von seinem Teigbatzen weg. Ihr Vater schnappte sich Oskar, der die Fingerchen schon fast in der Steckdose neben der Küchenzeile hatte. »Gott, dieses Haus!« Cecilia knetete den Teig und öffnete nacheinander allerlei Schränkchen, augenscheinlich auf der Suche nach etwas, um das Essen zu retten. »Ich hab euch schon vor Monaten gesagt, ihr müsst das sicher machen! Steckdosen, Türen, splitterndes Holz auf der Treppe, vom Garten will ich gar nicht erst anfangen …« Die Küchenschränke selbst waren alle fein säuberlich mit Etiketten beklebt, auf denen stand, was sich (vermeintlich) darin befand: Tupperschüsseln, Teller, Gewürze. Das war Cecilias Werk, die vermutlich schon ordentlich und diszipliniert auf die Welt gekommen war.

»Ich hab so ein Treppengitter bestellt«, sagte ihr Vater, ließ das protestierende Kind los und wandte sich wieder seinem Pizzateig zu. »Ist nur nicht mehr rechtzeitig angekommen.« Er versuchte, die Kugel durch Drehen in der Luft zu einem Fladen zu formen und damit Oskar zum Lachen zu bringen. Beides klappte nicht.

Marika ließ sich auf das Sofa fallen, das schon jedes der Kinder einmal in Besitz gehabt hatte, seltsam robust, nur ein paar Holzlatten sprangen ab und zu aus dem Rahmen, so dass man nach unten durchsackte. Alte Möbel landeten zwangsläufig irgendwann in der Ritterburg, wenn sie nicht ausrangiert wurden. Die Wohnküche war zusammengeschustert aus lauter nicht mehr gebrauchten Teilen: zwei Sofas, der gläserne Couchtisch aus Jonas' erster eigener Wohnung, den Julia so grässlich gefunden hatte, dass sie ihn sofort wegschmeißen wollte, als sie zusammenzogen, der von ihnen dreien als Kleinkinder mit Filzstiften bemalte Esstisch, Bürostühle aus dem Lehrerzimmer der Schule ihrer Mutter, ein Fernseher von ihren Großeltern, ein bunter Flickenteppich, den Marika mit 14 selbst aus

Stoffresten gewebt hatte. Wandkalender aus diversen Jahren, die »viel zu schade zum Wegschmeißen waren«, wie ihr Vater stets sagte, pflasterten die Wand über dem Esstisch. Es sah alles katastrophal und wunderbar zugleich aus. Marika betrachtete einen verblassten Kalender über Meerestiere, auf dem der März aufgeschlagen war, der einen lilafarbenen Oktopus zeigte. Sie hatte mal gelesen, dass Krakenweibchen sich langsam und qualvoll zu Tode hungern, weil sie sich so hingebungsvoll um ihre noch nicht geschlüpften Jungen kümmern, dass zum Fressen keine Zeit bleibt.

Ihr Bruder bückte sich nach einem Bierkasten und öffnete eine Flasche. Marika fühlte wieder eine leichte Übelkeit in sich aufsteigen.

»Die sind für die Party«, sagte ihr Vater streng.

Jonas zuckte die Schultern und warf sich Marika gegenüber auf das zweite Sofa, eine braune Ledercouch von anno dazumal. Er legte die Füße auf den Tisch.

»Wo ist deine Frau, hat sie dir Auslauf gegeben, den du ausnutzen musst?«, fragte Marika.

Er streckte ihr die Zunge raus und trank einen Schluck. »Ich muss mich nicht rechtfertigen.«

Marika machte ein Ob-das-stimmt-Gesicht, aber eigentlich gefiel ihr dieser verpennte Jonas. Ihr Bruder wirkte zwar immer leicht schluffig, aber normalerweise versuchte er ein bisschen mehr, das zu verstecken.

»Wo ist Julia überhaupt?«, fragte Cecilia. »Papa, geh weg, ich knete den noch mal mit dem anderen zusammen, das wird doch nichts.« Ihre Teigkugel sah mittlerweile ganz ansehnlich aus.

Ihr Vater setzte sich zu Marika aufs Sofa.

»Sie hat Corona«, sagte Jonas.

»Oh, die Arme«, sagte Marika.

»Im Sommer?« Cecilia klang, als sei das völlig abwegig.

»Hoffentlich ist sie geimpft?«, fragte ihr Vater.

»Jeder ist mittlerweile geimpft, Paps«, sagte Jonas.

Ihr Vater angelte sich ein Bier aus dem Bierkasten, stellte es aber sofort wieder zurück.

»Habt ihr nicht bald Silberhochzeit?«, fragte er seinen Sohn.

»Was?« Jonas runzelte die Stirn.

»Na, seid ihr dieses Jahr nicht 25 Jahre zusammen?«

»Aber doch nicht verheiratet! Mann, Paps, wir waren Teenager. Und wieso weißt du sowas überhaupt?«

»Nach so langer Zeit, denkt ihr da nicht mal an Kinder? Jetzt werde ich schon 70 und hab erst ein einziges Enkelkind!« Ihr Vater sah alle drei leicht vorwurfsvoll an. »Wisst ihr eigentlich, wie schön es ist, Großvater zu werden?«

»Natürlich nicht, Paps.« Jonas nahm noch einen Schluck Bier, und dann gluckerte er die ganze Flasche in einem Zug leer.

»Sag mal, wo ist dein Enkelkind eigentlich?« Cecilia bekam rote Panikflecken in ihrem makellosen Gesicht. »Ossi? Schatz? Oskar!«

»Otto!«, rief Papa, stand auf und beugte sich aus dem offenen Fenster. »Otto!«

»Oskar!«, verbesserte Cecilia. »Du wirst doch wohl wissen, wie dein Enkelsohn heißt.«

Ihr Vater drehte sich zu ihr um. »Nein, nein, Otto mäht draußen den Rasen. Otto, hast du das Kind gesehen, was vorhin … Ah, ja! Danke. Alles klar. Er pinkelt gerade ans Baumhaus.«

»Wer jetzt?« Marika schaute aus dem Fenster.

»Der Zwerg natürlich. Super, Ossi! Wie ein Großer! Da brauchst du ja die Windeln gar nicht mehr, die dir die Mami …«

»Was, wo ist seine Windel? Wie kann die …? Der pieselt sich doch den ganzen Body voll!« Cecilia warf den Teigklumpen mit einem dumpfen Geräusch auf die Arbeitsfläche und verschwand nach draußen.

Marika lächelte. Ja, sie hatte keine wirkliche Lust gehabt auf ihre nervigen Geschwister. Aber nun war alles wie immer, es war, als wäre sie wieder zwölf, gleich würde sie rausgehen und die Füße in den Bach halten und ein bisschen in der Hollywoodschaukel sitzen und Kuchen essen oder Papierflieger basteln und vom Baumhaus aus in den Himmel werfen. Als gäbe es keinen Kai und kein Berlin und keinen Laden, der geführt werden wollte, keine unerledigte Steuererklärung, keinen ungemachten Test in ihrem Rucksack und überhaupt kein doofes Erwachsenenleben.

SAMSTAG

ZWEI ROSA STREIFEN

Guten Tag Frau Park-Ritter, hier spricht die gynäkologische Praxis Doktor Reichel. Könnten Sie bitte zurückrufen, es geht um Ihren Befund. Wir werden wohl noch einige Tests machen müssen. Aber das erklärt Ihnen die Ärztin alles später. Frau Doktor ist zu den üblichen Sprechzeiten erreichbar. Auf Wiederhören.

Als Marika am nächsten Morgen aufwachte, atmete sie tief den typischen Ritterburg-Geruch ein: Staub, lange nicht bewohntes Zimmer, Hamster. Vor vielen, vielen Jahren hatte sie hier einen Sommer lang ein Hamsterpärchen unter ihrem Bett versteckt, in einem winzigen Käfig und auf weicher Streu. Leider hatten sich die Tiere irgendwann vermehrt, und als ihre Mutter sie gefunden hatte, musste Marika sie weggeben. Jonas und seine Allergien. Sie hatte Rotz und Wasser geheult und zum Geburtstag eine langweilige, gebrauchte Schildkröte bekommen, die schon so steinalt war, dass sie nur noch drei Jahre lebte. Aber in ihrem Zimmer roch es seither nach Nagetier, Jahr für Jahr, als habe sich das Geheimnis der versteckten Goldhamster in den Raum eingebrannt.

Draußen schien die Sonne, irgendwo rumpelte ein Rasenmäher, und aus der Küche drangen Geräusche: klapperndes Geschirr, laufendes Wasser, Gespräche.

Marika fand ihr Badezeug in den Untiefen ihres Koffers und strampelte sich aus ihrem Nachthemd. Sie würde direkt schwimmen gehen. Bestimmt lag in der Küche noch ein Stück kalte Pizza zum

Frühstück – der perfekte Start in diesen sommerlichen Samstag. Cecilia hatte am Abend noch alle Betten frisch bezogen, Marika war früh ins Bett gegangen, hatte den Test im Rucksack ignoriert und fühlte sich nun so ausgeschlafen wie schon lange nicht mehr.

Der Test. Sie sollte es hinter sich bringen.

»Dein Oberteil ist zu klein«, sagte ihre Schwester mit einem kritischen Blick auf Marikas Brüste, als sie aus dem Bad in die Küche kam. »Da ist ein Teenager im Garten.«

»Für den sind wir uralt. Und wenn er guckt, guckt er mir schon nichts weg.«

Das sagte ihre Mutter immer, die ungeniert selbst an den öffentlichsten italienischen Sandstränden im Stehen aus jeder noch so schlabbrigen Unterhose schlüpfen und ihren BH schwenken konnte.

Den Test hatte Marika im unteren Bad hinter den Heizkörper geklemmt. Zwei Minuten. Dann wüsste sie, ob sich ihr Leben für immer ändern würde.

»Kannst du mir heute ein bisschen helfen?«, fragte Cecilia. Marika bemerkte, dass ihre Schwester wieder diese hektischen Flecken im Gesicht hatte.

»Klar«, sagte Marika. »Aber erst muss ich ins Wasser!«

Sie küsste Cecilia auf die Wange und rannte dann nach draußen, über das weiche Gras der Wiese, zum Steg, wo das Wasser in der Sonne glitzerte und ein paar Enten vorbeizogen, und sie blieb nicht stehen, sie stürzte sich mit Anlauf ins Wasser, obwohl, nein, weil sie wusste, dass es kalt sein würde, und es einfacher war, schnell und schmerzlos in kaltes Wasser zu springen, das hatte sie gelernt, als sie von zuhause ausgezogen war, schnell und … Ah! Um sie herum wirbelten Blasen, ihre Haut prickelte, ihre Füße berührten den schlammigen Boden und als sie wieder nach oben kam, war alles erfrischt und hell und klar.

Marika drehte sich auf den Rücken und ließ sich ein Stück fluss-abwärts treiben; die Strömung war schwach, kaum vorhanden, aber doch spürbar, als sie wieder nach oben zum Steg schwamm. Über der Wiese flirrte die Mittagshitze, der Himmel war blau, der Ge-ruch nach Rasenmäherbenzin und frisch gemähtem Gras verband sich mit dem Platschen ihrer Schwimmzüge und den kühlen Trop-fen auf ihrer Nase zu einer Sommersymphonie aller Sinne. Vögel zwitscherten, Grillen zirpten, als sei sie in Süditalien und nicht in Süddeutschland.

Zwei Paar haarige, dünne Beine und ein Paar stämmige Baby-beinchen tauchten am Ufer auf.

»Käferchen, mach Platz«, sagte ihr Vater. »Wir fliegenfischen.«

»Käferchen war zuerst hier!«, rief Marika augenrollend, aber ihr Magen knurrte, ihr fiel wieder das Ding hinter dem Heizkörper im Bad ein, und ihr wurde ein bisschen zu kalt, um weiter zu plan-schen.

»Er hat keine Schwimmflügel dran!«, schrie Cecilia vom Haus aus. »Und keine Sonnencreme!«

»Meint sie dich oder mich?«, fragte Jonas ihren Vater.

»Ich nehm ihn mit hoch.« Marika stieg aus dem Wasser, trockne-te sich ab und nahm Oskars Hand. Er protestierte.

»Du kriegst ein Eis«, sagte sie. »Okay?« Sofort entspannte sich der kleine Fast-noch-Babykörper und Oskar nickte eifrig.

»Uh«, machte Jonas. »Versprich nichts, was du nicht halten kannst. Hey, wer zuletzt oben ist, muss Sisi helfen, okay?«

Und sofort spurtete er los, als wäre er neun und nicht Jahrzehnte älter. Selbst äußerlich hatte sich ihr Bruder kaum verändert; er trug immer noch Shorts und Turnschuhe und die Haare waren immer einen Tick zu lang. Den Bart, den er hegte und pflegte, hatte er auch schon, seit ihm Barthaare wuchsen.

»Wir wollten doch fischen!«, rief ihr Vater ihm nach, aber Jonas redete nur was davon, dass er bei den Vorbereitungen helfen müsste. Als ob Jonsi irgendwo auch nur einen Finger krümmen würde.

»Ei!«, schrie Oskar. »Ei-ei-ei!« Sein weiches Händchen fühlte sich gut an in ihrer, schwitzig und klebrig, aber gut. Sie nahm Oskar mit ins Bad, fummelte den Test hinter dem Heizkörper hervor, und da waren sie, fast wie erwartet, zwei rosa Streifen. Unwillkürlich tauchte das Bild eines winzigen Kais vor ihren Augen auf, mit seiner Vorliebe für Baseballkappen und seiner randlosen Brille. Ein winziger Kai, runzlig und rot und zerknautscht und voller Käseschmiere. Ihr wurde ein bisschen flau im Magen.

Von draußen hörte sie die Stimme ihrer Schwester näherkommen. »Ich übertreibe nicht, es ist tatsächlich so, dass ich ...«, sagte die. »Natürlich hab ich die Ärztin angerufen, was denkst du denn, aber sie ...« Schnell wickelte Marika den Test in Klopapier und steckte ihn in den Müll. »Nein, nein. Du willst mich nicht verstehen, ich muss ...« Cecilia riss die Tür auf, ein Handy am Ohr, und verstummte schlagartig.

»Ich such die Sonnencreme«, sagte Marika.

»Hier gibt es nur abgelaufene, ich hab neue dabei.« Cecilia schlug die Tür wieder zu.

Mit ihrer freien Hand strich Marika sich über den nassen Badeanzug, der am Bauch in ein paar Röllchen steckte. Sie zupfte daran herum. Irgendwo da drin war schon ein ganzer Mensch angelegt, der bald Oberschenkelknochen und Patschehändchen und einen eigenen Willen und Kopf haben würde. Vielleicht war auch das Mutter-Sein bereits in ihr angelegt, und demnächst würde sie anfangen, in der dritten Person von sich selbst zu sprechen (»Noch ein Löffelchen für die Mama!«) und Gespräche über die Farbe und Konsistenz des Stuhlgangs ihres Nachwuchses völlig normal zu finden.

»Du kriegst einen Cousin«, sagte sie zu Oskar, der sie unbeeindruckt ansah. »Oder eine Cousine. Also, eventuell.«

LEICHEN IM KELLER

Ja, der Test war negativ, Fehlalarm. Ich bleib aber trotzdem zu Hause, und zwar nicht nur wegen des Halskratzens. Was? Nein, ich brauch einfach mal Abstand. Was du letztens gesagt hast, war so typisch für dich. Ist ja deine Sache, wenn du Island zu kalt und dunkel findest im Herbst, aber musst du immer alles ab-blocken, was ich vorschlage? Malediven, Malta, Maui. Alles. Ne Katze wolltest du auch nicht. Und einen Hund schon gar nicht. Selbst die Küche salbeigrün streichen war dir ja schon zu gewagt.

Der Keller der Ritterburg war ein verwinkeltes Gewirr von winzigen Räumen. Marika tapste barfuß durch das Gerümpel, das dort lagerte. Ihre Haare hinterließen eine Tropfenspur auf dem staubigen Kellerboden. Oskar drückte seinen kleinen Körper an ihren Badeanzug.

Aus irgendeinem Grund folgten ihr Jonas und Otto, der rasenmähende Teenager, die Treppe hinunter.

»Soll ich eigentlich außer Mähen noch was machen?«, fragte der Junge. »Walter meinte, ihr organisiert die Party.«

»Wer, wir?«, fragte Jonas.

»Ich hol nur Eis«, sagte Marika. »Frag Cecilia.«

»Genau. Ist sie nicht oben? Apropos Party ...« Ihr Bruder zog einen Zettel aus seiner Hosentasche. »Hör mal ...« Er fing an, etwas vorzulesen, was wohl eine Rede für das Geburtstagskind war.

»Gähn«, sagte Marika. »Mach ein paar Witze, niemand mag ernste Ansprachen.«

»Ich hab schon gegoogelt: ›Die Jahre sind spurlos an dir vorübergegangen, wahrscheinlich haben dich die Wochenenden gezeichnet.‹«

»Nicht googeln, Jonas, das ist lahm.«

Jonas streckte ihr die Zunge raus, steckte aber den Zettel weg.

Otto hob einen zerschlissenen Teppich hoch, der so löchrig war, dass man den Schmutz um die Löcher herum kaum wahrnahm.

»Wieso schmeißt ihr die Sachen nicht einfach weg?«

»Genau das fragt sich unsere Mutter auch gerade«, sagte Jonas.

Die Gefriertruhe thronte in der Mitte des ersten Raumes unter der Treppe. Marika setzte Oskar ab und öffnete sie. Kalte Luft stob ihr entgegen; sie fröstelte in ihrem nassen Badeanzug. »Manchmal bringt man es eben nicht übers Herz, etwas wegzuwerfen. Und unsere Eltern wohnen in einer Mietwohnung mit einem winzigen Kellerabteil und einem staubigen Dachboden für fünf Parteien. Also kommt das alles hierher. Man entdeckt häufig neue alte Schätze.«

»Du bist die mit dem Second-Hand-Store, oder?«, sagte der Junge. »In Berlin?«

Marika nickte. »Und wer bist du?«

»Ich bin Otis, hi. Ich helfe ein bisschen aus. Walter meinte, ich kann mir was dazuverdienen.«

»Ich dachte, du heißt Otto«, sagte Jonas.

»Walter denkt, ich heiße Otto.«

»Und wieso sagst du ihm nicht deinen richtigen Namen?«

»Hab ich schon. Zweimal …«

»Haha, Paps wieder«, sagte Jonas und knuffte Marika gegen den Oberarm. »Also kommt deine Leidenschaft für alten Kram aus unserem Keller?«

Sie zog eine Grimasse. Tatsächlich hatte sie schon als Kind mit ihren Freundinnen Schatzkarten gemalt und im Keller Schnitzeljagden veranstaltet. So manches Schokoladen-Osterei war hier verschollen und vermutlich zu Stein geworden. Wenn man etwas loswerden oder verstecken wollte, war hier genau der richtige Platz. Es gab so viele Kartons und Kisten und Tüten und Säcke, dass keiner mehr genau sagen konnte, was eigentlich alles da war. Ein Labyrinth aus Möbeln, selbstgemalten Bildern, Kuchenformen, zerkratzten Skiern, Gummitieren und Babyhochstühlen.

»Rika, dein Handy klingelt!«, schrie Cecilia von oben.

Jonas klopfte gegen die Gefriertruhe. »Falls du mal einen Mord begehst – hier passt alles rein.«

Marika schauderte. Kaum setzte man einen Fuß auf die Kellertreppe, wurde man wieder fünf und gruselte sich vor all den dunklen Ecken und toten Winkeln, aus denen sonst was hervorkriechen konnte. Sie beugte sich über die Truhe und kramte mit eisigen Fingern darin herum, zog ein paar Packungen Eis heraus, die sie Jonas in die Hand drückte.

»Das Ding ist die totale Klimasünde«, sagte Otis.

»Gott, Otto«, sagte Jonas. »Musst du so klischeehaft Gen Z sein?«

Der Klimawandel. Noch ein Grund, panisch wegen der zwei rosa Streifen zu sein. Vermutlich war es unverantwortlich, Kinder in diese dem Untergang geweihte Welt zu setzen. Andererseits … möglicherweise machte ihr Kind ja eine tolle Erfindung gegen die Erderwärmung oder den pazifischen Müllstrudel.

»Nehmen wir einfach alles mit«, sagte Jonas, stapelte Erdbeer-Zitrone-Vanille-Pistazie zu einem Turm und balancierte sie auf einer Hand.

»Warte …« Marika suchte nach Maple Walnut, dem Lieblingseis ihres Vaters, fand es aber nicht. Eigentlich mochte sie Nusseis nicht, gerade hatte sie richtig Lust darauf. Es musste das Kind sein. Das Kind! Du meine Güte. Das Wesen in ihrem Bauch, noch nicht viel mehr als ein kleiner Zellhaufen, hatte schon die Macht, ihren Eisgeschmack zu verändern. Mit steifen Fingern griff Marika stattdessen nach Chocolate Chip, und schlug die Truhe zu. Sie bemerkte, dass Oskar neben der Gefriertruhe saß und an einem Kabel herumkaute.

»Oh Gott«, sagte sie, und bückte sich, um ihren Neffen hochzuheben. Hinter der Gefriertruhe, eingeklemmt zwischen Truhe und Wand, noch ein Eiskarton, völlig verstaubt und angegraut. Auch das Motiv auf der Schachtel sah altmodisch aus. Marika griff danach, pustete Staub und Spinnweben herunter.

»Schaut mal«, sagte sie, aber Jonas und Otis, die bereits auf der Kellertreppe standen, lauschten nach oben. Jonas hielt sich einen Zeigefinger vor den Mund.

»Nein! Dir ist doch sowieso völlig egal, wie es mir geht, P-O!«, hörte man Cecilia, dann entfernte sich ihre Stimme wieder.

»Knatsch im Paradies?«

»Keine Ahnung.« Marika öffnete den Eisbehälter: ein Stapel Postkarten, ein zugeklebter, leicht vergilbter Umschlag, eine Kassette mit den *Greatest Hits* der Beatles und eine, die kein Etikett darauf hatte. Sie klappte die Box zu und nahm sie mit hoch.

Marikas Handy, das sie aus der Sofaritze hervorholte, zeigte zwei verpasste Anrufe von Kai, und klingelte schon wieder.

»Gehst du nicht ran?« Cecilia warf ihr eine Sonnencremetube an den Kopf. »Cremt jemand Ossi für mich ein? Und zieh dich um, Rika, du holst dir noch eine Blasenentzündung.« Marika fiel auf, dass in der ganzen Küche Essen herumlag, Zutaten für irgendwelche Gerichte, die es morgen oder heute Abend noch geben sollte. Im Ofen backte ein Kuchen vor sich hin, in einer Pfanne brutzelten Zwiebeln. Wann schaffte ihre Schwester eigentlich alles, was sie so schaffte? Sie suchten drei Minuten im Keller nach Eis, und es waren plötzlich diverse Speisen fertig. Wurde man so als Mutter? Effizient? Marika selbst schrieb als erstes To-Do-Listen, wenn sie etwas zu tun hatte, die sie dann an ihren Kühlschrank heftete, und vergaß. Ein nagendes Gefühl in ihrem Hinterkopf blieb, aber auch das verebbte, und wenn sie die Listen unter Werbebroschüren und Speisekarten vom Inder an der Ecke wiederfand, strich sie die veralteten To-Dos durch, was zwar nicht halb so befriedigend war, wie sie abzuhaken, aber nun ja. Für ihren Laden schickte ihr ihre große Schwester jedes Jahr eine E-Mail, die sie an ihren Abgabetermin beim Finanzamt erinnerte, und machte dann gemeinsam mit ihr die gesamte Steuererklärung, sonst säße sie längst wegen Steuerhinterziehung hinter Gittern.

Marika setzte sich mit der staubigen Packung aufs Sofa.

Otis verteilte Eis auf fünf Schüsseln, während Jonas Oskar ein Cremegesicht auf den nackten Bauch tupfte, es einschmierte und das T-Shirt wieder darüber zog.

»Bäh«, sagte Oskar.

»Für mich nicht.« Cecilias Wangen waren wieder gerötet, aber ansonsten sah sie nicht so aus, als habe sie sich eben mit ihrem Mann am Telefon gestritten. »Und für Oskar nur einen Löffel. Er ist so viel Zucker nicht gewohnt, am Ende dreht er noch völlig am Rad. Geh doch bitte endlich ans Telefon.«

Marika schielte zu ihrem Handy, das vehement nach Antwort verlangte. »Ich würde auch am Rad drehen, wenn ich nur einen einzigen Löffel Eis kriegen würde. Und wenn ich ihn wegdrücke, weiß er, dass ich ihn wegdrücke.« Sie war nicht da, war noch untergetaucht, mit den Füßen im Matsch.

»Nimm auch Creme, Rika, deine Nase ist schon ganz rot. Wer ist es denn? Lass das, Ossi!« Oskar wischte sich die Sonnencreme mit seinem T-Shirt wieder vom Bauch.

»Mein Freund. Also, ein Freund. Und meine Nase ist immer rot, das ist erblich, Papa hat das auch.«

»Was denn nun, deiner oder einer? Und Papa ist kein Argument. Findet ihr nicht, dass er schlecht aussieht?«

Marika betrachtete den vibrierenden Namen, der wieder und wieder auf ihrem Telefon aufblinkte, und atmete auf, als er endlich aufgab.

Oskar stürzte sich freudig auf sein Schüsselchen Eis.

»Papa sieht schon immer schlecht aus«, sagte Jonas.

Das stimmte; ihr Vater hatte schon immer dürre Beine und einen mal mehr, mal weniger stattlichen Bauch gehabt, einen richtigen Wanst, wie man ihn sich von einem mittelalterlichen Mönch vorstellte, einem wie Bruder Tuck aus Robin Hood. Besonders sportlich hatte er nie ausgesehen.

»Seit neuestem ist er irgendwie so speckig und glänzend.« Cecilia pustete die Backen auf, um es zu demonstrieren.

Marika nahm einen Löffel Eis und öffnete wieder die verstaubte Schachtel. »Wusstet ihr, dass kein Maple Walnut da ist? Das ist eine Premiere!«

»Und das an Paps' Geburtstag«, sagte Jonas. »Skandal!«

»Oh, Mist. Ich hab nicht dran gedacht.« Cecilia schüttelte heftig den Kopf. »Ich werde ...«

»Beruhig dich«, sagte Jonas. »Er hat ungefähr tausend andere Sorten zur Auswahl.«

Cecilia lugte in den Backofen. Sie wirkte leicht neben der Spur. Auf dem Couchtisch lag ein Knäuel Lichterketten, das es zu entwirren galt, wie jedes Jahr. »Könnt ihr mir damit helfen? Ich glaub, ich komme nicht mehr dazu ...«

»Geht's dir gut, Sisi?«, fragte Marika, die plötzlich fand, dass ihre Schwester diejenige war, die schlecht aussah. Cecilia fuhr sich durchs Haar.

»Ja, ja«, sagte sie. »Was wollt ihr zum Abendbrot?«

»Pomms!«, rief Oskar, der eine Schokoladenschnute hatte und sein Tellerchen ausleckte. »Mamam!«

»Ist das sein erstes Wort?«, fragte Jonas.

»Es gibt keine Pommes, Oskar.« Cecilia blinzelte und wirkte wieder wie immer.

»Wird er davon auch gaga? Wie von Eis?« Jonas tätschelte Ossi mitleidig den Kopf.

»Zu viel Fett«, sagte Cecilia.

»Und darf man ihn nass machen?«, fragte Jonas.

»Hä?«

»Ich finde, er ist wie so ein Gremlin.« Jonas klang eher fasziniert als belustigt. »Man läuft immer Gefahr, dass er zu einem Monster mutiert.«

»Tatsächlich hasst er baden«, sagte Cecilia, und Jonas lachte.

Marika blätterte durch die Postkarten, die alle aus Südfrankreich zu stammen schienen. »Waren die Eltern mal in Marseille?«

Zwischen den Karten fiel ein zerfleddertes Foto heraus, das Jonas und Cecilia zeigte – Cecilia mit schiefen Grundschüler-Zähnen und süßen Ponyfransen, Jonas mit Pausbäckchen – die links und rechts neben ihrer Mutter auf einem Krankenhausbett saßen. Alle drei betrachteten ein kleines, rosafarbenes Bündel. Das musste direkt nach ihrer Geburt gewesen sein.

»Schaut mal, da bin ich, ganz frisch!«, sagte Marika. Das Foto war in der Mitte gefaltet worden, als habe es lange Zeit in einem Geldbeutel gesteckt. Sie hatte es noch nie gesehen.

»Ossi, sag mal Ketchup! Oder: Ge-schmacks-ver-stärker!« Jonas lachte immer noch.

»Wir können Ofenkartoffeln machen«, sagte Cecilia mit einem vernichtenden Blick zu ihrem Bruder. »Ich schäl schon mal welche. Ich würde sagen, wir essen um halb sechs, damit Oskar zeitig ins Bett kommt. Morgen wird er lange genug wach sein dürfen, da sollten wir heute die Bettzeiten einhalten.«

Marika war bei der letzten Postkarte angelangt, die aus Aix-en-Provence stammte, gelbe Fassaden, blühende Lavendelfelder, grüne

Zypressen, und auf der hintendrauf mit Bleistift sehr dünn etwas geschrieben war. Sie kniff die Augen zusammen, konnte es aber nicht entziffern.

Ihr Handy klingelte wieder.

»Geh endlich ran«, sagte Cecilia.

Marika nahm die Box mit den Kassetten und Karten, legte den Kopf in den Nacken und zupfte an ihrem Badeanzug. Dann griff sie nach ihrem Telefon und ging nach draußen.

»Hi«, sagte sie. Schon bevor er sprach, wusste sie, wie die Begrüßung sein würde, und tatsächlich: »Hallo Marika, hier spricht Kai.« Immer klang Kai, als melde er sich von einem Festnetztelefon aus den neunziger Jahren.

»Ich dachte, ich ruf mal an«, sagte er. »Wie geht's dir? Ist es schön in der Heimat?«

»Joah, schon.« Du Vater meines Kindes!, plärrte ihr Gehirn. Sie trommelte auf der Eisschachtel herum. Es war Vanille, langweilige, beige, eingestaubte Vanille.

»Du, ich hab beim Gießen deinen Mitbewohner getroffen«, sagte Kai. »Er meinte, er hätte spontan einen Job in Dänemark bekommen und zieht zu seiner Freundin.«

Mist. Marika drückte zwei Finger gegen die Nasenwurzel, klemmte den Eiskarton unter einen Arm. Die Mieterhöhung, und kein Mitbewohner. Aber immerhin hätte sie dann ein freies Kinderzimmer, haha.

»Okay«, sagte sie. »Danke für den Hinweis.«

»Wir wär's, wenn wir auch zusammenziehen?«, fragte Kai. Sie antwortete nicht.

»Haha, Scherz!«, sagte er. »Keine Sorge. Ich finde ja auch, dass das noch etwas früh wäre. Obwohl ich ja eigentlich schon eine neue Bleibe suche, weil doch der Franz nach Antwerpen geht und …«

»Ich bin schwanger«, sagte Marika und atmete scharf ein.

»Was?!«

Marika drehte sich zum Haus um, aber von ihren Geschwistern war niemand zu sehen.

»Bist du noch dran, Riki?! Ist das … Ist das dein Ernst?« Er klang euphorisiert. »Ist es von mir?«

»Nein, ich erzähl' dir das nur so«, sagte sie, und einen winzigen, aber viel zu langen Moment war es still in der Leitung.

»Scherz.« Marika zog den Stoff ihres Badeanzugs von ihrem Bauch und ließ ihn zurückflitschen, es gab ein schnalzendes Geräusch. Dann sagte sie: »Ich muss noch ein bisschen darüber nachdenken, okay? Karrieretechnisch spricht alles gegen Kinder. Und Deutschland ist echt kinderunfreundlich. Wahrscheinlich müssten wir sie gleich schon für die Kita anmelden und …«

»Sie?!«

»Oder ihn.« Man hatte schlechtere Chancen bei der Wohnungssuche, die sie ja bald antreten müsste, wenn die Miete weiterhin stieg, und wie sollte das mit dem Laden gehen? Und was war mit individueller Freiheit?

»Oder stell dir mal vor, ich würde spontan nach Chennai fliegen wollen, oder so«, sagte sie mehr zu sich selbst.

»Hä? Was willst du denn in Chennai?«

Cecilia winkte aus dem Fenster, sie wollte irgendein Kräutlein aus dem Garten zum Kochen, und Otis und Jonas kamen aus dem Haus und fingen an, lange Wege aus schnurgeraden Girlanden und Lichterketten durch den Garten zu legen.

»Ich meine ja nur, wir müssen alles genau abwägen.«

»Lass uns das doch gemeinsam machen, Rika, findest du nicht, wir sollten gemeinsam darüber nachdenken? Oh, ich wäre wirklich gern bei dir«, sagte Kai. »Das ist so, ich meine, das ist weltbewegend. Im wahrsten Sinne des Wortes was echt Großes.« In seiner Stimme schwang ein so breites Lächeln mit, dass es ein bisschen ansteckend war und ein bisschen weh tat. Im wahrsten Sinne des Wortes war es etwas sehr, sehr Kleines. Aber weltbewegend war es natürlich trotzdem.

»Hör zu, ich kann jetzt nicht«, sagte Marika. »Wir reden, wenn ich zurück bin, okay?«

»Klar, Riki, lass es dir gut gehen, lasst! Ich meine, lasst es euch ...«

»Ciao.« Sie legte auf. Zwei Sekunden später piepte ihr Handy und eine Nachricht ploppte auf: *Ich bin dabei!!!!* Vier Ausrufezeichen. Kai war also dabei. Aber er würde ja nicht neun Monate einen Menschen fabrizieren, der dann für immer und ewig in seinem Leben sein würde, der sie anfangs nachts wachhalten und ihr gesamtes Dasein bestimmen würde, ja, der sich bereits bemerkbar machte in der Wahl ihrer favorisierten Eissorte.

Alle Lichterketten lagen nebeneinander, eindeutig wunderbar entwirrt. Marika wünschte, sie könnte ihre Gedanken und Gefühle ebenso ordentlich vor sich auslegen, und sie bräuchte nur Schritt für Schritt daran entlangzugehen und am Ende den Stecker in die Steckdose zu befördern und schwups, würde es hell und alles wäre erleuchtet, zack-bumm!

EIN ALTER FREUND DER FAMILIE

Guten Morgen Marianne,

Doro hat mir deine Mail-Adresse gegeben. Wir fanden es beide immer sehr schade, dass wir uns aus den Augen verloren haben. (Aber ich schätze, es hatte schon seine Gründe, nach allem, was du in diesem Herbst durchgemacht hast.)

Ihre Idee, uns alle bei uns im Dorf zu treffen, finde ich immer noch super. Wie damals, erinnerst du dich? Ich schätze, es war keine besonders gute Zeit für dich, aber da haben wir uns kennengelernt, und das ist es, was zählt, oder? Kirschen essen, Kuchen backen, die Kinder planschen im Wasser. Das Baby hat unentwegt geweint, nur die Beatles konnten sie beruhigen, weißt du noch? Help! *in Dauerschleife, das war der Soundtrack dieses Sommers.* I've Just Seen a Face *und* The Night Before *und natürlich* Yesterday *... Doro fand das köstlich amüsant, wie wir Tag für Tag das ganze Album rauf und runter gehört haben, immer am Tanzen, immer die Kleine auf dem Arm schunkeln. Für uns war es ein schöner Sommer, ein langer, ein unbeschwerter. Trotz allem. Vielleicht erinnerst du dich ja auch gerne zurück. Alles in allem war es ja dann erst der Herbst, der schwierig war. Oder? (Ist schwierig das richtige Wort?)*

Doro hätte liebend gern ihre letzten Tage zu Hause verbracht. Wir hatten schon Vorbereitungen getroffen. Aber so leid es mir tut - ich muss leider absagen. Sie ist zu schwach, wir warten eigentlich jeden Augenblick darauf, dass es so weit ist. Wir verabschieden uns alle langsam von ihr. Im Anhang die Adresse vom

Hospiz und ihre Zimmernummer, wir freuen uns, wenn du vor-
beikommst.

Alles Liebe und bis bald, Dirk

Niemand hatte um halb sechs schon Hunger, vor allem nicht bei der Sommerhitze, aber Cecilia hatte den Tisch inmitten des Blumengartens gedeckt, mit einer gestreiften Tischdecke und großen Tellern, und es gab einen leichten, bunten Salat und Linsenpfannkuchen, die man mit angebratenem Gemüse und Halloumi belegen konnte und dazu Ofenkartoffeln, in kleinkindfingergerechte Stücke geschnitten. Jonas kämpfte mit einem Sonnenschirm, der wie jedes Jahr klemmte, und Oskar trug seine Schwimmflügel auch ohne Wasser.

»Mama kommt erst morgen zur Party«, sagte Cecilia, während alle zulangten und Marika sich die Finger an den heißen Zucchini verbrannte, die sie aus der Pfanne angelte. »Kann mir das jemand erklären? Nimm bitte eine Gabel!«

»Eure Mutter braucht mal Zeit für sich. Sie trauert«, brummte ihr Vater mit vollem Mund. »Hast du auch Fleisch für die Wraps?«

»Iss mehr Gemüse«, sagte Cecilia. »Deine Cholesterinwerte waren schon vor der Jahrtausendwende schlecht. Um ihre Freundin? Wer ist das überhaupt?«

»Dorothea. Eine Bekannte von früher.«

»Es ist immerhin dein siebzigster Geburtstag, da kann sie doch nicht einfach nicht kommen.« Cecilia fischte Gemüse aus der Pfanne und schnitt es für Oskar klein.

»Sie kommt ja noch.« Marika wedelte eine Wespe von ihrem Teller. Normalerweise war ihre Mutter immer da, wenn sie im Sommerhaus waren, erledigte den Abwasch und klebte Pflaster, und am Morgen stand ein riesiges Frühstück mit frischen Brötchen auf dem Tisch, die sich irgendwie manifestiert hatten, obwohl es im Ort keine Bäckerei gab. Nachmittags setzte sie sich gern in die Hollywood-

Schaukel und las dicke Romane über dysfunktionale Familien, aber wenn etwas war, konnte man jederzeit zu ihr kommen. Plötzlich vermisste sie ihre Mama; sie hätte ihr gern von allem erzählt.

»Ich mag es eh nicht, alt zu werden, ich verstehe nicht, warum man das feiern muss.« Ihr Vater schmierte etwas Butter auf seinen Pfannkuchen. »Wo ist der Salzstreuer? Ich finde, es fehlt etwas Salz.«

»Salz ist schlecht für Kleinkinder. Und für dich genauso«, sagte Cecilia. »Und das hättest du dir vielleicht früher überlegen sollen.«

»Eure Mutter meinte, man zelebriert den Siebzigsten eben. Aber ich will einfach einen schönen Tag mit meiner Familie verbringen. Und damit meine ich nicht Tante Margit. Oder sonst wen.« Ihr Vater belegte seinen Fladen mit Käse, faltete ihn zweimal mittig und versuchte, ihn wie ein belegtes Brot zu essen.

»Umso egoistischer von ihr, nicht aufzutauchen.« Cecilia schnitt Oskar ein paar Stücke Kartoffeln in noch kleinere Schnitze. »Findet ihr das nicht komisch? Und dann will sie auch noch ausmisten! Death cleaning, wie das klingt!«

»Meine Güte, komm runter.« Jonas malte mit Mayonnaise ein Gesicht auf seinen Pfannkuchen und garnierte es mit einem Bart aus kleingeschnittener Paprika. Er zeigte es Oskar, der nicht reagierte. Jonas gestikulierte in Richtung Cecilia. »Dein Kind ist komisch.«

»Er weiß, dass man mit Essen nicht spielt.«

»Der Tod rüttelt wach«, sagte ihr Vater in sein Sandwich hinein.

»Sehr weise, Paps.« Jonas grinste.

»Ist doch so.«

»Aber hat sie dir irgendwas gesagt, Papa?«, fragte Cecilia. »Ich meine, geht es ihr gut?«

»Eure Mutter ist fit wie ein Turnschuh.«

Marika tätschelte den Arm ihres Vaters. »Das wird trotzdem nett, Papa.«

Ihr Vater trank sein Bierglas leer und griff nach einer neuen Flasche.

Cecilia hob die Augenbrauen. »Alkohol ist übrigens eine Alltagsdroge, auch wenn er gesellschaftlich akzeptiert ist.« Sie wischte Oskar über die Nase und aß den Rest von seinem angebissenen Kartoffelschnitz.

»Okay, Boomer«, sagte Jonas, der sein Pfannkuchen-Gesicht jetzt mit Messer und Gabel zerstückelte.

Marika wünschte sich auch ein Bier, aber sie durfte nicht, sie durfte nur Limo und auch die nur heimlich, wegen des bereits mit einem Löffel Eis überschrittenen Zuckerlimits ihres Neffen. Sie nippte an ihrem schalen Wasser und angelte gerade nach ein paar Kartoffel-Wedges zu ihrem Linsen-Wrap, als sich jemand hinter einer besonders üppig blühenden Blumenstaude räusperte. Alle Ritter-Köpfe fuhren herum.

»Ja?«, sagte Cecilia und reckte den Hals.

Neben den Blütenköpfen tauchte ein groß gewachsener, älterer Herr in einem hellen Leinenhemd und Jeans auf. Er hatte schwarz-grau meliertes Haar, einen Dreitagebart und trug aus irgendeinem Grund ein dünnes, weißes Tuch wie einen Schal um den Hals gebunden.

»Hallo«, sagte er und hob etwas ungelenk die Hand. »Walter, wie geht's.« Es klang nicht nach einer Frage, nur nach etwas, was man sagte, um Stille zu füllen. Marika sah, wie ihr Vater aufstand. Er war kleiner als der Mann und sah nicht so schlank, gesund und sportlich aus.

»Ja, bitte?«, fragte Cecilia irritiert.

»Sisi!«, sagte der Mann. »Mensch, ihr Kinder. Gar keine Kinder mehr. Wie die Zeit vergeht.«

Ihre große Schwester guckte von dem graumelierten älteren Herrn im Blumenbeet zu ihrem Vater und zurück. Sie sah aus, als versuche sie krampfhaft, das Gesicht zuzuordnen.

»Dirk«, sagte ihr Vater. »Was willst du denn hier?«

Dirk sah gar nicht aus wie ein Dirk, eher nach Abenteuer und weiter Welt.

»Ich suche eigentlich Marianne«, sagte Dirk.

»Sie ist nicht da«, knurrte Papa, und alle drei Kinder sahen ihn an. Ihr Vater war für gewöhnlich ein sehr friedlicher Zeitgenosse, nun war sein Tonfall mürrisch, fast aggressiv.

»Wer ist das denn?«, wisperte Jonas, aber so laut, dass der Mann im Blumenbeet es wohl hörte.

»Ich wohne hier im Dorf. Jedenfalls, wenn ich in Deutschland bin. Ich bin ein alter Freund der Familie«, erklärte er.

»Dieser Familie?« Marika schaute zu ihren Geschwistern und ihrem Vater.

»Also, von Marianne«, sagte Dirk. »Ist lange her. Wir haben mal einen Sommer lang viel Zeit zusammen verbracht, als eure Mu...«

»Im Sommer nach Marikas Geburt«, sagte Papa. Dirk machte ein undefinierbares Gesicht.

»Von mir hast du doch die Schildkröte bekommen«, sagte er dann mit einem Lächeln zu Marika, die ihn anstarrte.

»Was, Leonardo?«

»Ja, als Dori und ich damals nach Nepal sind für ein paar Jahre, hab ich euch Leo vermacht und ...«

»Marianne ist nicht da.« Ihr Vater trat einen Schritt zur Seite, wohl, um Dirk hinter den Stauden besser sehen zu können. »Du kannst also wieder gehen.«

»Ja, ach so, ich dachte, weil ... Also, sie hatte uns kontaktiert, kurz bevor meine Frau ...«

»Oh«, sagte Cecilia, als sei ihr nun alles klar. »Mein Beileid. Wir haben sie ja nicht wirklich gekannt, aber ... schlimm. Also, alles. Schlimm.« Sie stockte. »Wir ... willst du, wollen Sie was trinken?«

»Er will nichts trinken«, schnauzte ihr Vater, und Marika blinzelte.

»Nein, danke«, sagte Dirk höflich. »Ist Marianne nicht auf dem Weg hierher?«

»Mama kommt erst morgen«, sagte Jonas leichthin.

»Ach so, ich dachte ... «

»Da weiß der Herr Dirk wohl mehr als wir.« Marika sah, wie ihr Vater die Fäuste ballte. »Genau wie früher, oder nicht, Dirk?« Papa war rot angelaufen, Stressflecken im Gesicht, wie sie sonst nur Cecilia und Jonas bekamen. Marika wechselte einen Blick mit ihren Geschwistern, aber die wirkten genauso verwirrt wie sie selbst.

Dirk hob beschwichtigend die Hände. »Ich weiß gar nichts. Ich glaubte nur, sie wäre ... «

»Und da hast du dir gedacht, ich komme einfach mal vorbei, in *unser* Haus, zu *meinen* Kindern«, sagte ihr Vater ziemlich laut und betonte »unser« und »meine« ganz seltsam.

»Papa!«, sagte Cecilia, aber ihr Vater schnaubte nur.

»Mach, dass du wegkommst, Dirk. Geh einfach.«

Dirk hob noch einmal die Hände, eine Geste, die Marika als herablassend empfand, weil sie unecht wirkte, als wäre Papas Ausbruch total übertrieben. Er war auch total übertrieben, das war das Besorgniserregende. Marika legte eine Hand auf die Schulter ihres Vaters. Alle sahen Dirk hinterher, der über den Hof davonging.

»Das ist wegen damals«, sagte ihr Vater. »Ich kann den Kerl nicht ausstehen. Der war mal hinter eurer Mutter her. Du warst noch ganz klein, Riki. Fast ein Neugeborenes.«

Jonas lachte. »Oho! Der sah gar nicht aus wie ein Schürzenjäger.«

»Der wollte ja auch nur Marianne, keine anderen Schürzen«, grummelte ihr Vater.

»Aha.« Marika verstand nichts.

»Er hätte doch ruhig was trinken können«, sagte Cecilia. »Wieso warst du denn …«

»Ich will nicht darüber reden!«, schrie ihr Vater, so laut, dass Oskar zusammenzuckte und das Gesicht verzog, als würde er jeden Moment anfangen zu weinen.

Marika beschloss, das Thema zu wechseln.

»Gehen wir ein bisschen spazieren?«, fragte sie in die Runde. »Endlich ist es nicht mehr so heiß.«

DADSPLAINING

»Weißt du was, du kannst mich mal, P-O, von wegen fifty-fifty!«

»Aber du lässt mich doch nie helfen. Du kannst immer alles besser alleine! Letztens hast du sogar gesagt, dass es dir lieber ist, wenn du es einfach schnell selbst erledigst!«

»Weil es ja sonst gar nicht gemacht wird!«

»Das ist doch nicht wahr!«

»Hast du jemals auch nur einen Kinderarzttermin ausgemacht? Warst du jemals mit ihm beim Turnen? Weißt du überhaupt, was für eine Windelgröße er hat?«

»Ich ... «

»Außerdem – helfen! Danke, dass du mir mit unserem Kind hilfst!«

»Beruhige dich doch mal, Cecilia.«

»Ich frag mich manchmal ernsthaft, für was ich dich eigentlich brauche. Oder du uns? Für was brauchst du Ossi und mich eigentlich, Per-Olov?«

Von der Ritterburg aus musste man das angrenzende Grundstück umgehen, bevor am Rande des Dorfes ein kleiner Fußweg begann. Ihr Vater und sie schlenderten über die Straße; Cecilia brachte Oskar ins Bett und hatte noch genug zu tun (Marika hatte die Spitze in diesem Satz gekonnt ignoriert) und Jonas hatte gesagt: »Ohne mich.«

Marika zog ihre Sandalen aus und ging barfuß, spürte warme Steinchen unter ihren Fußsohlen und zwischen den Zehen. Die Luft war lau, irgendwo zeterte ein Vogel, und eine Katze lag träge auf einem Fenstersims. An einem Laternenpfahl hingen zwei angeklebte Zettel: Jemand hatte Hundewelpen abzugeben, eine Laienschauspieltruppe suchte neue Mitglieder.

»Hier«, sagte Marika. »Wäre das nichts für dich?«

»Was?«

»Theater!« Sie rupfte ein kleines Fitzelchen Zettel ab, auf dem eine Telefonnummer und eine E-Mail-Adresse standen. Es war der erste Abschnitt, der abgerissen wurde. »Mal was Neues.« Sie hielt ihrem Vater den Zettel hin.

»Ach nö, Käferchen.« Papa guckte nicht mal.

»Immer willst du deine Ruhe haben«, sagte Marika. Ihr Leben lang warf ihre Mutter ihm das schon vor. Aber er mochte, wie er lebte, und Marika mochte das an ihrem Vater. Wie sicher er sich immer seiner selbst war. Er wusste genau, was er wollte und – noch besser – was er nicht wollte.

»Ich bin kein Schauspieler«, sagte er jetzt.

Marika steckte den Zettel ein. Dann bogen sie um das letzte Haus und machten sich auf den Weg hinunter zum Bach, auf einem plattgetretenen Trampelpfad, der von hohem Gras gesäumt wurde.

Eine Weile schwiegen sie. Schweigen mit Papa war immer etwas, was sie an Zuhause erinnerte. Spazierengehen in einvernehmlichem Schweigen, wo ihre ganze Familie immer laut und aufgeregt war. Schweigen mit Papa, das war etwas, das nur sie konnte, von allen Geschwistern.

»Fühlst du dich alt?«, fragte sie schließlich, während sie über das glitzernde Bächlein guckte. Wasser plätscherte über das stillstehende Mühlrad. Bienen surrten aus einem Bienenstock auf einer angrenzenden Wiese und die Luft war schwer von Pollenstaub.

Ihr Vater seufzte. »Man wird nicht oft 70.«

»70 ist das neue 60.«

»Haha.«

»Man muss immer neue Dinge lernen, dann bleibt man jung«, hörte Marika sich sagen und fand, sie klang wie Cecilia. »Das hält die Neuronen auf Trab.«

»Wusstest du«, sagte ihr Vater und zog eine quadratische Tafel Schokolade aus seiner Hosentasche, »dass ein Herr Ritter Rittersport erfunden hat, damit man immer Schokolade in seiner Sporthosentasche dabeihaben kann?«

»Aha«, sagte Marika, riss einen Grashalm ab und wickelte ihn um ihren Zeigefinger. »War das ein Vorfahre von uns?«

»Bestimmt.« Er brach die Tafel auf.

»Könnte glatt von dir stammen, die Idee.« Sie grinste. »Aber siehste. Was gelernt.«

»Deshalb sag ich es ja.«

»Ich bin ja noch jung«, sagte Marika und nahm ein Stück der schon recht zermatschten Schokolade entgegen. Marzipan. Ihr Magen machte plötzlich heftige Zuckungen. Eklig.

»Man muss immer etwas lernen, nicht erst am Ende, so funktioniert das nicht, Käferchen.« Ihr Vater biss in die Schokolade, Marika warf ihr Stückchen unauffällig weg.

Ihrer Familie gelang es immer, alles umzudrehen, was sie von sich gab, und am Ende sie zu belehren. Es hatte was mit dem Beruf ihrer Eltern zu tun; sie hatte die Witze über Pädagogenkinder oft genug gehört. Aber das konnten sie alle sehr, sehr gut, nicht nur Mama und Papa, auch Cecilia und Jonas taten immer so, als sei sie noch fünf. Sie leckte ihre schokoladigen Finger ab.

»Im Gegensatz zu dir lerne ich täglich Neues«, sagte sie. »Ich bin in eine Stadt sehr weit weg gezogen, ich hab ne Schneiderinnen-Ausbildung, ich hab Ägyptologie fast zu Ende studiert, lese monatlich mindestens ein Buch und schaue Serien grundsätzlich in Originalsprache.« Sie biss sich auf die Lippe. Genau das hatte sie nicht sagen wollen. Nicht sagen wollen und nicht sagen sollen. Ihr Vater lächelte milde.

»Und du?«, fragte sie trotzig.

»Ich schau Serien lieber auf Deutsch. Aber ich hab neulich auf Wikipedia nachgelesen was ›woke‹ bedeutet.«

»Oha«, sagte Marika, der nun richtig elend von dem bisschen Schokolade an ihren Fingern war. Sie spuckte einmal ins Gras neben dem Weg. »Und, was heißt es?«

»Das ist die Wachsamkeit gegenüber Diskriminierung«, erklärte ihr Vater.

»Hast du auch nachgeguckt, was Mansplaining ist?«

»Natürlich. Noch so ein neumodischer Anglizismus. Das ist, wenn ...«

»Das war eine rhetorische Frage.« Sie spuckte noch mal aus und machte den Grashalm von ihrem Finger ab, der schon ganz dick und rot angeschwollen war. »Du bist ein Dadsplainer.«

»Du hast doch gefragt.«

Sie zuckte die Schultern. Es war ihr egal, ihr war einfach nur schlecht. War das Cecilias gesundes Essen? Oder ein psychosomatisches Übelsein, das von Aufregung, Angst, Verwirrung herrührte?

»Wie läuft es in Berlin?« Ihr Vater riss Gräser am Wegrand ab und schleuderte sie ins angrenzende Feld.

»Gut.«

»Hat dir jemand das neue Regal aufgebaut, das du für die Küche wolltest?«

»Das hab ich selbst gemacht.«

»Wirklich? Denk dran, du musst die Dinger an der Wand festschrauben, sonst ...«

»Alles erledigt, Papa. Ich kann das.«

Er nickte langsam und verzog den Mund zu einem positiv-überraschten Gesichtsausdruck.

»Und der Laden?«

»Der Laden läuft.« Mäßig, aber nun ja.

»Und dein Abflussrohr? Wenn es wieder verstopft, musst du …«

»Funktioniert einwandfrei.«

Sie schwiegen. »Und bei dir so?«, fragte Marika schließlich.

»Gut«, sagte ihr Vater. »Alles wie immer.«

Das war doch kein Gespräch. Marika fiel auf, dass sie rein gar nichts zu ihrem Vater zu sagen hatte. Nichts. Er wusste, wo sie wohnte, er reparierte ihr Fahrrad, wenn er zu Besuch kam, und staunte über die hohen Altbaudecken und die vollen Straßen und die Spätis, aber ansonsten lebten sie in völlig unterschiedlichen Welten. Der Bach plätscherte neben ihnen und sprudelte über ein paar Steine hinweg. Marika schluckte ein bisschen Spucke herunter, die sich in ihrem Mund gesammelt hatte, und blieb stehen.

»Mir ist schlecht«, sagte sie.

»Du bist auch ganz blass. Musst du dich übergeben? Mir geht das Essen auch im Bauch rum. Linsenpfannkuchen! Kein Wunder, dass das bläht!« Ihr Vater hielt bereits ihre Haare zurück. Käferchen, wie eh und je.

War der Brechreiz bereits ein erstes Anzeichen, dass sich etwas eingenistet hatte, was wachsen würde, bis es ein gummibärenförmiger Tupfen auf einem Ultraschallbild wäre, ein winziger Mensch, mit Fingerchen und Zehen und einem wahnsinnig schnell pulsierenden Herzen? Ihr war richtig, richtig schlecht.

»Oder du hast zu viel Sonne abbekommen«, sagte ihr Vater.

»Bestimmt.« Marika beugte sich an den Wegrand und erbrach das gesamte Abendessen.

KIRSCHKERNE SPUCKEN

Verehrte Marianne! Hiermit vermache ich Ihnen meine gesamte Plattensammlung. Mögen Ihnen vor allem die Beatles-Alben Freude bereiten, ich weiß, wie sehr sie geholfen haben, damals, als die Kinder noch klein waren, und vor allem in jenem mühsamen Herbst. Ich habe Sie immer für Ihre Stärke bewundert.

Hochachtungsvoll, Ihr Nachbar Jürgen Jensch

Den Kopf abzuschalten war im Sommerhaus für gewöhnlich sehr leicht. Aber heute klappte es nicht. Die Apfelbaumranke kratzte an der Fensterscheibe ihres Zimmers, in das sich Marika früh zurückgezogen hatte, und nervte, die Dielen knarrten, weil permanent jemand im Haus herumlief, und der Hamstergeruch verursachte noch mehr Übelkeit. Der Magen-Darm-Tee, den Cecilia ihr gekocht hatte, wurde kalt auf ihrem Nachtkästchen, die verstaubten Salzstangen, die ihr Vater im Keller gefunden hatte, wollte sie nicht essen. Oskar skippte ständig an seiner Toniebox weiter, aber irgendwann wurde es endlich still. Nur ihr Gehirn plapperte noch vor sich hin: Die zwei rosa Streifen, Kai, ihr Mitbewohner, der ausziehen wollte, die Mieterhöhung, der Laden, der nur so semi lief.

Draußen wurde es langsam dunkel, ein wunderschöner Sommerabend. Marika stand auf, trat fast auf eine Packung Kekse, die vor ihrer Tür lagen (»Die mochtest du doch immer so gerne«, stand auf einem Zettel in der unleserlichen Handschrift ihres Vaters), und schlich sich hinaus in den Garten. Die verstaubte Eisschachtel mit den Postkarten nahm sie mit. Wieso hob man das Zeug – Kassetten,

Karten, den ominösen Umschlag – gebündelt in einer Eisbox hinter der Gefriertruhe auf?

Über dem Wasser glommen ein paar Glühwürmchen, und Fledermäuse zischten über ihrem Kopf vorbei. Die Luft war lau, das Gras weich unter ihren Füßen. Irgendwo im Gebüsch raschelte ein Igel oder so etwas. Das Mühlrad plätscherte. Marika nahm ihre Kekse und kletterte die Leiter ins Baumhaus hinauf. Als sie den Kopf durch die Luke steckte, zuckte sie zurück.

»Wah! Hast du mich erschreckt.« Jonas saß an der Öffnung auf der anderen Seite, die halb zur Wasserstelle, halb zum Nachbargrundstück hinausging, und baumelte mit den Beinen.

»Schläfst du gar nicht?«, fragte er. Neben ihm standen unzählige Flaschen, braune, grüne und weiße, in verschiedenen Größen.

»Es ist erst halb zehn. Wer hat dieses Getränkelager hier angelegt?«

»Ich sicher nicht, denn Alkohol ist eine Alltagsdroge«, zitierte Jonas ihre große Schwester. »Ich dachte, du bist krank.«

»Geht schon wieder.«

»Steck mich bloß nicht an.«

»Ist nicht ansteckend.«

Er runzelte die Stirn, sie murmelte etwas von wegen »hab die Linsen nicht vertragen«, und das reichte, natürlich reichte das in ihrer Familie und bei Jonsi, der nie irgendetwas kapierte, sowieso. Marika setzte sich etwas schwerfällig neben ihn und ließ ebenfalls die Beine baumeln. Die Flaschen klirrten leise, als sie dagegen stieß. Sie nahm eine hoch; ein Riesling von 2014, noch ungeöffnet. Mehrere Biersorten. Ein Doppelkorn, eine verstaubte Flasche Obstbrand, Nusslikör.

»Du meine Güte«, sagte sie. »Ist Papa ein richtiger Alkoholiker? Ich dachte, der trinkt jeden Tag sein Fläschchen Bier und gut ist.«

Jonas zog einen zerfledderten Zettel aus der Tasche und faltete ihn auseinander. »Hörst du dir jetzt mal meine Rede an?«

Marika stöhnte. »Lies sie doch einfach Julia vor.«

Ihr Bruder steckte den Zettel wieder weg und warf ihr einen genervten Blick zu. Er hatte eine Schüssel Kirschen neben sich stehen, kaute und spuckte die Kerne abwechselnd in Richtung Bach und zum Nachbarn.

»Der alte Herr Jensch hätte dich gekillt.« Marika riss ihre Kekspackung auf und nahm sich einen Jaffa Cake, der genauso schmeckte, wie sie es in Erinnerung hatte. Glibberiges Orangengelée, schwarze Schokolade. Der erste Keks war immer irgendwie eklig, und dann wurde man süchtig. Sie hielt Jonas die Packung hin, er gab ihr die Kirschen, die sie mit ihrem flauen Magen wirklich nicht essen sollte. Sie tat es trotzdem.

»Jensch ist tot«, sagte Jonas und spuckte einen weiteren Kern auf den Nachbarrasen. »Der kann mir nix mehr. Weißt du noch, wie er immer am Zaun stand? ›Seid lieb zu eurer Mutter! Die macht was durch mit euch Bratzen!‹ Als wären wir so schlimm gewesen.«

»Bratzen? Das hat er wirklich gesagt?«

»Oder so was in die Richtung.«

»Stimmt es, dass man ihn erst nach zwei Wochen gefunden hat? Voll gruselig.« Marika aß noch eine Kirsche und spuckte den Kern aus.

»Wir sterben doch alle.«

»Trotzdem.« Ihre Mutter machte Death Cleaning, und ihr Vater war speckiger denn je. Die Vorstellung, dass die beiden einfach morgen umfallen und tot sein konnten, fand sie furchterregend. Dabei konnte das doch jedem immer passieren, jederzeit.

»Du findest immer alles gruselig, Käferchen«, sagte Jonsi. »Das war schon früher so. Man musste dir nur irgendeinen Scheiß erzählen und schon hast du wochenlang nicht geschlafen. Die Geister, die aus dem Klo kommen!« Er lachte, als wäre das lustig. »Das Monster im Keller, das unsere Essiggurken wegfrisst!«

»Ihr habt euch ja immer prächtig amüsiert.« Marika öffnete die alte Eisschachtel.

Ihr Bruder schnappte sich mehr Kirschen. »Wer bis zum Rechenzentrum spucken kann, los. Nee, das ist zu weit, bis zu dem Blumentopf da.«

Tief in seinem Herzen war Jonas einfach für immer 15. Es war, als wäre er damals schon fertig gewesen mit allem: Mit 15 hatte er seine Frau getroffen, mit 15 war er der Schwarm an der Schule gewesen, mit 15 hatte sein Gehirn aufgehört, sich zu entwickeln. »He peaked«, sagte man in Amerika, und seither ging es bergab. Selbst sein Haaransatz war am Zurückweichen, Marika konnte das sehen, wo sie so nah neben ihm saß. Trotzig aß sie drei Kirschen auf einmal und pfefferte die Kerne nacheinander in Richtung Schuppen, den ihr Vater albern sein »Rechenzentrum« getauft hatte.

»Zu weit, sag ich doch«, meinte Jonas.

Marika zielte die nächsten drei auf den Übertopf im Nachbarsgrundstück. Einer davon traf, es klirrte leise.

»Ha!«

»Das war was anderes«, sagte Jonas. »Man kann ja gar nichts sehen.« Er beugte sich etwas vor, und spuckte in hohem Bogen einen Kirschkern, der irgendwo im Gras landete.

Marika zog den verschlossenen Umschlag aus der Eisschachtel.

»Was machst du denn da?«

»Hab ich im Keller gefunden. Hinter der Gefriertruhe.« Sie leuchtete mit ihrer Handytaschenlampe gegen das dünne, weiße Papier, konnte aber trotzdem nicht erkennen, was drin war. Jonas begutachtete den Rest der Schachtel. »Postkarten aus Frankreich? Superspannend.«

»Ja, aber die Kassetten? Und dieser Umschlag. Wieso versteckt man das?«

»Ist sicher nur dahinter gerutscht.« Jonas nahm ihr das Kuvert ab.

»He!«

»Willst du nicht wissen, was drin ist?«

»Ja, doch, natürlich.«

»Mach ihn doch einfach auf.«

»Aber was ist mit … dem Briefgeheimnis?«

Jonas lachte. »Wer immer das da versteckt hat, hat sicherlich längst vergessen, dass es das gibt. Vermutlich warst du es sogar selbst, in deiner Detektiv-Phase.« Ohne Vorwarnung riss er den Umschlag auf.

»Jonas!«

»Fotos«, sagte er und reichte ihr den Stapel. »Von Mama am Meer. Französische Riviera, würde ich sagen.«

»Oh.« Ihre Mutter an einem Strand, im Hintergrund ausladende Pinienbaumkronen. Ihre Mutter im Meer, die Beine umspült von türkisblauem Wasser, ihre Mutter in Shorts und Sandalen, ihre Mutter in einem bordeauxroten Sommerkleid, lachend vor einem Café. Ihre Mutter neben einer Frau mit blonden Haaren und einem schlaksigen Mann vor der Haustür der Ritterburg.

Marika atmete scharf ein. »Jonsi! Das ist der Typ, der vorhin da war!«

»Hä?« Jonas spuckte einen weiteren Kirschkern in Richtung Blumentopf.

»Dieser Typ, der mit Doro! Der ist hier drauf.« Jünger, nicht so graumeliert, aber eindeutig der Kerl von eben. Er trug sogar wieder einen Schal, einen dickeren diesmal.

»Der dir die Schildkröte geschenkt hat?«

Die Schildkröte. Warum schenkte ihr ein Wildfremder eine Schildkröte? Und warum hatten ihre Eltern ihr das nie erzählt? »Wusstest du davon?«

»Nö.« Jonas musterte das Foto und drehte das Bild um. »Dodi und ich«, las er. »Dodi?«

»Das ist komisch, oder?«, sagte Marika.

Jonas spuckte weiter Kirschkerne ins Dunkle. »Ha, du bist also doch ein Kuckuckskind. So wie du das früher immer geglaubt hast.«

»Nee, nee, ich hab gedacht, ich bin adoptiert«, sagte Marika.

Jahrelang hatte sie alle Familienmitglieder damit genervt, dass sie Geheimnisse herausfinden wollte, die es gar nicht gab. Sie hatte sich eine Lupe um den Hals gehängt und Visitenkarten gemalt, und an ihrer Tür hing ein Schild mit der Aufschrift: *M. Ritter – Detektei*. Ganz schlicht, ganz seriös. Einer ihrer Fälle: Sie war so ganz anders als der Rest der Familie, schon rein äußerlich, und auch sonst …

»Hey!«, rief jemand, und Marika, den Mund voller Kirschen, verschluckte vor Schreck zwei Kerne. Jonas, der wohl gerade Luft geholt hatte, hustete einen Kirschkern vor sich auf sein T-Shirt.

»Hallo«, sagte er und wischte sich über den Mund. »Meine kleine Schwester wollte unbedingt einen Kirschkernspuckwettbewerb machen.«

Marika verdrehte die Augen. »Mein großer Bruder ist ein Vollidiot.«

Im Dunkeln war die Person vor ihnen nur schemenhaft erkennbar gewesen, aber nun trat sie nah an die Hecke heran, die ihren Garten vom Nachbarsgrundstück trennte, und wurde sichtbar: eine hübsche Frau, die hoch in den Baum blinzelte und vermutlich glaubte, sie habe es mit ein paar Teenagern zu tun. Sie trug Boxershorts und ein riesiges T-Shirt.

»Ihr könnt nicht einfach hier in meinen Garten spucken, das ist total unappetitlich«, sagte sie.

»Vielleicht wachsen dort Kirschbäume«, sagte Jonas, der schon immer sehr charmant und bescheuert zugleich sein konnte. »Dann kannst du uns dankbar sein.«

»Wer sagt, dass ich einen Kirschbaum in meinem Garten will?«, fragte die Frau. »Vielleicht mag ich ja gar keine Kirschen.«

»Wer mag schon keine Kirschen?« Jonas aß noch eine Hand voll.

»Momentan mag ich vor allem keine Kirschkerne an meinen Füßen kleben haben.« Die Frau pulte etwas von ihrer Fußsohle und warf es zurück auf den Rasen unterhalb des Baumhauses.

»Sorry«, sagte Marika. »Früher hat da nur so ein alter Grantler gelebt, der ...«

»... der sicher grantig war, weil ihr ihm den Rasen vollgespuckt habt.« Die Frau hatte ihr blondes Haar in einen wuscheligen Dutt gepackt und hielt eine Taschenlampe in der linken Hand, die sie jetzt anknipste, um ihnen in die Gesichter zu leuchten.

»Genauso hat das der Herr Jensch gemacht«, sagte Jonas, während Marika in die plötzliche Helligkeit blinzelte.

»Ich muss ja sehen, mit wem ich es zu tun habe«, sagte die Frau. »Oh.«

»Ich bin Marika, hi!« Marika fand es besser, freundlich zu kommunizieren, als hinterrücks wegzurennen. Oft genug hatte die kleine Rika alleine dagestanden, lieb gelächelt, sich darauf verlassen, dass ihre Niedlichkeit (der blonde Pony, die rosa Pausbäckchen, die Sommersprossen) zog, und am Ende doch immer den Anschiss bekommen. Vor allem vom alten Jensch, Rest in peace, Gott hab ihn selig und so weiter.

»Billy«, sagte die Frau, »und ich geh wieder ins Bett. Hört bitte auf zu spucken. Und morgen macht ihr mir das weg, sonst ...«

»... gehst du zu unseren Eltern?«, fragte Jonas. Marika verkniff sich ein Grinsen.

»Ich hab tatsächlich nicht mit Leuten in meinem Alter gerechnet«, sagte Billy. »Aber ich geh auch zu euren Eltern, wenn es sein muss. Ihr seid doch die Kinder vom Walter? Oder muss ich auch noch wegen Hausfriedensbruch ...«

»Wir sind die Kinder vom Walter«, sagte Marika und dachte kurz:

Oder?! »Und wir klauben die Kerne morgen wieder aus dem Gras. Versprochen.«

»Bist du diejenige, die den Jensch gefunden hat?« Jonas war anscheinend völlig in seinem 15-jährigen Ich verloren gegangen.

»Nein«, sagte Billy. »Ich bin diejenige, die das Haus gekauft hat.«

»Ist das nicht grausig, ein Haus zu kaufen, wo jemand zwei Wochen lang …«

»Tschüss dann.« Billy drehte die Taschenlampe weg von ihnen, und das grelle Licht wich einer nun sehr schwarzen Dunkelheit.

»Willst du ein paar Kirschen?«, rief ihr Bruder nach unten. »Oder Jaffa Cakes?«

»Nein, danke.« Billy stapfte davon, wischte die Fersen im Gras ab, ließ den Taschenlampenstrahl vor sich herwandern.

»Gott, du bist unmöglich«, sagte Marika. »Ich komme mir vor, als wäre ich in der Zeit gereist, seit ich hier bin.«

»Vielleicht bist du es ja«, sagte Jonas, und krabbelte durch die Luke. Auf der Leiter stehend angelte er nach der Schüssel Kirschen und mopste sich auch noch Marikas Kekspackung, bevor er sich fallen ließ und die Nacht ihn verschluckte.

»Du Arsch!«, rief Marika, »gib mir meine Jaffa Cakes zurück!« Aber bis sie auf dem Bauch lag und ihm durch die Luke in die Finsternis nachstarrte, war Jonas längst im Haus verschwunden. Ihr blieb nur ihr flaues Gefühl im Magen und der Geschmack von Keksen und Kirschen im Mund. Marika rollte auf den Rücken, schaute aus dem Dachfenster des Baumhauses in den Himmel über ihr, der durchkreuzt war von Blättern und Ästen. Vor ihren Augen tanzten noch immer bunte Kleckse von Billys Taschenlampe, alle in der Form von Gummibärchen.

Sie, nicht Walters Tochter? Das war völliger Unsinn. Oder nicht?

Sterne, ein blinkendes Flugzeug, eine Reise zurück zum Ort ihrer Jugend, eine Zeitreise zur zwölfjährigen Marika. Was passierte mit ungeborenen Babys, wenn man eine Reise in die Vergangenheit machte? Reisten sie mit oder entwickelten sie sich rückwärts, wurden von einem Fötus zu einem Embryo zu einem Zellhaufen zu einer Eizelle und einem Spermium, zu nichts als Sex zwischen ihren Eltern und Luft und Liebe?

SONNTAG

BLUTIGE BLUMEN

Sehr geehrter Herr Park, ich kann Ihnen leider erst wieder in sechs Wochen einen Termin anbieten. In der ersten Sitzung würde ich zunächst eine Bestandsaufnahme mit Ihnen und Ihrer Frau machen – wie ist die Lage im Moment, wer fühlt sich wie. Die Stellschrauben kann man später noch justieren, wir müssten erst einmal sehen, ob Sie beide sich mit mir als Therapeutin wohlfühlen. Ich kann Ihnen natürlich nichts versprechen, aber mich zu kontaktieren, ist schon ein erster, wichtiger Schritt hin zurück zu einer erfüllten Beziehung. Geben Sie mir doch Bescheid, ob der unten genannte Termin Ihnen beiden zusagt.

Es war noch nicht mal halb elf, aber schon brütend heiß, als sich Marika mit Oskar im Fahrradanhänger auf den Weg zum Blumenfeld machte. Cecilia prüfte fünfmal, ob der Bolzen richtig eingehängt war und drehte eigenhändig den Fahrradsitz weiter nach oben, damit Marika besser in die Pedale treten konnte.

»Und denk an die Sonnencreme. Man muss ihn spätestens um halb zwölf nachcremen, aber am besten seid ihr dann längst wieder da, die Mittagshitze ist die gefährlichste.«

»Okay.« Marika stupste Oskar auf seinen Fahrradhelm. »Helm, check! Käppi, check! Sonnencreme, check! Trinkflasche, check! Snacks, check! Nachcreme-Termin, notiert!«

Cecilia zurrte Oskar im Wagen fest, schmierte noch einmal einen Tupfen Sonnencreme auf seine Nase und küsste ihn auf die Wange.

»Viel Spaß mit der Tante.« Sie drückte Marika nervös die Schulter.

»Nenn mich nie wieder ›die Tante‹«, sagte Marika.

Sie war froh, dass sie einen Strohhut ihrer Mutter gefunden hatte. Die Sonne brannte. Marika drehte sich zu Oskar um, der unbeteiligt aus seinem Wagen guckte, und kontrollierte, ob das Sonnensegel ihn noch im Schatten behielt. Dann winkte sie Jonas zu, der aus unerfindlichen Gründen bereits vor dem Haus der hübschen Nachbarin stand und rief: »Wir wollten doch die Kirschkerne …«

»Später!« Marika fuhr mit flatternder Sicherheitsflagge und wehendem Hutband weiter. Sie fühlte sich wie eine *Grande Dame*, die auf ihrem Hollandrad durch die Provence radelte (falls *Grandes Dames* so etwas taten). Die Straße war holprig, ab und zu ratterte der Anhänger durch ein Schlagloch, aber ansonsten war alles gut. Das Kind im Schatten, den Hut auf dem Kopf, zirpende Grillen am Wegrand.

Sie dachte an die Fotos ihrer Mutter in Frankreich – das petrolfarbene Wasser, sonnengebräunte Beine in weinroten Sommerkleidern, hohe Zypressen – und das zerfledderte Bild aus dem Krankenhaus: der winzige Säugling in Mamas Armen, Jonas mit seinen schokoverschmierten Pausbäckchen, Cecilias Ponyfransen. Als Kind hatte sie den Gedanken aufregend gefunden, nicht so richtig zur Familie zu gehören, jetzt nur noch lächerlich.

Wo blieb ihre Mutter überhaupt? Sie würde sie einfach fragen.

Das Blumenfeld lag ein Stück die Straße entlang in Richtung Wald, zwischen diesem Dorf und dem nächsten, und Marika genoss den warmen Fahrtwind, der um ihr Gesicht strich, und den Geruch nach Sommer, der in den Wiesen und Feldern hing, daraus herausstob wie der Straßenstaub, der unter ihren Rädern aufwirbelte.

Als die Wiese mit pinken Cosmea, orangen Ringelblumen und

großen, gelben Sonnenblumen zum Selbstpflücken auftauchte, bremste Marika scharf. Diese Blumensorten kannte sie, weil dort immer dieselben blühten und ihr Vater ihr seit Jahren jeden Sommer erklärte, welche es waren.

Sie schnallte Oskar ab und hob ihn aus dem Wagen. »Wir pflücken Deko für Opas Geburtstag. Nimm einfach die, die du am schönsten findest.«

Er war knapp über eineinviertel, fiel ihr ein, aber Oskar nickte eifrig, riss sich den Helm vom Kopf, und stiefelte los ins Feld. Marika machte sich daran, einen sommerlich bunten Strauß zusammenzustellen. Gerade war sie dabei, im Kopf zu überschlagen, wie viel Geld sie in den kleinen grünen Holzkasten stecken musste, als jemand sagte: »Die Kirschkernspuckerin!«

Das hübsche Gesicht der Nachbarin guckte sie an. Billy.

»Hallo! Mein Bruder steht schon seit ner Viertelstunde vor deiner Haustür, um Buße zu tun.«

Billy lachte. »Na, soll er warten. Dein Kind verabschiedet sich da gerade.« Sie zeigte in eine Richtung, wo Oskar am Ende des Blumenfeldes angelangt war und einfach weiterging. »Mein …? Oh Gott. Ossi!« Marika ließ den Strauß fallen und rannte, fing ihren Neffen ein und zog ihn mit Mühe zurück zu Billy; er zeterte und schimpfte, und machte sich lang wie ein sehr unhandliches Brett.

»Bisschen früh dran mit der Autonomiephase, oder?«, fragte die Nachbarin.

»Was für ne Phase?« Marika wühlte in ihrem Proviant. »Hier, willst du?« Sie hielt dem plärrenden Oskar ein Tütchen Dinkelbrezeln unter die Nase. Er hörte auf zu schreien, nahm sich ein paar, steckte alle gleichzeitig in den Mund, verschluckte sich, hustete und brüllte gleich noch lauter.

»Oh Gott.« Marika versuchte, ihm die Minibrezeln wieder aus dem Mund zu klauben.

»Ich mach das«, sagte Billy. »Geh du das Mützchen suchen.«

»Das …?« Erst jetzt fiel Marika auf, dass ihr Neffe keine Käppi mehr trug. »Scheiße. Ich meine, Mist.« Sie stolperte los, das Heulen im Ohr, durchforstete die Feldblumen, aber das Sonnenmützchen war unauffindbar. Zurück bei Oskar setzte sie ihm ihren eigenen Hut auf.

»Ich bin nicht so gut mit Kindern.«

Die Tränen auf den Wangen ihres Neffen waren getrocknet, er lachte sogar, spielte mit Billy, versteckte sich immer wieder hinter seinen Händen.

»Ach, das lernt man. Also, wenn man muss. Selbst ich hab das damals hingekriegt.«

Damals? Die Frau konnte doch höchstens Anfang 30 sein.

Marika stopfte für ihren Strauß einen 20-Euro-Schein in die Büchse, und hoffte, dass das genug war. Ihr war leicht schwindelig, sie hätte Wasser mitnehmen sollen, dachte sie, und schlecht wurde ihr auch schon wieder. Was war das für eine komische Morgen- übelkeit, die irgendwann am Tag einsetzte, mittags, abends, sonst wann?

»Wir sollten fahren, wird zu heiß für den Kleinen.«

»Denk an meinen Garten«, sagte Billy. »Falls das dein Bruder nicht schon erledigt hat.«

»Hat er nicht«, versicherte ihr Marika und stieg auf. »Und ich denke dran.«

Sie schwankte, und sah, dass Oskar noch neben Billy stand. »Ups.« Marika versuchte, ihren Neffen in den Wagen zu setzen, er strampelte, wollte den Helm nicht aufsetzen, und den Hut schon gar nicht, fing an zu meckern, riss sich den Hut vom Kopf und schleu- derte ihn weg. Marika drückte ihm den Strohhut wieder auf den Kopf und fluchte leise.

»Alles okay?«, fragte Billy.

»Mir ist nur heiß.« Marika zögerte kurz. »Und ich bin schwanger.«

»Oh, na, herzlichen Glückwunsch. Dann ab in den Schatten und viel trinken.« Billy kniete im Feld und zupfte Blumen. Wieder sprach sie mit Marika, als wäre sie ein Kind, genau wie gestern, als die Dunkelheit dafür gesorgt hatte, dass man nicht erkennen konnte, wer hier erwachsen war. Marika fühlte Erleichterung in sich aufsteigen. Sie hatte es jemandem erzählt.

Sie steckte den Strauß zu Oskar in den Wagen, sagte: »Halt mal«, und fuhr los. Als sie schon ein Stück die Straße entlanggefahren war, drehte sie sich noch mal um.

»Es weiß noch niemand!«, rief sie Billy zu. »Okay?«

Heimwärts ging es bergauf, es gab Gegenwind, und kein mondäner Damenhut spendete Schatten. Stolz, dass sie wenigstens das Kind vor der Sonne bewahrte, drehte sie sich; Oskars Kopf in dem viel zu großen Strohhut nickte holpernd auf und ab, die Sonnenblumenblüten ebenso. Ein Auto überholte, und als sie in die Einfahrt bog, stand Billy schon da und lud Blumen aus ihrem Polo. Marika bremste scharf, weil Otis mit dem Arm voller entwirrter Gartengirlanden an ihr vorbeiging.

Hinter ihr rumpelte es, und Oskar fing an wie am Spieß zu schreien. Sie drehte sich um. »Ach du Sch…«, und da kam auch schon Cecilia aus dem Haus gerannt und schrie: »Um Gottes Willen, Marika, was …?!«

Oskar lag vor dem Wagen. Der Hut war ihm mitsamt Helm vom Kopf gerutscht und irgendetwas blutete, da war Blut, sehr viel Blut, dachte Marika, die leicht panisch wurde, und außerdem war das Kind auf dem Strauß gelandet, der zerknickt und blutverschmiert unter ihm lag.

»Wieso ist sein Helm so locker?!«, schrie Cecilia. »Hast du den nicht festgezogen?«

Scheiße, dachte Marika, das Wort füllte ihr gesamtes Gehirn aus. Scheiße. Seltsamerweise musste sie an den Hamster unter ihrem Bett denken, der ihr vielleicht damals weggenommen worden war, weil Jonas Allergien hatte, vielleicht aber auch, weil sie sich hundsmiserabel um ihn gekümmert hatte. Und war Leonardo wirklich an Altersschwäche gestorben? Man konnte ihr einfach kein Lebewesen anvertrauen. Topfpflanzen verkümmerten regelmäßig auf ihrem Küchenfensterbrett. Selbst Gartenkräuter machten es nicht lange.

»Oskar, Schatz!«, rief Cecilia und hob das Kind vom Boden auf. Seine Lippe war dick, er hatte wohl im Fallen darauf gebissen; daher musste all das Blut kommen. Die Knie waren aufgeschürft. Marika fiel genau in dem Moment auf, dass sie vergessen hatte, ihn anzuschnallen, als Cecilia schrie: »Der Gurt, Rika! Der Gurt!«

Marika stand bedröppelt da. Otis machte ein betretenes Gesicht, und ging Girlanden aufhängen. Billy sagte: »Es ist ja nichts weiter passiert.«

»Er blutet«, schrie Cecilia sie an. »Er blutet!«

»Ja, aber er hätte ja … «

»Von ›hätte‹ wollen wir gar nicht erst anfangen! Wenn das auf der Straße passiert wäre!«

Marika wurde ganz flau bei dem Gedanken. Wenn Oskar auf der Straße ausgestiegen wäre, und ein Auto … Sie merkte, wie sich Spucke in ihrem Mund sammelte, und schluckte ein paarmal hart.

»Rika, ich dachte echt, man könnte sich mittlerweile auf dich verlassen.« Cecilia schüttelte den Kopf und brachte den schreienden Oskar ins Haus.

»Es tut mir leid!«, rief Marika hinter ihr her.

Billy hob den zerquetschten, blutigen Strauß vom Boden auf. »Wir retten jetzt deine Blumen, dann kriegst du was Erfrischendes zu trinken, und dein Bruder kann die Kerne wegputzen.«

Der Nachbargarten sah so gar nicht mehr aus wie der des alten Herrn Jensch. Bunte Beete, eine blühende Wiese, Kunstwerke aus Weidengeflecht, Holzstühle statt der angegrauten Plastikhocker. Drüben heulte Oskar laut auf.

»Desinfektionsspray brennt«, kommentierte Billy. »So wild war das nicht.«

»Ich sag ja, ich und Kinder, das geht nicht gut.« Marika presste eine Hand auf ihren Magen, der schon wieder rebellieren wollte, und hatte ein furchtbar schlechtes Gewissen.

»Und ich sag ja: Das lernt man. Als Übermutter ist noch niemand auf die Welt gekommen.«

»Sisi schon.«

Billy verfrachtete Marika in einen Liegestuhl, drückte ihr ein Glas zischende Limonade in die Hand und sagte: »Ingwer. Hilft gegen die Übelkeit.«

Marika schob die Füße aus den offenen Sandalen und stellte sie ins kühle Gras. Der Schatten und die eiskalte Limo taten gut.

Neben dem Zaun, auf dessen anderer Seite das Baumhaus stand, kniete ihr Bruder im Gras und wedelte mit einer Plastiktüte voller Kirschkerne. »Damit kann man noch was machen. Wärmekissen und so. Was hast du mit Ossi angestellt?«

Marika wurde blass.

»Schon fertig?«, rief Billy. »Kannst gerne noch den Rasen mähen!«

»Dann schuldest du mir aber was.« Jonas lächelte Billy so schamlos flirtend an, dass Marika eine Augenbraue hob.

»Rasen mähen, Kirschkernspucker.« Billy deutete auf den Schuppen im Ritterburg-Garten. »Walter leiht mir sicher seinen Mäher.«

Jonas lachte und trabte davon.

»Bist du Gefängniswärterin, oder so?«, fragte Marika. »Oder wieso hast du den so gut im Griff?«

Billy zuckte die Schultern. »Ich hab Übung mit störrischen Männern.«

»Beruflich?« Marika lehnte die Stirn gegen das feuchtfrische Limoglas, das war herrlich.

»Nee. Persönlich. Beruflich bin ich Hebamme.«

»Ach.« Marika sah auf. Sie merkte, dass sie wieder mal eine Hand auf ihren Bauch gelegt hatte und mit dem Daumen leicht darüber strich, eine Geste, wie sie Schwangere in Filmen machten. Sie hörte damit auf.

»Hast du ein bisschen Angst vor dem, was da auf dich zukommt?« Billy lächelte sie entwaffnend an. »Sorry, ich dachte, ich frag einfach mal.«

Marika blinzelte, weil sie plötzlich das Gefühl hatte, entweder weinen oder dieser fremden Frau um den Hals fallen zu wollen.

»Merkt man das?«

»Ein wenig.«

»Na ja«, sagte Marika. »Man fragt sich immer, warum Leute überhaupt Kinder kriegen. Alle stellen es immer so dar, als sei Kinderkriegen die schlechteste Entscheidung, die man treffen kann: schlaflose Nächte, keine Zeit mehr als Paar und für sich selbst schon gar nicht ...«

»Immerzu vollgespuckte Klamotten«, sagte Billy, »nie wieder alleine aufs Klo gehen ...«

»Kinderkrankheiten«, fuhr Marika fort. »Keinerlei Freizeit mehr.«

Billy nickte. »Und dauerhafte Angst und Sorgen um die Brut.«

Marika blies die Backen auf. »Und man darf gar nicht erst anfangen mit Gehalteinbußen, der ungleich verteilten Care-Arbeit, fehlenden Kita-Plätzen, ...«

»Und dann noch alles rund um die Geburt: Gewalt im Kreißsaal, Inkontinenz, Dammrisse, dein Bindegewebe im Arsch ...« Billy zählte an ihren Fingern ab.

Marika trank noch einen Schluck und versuchte ein Lächeln.

»Und stimmt es wirklich, dass man nie wieder Trampolin springen darf?«, fragte sie. »Das ist der einzige Sport, der mir Spaß macht.«

Billy lachte. »Na ja, beckenbodenschonend ist das nicht gerade.«

Marika schaute in ihr Glas. Es war deprimierend.

Billy drückte ihr sanft den Arm. »So darf man da nicht rangehen. Am Ende ist es doch ziemlich toll, jedenfalls sehr oft. Und wenn ich das mit 17 geschafft habe, schaffst du das mit links.«

»17? Wow …«

Marikas Handy klingelte, und Julias Name erschien auf dem Display. Stirnrunzelnd nahm sie ab. »Juli?«

»Hi Rika, ist Jonas da? Er geht nicht an sein Telefon.«

»Jonas … räumt auf.« Marika guckte zu Billy. »Alles okay bei dir? Wie geht's dir denn? Als ich Corona hatte, hab ich mich gefühlt wie ausgeko…«

»Mir geht's gut«, sagte Julia knapp. »Hör zu, kannst du Jonas sagen, er soll mich zurückrufen. Ist dringend. Danke.« Dann legte sie einfach auf.

»Oka-y …«, machte Marika und rief in Richtung Rechenzentrum. »Deine Frau will, dass du sie anrufst!«

»Später«, murrte Jonas, der mit dem Rasenmäher aus der Hütte kam und versuchte, ihn über den Zaun zu hieven. »Hilf mir mal.«

»Sag mal …?!«, rief da Cecilia vom Sommerhaus herüber. »Ich bereite hier die gesamte Party alleine vor, verarzte mein Kind, das wegen dir ein scheiß Klammerpflaster braucht, und ihr zwei mäht den Nachbarsgarten?!«

»Na ja, wir haben Kirschkerne gespuckt und …«, fing Jonas an, kleinlaut wie als Kind, wenn Cecilia schimpfte.

»Ist mir total egal, was ihr wohin gespuckt habt!«, schrie Cecilia. »Ihr könntet mir ein Mal helfen, ein einziges Mal!« Marika bemerkte entsetzt, dass ihre Schwester Tränen in den Augen hatte, obwohl Cecilia sofort heftig blinzelte und gleich nichts mehr zu sehen war. Cecilia weinte nie. Als Kinder hatten sie gesagt: »Eine Cecilia kennt keinen Schmerz«, und so war es noch immer. Aber Jonas hatte das feuchte Schimmern in Cecilias Augen wohl auch bemerkt, denn er blickte von Marika zu Billy zu Cecilia und wieder zurück, sagte: »Tja, wir machen das dann wohl ein anderes Mal« und hüpfte mit einem Satz, der kühn aussehen sollte, aber leider in die Hose ging, über den Zaun. Er fing sich gerade noch, bevor er auf den Knien in der Wiese landete. Marika sah, dass Billy sich ein Lachen verkniff.

»Abflug«, sagte Cecilia, wie ganz früher ihre Mutter manchmal, wenn sie schleunigst nach Hause kommen sollten.

Cecilia verdonnerte sie dazu, die Bierbänke und -tische aus dem Rechenzentrum zu holen und aufzubauen. Marika wanderte über den weichen Teppich kurzer Halme, die sich fluffig und kitzelig an ihren bloßen Füßen anfühlten. An einer Stelle hatte Otis eine herzförmige Bahn in ein paar Gänseblümchen gemäht, es duftete nach frischem Gras, und Marika dachte an Kai. Sie sollte ihn anrufen. Ihm von Oskar erzählen, der ein blutiges Kinn hatte, wegen ihr, und sich versichern lassen, dass das jedem passieren konnte. Oder sie ließen das ganze Thema »Kinder« einfach sein und sprachen über Sauerteig und darüber, wie man die beste Pizza Neapolitana machte, denn mit solchen Dingen kannte Kai sich aus. Sie hatte den Eindruck, dass sie lieber mit ihm über Vertrautes reden wollte, als über diese ganze Box voll Unvertrautem, die da auf sie beide zukommen würde. Eventuell. Jonas telefonierte mit seiner Frau, schnell, hastig und leise, Marika verstand kein Wort. Sie klappte gerade die Füße der zweiten Bierbank auf, als sie Kies knirschen hörte und jemand hupte.

Per-Olovs Auto bog in die Auffahrt.

»Kommt er also doch noch, der Parkritter«, sagte Jonas. Marika wuchtete die Bank weg von Otis' Gänseblümchen-Herz, um es nicht zu zerstören.

Per-Olov stieg aus und gestikulierte in ihre Richtung. »Hej hej!«

»Hej! Cecilia ist drinnen!«, rief Marika, aber Per-Olov fuchtelte weiter mit den Händen und sagte etwas, was sie nicht verstand. Und dann stieg noch jemand aus Per-Olovs Auto, mit einer Käppi, einer randlosen Brille, kurzen Shorts und langen, gebräunten Beinen, jemand, der lächelte und winkte.

»Überraschung!«

DAS KLEINE MARIENKÄFERCHEN

Sag mal, Marika, ich weiß, du bist im Süden bei der Familie, aber wer ist denn dieser Typ, der mir hier ständig meine Honigpops wegfrisst? Ich war zwar ein paar Wochen nicht da, aber wenn du einen neuen Freund hast, dann sag mir das doch, ich bin immerhin dein Mitbewohner.

»Schaut mal, wen ich am Bahnhof aufgegabelt habe«, sagte Per-Olov zum gefühlt zehnten Mal. Er war nicht der Typ, der Anhalter mitnahm, also war er wohl besonders stolz auf sich. »Marikas Freund.« Das Wort »Freund« betonte er, wie man es bei kleinen Kindern machte, die auf dem Spielplatz ihr Sandspielzeug mit einem anderen Dreikäsehoch teilten.

»Hallo Kai«, sagte Marika und klopfte ihre von geschreddertem Gras bestäubten Knie ab.

»Surprise!« Kai strahlte. »Ich dachte, ich komme zu dir, um zu reden. Wollte nicht warten.«

»Reden?« Per-Olov lud einen ganz bestimmt handgepäcktauglichen Trolley aus dem Wagen und sah sich nach seiner Frau um, die ihn gehört haben musste, aber nicht herkam, um ihn zu begrüßen. »Ist Cecilia am Schaffen, wie immer?«

»Wir hätten auch telefonieren können«, sagte Marika zu Kai und ignorierte Per-Olov.

»Du hast gesagt, nicht am Telefon und … ich wollte einfach zu dir, zu euch, ich bin so …«

»Schon gut.« Marika zwang sich zu einem Lächeln. »Schön, dass du da bist.« Sie gab ihm einen Kuss auf die Wange und merkte selbst, wie komisch das war.

Oskar kam aus dem Haus gelaufen und reckte noch im Gehen sein Kinn vor. »Pa!«

»Hi Krümel. Was ist denn mit dir passiert?«

Per-Olov sprach immer mit einem niedlichen schwedischen Akzent, der Marika an IKEA-Werbung denken ließ.

»Marika hat ihn nicht angeschnallt.« Cecilia tauchte doch noch auf. »Und wer bist du?«

»Kai«, sagte Kai und streckte lächelnd die Hand aus.

Marika ergänzte: »Mein … Freund.«

»Oh? Aha.«

»P-O hat mich am Bahnhof mitgenommen.« Kai klopfte Per-Olov auf die Schulter, als hätten sie auf der kurzen Fahrt Blutsbrüderschaft geschlossen.

P-O. Zufällig hatte sich Kai damit als eindeutig nicht Teil der Familie ausgewiesen. Per-Olovs koreanische Eltern waren in jungen Jahren nach Schweden ausgewandert und hatten wohl beschlossen, ihren Kindern besonders traditionelle Namen zu geben, um sich in die Gesellschaft einzufügen. Aber Per-Olov hasste seinen Namen und stellte sich grundsätzlich als P-O vor. Nur Cecilia meinte, er solle dazu stehen (»Was für ein dämlicher Name ist bitte P-O?«), und Jonas und Marika nannten ihn schon allein um ihn zu ärgern bei seinem vollen Namen.

»Schön«, sagte Cecilia. »Wo ist eigentlich Papa?«

»Ich such ihn«, sagte Marika schnell, aber nicht schnell genug, denn Kai hatte bereits seine Sporttasche in den Staub vor der Haustür fallen lassen. »Ich komme mit.«

Es war nicht so, dass sie sich nicht freute, Kai zu sehen. Er war immerhin so etwas wie ihr Freund und zudem der Vater ihres ungeborenen Kindes. Sie hatte nur einfach eine kleine Auszeit gebraucht, von ihren Gedanken und allem, und Kai hatte all das Andere wieder mitgebracht, in dieses beschauliche Nest am Arsch der Welt.

»Ich musste dich einfach sehen.« Kai versuchte, sie an sich zu ziehen, aber sie ging forschen Schrittes weiter, schneller, als es nötig war. Der Uferweg am Bächlein entlang surrte und vibrierte in der Mittagshitze. Marika merkte, wie ihr wieder schwindelig wurde.

»Willst du dich setzen? Soll ich dir meine Kappe geben?«, fragte Kai, als sie nach seinem Arm griff, aber sie schüttelte den Kopf.

»Lass uns im Fluss weitergehen, okay? Der ist seicht um die Jahreszeit. Ist fast kein Wasser drin.«

»Ich dachte, ihr badet da immer?«

Sie hatte ihm vom Sommerhaus erzählt, natürlich. Es schien, als wäre das in einem ganz anderen Leben gewesen. Als gäbe es ein Davor und ein Danach, und im Danach passte Kai nicht mehr rein, obwohl er nun einen wichtigeren Part einnehmen sollte.

»Bei unserem Tümpel staut es sich, da ist es tiefer.«

Marika kämpfte sich über die Uferböschung und durch ein paar Brennnesseln zum Wasser, schlüpfte aus ihren Schuhen und tauchte die Zehen ins kühle Nass. Sie watete durch das Flussbett, ihre Füße versanken im weichen, schlammigen Boden. Zwischendurch stieß sie an einen mit glitschigem Zeug überzogenen Kiesel. Sie spürte Kai hinter sich.

»Du wirst noch hinfallen«, sagte er. »Die Steine sind total rutschig.«

»Quatsch.«

»Und bestimmt gibt's hier Welse.« Marika konnte förmlich hören, wie er hinter ihr beunruhigt ins Wasser schaute.

»Quatsch«, wiederholte sie, aber jetzt begann ihr die Sache ein bisschen Spaß zu machen. Ihre nassen Waden kühlten den Rest des Körpers ab. Sie schälte sich aus ihrem T-Shirt und band es sich wie einen Turban um den Kopf. Eine Weile stapften sie schweigend durch den Bach. Das Wasser war klar und kalt. Ab und zu flitzte ein kleiner Fisch an ihnen vorbei.

»Uah!«, machte Kai plötzlich. »Da war eindeutig ein Aal.«

»Ein Aal?«

»Oder eine Wasserschlange.«

Sie drehte sich zu ihm um. »Sei nicht albern.«

»Können wir wieder an Land?«

»Mir ist so heiß. Du kannst ja rausgehen und ich laufe hier weiter.«

»Aber wir wollten doch reden.«

»Du wolltest reden.«

»Wieso bist du denn so komisch?«

»Ich bin nicht komisch, ich wollte nur … ein Wochenende weg von allem und … und na ja, jetzt bist du hier.«

»Sorry.« Kai wirkte verlegen. »Ich bin nur so aufgeregt.«

»Ja, aber es ist nicht deine Entscheidung.«

»Was meinst du mit Entscheidung?«

»Na ja, halt …«

»Rika, das ist doch keine Entscheidung mehr!«

Marika watete weiter.

»Warte doch mal!« Kai plätscherte hinter ihr her. »Ich bin dabei genauso beteiligt wie du, wir sollten das ausdiskutieren wie Erwachsene und nicht …«

»Was, und nicht? Und nicht wie das kleine Marienkäferchen, das nie was auf die Reihe kriegt? Das zu nichts zu gebrauchen ist?«

Sie funkelte ihn an. Sie wusste, dass es unfair war, dass es mit diesem Ort und mit ihrer Familie zu tun hatte.

»Natürlich nicht«, sagte Kai.

»Du sagst doch immer, dass mir andauernd mein Basilikum kaputtgeht.« Sie hörte selbst, wie bescheuert das klang.

»Ein Basilikum ist doch kein Baby. Jetzt bleib mal stehen.«

»Ja, eben! Ich bin einfach nicht … Ich bin … Keine Ahnung.« Für einen winzigen Moment blitzte ein Bild vor ihrem inneren Auge auf: Kai mit einer Babytrage vor dem Bauch, Wanderschuhen, und einem VW Bulli im Hintergrund. Und Wellen, da mussten immer Wellen sein. Kai könnte so etwas schaffen, er wäre wie diese schlauen Influencer-Moms, die alles besser wussten, minimalistisch lebten, alleine auf Weltreise gingen, ihre Kinder vegan ernährten und dabei immer schlank und schön aussahen. Sie hatte kein Problem damit, sich Kai als Super-Papa vorzustellen.

»Ich glaube, ich bin nicht dafür gemacht, Mutter zu sein.«

»Das ist Blödsinn«, sagte Kai. »Wer ist schon für etwas gemacht? Und außerdem wächst man doch mit seinen Aufgaben!«

Marika watete ein Stück weiter, griff dann nach hinten, nach Kais Hand.

»Komm«, sagte sie.

Vor ihnen machte der Bach eine scharfe Biegung nach rechts. Es sah aus, als würde er vom Gestrüpp am Ufer verschluckt werden.

»Weißt du, wieso ich nach Berlin gezogen bin?« Marika wartete nicht auf eine Antwort. »Weil ich mir selbst beweisen wollte, dass ich es kann. Dass ich mehr bin als das Marienkäferchen, dem noch mit 14 das Pausenbrot geschmiert wird und das nur einmal blinzeln muss und alles bekommt, was es will. Dass ich es auch allein schaffe, ohne meine Familie.«

»Und? Hast du doch auch.«

Kais Hand fühlte sich gut an, sie war trotz der Hitze erstaunlich kühl. Marika beugte sich nach vorne und tauchte ihre Finger in den Fluss, schöpfte etwas Wasser und träufelte es auf ihre Oberarme. Sie würde einen Sonnenbrand bekommen, ganz bestimmt. Den dritten diesen Sommer. Obwohl sie viel zu schnell verbrannte, vergaß sie immerzu, sich einzucremen. Sie würde viel schneller runzelig und faltig werden als diejenigen, die immer an Lichtschutzfaktor 50 dachten, selbst im Winter und bei Nieselregen. Bei einem Baby dürfte sie das nicht vergessen, das war sicher Kindesmisshandlung, wenn man das Eincremen vergaß.

»Wenn ich hier bin, fühle ich mich immer wie fünf. Und gleichzeitig will ich dann nach einiger Zeit nie wieder heim.«

»Heim in dein Erwachsenenleben?«

»Genau. Es ist so schön einfach, fünf zu sein.«

»Aber das bist du nicht.«

»Nein. Das bin ich nicht.«

»Und mit fünf konntest du nichts allein entscheiden.«

»Egal. Alle Entscheidungen, die für einen getroffen werden, sind wirklich leicht. Man kann sie nicht anzweifeln, man kann sie nicht bereuen … «

»Du wirst dieses Baby nicht bereuen«, sagte Kai.

»Bist du da sicher?«

Anders als ihre Schwester, die schon mit 25 eine Großfamilie geplant hatte, hatte Marika nie Kinder gewollt. Nicht, weil sie sie nicht mochte. Sie glaubte nur nicht an den Spruch »Man wächst mit seinen Aufgaben«, eher daran, dass man sich leicht überfordern konnte. Wie sollte sie über die Runden kommen? Bekam man als Selbständige überhaupt Elterngeld? In Berlin hatte sie keine Familie, die sie entlasten könnte, und niemanden, der das Baby mal betreuen würde, außer Kai, und wegen Kai wusste sie auch nicht so genau, was sie tun sollte, und überhaupt.

Ihre Unterlippe zitterte. Kai drückte ihre Hand. »Bleib mal kurz stehen.« Marika sah ihn an. Er lächelte unter seiner bekloppten Kappe. Kai lächelte oft. »Du Maikuchenpferd«, hatte sie ganz am Anfang zu ihm gesagt, »du Honigkäfer!« Er war bereits braungebrannt. Anscheinend bekam er schnell Farbe, auch wenn er wirkte wie ein heller Typ. Im Frühling hatten sie sich kennengelernt, es war der erste Sommer mit ihm, und es kam ihr vor, als müsste sie so etwas längst über ihn wissen. Er hatte gerade, weiße Zähne und wirklich schöne Wimpern. Sie blinzelte; sie betrachtete ihn wie einen Zuchtgaul. Gute Gene. Hübscher Nachwuchs.

»Oskar hat sich die Knie aufgeschürft. Das kann passieren. Du kannst doch nicht dein Leben davon abhängig machen, dass du dir was nicht zutraust!«

Marika schaute in die Kiesel am Grund des Bachs.

»Ich bin total fürs Kinderkriegen«, sagte Kai. »Klar, das war nicht geplant und wir kennen uns noch nicht so lang, aber ...« Er nahm ihre andere Hand und schwang beide Hände hin und her. »... aber manchmal passiert eben das Leben, während man andere Pläne macht. Oder wie geht dieser Spruch? Von wem ist der, John Lennon?«

»Bestimmt«, sagte Marika. Kai beugte sich vor und küsste sie, schüchtern und schnell. Dann rief er: »Wels!«, riss vor Schreck an ihren Händen, sie strauchelten beide, versuchten, sich aneinander festzuhalten und fielen, sie Knie, er Hintern voran, ins Wasser.

»Ah, Mist«, sagte Marika. »Aua.« Ihr Bein schmerzte, sie war auf einem Stein gelandet, Blut floss durch das klare Wasser davon, ein winziges Rinnsal. Kai saß neben ihr im Bach. »Ups«, sagte er, und sie mussten lachen. Marika rappelte sich hoch, es war sowieso schon alles nass, sie setzte sich wieder hin, ins rutschige Bachbett.

»Käferchen? Alles in Ordnung?« Ihr Vater kam hinter der Biegung hervor gewatet.

»Wir baden«, sagte Marika. »Alles Gute zum Geburtstag!«

Zu dritt quetschten sie sich unter den kleinen Sonnenschirm, an dem außen ein Moskitonetz angebracht war. Es war ein ausgebleichtes, zerrupftes Werbegeschenk einer lokalen Brauerei. Das Netz kitzelte sie an den Schienbeinen.

Kai zupfte am Moskitostoff. »Das ist ja raffiniert.«

»Muss man mal flicken«, murrte ihr Vater. »Ich hab da noch was im Rechenzentrum.« Er deutete auf zwei Bierflaschen, die zwischen Steinen im Bach steckten. »Bedient euch.«

Kai fischte sie aus dem Wasser.

»Auf dich, Papa.« Marika hob ihre Flasche, leckte leicht daran ohne zu trinken, gab sie an Kai weiter. Nicht alkoholfrei. Sie hatte wirklich Durst.

»Alle suchen dich«, sagte sie, obwohl das ja gar nicht stimmte, den ganzen Morgen hatte niemand bemerkt, dass ihr Vater nicht da war, obwohl er doch eigentlich der Ehrengast des Tages sein sollte. Wenn ihre Mutter fehlte, fiel das sofort auf. Marika fragte sich, was das über ihre Eltern aussagte. Oder über Mütter, im Allgemeinen.

»Ich wollte mal meine Ruhe.«

»Du willst immer deine Ruhe.« Marika wickelte sich ihren Turban vom Kopf.

»Na und?«

Ja, na und, das war schon richtig. Man sollte seine Ruhe haben dürfen, wenn man sie brauchte. Marika schloss die Augen.

»Es wird doch nur eine kleine, feine Sause«, sagte sie schläfrig. Ihr Vater brummte.

»Hast du schon was gefangen?« Kai inspizierte einen Eimer.

»Nein.«

»Cecilia kocht eh schon den ganzen Vormittag«, sagte Marika.

»Ich wollte was beisteuern.« Papa rappelte sich hoch und ging wieder zu seiner Angel. Er stellte sich dahinter und schwang sie hin und her; es sah gekonnt aus, wie die Schnur über das Wasser sauste. Die dünnen bleichen Beine ihres Vaters steckten in einer kurzen Cargohose, deren Taschen mit irgendwelchem Krimskrams vollgestopft waren. Er trug einen grünen Anglerhut, sah älter aus, als sie ihn in Erinnerung hatte, sah aus wie die 70, die er war. Immer, wenn sie sie sich trafen, schien er gealtert zu sein, und auf einmal überflutete Marika ein überwältigendes Gefühl von Zuneigung für ihren alten Herrn. Er wirkte sehr konzentriert, wie er die Angel schwang.

»Wie Robert Redford in diesem Film.« Sie grinste.

»Nein, nein, das ist Brad Pitt«, sagte Kai, und sie lachten beide.

»Sehr witzig«, sagte ihr Vater.

Marika lehnte sich gegen Kais Rücken, was unbequem war, also legte sie sich hin, den Kopf in seinen Schoß und blinzelte in die Bierwerbung über sich. Das Wasser plätscherte um sie herum, im Schatten war die Nachmittagshitze erträglich, ihre Kleidung war noch immer feucht und kühlte sie angenehm, und Kai kämmte durch ihr Haar, eine Berührung, die sie immer gemocht hatte. Ihre Mutter hatte das getan, früher an ihrem Bett, während sie der kleinen Rika etwas vorgelesen hatte.

EISIGE STIMMUNG

»Okay, du fühlst dich alt? Dann tu was dagegen, Jonas, du meine Güte. So einfach ist das.«

»Ich mach doch …«

»Nee, du machst eben nicht. Gar nichts. Fahr wenigstens einmal in den Scheißurlaub nach Scheißitalien mit mir. Aber selbst das ist dir ja zu anstrengend. Weißt du, wie du mir vorkommst? Wie dein Paps, echt. Ganz genau so.«

»Das ist jetzt aber fies, Julia.«

»Nee, ehrlich. Und außerdem – nichts ist für immer, auch wenn wir das früher gedacht haben. Wir sind keine Teenager mehr. So isses nun mal.«

»Du bist doch diejenige, die immer noch so tut, als wären wir Anfang 20.«

»Hä? Weil ich lieber um die Welt reisen als Windeln wechseln will? Weißt du, warum? Weil das allermeiste an mir hängen bleiben würde.«

»Das weißt du doch gar nicht!«

»Das weiß ich wohl. Und da hab ich einfach keinen Bock drauf. Ich hab auf echt vieles keinen Bock mehr, Jonas …«

»Gut, wir wollen unterschiedliche Dinge, aber das ist doch kein Grund, gleich das Handtuch zu werfen.«

»Gleich? Ernsthaft?«

Als Marika aufwachte, war die Sonne gewandert, weiche Strahlen ergossen sich über das Bächlein. Jemand hatte den Schirm verschoben, ihre Füße ragten aus dem Schatten, waren rotverbrannt und heiß auf dem Sandbanksand. Marikas Knie pochte: ein großer, blauer Fleck vom Kieselsteinsturz. Ihr Vater war verschwunden, mit ihm sein Eimer und seine Angel und die letzte Flasche Bier, die wasserumspült im Bach gewartet hatte. Es roch warm nach Kiefern und Seewasser.

»Scheiße, wie viel Uhr ist es?«

Marikas Hals fühlte sich trocken an, ihre Sonnenbrandfüße spannten unangenehm, sie sah bunte Pünktchen vor ihren Augen tanzen. Schweißperlen krochen ihren Arm hinunter und kitzelten sie wie ein kleines Insekt. Sie schüttelte Kai; er schien ebenfalls geschlafen zu haben.

»Äh, keine Ahnung.«

»Papa ist schon weg.«

»Wollte uns wohl nicht wecken.«

»Cecilia wird stinksauer sein.«

»Blödsinn«, sagte Kai. »Wir haben sicher nur ein paar Minuten die Augen zugemacht.«

»Rika!«, brüllte da Jonas aus dem Gebüsch vom Ufer her. »Die Party geht gleich los!« Er gestikulierte wild und schien sich gut zu amüsieren. »Cecilia wird euch umbringen!«

Unter ihrem Moskitonetzschirm wanderten sie durch den Bach zurück, weichen Matsch unter den Füßen, die jetzt tiefer stehende Sonne im Nacken.

Jonas machte einen missglückten Salto in den Badetümpel, klatschte mit dem Rücken auf (»Autsch«, sagte Kai mitfühlend), wirkte aber mit sich und der Welt zufrieden, als er wieder nach oben kam. Billy saß vor ihrem Haus. Marika gab Kai den Schirm und die gerade erst getrockneten Klamotten, und ließ sich in Unterwäsche in den Tümpel gleiten, tauchte ihren heißen Kopf, ihren ganzen glühenden Körper unter Wasser. Dort war die Welt verschwommen und grünbraun, kleine Algenteilchen zogen an ihr vorbei, und sie blubberte einen unhörbaren Seufzer aus Luftblasen. So musste sich das Baby fühlen: angenehm treibend in einem Tümpel aus Fruchtwasser, durch den gedämpftes Licht und gedämpfte Geräusche zu ihm hereingluckerten.

Als sie auftauchte, platschte neben ihr wieder ihr Bruder ins Wasser; ein zweiter Salto, etwas erfolgreicher. Am Steg stand ihre Mutter, die einen schwimmflügelbeflügelten Oskar auf dem Arm hielt.

»Hi Mama!«

»Hallo Rika, mein Schatz.«

Ihre Mutter trug ein geblümtes Sommerkleid, ihre Haare waren kürzer und dunkel gefärbt und fielen mit einem sanften Schwung um ihr Kinn. Im Gegensatz zu ihrem Vater sah Marikas Mutter um einiges jünger aus, als bei ihrer letzten Begegnung. Oskar strampelte sich frei und ließ sich, Knie und Hände voran, in den Tümpel fallen. Marika fing ihn auf.

»Ich bin Kai«, stellte Kai sich selbst vor, versunken bis zu den Oberschenkeln im Tümpel, und streckte ihrer Mutter eine Hand hin. »Marikas Freund.«

»Marianne. – Rika, ich wusste gar nicht, dass du einen Freund mitbringst!«

»Meinen Freund«, sagte Marika. Das Wort ging ihr nun schon viel leichter über die Lippen, als müsste sie es nur oft genug wiederholen. »Und er ist einfach hergefahren.«

»Wieso kommst du erst jetzt?«, fragte Jonas. »Cecilia kriegt schon die Krise.«

Das tat sie immer, dachte Marika, und ihre Mutter sah aus, als würde sie dasselbe denken, sagte dann aber: »Jetzt bin ich doch da. Kein Grund für Krisen.« Sie setzte sich, schlenkerte mit den Füßen im Wasser und wirkte im Licht der tief stehenden Sonne gedankenverloren. Sie hatte die Augen mit einer Hand abgeschirmt, und der träumerische Blick währte nur einen kurzen Moment, denn genau wie Cecilia war ihre Mutter niemand, die dazu neigte, versonnen über fließende (oder stehende) Gewässer zu schauen.

»Wo ist euer Vater?«

Der schwenkte bereits neben dem Rechenzentrum einen Eimer. »Es gibt heute leider keinen Fisch! Hat einfach nichts angebissen.«

»Ach, Paps.« Jonas wischte sich ein paar Algen aus dem Haar. »Das hat auch niemand erwartet.«

Ihr Vater schlenderte zu ihnen herüber. »Marianne! Da bist du ja endlich! Wusstest du, dass Dirk hier war?«, sagte er in einem Tonfall, den Marika nicht von ihm kannte.

Das Gesicht ihrer Mutter fror kurz ein, dann strich sie sich eine Haarsträhne hinters Ohr. »Ja?« Es klang leicht und locker, und Marika tauschte einen Blick mit Jonas. Sie gab Oskar einen Schubs und ließ ihn vor sich im Kreis paddeln. Seine Füßchen strampelten gegen ihre Brust.

»Ja«, sagte ihr Vater in demselben, ruhigen Tonfall wie eben. »Ich hab ihn rausgeworfen.«

»Du hast was?!«

»Er hat dich gesucht«, sagte Marika zu ihrer Mutter, die ihren Vater anfunkelte.

»Er hat hier nichts verloren«, sagte Papa. »Findest du nicht auch, Marianne?«

Die Nasenlöcher ihrer Mutter blähten sich leicht, und sie wandte sich Oskar zu, der mit den Händen ins Wasser patschte und seine Oma nass machte, was ihm zu gefallen schien.

»Arschbombe!«, schrie Jonas und sprang in den Tümpel. Wasser spritzte, Oskar juchzte.

Papa stellte den Eimer am Ufer ab, sagte: »Kann ich besser« und machte eine noch größere und nassere Arschbombe. Oskar krallte sich an Marikas Hals, das Wasser schwappte, Marika lachte. Ihr Vater tauchte prustend wieder auf, und Marika konnte auf einmal die Ähnlichkeit zwischen ihrem Bruder und ihrem Vater erkennen. Das gleiche weiche Kinn, das gleiche spitzbübische Grinsen.

Billy applaudierte. Papa hievte sich wieder auf den Steg hinauf.

»Ich hab schon meine guten Sachen an!«, schimpfte ihre Mutter und wandte sich ab. »Ich nehme jetzt eine Kopfschmerztablette. Ihr kriegt das doch auch gut ohne mich hin, diese ganze …« Sie fuchtelte mit den Händen. »… Party.«

Jonas, der neben Marika und Oskar Wasser trat, raunte ihr zu: »Was hat es mit dieser eisigen Stimmung auf sich?«

»Das wüsste ich auch gern.«

»Nur, weil Mama vor hundert Jahren mal mit diesem Schnösel geflirtet hat?«

»Was weiß ich.«

»Vielleicht ist er ja wirklich dein Erzeuger.« Jonas grinste.

»Sisi!« Ihre Mutter stoppte abrupt.

Marikas Schwester kam über den Hof gerannt. Cecilia sah schön aus wie immer; sogar müde und verschlafen in einem ausgeleierten Pyjama war sie schön, aber so, bereits für die Party umgezogen, war sie noch schöner: Ihr brünettes Haar mit einer goldenen Spange nach oben gesteckt, das Make-up dezent, Espadrilles und ein fließendes, langes Kleid in einem Orange-Ton, der die natürliche Bräune ihrer Haut unterstrich.

»Oh-oh«, machte Jonas. »Ich sollte euch ja holen …«

»Herzlichen Dank auch! Sehr freundlich von euch A …« Cecilia stockte und schien nur wegen ihres wassertretenden Sohnes nicht »Arschgesichter« oder etwas ähnlich Drastisches zu sagen. »Die Gäste kommen jeden Moment und ihr planscht hier fröhlich vor euch hin.«

»Wieso? Ist doch alles entspannt«, sagte ihre Mutter. »Der Caterer müsste gleich da sein …«

»Es gibt einen Caterer?«, schrie Cecilia. »Wieso reiße ich mir denn den ganzen Tag den Allerwertesten auf?!«

»Ich dachte, du wüsstest das!«, sagte ihre Mutter. »Ich hab doch eine E-Mail geschickt, dass ich es nicht rechtzeitig schaffe. Hier.« Sie hielt Cecilia ihr Handy unter die Nase. »›Mach dir keinen Stress, Sisi, Dirk kennt jemanden, der …‹«

»Dirk?!«, fragte ihr Vater.

Marikas Mutter wurde rot.

»Wieso rufst du denn nicht an, wie jeder normale Mensch?«, sagte Cecilia. »Bei mir kam nichts an.«

»Ich dachte, so macht man das heutzutage.«

»Mama ist eine moderne Frau«, sagte Jonas.

Per-Olov kam hinter Cecilia her, linste eindeutig neidvoll auf die Badegesellschaft, fischte dann aber Oskar aus dem Wasser. »Raus mit dir, Krümel.«

Oskar protestierte prompt. Marikas Vater protestierte auch. Demonstrativ verschränkte er die Arme etwas fester um seinen Bauch und sagte: »Kann man die Party nicht noch absagen?«

»Nein, Papa, kann man nicht!« Cecilia schüttelte den Kopf. »Tante Margit ist schon da, Per-Olov, du musst den Grill anschüren und ihr müsst euch noch was anziehen …«

Alle kletterten unter Geplatsche und Getropfe aus dem Wasser. Kai mit seinem Schirm, mit dem Arm voller Kleidung, und der Kappe, wie jemand, der dabei ist, seine Habseligkeiten zu retten, während er langsam untergeht, sah schuldbewusst aus, am allerschuldbewusstesten von ihnen allen, dachte Marika und musste grinsen. Das hatte Cecilia so an sich. Schuldgefühle auslösen. Wenn man nicht abgehärtet war. Ihr Vater grummelte vor sich hin.

»Jedes Jahr dasselbe«, sagte Jonas. »Es gibt immer Stress.«

»Es gibt keinen Stress«, sagte Cecilia mit zusammengebissenen Zähnen. »Wir hatten immer wunderschöne Feste. Manchmal muss man euch ... dich, Papa, eben zu eurem Glück zwingen.«

»Man muss mich nicht zwingen.« Ihr Vater stand noch immer mit verschränkten Armen im Wasser. »Ich weiß ganz gut selbst, was mich glücklich macht und was nicht.«

Ein Auto hupte, und ein blonder Typ stieg aus einem Jeep. Er jonglierte Warmhalteplatten und Frischhaltedosen.

Marika merkte, dass ihr kalt war, außerdem war sie hungrig und durstig. Sie freute sich aufs Essen und die Cocktails, die Jonas wie jedes Jahr mixen würde (für sie ohne Alkohol, für alle anderen mit reichlich Tequila).

»Komm, Papa«, sagte sie sanft. »Lass uns auf dich anstoßen. Hast du keinen Hunger?«

Diesmal war sie es, die wie mit einem Kind mit ihm sprach. Ihr Vater seufzte und gab sich geschlagen.

Cecilia setzte die Sonnenbrille auf, die in ihren Haaren gesteckt hatte. Kurz bevor die dunklen Brillengläser ihre Augen verschatteten, meinte Marika, ein feuchtes Schimmern wahrzunehmen. Aber eine Cecilia kennt keinen Schmerz, und so weiter. Ihre Schwester klatschte in die Hände, um alle anzutreiben, ihren Mann und ihren Sohn zuallererst.

Marika hakte sich bei ihr unter und drückte ihr einen Kuss auf die Wange.

»Tut mir leid, Sisi«, sagte sie. »Wir waren doof.«

Cecilia kniff die Lippen zusammen, sie tat das häufig und ohne es zu merken und sah dann immer sehr viel strenger und ernster aus, als sie eigentlich war (oder vielleicht genauso streng und ernst, wie sie war.)

»Ihr seid immer doof.« Sisi hörte sich verschnupft an. »Das ist ja das Problem.«

»Wir haben die Zeit vergessen.« Marika lehnte den Kopf gegen Cecilias Schulter. »Tschuldigung hoch fünf!« Das hatte sie als Kind immer gesagt, und es freute sie, als sie ein winziges Lächeln um Cecilias Mundwinkel zucken sah.

EINE SCHEISSANGST

»Und, was ist mit dir, Maikuchenpferd, hast du Geschwister?«

»Einzelkind.«

»Oh, du Glücklicher!«

»Glücklich? Immer allein gegen die Eltern, keiner, der sich mit einem verbündet, alle Erwartungen meiner Eltern ruhen auf meinen Schultern ... Dann ständig diese Vorurteile: Kann nicht teilen, ist egozentrisch, verwöhnter Mama-Bubi ... Und wenn meine Eltern alt sind, bin ich der Einzige, der sich um sie kümmert!«

»Puh. Armer Kai. Aaaaber: Eine Kindheit ohne einen älteren Bruder, der dich immerzu ärgert? Ohne eine große Schwester, die dich dauernd bevormundet? Mit einer Zimmertür, die zu bleibt, wenn sie zubleiben soll? Niemand, der dir deine Lieblingskekse wegfrisst?«

»Futterneid, Marika? Das hätte ich ja echt nicht von dir gedacht.«

»Oh doch. Niemand, der dich verpetzt, niemand, der deine Tagebücher liest, niemand, der dir sagt, wer du im Spiel zu sein hast, niemand, der ...«

»Klingt, als hättest du echt nervige Geschwister.«

»Na ja, vielleicht ein bisschen ... aber Jonas ist mittlerweile harmlos. Cecilia dagegen ...«

»Ja?«

»Jeder hat Angst vor meiner Schwester, Kai, und nicht nur in dieser Familie, merk dir das.«

Aus dem offenen Fenster ihres Zimmers guckte Marika auf die kleine Gartengesellschaft: Otis hatte es geschafft, die Girlanden und Lichterketten über einer langen Tafel zwischen Haus und Baumhaus zu befestigen. Eben stieg er auf die Leiter und hängte einen letzten Lampion auf. Der Tisch war mit einem weißen Tuch und gutem Geschirr gedeckt, zwei Kuchen und eine sahnig aussehende rosa Torte standen unter Hauben bereit. Der dezimierte, aber nicht mehr blutige Blumenstrauß thronte in der Mitte des Tisches. Zitronengelbe Servietten, Wasserkaraffen mit Orangenscheiben darin. Am Grill stocherte Per-Olov mit einer Grillzange im Rost und versuchte gleichzeitig, Oskar davon abzuhalten, in die glühenden Kohlen zu fassen. Otis verteilte Sektflöten. Irgendwelche entfernten Tanten, an die sich Marika kaum erinnern konnte, trugen weite, blumige Sommerkleider und rissen ihm die Gläser aus den Händen. Einer ihrer Onkel drückte auf einem Laptop herum: Hits aus Papas Jugend schallten durch den Garten. Ihre Mutter sprach lebhaft mit einer ganzen Runde älterer Damen, die ihr gebannt zuzuhören schienen. Der gut aussehende blonde Caterer richtete Brotzeit auf hübschen Holzbrettern an.

Marika legte sich aufs Bett und schloss die Augen. Sie war müde, die Hitze hatte ihr zugesetzt. Wenigstens kühlte es jetzt am späten Nachmittag langsam etwas ab. Kai stieß die Tür auf; sie hatte kurz vergessen, dass sie nun das Zimmer mit ihm würde teilen müssen. Er warf seine Reisetasche neben den Schrank und rümpfte die Nase.

»Nach was riecht es hier?«

»Hamster.« Sie hatte keine Lust auf Erklärungen.

»Alles gut bei dir?« Das Bett wackelte leicht, als Kai sich setzte.

»Klar«, sagte Marika mit weiterhin geschlossenen Augen. »Mir geht's prima. Mein Bauch tut nur bisschen weh.« Das stimmte, es ziepte leicht; sie hatte das gegoogelt, und es war wohl normal im Anfangsstadium.

»Hast du Krämpfe?«

»Meine Frauenärztin sagt immer, wenn nix weh tut, ist man nicht am Leben.«

»Wenn du es allen verraten würdest, würde jeder verstehen, warum du dich mal kurz zurückziehst.« Sie hörte den Vorwurf in seiner Stimme.

»Ich sage es ihnen schon noch.« Marika machte die Augen auf. Kai strich einen Zettel glatt, kaute an einem Bleistift.

»Was ist das?«

»Jonas' Rede. Er meinte, vielleicht kann ich helfen.«

Ihr Bruder war wirklich unglaublich. Der faulste Mensch, den sie kannte.

»Jonsi hat dir einfach seine Rede gegeben?«

»Ja. Und?«

»Du kennst meinen Vater doch gar nicht.«

»Ich kann ein paar Pointen schleifen, du weißt doch, dass …«

»Du kennst uns doch gar nicht.« Marika riss ihm den Zettel aus der Hand und überflog den Text. »Du weißt nicht, wer diese Familie ist. Du kennst ja mich kaum mal drei Monate.«

Kai machte ein Gesicht wie ein kleiner, schmollender Junge. Dann nahm er seine Brille ab, putzte sie, und straffte die Schultern.

»Wenn du deinen Vater in einem Wort beschreiben müsstest, was wäre es dann?«

»Verlässlich. Ich würde gern ein bisschen schlafen.«

»Klar«, sagte Kai, blieb aber, wo er war. »Ach, ihr wart ja süß.« Er betrachtete das Foto an der Wand, goldgerahmt, ihre Mutter vor dem Sommerhaus, den Kopf schief gelegt, den Mund verzogen, als würde sie etwas sagen. Jonas sitzt auf ihren Schultern, die Hände in ihren Haaren vergraben, Cecilia steht auf der Reifenschaukel, die früher am Baumhaus gehangen hatte. Ihre Mutter mit einer Hand am Seil der Schaukel, mit der anderen hält sie gekonnt Baby Marika.

»Marianne sieht ja tiefenentspannt aus.« Kai klang beeindruckt.

Marika nickte. Bei ihrer Mutter wirkte immer alles einfach, auch drei Kinder und ein sauertöpfischer Ehemann, der am liebsten seine Ruhe hatte. Alle drei Schwangerschaften und Kleinkindstadien, Pubertätsdramen und sonstige Kindersorgen und -nöte hatte ihre Mutter ohne weitere Probleme weggesteckt, körperlich wie geistig.

Marika schaute vom Bild zu Kai. »Weißt du, dass ich kein bisschen schlafen kann, seit ich …?«

»Warum? Hast du Baldriantee probiert? Ist das sicher für Schw…«

»Ich hab einfach eine Scheißangst!«

»Vor was?«

»Vor allem.«

»Oh Gott, ich auch«, sagte er, und es klang, als wäre ihm nicht bewusst, wie tiefgreifend ihr dieser Gedanke vorkam. »Und deine Mutter hatte gleich drei davon!«

Ein Lachen sprudelte aus Marika heraus. »Stimmt«, sagte sie. »Und das ist ja bloß eins.«

»Außerdem geht es doch allen so«, sagte Kai.

Marika küsste ihn, einfach, weil er Kai war. Er blinzelte etwas überrascht, als sie sich von ihm löste.

»Sie hat das alles gestemmt«, sagte sie. Plötzlich überkam sie der brennende Wunsch, es ihrer Mutter zu erzählen, ihrer starken, bezaubernden Mutter, die immer wusste, was zu tun war.

DIE PARTY

Walter: *Kinder, los, guckt mal her, Mama macht einen Film! Huhuu, Nachwelt! Hier sind die großartigen Ritterkids und ihr superklasse Paps auf großer Fahrt!*

Cecilia: *Papa, das Boot! Hör auf zu wackeln, Jonas! Mama, Jonas wackelt dauernd extra!*

Walter: *Mit Absicht, Sisi, mit Absicht. Wups!*

Marianne: *Gott, Walter, Vorsicht! Braucht ihr trockene Kleidung?*

Walter: *Es hat 30 Grad, Marianne, da darf man schon mal nass werden.*

Cecilia: *Jo-nas! Mann! Mama, Jonas spritzt mich dauernd voll!*

Jonas: *Gar nicht! Darf ich auch mal die Kamera?*

Marianne: *Meinetwegen.*

Walter: *Komm mit ins Bild, Marianne. Huhu!*

Marianne: *Ich hab das Baby, Walter, ich kann jetzt nicht Kanu fahren. Außerdem wollte ich mich kurz hinlegen ...*

Walter: *Gib sie mir, meinen kleinen Marienkäfer. Jonsi! Achtung beim Ausstieg, der Papa fällt noch rein.*

Marianne: *Sie schläft endlich, ich kann nicht ... Jonas! Himmel, reiß mir doch nicht so die Kamera aus den Händen!*

Jonas: *Hier spricht Jonas Ritter auf geheimer Mission, das Kanu zum Ket ... zum ... Ken...*

Walter: *Kentern! Los, Sisi, wir ...*

Marianne: *Passt auf! Du weckst noch deine Schwester! Jonas!*

Walter:	Und sie ist wach.
Jonas:	Ohren zuhalten, liebes Publikum, hier schreit das lauteste Baby des ganzen Universums!
Marianne:	Scheiße, ich wollte einmal kurz … ein-mal … Für euch ist immer alles ein Spaß, aber …
Walter:	Alles gut, Marianne, die schläft schon wieder ein.
Jonas:	Wer kann lauter schreien als Marika? Ich!!! WAAAA-AH!

Die Spätnachmittagsluft draußen war lau; endlich war es nicht mehr so heiß. Wolken bauschten sich am Himmel. Das Geschnatter der Gäste vermischte sich mit der Musik aus den Boxen, und Marika sagte »Guten Abend« und »Ja, genau, die Jüngste« und »Lange nicht gesehen, Tante Margit, tolles Kleid übrigens, …« und bahnte sich ihren Weg durch die Partygäste, dicht gefolgt von Kai.

Cecilia und Per-Olov standen etwas abseits. Sie steuerte auf sie zu.

»Denkst du nicht, wir sollten darüber reden?«, fragte P-O gerade.

»Später«, sagte ihre Schwester. »Wir wissen eh noch gar nichts.«

»Aber es ist auch wichtig, dass du, ich meine, gerade jetzt … Hi, Rika!« Per-Olov setzte ein Lächeln auf, das angestrengt wirkte.

»Wisst ihr, wo Mama ist?«

»Nein.« Cecilia schwenkte einen riesigen Bund aus buntklappernden Babybeißringen. Einen kurzen Moment lang erstarrte Marika. Hatte ihre Schwester es erraten? Dann bemerkte sie Oskar, der an Cecilias Bein klammerte und ihr ins Schienbein biss, und Sisi sagte: »Je mehr Leute irgendwo sind, desto weniger passt man auf, nennt sich Aufmerksamkeitsparadox. Deshalb trägt derjenige, der für Oskar verantwortlich ist, bitte diesen Schlüsselbund. Ich kann nicht beides machen, den ganzen Abend organisieren und …«

»Ich nehm den.« Billy zwinkerte Marika zu. »Willst du ein Glas Orangensaft?«

»Gern«, sagte Marika, und nahm gleich einen großen Schluck, während auch Kai beherzt zugriff. Er stieß mit Per-Olov an, als hätte sie die Neuigkeit bereits verkündet, als gäbe es etwas zu feiern, sah aufgeregt aus, rote Bäckchen und freudiges Strahlen.

»Wir sollten Ossi sowieso bettfertig machen«, sagte Cecilia. »Der ist völlig erledigt. Die viele Sonne heute …« Sie pflückte Oskar von ihrem Bein. »Bitte nicht beißen, Schatz.«

»Es ist gerade mal sechs Uhr«, sagte Per-Olov. »Lass ihn doch einmal …«

»Du bist ja nicht derjenige, der ein übermüdetes Kind ins Bett bringen muss. Aua. Nicht beißen, hab ich …«

»Kann ich was dafür, dass er immer die Mama will?«

»Kannst du sehr wohl, aber es ist ja so äußerst bequem für dich, wenn er nur nach mir schreit. Da bist du wie immer fein raus.«

Per-Olov atmete laut aus, seine Nasenflügel blähten sich leicht. »Pauschalvorwürfe und Verallgemeinerungen helfen uns auch nicht weiter.«

Marika blickte durch die Menge, konnte aber ihre Mutter nirgends entdecken. Am Himmel türmten sich Wolken zu wattigen Bergen.

»Schläft er nicht einfach am Morgen länger, wenn er abends später ins Bett geht?«, fragte sie. »Wäre das nicht gut für alle?«

Cecilia und Per-Olov sahen sie kurz an und lachten. Anscheinend war die Frage keiner Antwort würdig.

»Sooo, wir gehen mal rüber was essen, oder, Oskar?« Billy wedelte mit dem Schlüsselbund.

»Aber nichts mit E-Nummern!«, rief Cecilia. »Und Saft hat den gleichen Nutriscore wie Mayonnaise, ich wollte es nur mal gesagt haben. Gott, es wird doch nicht regnen?« Beunruhigt guckte sie in die sich ballenden Wolken.

Alle folgten Billy und Oskar zum Buffet. Ihr Vater, wieder in seiner Angler-Kluft, begutachtete die Brotzeitplatten des Caterers und wirkte entzückt.

»Oh, Sülze!«, rief er. »Und Wurstaufschnitt! Gürkchen! Marianne, du kennst mich einfach!«

Cecilia nahm Billy ein Wienerwürstchen ab und reichte Oskar stattdessen einen ihrer eigenen vorbereiteten Snacks, die sie neben die Gerichte des Caterers gestellt hatte, eine selbstgebackene Dinkelstange. Oskar fing an zu heulen.

»Ich hab den Schlüsselbund«, sagte Billy. »Ich mach das schon.«

»Rette mich, Kai.« Marika schnappte sich ein paar Häppchen auf Servietten, als eine Horde älterer Damen, angeführt von Tante Margit, sich auf sie stürzten.

»Die Großstädterin mit einem Mann!«

»Wir hatten ja alle schon geglaubt, du bist vom andern Ufer!« Die Tanten wieherten los.

»Ach ja, Tante Margit?«, sagte Marika um sie abzuwimmeln. »Hattest du nicht selbst mal ne Freundin, damals, in den wilden 70ern in Paris?«

»Wie bitte?«, rief Tante Margit, und Marika war froh, als Jonas ihnen atemlos entgegenkam. »Ich such euch schon«, sagte er. »Wir sollten noch testen, ob die Lacher funktionieren.«

Er fing an, ihnen Teile seiner nervigen Rede vorzulesen. Der Wind frischte auf, wehte ein paar Servietten vom Buffet-Tisch.

»Weißt du, wo Mama ist?«, fragte Marika und hielt weiter Ausschau nach ihrer Mutter. Ein Paar tanzte, sie fand es peinlich und süß zugleich, Otis verteilte den Sekt und grinste, als ihm ein tattriger Mann einen Geldschein zusteckte, die giggelnde Frauengruppe hatte sich Cecilia gekrallt (»Und wann kommt das zweite? Die Jüngste bist du ja nun auch nicht mehr!«). An der gedeckten Tafel packte ihre Mutter gerade eine Kerze in Form einer Sieben aus. Marika wühlte sich zu ihr durch.

»Mama! Hast du eine Minute?«

»Nicht jetzt, Spatz, ich muss … Mist, die Streichhölzer! Käferchen, lauf schnell in die Küche und hol welche, bist du so lieb?«

»Marianne?«

Marika und ihre Mutter sahen auf.

»Dirk«, hauchte Mama. »Was machst du denn hier?«

Sein Lächeln war selbstsicher. »Ich dachte, wo wir schon mal alle hier sind … Vielleicht ist es Zeit, längst obsolete Wogen zu glätten.«

»Heute?! An Walters Geburtstag?« Ihre Mutter schaute etwas nervös zu Marika, errötete. Sie sah hübsch aus, so verlegen, und viel jünger. Der Wind verwirbelte ihr Haar.

»Der falsche Zeitpunkt?« Dirk wurde nun ebenfalls rot.

»Du weißt doch, wie Walter ist …«

Marika blinzelte. »Warum haben Sie mir Ihre Schildkröte geschenkt?«, hörte sie sich fragen; es war das Erstbeste, was ihr in den Sinn kam. Ohne eine Antwort abzuwarten fügte sie hinzu: »Waren Sie mal mit meiner Mutter in Marseille?«

Und gibt es in Ihrer Familie irgendwelche Erbkrankheiten, über die ich Bescheid wissen sollte?

»Ähm«, sagte Dirk. »Was?«

»Gott, Riki.« Ihre Mutter schien sich von Dirks Blick loszureißen. »Ich muss jetzt wirklich mal die Streichhölzer suchen.«

»Ich wollte eigentlich gerade mit dir reden!«, rief Marika, aber im gleichen Moment kam Cecilia auf sie zu, die leicht panisch wirkte: »Rika, hast du die Nachbarin gesehen, die hatte doch den Schlüsselbund … Und Jonas soll seine Rede halten, es regnet jeden Moment! Jonsi? Jonsi!«

»Die ist noch nicht fertig.« Von irgendwoher tauchte Jonas auf, mit ihrem Vater im Schlepptau, der an einer Bratwurstsemmel kaute.

»Rede?«, sagte der mit vollem Mund. »Ich hoffe, es gibt keine Powerpoint mit Fotos aus meiner Jugend!«

»Wieso? Ist doch witzig«, sagte Jonas.

»Ich fühl mich eh schon uralt.« Ihr Vater stutzte. »Was macht der schon wieder hier?«

Dirk hob eine Hand und wackelte ein wenig albern mit den Fingern. »Hallo, Walter. Happy Birthday.«

»Jonas, guck, ich hab noch Anmerkungen gemacht«, sagte Kai, der mit gezücktem Rotstift auf sie zukam.

Jonas warf seinen welligen Zettel auf den Boden. »Nicht mehr nötig!« Er dampfte ab, als würde ihn das Dirk-Papa-Schauspiel nicht interessieren.

Marikas Vater stieß Dirk einen Zeigefinger auf die Brust. »Du gehst jetzt besser«, raunte er, zum zweiten Mal in zwei Tagen.

»Walter!«, sagte ihre Mutter. »Mach keine Szene.« Danach sagte sie so leise etwas zu den beiden Männern, dass Marika es nicht verstehen konnte. Sie wirkte sehr ruhig und bestimmt. Dirk nickte allen zu, tauschte einen festen Blick mit Marikas Eltern und ging, ein Glas Bier noch in der Hand.

»Das will ich wieder haben!«, rief ihr Vater ihm hinterher, stopfte sich den Rest seines Wurstbrötchens in den Mund und stapfte in Richtung Buffet. Auch ihre Mutter verschwand in der Menge, vermutlich auf der Suche nach Streichhölzern.

Marika fühlte, wie ihr Magen rumorte, sie presste eine Hand auf ihren Bauch.

»Och Mensch«, sagte Kai und guckte auf seinen Zettel. »Ich hatte so eine schöne Pointe über Aale, weil wir doch vorhin … «

»Das war kein Aal, Kai«, sagte Marika. Wusste man eigentlich irgendwas über die eigenen Eltern? Als Kind glaubte man immer, dass Eltern, bevor man geboren wurde, gar kein Leben gehabt hatten. Als wären sie nur Elternpuppen in einem Regal gewesen, eingeschweißt und eingepackt, die darauf warteten, dass man eines Tages auf die Welt kam, um ihr Leben zu bereichern.

Sie sah Kai an. »Weißt du, vorhin, ... ich hab das nicht so gemeint. Dass du uns nicht kennst. Also klar, das tust du nicht, aber dann lernst du uns eben kennen, oder?«

»Das klingt wie eine Drohung.« Kai lächelte. Auch Marika musste lächeln. Er war so süß, dieser Typ, den sie erst seit drei Monaten kannte, und der nun für immer in ihrem Leben sein würde, so oder so.

Sie küsste ihn, lange, mitten vor ihren schrecklichen geblümten Tanten, die applaudierten.

»Danke«, sagte sie.

»Für was?«

»Dass du da bist. Auch wenn ich das eigentlich gar nicht wollte.«

»Tja, man kriegt nicht oft so ein bisschen Familienfeierndrama aus erster Hand, oder?«

»Was meinst du, wieso ich so weit weggezogen bin von denen?«

»Die sind doch super«, sagte Kai. »Ich geh mal aufs Klo.«

Marika erspähte ihre Mutter und kämpfte sich an ein paar tanzenden Tanten vorbei. »Was war das denn mit diesem Dirk?«

»Nichts«, sagte Mama. »Hat jemand schon den Beamer für Jonsis Rede aus dem Keller geholt?«

»Holen wir ihn!« Marika folgte ihrer Mutter zum Haus. »Wieso ist der denn da, Mama? Und wieso hat er mir die Schildkröte geschenkt und ich weiß nichts davon?«

Ihre Mutter runzelte die Stirn. »Leonardo brauchte damals eine Unterkunft, du wolltest ein Haustier – bingo.«

Marika machte sich eine gedankliche Notiz, dass sie mit dem Baby viel sprechen würde, ganz, ganz viel. »Kommunikation ist alles«, würde sie ihm beibringen, und es würde irgendwann genervt davon sein, dass es wöchentliche Runden gab, wo jeder eine Minute Sprechzeit mit einer Eieruhr bekam, ohne von anderen unterbrochen zu werden. Sie würde ihm von klein auf gewaltfreie Kommunikation beibringen, und dass man Ich-Botschaften formulierte, um andere nicht zu verletzen, und sie würde immer für eine friedvolle Konfliktlösung durch ausgewogene, langwierige Gespräche plädieren.

»Und wieso ist Papa so sauer?«

»Ach, das ist Schnee von gestern, Dodi, ich meine Doro und Dirk, und ich waren mal enge Freunde, vor tausend Jahren, vor eurer Zeit.«

Dodi, Doro und Dirk, natürlich. Ihre Mutter ging schnell, Marika kam kaum hinterher. Sommerhaus, Kellertreppe, Keller. Die staubige Luft, all die Kisten, fünf Leben in diesem Labyrinth von Abstellraum.

»Das macht doch keinen Sinn«, sagte Marika.

»Ergibt, Riki.« Ihre Mutter durchforstete eine Box, sagte: »Hier ist so ein Chaos, ich muss das wirklich loswerden. Ich weiß nicht mal, wo wir suchen sollen.«

Marika wusste es auch nicht. Ihr war flau im Magen, und sie setzte sich auf einen Stapel Kartons, der ein wenig nachgab und unter ihrem Gewicht wackelte. Draußen donnerte es.

»Ich hab deine Eisschachtel gefunden!«

»Welche Eisschachtel?« Ihre Mutter stöberte weiter nach dem Beamer.

»Die mit den Fotos aus Marseille. Und von Dodi und dir in der Ritterburg.«

Ihre Mutter hörte auf, in einer Kiste zu wühlen. Über ihr Gesicht huschte etwas, das Marika nicht einordnen konnte, aber nur für den Bruchteil einer Sekunde. Dann drehte sie sich wieder um.

»Es gab doch mal eine Ecke mit Elektrogeräten ...«

»Mama!«, rief Marika. »Jetzt rede doch mal mit mir.«

Ihre Mutter hob den Kopf. »Marika, du steigerst dich da in was hinein. Was ist denn mit dir los? Dodi und ich waren gute Freunde, Punkt, das war's.«

»Das war's? Und was willst du dann mit deiner Ausmisterei loswerden?«

»Siehst du, wie es hier aussieht? Irgendwann im Leben muss man mal was wegschmeißen, sonst schleppt man den ganzen alten Ballast ewig mit sich rum.«

»Aha!« Marika deutete mit dem Zeigefinger auf ihre Mutter. »Also gibt es alten Ballast?«

»Jeder Mensch hat alten Ballast, Rika. Sogar du.«

»Also ist Dirk nicht …?«

Ihre Mutter sah sie an. »Hast du mal Bilder von deiner Oma Lotte gesehen? Du siehst ihr zum Verwechseln ähnlich! Und einen Dickkopf wie dein Vater – wie Walter! – hast du auch.« Sie klang so belustigt, dass Marika sich schämte.

»Hier ist der Diaprojektor«, sagte ihre Mutter, nun wieder in den Kistenhaufen gebeugt. »Wieso ist dir das denn alles so wichtig?«

»Weil ich schwanger bin! Und ich würde gerne wissen, ob der Großvater meines Kindes wirklich sein Großvater ist.«

»Oh!« Ihre Mutter wischte sich eine Spinnwebe aus den Haaren und zog Marika an sich. »Das ist ja wundervoll! Du meine Güte, wieso hast du denn nichts gesagt?!«

»Was gesagt?«, fragte jemand, und die Treppe knarrte. Cecilia. Die natürlich wissen würde, wo der Beamer war, und wie die Rede lauten musste, damit sie witzig und rührend zugleich war, und der sie auch von ihrer Schwangerschaft erzählen wollte. Genau wie Mama hätte auch sie einen Plan.

Cecilia deutete auf eine Stelle in der Unordnung. »Der Beamer ist in der Box über der kaputten Mikrowelle. Alles okay, Rika?«

Marika nickte, dann schüttelte sie den Kopf, dann nickte sie wieder. Sie spürte eine Träne ihre Wange hinunterlaufen und schlagartig wurde ihr übel, sie presste sich die Hände auf den Mund. »Mir ist schlecht.«

»Oh!« Cecilia hob den Karton von der Mikrowelle und hielt inne. »Oh, wow.«

Ihre Mutter lächelte breit.

Es donnerte wieder, und Marika wusste nicht, was das heißen sollte, *wow, toll, wieso hast du nichts gesagt,* oder *wow, ich bin überwältigt von so viel Naivität und Blödheit, wieso habt ihr nicht verhütet* oder *wow, du Glückspilz, wie immer.*

Aber ihre große Schwester setzte sich neben sie und nahm ihre Hand, und ihre Mutter tat es ihr gleich. Einen Moment lang saßen sie da, zwischen all den staubigen Boxen im vollgestopften Keller. Marika schniefte. Das ganze Wochenende hatte sie nicht daran denken wollen, und doch war es das Einzige in ihrem Kopf, das Allereinzige, und sie wusste immer noch nicht, ob sie sich freuen sollte oder ob sie bei der ganzen Sache einfach völligen Murks bauen würde, weil sie sich doch selbst noch sehr häufig wie ein halbes Kind fühlte.

Cecilia stand auf: »Kommt ihr?«

Mama nahm den Beamer, drückte noch einmal Marikas Hand.

»Gleich«, sagte Marika. Sie wischte sich ein paar Tränen von der Wange, während ihre Mutter und ihre Schwester nach oben verschwanden, legte den Kopf in den Nacken.

Es gab kein perfektes Familienidyll wie auf den alten Bildern, mit Sepiafilter und breitem Lächeln im Gesicht, es gab nur ihre verstockte, chaotische, nervige Familie, aber Marika wusste auf einmal, was sie tun wollte. Der Zeitpunkt war denkbar ungünstig, aber so war es eben. So, wie sie ihr ganzes Berliner Leben hinbekam, würde sie auch das hinbekommen. Sie war nicht der kleine Marienkäfer. Sie war Marika Ritter, weit davon entfernt, ein Kind zu sein, und sie würde dieses Baby bekommen.

DONNERWETTER

»Ich finde einfach, wir passen nicht wirklich zusammen.«

»Das fällt dir nach einem Vierteljahrhundert auf?«

»Na ja, wenn man schon als Teenager ein Paar wird … keine Ahnung. Vielleicht waren wir noch gar nicht richtig, wer wir sind.«

»Hä?«

»Ich bin jedenfalls anders als früher. Und du auch.«

»Wir haben uns auseinandergelebt, das willst du sagen.«

»Ja, Jonas. Siehst du das nicht auch so? Du bist noch nicht mal 40 und erzählst bereits jetzt die immer gleichen Geschichten. Als wäre unser Leben schon vorbei. Meine Eltern unternehmen mehr als wir.«

»Aber das ist doch das Schöne an Langzeitbeziehungen. Es ist gemütlich!«

»Ich finde, du hast es dir etwas zu gemütlich gemacht in deinem Leben. Und ich will noch mal was anderes.«

»Ich dachte, wir gründen einfach irgendwann eine Familie, und das ist dann das nächste Level.«

»Einfach. Irgendwann. Wo wir beide immer gesagt haben, dass wir keine Kinder wollen.«

»Mit Mitte 20 haben wir das gesagt. Man wird ja auch älter, du hast doch selbst grad gesagt, wir haben uns verändert.«

»Und da hast du einfach angenommen, das machen wir. Darüber spricht man doch mal, Jonas. Oder denkt drüber nach. Gemeinsam.«

»Ich hab mir da keinen großen Kopf gemacht, ich dachte halt …«

»Keinen großen Kopf! Für Frauen ändert sich mit Kindern einfach alles, das krieg ich ja bei allen meinen Freundinnen mit. Und du denkst, das machen wir halt einfach mal so.«

»Ich …«

»Und genau das ist der Punkt, Jonas, das ist so typisch für dich. Du machst dir über nichts einen Kopf. Nicht mal über die wirklich wichtigen Dinge.«

»Na, dann eben keine Kinder, aber wir können doch auch so was Neues erleben. Suchen wir uns ein neues Hobby, was Gemeinsames, wie, was weiß ich, Weintasting oder so was.«

»Ich mag nicht mal Wein, Jonas.«

»Yoga? Tanzen?«

»Ach, Jonsi. Es geht nicht um Kinder. Oder um Yoga. Es geht einfach um … keine Ahnung. Ich will später nicht zurückschauen auf ein Leben, das immer gleich war. Es ist einfach genug. Die Luft ist raus.«

Draußen blendete Marika das Beamer-Licht, sie blinzelte. Cecilia kam auf sie zu; sie wirkte gestresst. »Wo bleibt ihr denn alle?«

Marika kniff die Augen zusammen, drehte sich um. Hinter ihr, überlebensgroß an die Hauswand projiziert, ein Foto ihres Vaters mit ihnen dreien: Sie standen im Wasser neben der Badestelle, Jonas hielt einen Eimer in der Hand und hatte den Mund voller Zahnlücken, Cecilia trug Radlerhosen und einen rosafarbenen Strohhut. Marika selbst war winzig und hockte verdrossen auf dem linken Arm ihres Papas, der in die Kamera strahlte.

»Jonsi? Jonas! Du bist dran!«, rief Cecilia.

Ein Blitz erhellte die ganze Sommergesellschaft auf der Wiese, das Kinderbild verschwand kurz. Donner krachte, ein Raunen ging durch die Menge. Marikas weiter Overall flatterte im Wind, der aufgefrischt hatte. Tante Margit deutete besorgt in die dunkeln Wolken am Himmel.

Ihr Bruder stellte sich neben Marika ins Licht.

»Halt deine Rede«, raunte Cecilia.

Jonas schaute sich um. »Würd ich ja gern. Aber wo in aller Welt ist Paps?«

»Wir haben ihn also schon wieder verloren«, sagte Marika, die die ganze Sache mittlerweile relativ lustig fand. Einige Gäste hatten sich verabschiedet, nachdem die Rede nicht stattgefunden hatte und es nach Regen aussah, der Rest aß Kuchen und Torte, in der noch die unangezündeten Kerzen steckten, und ihre Familie eilte durch Haus und Garten, und suchte ihren Vater.

Hand in Hand rannten Marika und Kai über die Wiese hinunter zum Wasser.

»Papa!«, rief Marika über das nächste Donnergrollen hinweg. »Papa!«

Sie blieb am Steg stehen und spähte den Bach hinauf, aber ihr Vater war nirgends zu sehen. Wieder zuckte ein Blitz. Marika zog ihren Freund zu sich.

»Wir nennen sie Camilla, wenn es ein Mädchen wird. Und Egon, wenn es ein Junge wird.«

Kai lachte. »Niemals. Niemals Egon.«

»Doch, und als Zweitnamen – Wie heißen deine Eltern?«

»Helmut und Claudia. Und bitte nicht.«

Marika küsste Kai, diesen süßen Typen, den sie noch gar nicht wirklich kannte. Vielleicht hatten er und John Lennon recht, und man musste eben sehen, wie man zurechtkam mit dem Leben, das einem vor die Füße geworfen wurde. Hatte sie das nicht immer so getan?

Kai schmeckte nach Apfelweintorte und Aperol, er hob Marika kurz hoch, setzte sie wieder ab. Es donnerte noch einmal, dann fing es schlagartig an zu regnen. Regentropfen dehnten sich im Badetümpel zu großen Ringen aus.

Marika ließ Kais Hand nicht los.

»Ich weiß, wo Papa ist«, sagte sie. »Komm.«

»Happy Birthday«, sagte Marika, stellte einen Teller mit einem Stück rosa Geburtstagstorte vor ihrem Vater ab, und steckte die 70-Kerze hinein. Kai kraxelte hinter ihr mit einer Flasche Sekt in der Hand mühsam die Strickleiter hoch.

»Ihr solltet mich nicht finden«, sagte Papa, der mit finsterem Gesicht in einer Ecke des Baumhauses saß (sie bemerkte eine leichte Ähnlichkeit mit seinem Enkel).

Marika strich eine nasse Haarsträhne aus ihrem Gesicht. »Ich weiß, du hast keine Lust auf deinen Siebzigsten, aber es sind ja nur noch wir hier. Genau, was du wolltest.« Durch die Luke konnte sie die sich auflösende Gästemeute sehen, die zu ihren Autos oder ins Haus floh. Sie winkte Jonas zu, der mit Billy unter einem Sonnenschirm ein Bier im Trockenen teilte. »Also zieh nicht so ein Gesicht.«

»Ich ziehe kein Gesicht, ich sehe einfach so aus. *Resting bitch face*, weißt du?«

»Woher hast du das denn? Sisi! Wir sind hier oben!« Unten scheuchte ihre Schwester windverweht Mann und Kind durch den Regen.

Jonas steckte den Kopf zur Luke herein. »Dass du mit deinem Ischias hier überhaupt hochkommst, Paps.« Er beugte sich nach unten, um Billy heraufzuhelfen, die eine klirrende Tüte Gläser dabeihatte. Nach und nach kletterten auch Per-Olov, Oskar und Cecilia ins Baumhaus, brachten eine Dose Muffins und klamme Servietten vom Buffettisch mit.

»Ich hab doch gesagt, wir hätten Zelte organisieren müssen«, sagte Sisi, die pitschnass war.

»Hält das überhaupt so viele Leute?« Kai klopfte unsicher auf die knarrenden Planken, aber Marika lachte. »The more, the merrier.«

Sie schoben die Schnapsflaschen in eine Ecke, damit alle mehr Platz hatten. Jonas angelte nach einem Whiskey und verteilte ihn großzügig auf diverse Gläser.

»Was ist mit den anderen Gästen?«, fragte Cecilia, aber Jonas winkte ab: »Lass die einfach.«

Wieder krachte der Donner, und ein Blitz erhellte das Baumhaus; sie rückten zusammen.

»Na, wenn das nicht gemütlich ist!« Per-Olovs Wangen glühten. Rechts vor dem Fenster, das nur eine in die Holzplanken gesägte Lücke war, rann der Regen hinab, links regnete es durch die große Öffnung herein.

Cecilia nieste. »Scheiße«, sagte sie. »Gemütlich ist was anderes.« Papa zog eine modrige Decke aus einer Truhe und warf sie ihr zu. Sie wickelte sich selbst und Oskar darin ein.

»Seisa«, wiederholte Oskar.

»Hat jemand ein Feuerzeug?« Marika versuchte, die verrutschte Kerze auf dem leicht zerfallenen Stück Torte zu richten. Ihr Vater reichte mehr löchrige Decken herum, Marika legte sie sich über ihre nasskalten Beine.

»Ist das sein zweites Wort?« Per-Olov klang stolz. »Nach Pomms?!«

Cecilia schloss die Augen und lehnte die Stirn gegen die Schulter ihres Mannes. »Ich geb auf.« Sie hob den Kopf gleich wieder. »Wo ist Mama?«

»Bestimmt bei Dirk«, sagte Marika ohne nachzudenken, und ihr Vater machte wieder ein verdrossenes Gesicht.

»Ich bin hier.« Ihre Mutter kletterte mit tropfender Frisur und verwaschenem Make-up ins Baumhaus.

»Dörk«, sagte Oskar.

»Und noch ein neues Wort«, sagte Jonas und unterdrückte ein Lachen.

»Seisadörk«, sagte Oskar gut gelaunt.

»Das ist mein Enkel!«

»Du bist so ein Kindskopf, Walter.« Ihre Mutter richtete ihr nasses Kleid, und schlüpfte dann zu ihrer Jüngsten unter die Decke. Marika spürte ihre warmen Schultern neben sich. Mit Kai auf der einen und ihrer Mutter auf der anderen Seite fühlte sie sich, als könnte sie alles mit links wuppen. Mit derselben Leichtigkeit wie Mama auf den vergilbten Fotos.

»Ich habe Streichhölzer«, sagte ihre Mutter und zündete die Geburtstagskerze an. »Herzlichen Glückwunsch, Walter."

»Seisadörk«, sagte Oskar.

Papa schaute böse zu Mama hinüber.

»Du bist nicht ernsthaft deswegen hier oben, oder, Walter?«

»Ich wollte meine Ruhe«, brummte Marikas Vater. »Von Anfang an. Und keine ehemaligen Schwärme von dir aus unserer Jugend.«

»Plural?«, fragte Jonas, und Marika sah, dass ihre Mutter die Augen verdrehte.

»Er übertreibt maßlos.«

»Jonas sollte seine Rede halten«, sagte Kai.

»Nee«, sagte Jonas.

»Komm schon«, sagte Marika.

»Re-de, Re-de, Re-de!«, skandierte Kai, und alle stimmten ein.

»Na gut«, sagte Jonas, zog eine Fernbedienung hervor und klickte in Richtung Ritterburg. »Der Beamer geht auch von hier oben.«

Alle neun rückten noch enger zusammen, schoben sich zum Fenster auf der rechten Seite, von dem aus man das Haus sehen konnte. Die Planken knarrten. Regen trommelte aufs Baumhausdach. Ein Foto von Walter mit seinen erwachsenen Kindern im Ritterburg-Garten prangte hell an der weißen Hauswand.

»Der wird kaputtgehen«, sagte Cecilia, aber Jonas drückte auf seine Fernbedienung und das Foto sprang um: Wieder ihr Vater mit allen drei Kindern vor dem Hintergrund einer Berglandschaft.

»Wieso bist du nie auf den Bildern, Mama?«, fragte Marika.

Ihre Mutter gähnte. »Na, jemand musste sie schließlich machen.«

Jonas räusperte sich, zerknüllte den Zettel (Kai sah etwas enttäuscht aus) und fing an, über ihren Vater zu reden, diesen ruhigen, bodenständigen Zeitgenossen, »dessen Charakter man mit dem Satz ›Wenn man lange genug wartet, gibt es alles bei Aldi‹ zusammenfassen könnte«, darüber, wie er ihm Fahrradfahren beigebracht hatte, über lange Ferien im Sommerhaus, Schlauchboote, die er aufgepumpt hatte, Mückenstiche gekühlt, Pfannkuchen gebacken, so dünn, dass man beinahe hindurchsehen konnte, über das Rechenzentrum, in dem es alles gab, was man brauchte, um Dinge zu reparieren, und das ein oder andere gebrochene Teenager-Herz seiner Kinder (bei Liebeskummer hatte ihr Papa stets Wackelpudding angeboten, grün, Waldmeister, ein Geschmack, der sich in Marikas Gehirn unwiederbringlich mit Marius Zöllner aus der 10b verknüpft hatte). Jonas sagte: »Über alles, was vor uns war, kann ich nichts sagen, aber ich würde sagen, das waren 70 gute Jahre, oder, Paps?«

»Hört, hört!«, rief Kai und klimperte mit einer Kuchengabel gegen sein Glas.

»Auf die nächsten 70!«, sagte Marika. Sie hoben ihre Whiskeygläser; Cecilia die Flasche Sekt, aus der sie aus unerfindlichen Gründen trank.

Jonas strich seinen Zettel wieder glatt. »Und wie schon Mark Twain sagte: …«

Cecilia kicherte. »Mark Twain? Was hat Mark Twain mit irgendwas zu tun?«

»... *Das Geheimnis des Glücks ist, statt der Geburtstage die Höhepunkte des Lebens zu zählen.* Wieso lacht ihr jetzt?« Jonas nahm Cecilia die Sektflasche ab: »Wie viel hast du davon getrunken?«

Mit Daumen und Zeigefinger zeigte die Große: »Bisschen.« Ihre Wangen waren rot.

»Also, auf unseren alten Herrn!«, rief Jonas.

»Auf Papa!«, rief Marika. Sie stießen an, Marika reichte ihr Glas unauffällig an Kai weiter. Cecilia verteilte Kuchen, sagte: »Wir haben keine Gabeln für die Torte!«, Kai bot seine an, aber ihr Vater meinte, die Torte sei ja sowieso zermatscht. Alle neun sangen sie »Zum Geburtstag viel Glück« und rückten weg von einer undichten Stelle im Baumhausdach, von der es auf ihre Füße tröpfelte. Sie aßen zerkrümelte Muffins, die Geburtstags-70 brannte in ihrer Mitte, und Wachs tropfte auf die wässrige Torte, deren Matsch Oskar vom Teller klaubte und sich in den Mund stopfte. Cecilia kraulte abwesend seinen Rücken und nippte am Sekt. Kai und Per-Olov unterhielten sich über Kuchenrezepte und Sauerteigbrot, ihre Mutter tippte auf ihrem Handy herum, und ihr Vater besprach mit Billy, was man am Baumhaus renovieren müsste, Wellblechpappe für das Dach, Nägel für morsche Bretter. Marika schaute aus der Fensteröffnung in die tröpfelnden Blätter des Baumes. Donner grollte in der Ferne, der Regen nieselte nur noch leicht auf die nasse Wiese. Jemand reichte ihr eine Flasche, und sie trank einen Schluck, merkte, dass es Schnaps war und spuckte ihn aus. Cecilia rief gleichzeitig: »Rika, nicht!«, sprang hoch, so schnell, dass Oskar von ihren Knien in die Torte purzelte und die Kerze umstieß. Heißes Wachs spritzte Marika auf die Zehen und sie quietschte auf. Im selben Moment fing Oskar an zu heulen, vielleicht nur, weil er erschrocken war, aber Marika hatte noch so ein schlechtes Gewissen vom Fahrradunfall, dass sie ihn zu sich herriss, direkt über die Torte, die an seinem Bein verschmierte. Oskar brüllte noch lauter und strampelte sich von ihr los.

»Mamam! Mamam!«

Cecilia stieß gegen die offene Flasche Whiskey, die neben ihrem Vater stand, als sie die Arme nach ihrem Sohn ausstreckte, und die kippte um, Whiskey gluckerte über die Kerze, die Flamme loderte hoch.

»Uaah!«, machte Kai hinter Marika und warf geistesgegenwärtig etwas auf den Brand. Marikas Mutter rief: »Nicht meine Handtasche!«, griff nach vorne und verlor das Gewicht, Per-Olov riss sie am Arm vom Feuer zurück. Die Whiskey-Flasche rollte brennend in Richtung Alkohollager, es klirrte. Jonas zuckte nach vorne, schrie albernerweise: »Stopp!«, und schon gingen Riesling, Doppelkorn und Rum in Flammen auf.

Alle schrien durcheinander. Die Hitze stieg Marika ins Gesicht, orangefarbenes Licht umgab die gesamte Familie, und es knisterte bedrohlich. Rauchschwaden zogen dick und schwer durch das winzige Baumhaus, Marika hustete, Cecilia streckte ihrem Mann Oskar entgegen: »Nimm das Kind!« Per-Olov hob ihn durch die Luke und verschwand mit ihm in Sicherheit.

Ihre Mutter angelte nach dem Henkel ihrer angekokelten Handtasche und ließ Tasche und Handy durch die Luke plumpsen, Kai und Marikas Vater versuchten beide, mit einer der Decken den Brand zu löschen, woraufhin diese ebenfalls Feuer fing.

»Ach, Himmelarsch«, fluchte Papa. »Raus mit euch, alle!«

Ihre Mutter war schon unten und tastete am dunklen Boden nach ihrem Handy, als Marika die Leiter hinunterstieg. Billy sprang als nächstes aus der Luke, gefolgt von Jonas.

Trotz der Nässe loderte das Feuer schon aus beiden Fenstern des Baumhauses. »Lasst es!«, rief Marika. »Kommt runter!«

Den Kopf im Nacken sah sie zu, wie Kai ihren Vater aus der Luke bugsierte und mehr oder weniger auf die Strickleiter zerrte. Dann nahm sie den Arm ihres Freundes und den ihres Vaters, einen links, einen rechts, und zog sie weg vom Baumhaus. Aus dem Sommerhaus schmetterte *ACDC*, ein paar letzte Gäste tanzten im Wohnzimmer, andere stürzten zum Fenster, es gab Rufe und Schreie, während das Baumhaus in Flammen aufging. Ihre Mutter hatte ihr Handy gefunden. »Ich rufe die Feuerwehr.«

Es roch nach Rauch, Schwaden von dunklem Qualm zogen über das Haus und den Garten hinweg.

»Der gute Whiskey«, sagte ihr Vater mit einem Blick auf das lodernde Baumhaus.

»Das schöne Baumhaus«, sagte Marika und wischte sich übers Gesicht.

»Geht es dir gut?«, fragte Kai und legte eine Hand auf Marikas Bauch, als würde er nicht sie, sondern das Baby nach seinem Befinden fragen.

»Was war das denn bitte?«, fragte Jonas. »Wie ist das passiert?«

»Cecilia wollte nicht, dass ich Schnaps trinke«, sagte Marika.

»Warum?«, fragte Jonas.

Marika sah Kai an. »Sag's ihnen.«

Kai holte tief Luft. »Wir kriegen Nachwuchs!«

»Was?!«, sagte Jonas.

»Donnerwetter, Käferchen!«, rief ihr Papa und drückte sie an sich. »Donnerwetter!«

Nun war es also raus, dachte Marika, die Wange an der Wange ihres Vaters.

Holz knackte, und plötzlich polterte eines der Baumhausbretter zu Boden.

»Weg hier!« Jonas zog Billy am Arm. »Das Ding war schon ohne Feuer marode.«

Der Garten tropfte. Die Gläser und Teller nass, die Tischdecken durchweicht. Die Reste des Buffets standen matschig und traurig auf dem Tisch. Eine Schüssel Salat quoll über vor Regenwasser, Rucola-Blätter schwammen auf der Tischdecke. Der Blumenstrauß hing geknickt aus seiner Vase. Rockmusik kam aus den Fenstern des Sommerhauses, kreischende Gitarren. Die Girlanden und Lichterketten leuchteten.

Marika blieb stehen. Ihre nervige Familie, von der sie so oft wünschte, sie wäre anders. Zu der sie sich so oft nicht zugehörig fühlte, unpassend, ein Marienkäfer zwischen Feuerwanzen, eine Sonnenblume zwischen Rittersporen. Gleich würden ihr alle gratulieren, nahe und ferne Verwandte, und es war noch einen Augenblick zu früh dafür.

»Ich geh kurz schwimmen.«

»Aber Riki, wir müssen doch feiern ...« Ihr Vater sah sie freudestrahlend an.

»Ich komme gleich«, sagte Marika. »Ich komme sofort. Eine Minute! Eine Sekunde!«

Sie machte sich von Kai los, der ihre Hand gehalten hatte, drehte sich um, streifte die Schuhe ab und rannte barfuß durch das nasse Gras bis hinunter zum Steg. Das Baumhaus loderte einen warmen Feuerschein in den wolkenverhangenen Himmel, Rauch quoll aus seinen Fenstern, in der Ferne hörte man schon die Feuerwehrsirenen. Das Gewitter war vorbei, das Donnergrollen weitergezogen, und sie streifte sich ihren Overall vom Körper, jauchzte ein »Wuhuuu!« und sprang, die Knie angezogen, mit Anlauf in den Badetümpel. Arschbombe, mitten hinein in die Ungewissheit.

Sie stieß sich vom weichen Boden ab, trudelte wieder nach oben, schnappte nach Luft, die frisch und klar nach Regen schmeckte. Sie trieb auf dem Rücken und sah in den Himmel über ihr, Gänsehaut auf den Armen. Einzelne Sterne erschienen am Firmament, die Wolken vom Wind weggeblasen.

Sie wollte nur noch einen kurzen Moment hier im Wasser treiben und dann nach oben gehen, zurück zu den anderen. Sie wollte Kai küssen und mit Orangensaft auf ihre Zukunft anstoßen, diese klare und eindeutige Zukunft, die sich so genau wie noch nie vor ihr ausbreitete: Sie sah sich mit einer Latzhose und einem Eimer Farbe das Kinderzimmer streichen, mit Kai auf Flohmärkten nach Babyausstattung suchen, mit ihrem Vater Kindersicherungen im Baumarkt besorgen. Sah alles vor sich wie in einem Werbespot der Bausparkasse, ordentlich und rosarot.

Als sie aus dem Wasser kletterte, rutschte sie aus und schlug der Länge nach hin. Und dann stach etwas in ihrem Bauch, plötzlich und so stark, dass sie sich zusammenkrümmte und einen spitzen Schrei ausstieß, den niemand hörte. Es krampfte wieder, ein scharfes Stechen, und Marika wurde schlecht. Feuerwehrsirenen, das lodernde Baumhaus. Sie, allein, am Boden, im Dunkeln am Steg, die Beine angezogen, eine Hand auf ihren Bauch gepresst. Angst pulsierte in ihrem Kopf, füllte alles aus. Von oben Stimmengewirr, sie konnte das Lachen ihres Vaters hören, das sich von der Geräuschkulisse abhob, und Kai, der etwas sagte, Walters Hand auf Kais Schulter, sie konnte es beinahe hören, »Willkommen in der Familie«. Ein neues Stechen, schneidend, heftig. Diesmal wimmerte sie nur noch, und als sie nach unten tastete, spürte sie etwas Warmes. Nein, dachte sie, und zog ihre Hände zurück. Ihre Fingerspitzen waren dunkelrot, fast schwarz.

HERBST

FREITAG

DUGONG, FUTSCHIKATO

*Ja, P-O, ich kann dich hören. Wo bist du, am Flughafen? Ossi,
lass die Bananen liegen, wir haben schon welche. Wir sind auf
dem Heimweg. Nur noch schnell im Supermarkt. Warte mal,
Mama klingelt dauernd an. Keine Ahnung, warum. Ich rufe
sie später zurück. Seit ihre Freundin gestorben ist, ist irgendein Schalter in ihrem Kopf umgelegt. Sie will eine Kreuzfahrt
machen. Und Salsa lernen. Kannst du dir meinen Vater beim
Salsa vorstellen? Oder auf einem Kreuzfahrtschiff? Eben. Oskar, es gibt kein Überraschungsei, leg es zurück. Doch, bestimmt.
Beim Plänemachen ist sie wie ich, sie hält sie auch ein. Ach,
Quatsch. Nein, Per-Olov, ich bin kein bisschen wie meine Mut-
ter. Das hatte sich nur auf das Einhalten von Plänen bezogen.
Auf unsere Effizienz. Du bist echt unmöglich. Du, ich muss
Schluss machen, wir sind an der Kasse. Küsschen von Papa,
Ossi.*

»Schatz, ich bin zu Hause!«

Jonas schob die Tür zu und wartete, bis sie mit einem Klacken ins
Schloss fiel. In den letzten Tagen war es ungemütlich kühl geworden;
bald würde er den Holzofen im Wohnzimmer anschüren müssen,
und dafür musste er Holz hacken, und dazu hatte er keinerlei Lust.
Im Haus roch es leicht modrig, ein Vorgeschmack auf den Winter.
Schon jetzt schlief Jonas mit zwei Wolldecken aus dem Keller-Fundus, die er um seine immerkalten Zehen wickelte. Er bugsierte eine
volle Einkaufstüte mit den Füßen ein Stück den Flur entlang und

schulterte die andere etwas höher. Zum Glück war der Weg in die Küche nicht weit.

»Das war ein bisschen creepy«, sagte Otis, der auf dem durchgelegenen Schlafsofa im Wohnzimmer saß und einen Film auf Jonas' Laptop schaute. Der Junge war schlaksig, seine riesigen Füße ragten über den Couchtisch. Jonas war sicher, dass er seit dem Sommer mindestens 30 Zentimeter gewachsen war. Andererseits hatte er ihn im Sommer kaum wahrgenommen. Peinlich spät hatte er bemerkt, dass Otis die gleiche kleine Nase, den gleichen breiten Mund, die gleichen leicht abstehenden Elfen-Ohren wie Billy hatte.

Jonas stellte die Tüten ab. »He, ich bezahle dich fürs Kochen und Putzen, nicht fürs Fernsehen. Was guckst du?«

»*Jack Reacher*«, sagte Otis. »Total furchtbar. Und es ist Lasagne im Ofen. Musst nur noch einschalten.«

»Lasagne?« Jonas öffnete die Backröhre und spähte hinein. In einer Auflaufform: Lasagneplatten, Bolognesesoße und Käse. »Ui, thanks, chef!« Er stellte den Backofen an. Otis wollte auf die Berufsfachschule für Köche und übte an ihm. Das war das Beste, was ihm in den letzten zwölf Wochen passiert war. Eher den letzten 16.

»Was meinst du mit furchtbar? Ich liebe die *Jack Reacher*-Romane!«

»Frag nicht.«

Während Jonas Toast, Käse und Obst einräumte, dachte er an Julia und ihr gemeinsames Zuhause. Sie hatten kaum Lebensmittel eingekauft, ständig etwas bestellt, auch wenn sie Mitleid mit dem armen Lieferanten auf seinem bunten Fahrrad gehabt hatten. »Als wären wir Lord und Lady Sonstnochwas«, sagte Julia immer, aber sie aßen einfach zu gerne Sushi und hassten Kochen.

So viele Gemeinsamkeiten. Sie hatten sich gemeinsam entwickelt, sie waren gemeinsam erwachsen geworden. So etwas warf man doch nicht einfach weg.

Jonas schob den Umzugskarton, der seit Tagen auf dem Sofa stand, zur Seite, und quetschte sich neben Otis.

»Und, was macht Jack Reacher?«

»Männlich sein«, sagte Otis, ohne vom Bildschirm aufzuschauen. Der Junge war blass und dunkelhaarig und würde bestimmt ebenfalls einmal sehr männlich werden. Dafür musste er noch ein wenig in sich selbst hineinwachsen, den Babyspeck in seinem Gesicht loswerden. Und er brauchte richtige Barthaare, nicht diesen lächerlichen Flaum, der sich auf seiner Oberlippe bildete. Jonas strich sich über seinen Bart. Von dem einmal abgesehen fühlte er sich im Moment etwa so männlich wie der fette Dugong auf dem Meerestiere-Kalender über ihm an der Wand.

Er legte die Füße auf einen weiteren Umzugskarton und streckte sich aus. Das ganze Erdgeschoss war voller Kisten. Einige hatte er in den Keller geschafft, aber dort war wenig Platz. (Seine Mutter hatte recht, man würde ausmisten müssen. Diese ganzen Kinderzeichnungen und zerkratzten Inline-Skates und löchrigen Luftmatratzen brauchte doch kein Mensch.) Sein gesamtes Hab und Gut stapelte sich im Wohnzimmer und in dem seltsamen, kleinen Raum, den eh niemand benutzte.

Vor drei Wochen hatte er das Umzugsauto gemietet, nachdem ihm Julia permanent in den Ohren gelegen hatte. Vorher hatte er einfach so getan, als wäre das alles nicht wahr, hatte geglaubt, es würde irgendwie schon wieder gut werden. Die Vogel-Strauß-Methode. Er wusste selbst, wie bescheuert das war, aber: *Die Hoffnung stirbt zuletzt!* Ein Satz, den sein Vater immer sagte, der zwar grummelig, aber stets optimistisch war. Jonas dagegen war in den letzten Wochen eindeutig zur Fraktion »Glas halbleer« übergelaufen.

Auf dem Laptop verprügelte Jack Reacher irgendwen. Jonas wünschte, er könnte auch jemanden verprügeln. Oder etwas. Ein Kissen vielleicht. Eventuell würde er sich dann besser fühlen.

»Wenn meine Geschwister zum Ausmisten kommen, muss ich meine Sachen irgendwo unterstellen«, sagte Jonas. »Meinst du, deine Mutter lässt mich …?«

Otis hob eine Augenbraue. »Nee, so viel Platz haben wir auch wieder nicht. Wieso sagst du es ihnen nicht einfach? Dass du nicht mehr bei deiner Frau wohnst?«

Jonas zuckte die Schultern. »Sie lieben Julia.«

»Na, und? Julia liebt dich nicht mehr.«

»Autsch.«

»Ist wie Pflaster abreißen, sagt meine Mutter immer, ratsch und ab.«

»Weise Frau, deine Mama.«

Otis lachte ein bisschen dreckig. »Die hat schon viele Pflaster abgerissen. Außerdem ist es doch längst passiert. Und es kann dir auch völlig schnuppe sein, was deine Eltern oder Schwestern davon halten. Du bist erwachsen. Ihr habt euch getrennt, Punkt.«

Der Wind im Garten war frisch und roch nach Rauch und regennasser Erde. Die Herbstastern von Jonas' Mutter blühten gerade noch so, manche waren schon welk. Das ewige Plätschern des Mühlrads, das zwar stillstand, aber stets umspült wurde. Die Wäschespinne unterhalb des ehemaligen Baumhauses – eingesunken im lang gewordenen Gras – quietschte im Wind. Seit Jonas hier wohnte, war ein bisschen was vom Sommerhaus-Flair verloren gegangen, der Alltag, sonst hier kein bisschen präsent, hatte Einzug gehalten. Normalerweise kam man zu verlängerten Wochenenden, Urlauben oder Festen her, was die ganze Ritterburg in gute Erinnerungen tauchte: lange, faule Sommertage, am warmen Holzsteg liegen, die Füße in den Bach hängen, heimlich Bier trinken im Wald, Chips essen im Bett. Jetzt war Jonas dabei, seine nassen Unterhosen an die Leine zu hängen, es dämmerte bereits, und er fror! Verdammter Oktober.

Aus seiner hinteren Hosentasche zog er ein Päckchen Zigaretten, die er aus Trotz gekauft hatte. In seiner Jugend hätte er Rauchen sehr cool gefunden, aber Julia hatte ihm verboten, damit anzufangen. Jonas inhalierte tief und schüttelte sein kribbelndes Bein, das auf der Couch eingeschlafen war, bevor er die nächste Boxershorts aus dem Wäschekorb fischte.

»Kann ich eine schnorren?« Otis kam aus dem Haus geschlendert.

»Natürlich nicht! Für wen hältst du mich? Ich bin immerhin Lehrer!«

»Nicht meiner.« Otis zuckte die Achseln. »Für einen Fünfer häng ich dir die Wäsche auf.«

»Gott, bist du käuflich, Junge!« Jonas wedelte mit einer Unterhose und verscheuchte Otis damit.

»Und?«

»Nein! Das kann ich gerade noch selber.« Jonas klemmte sich die Zigarette in den Mundwinkel, und blinzelte durch die Kleidungsstücke an der Leine. Da das Baumhaus seit dem Sommer nur noch aus ein paar verkohlten Latten bestand, die feuchtschwarz glänzten, war der Blick zum Nachbarhaus nun unverstellt. Rostfarbene Blätter in den Bäumen, rote Äpfel. Jonas hoffte, drüben Otis' Mutter zu sehen, aber das Haus des alten Jensch war ruhig und leer. Vermutlich arbeitete sie. Geburten hielten sich nicht an 9-to-5-Schichten oder Wochenenden. Sie war irgendwo und half dabei, ein Leben auf die Welt zu bringen, was ziemlich cool war. Insgesamt war Billy ziemlich cool: eine alleinerziehende Mutter, die ihr Haus selbst renoviert hatte, mit langen blonden Haaren wie diese englische Schauspielerin, auf die er schon in seiner Jugend ultra gestanden hatte, dazu diese offene Art. Jonas' Herz stolperte, kam, genau wie sein Kopf, nicht mehr mit. Er vermisste Julia, und ihr gemeinsames Leben, oder nicht? Das mit Billy war … nichts gewesen, nicht wirklich.

Dämmerlicht, die Wolken dunkle Tupfer am tintenblauen Himmel. Bevor es das Baumhaus gab, hatte ihr Vater ihnen einen Bilderrahmen in die Baumkrone gehängt und gesagt: »Wenn ihr durchschaut, seht ihr jede Minute ein neues Kunstwerk.« Jonas hatte oft im Gras gelegen und in den Himmel geblickt, hatte Kaninchen und Bagger und Raketen in die Wolken gelesen, hatte wattige Gesichter gesehen und Kondensstreifen von Flugzeugen, die gen Süden flogen. »Das ist kein Ufo, das sind lentikulare Wolken«, hatte Julia ihm später erklärt, und das war die Basis ihrer Beziehung: Sie war rational, er so gar nicht, das waren zwei völlig unterschiedliche Kräfte, die auf das Fundament wirkten, und Spannung führt dazu, dass etwas bricht, so war das doch. Vielleicht würde Billy Ufos in lentikularen Wolken sehen, und Elefantenohren in Cumulus-Wolken, und Schuppenflechte in Cirrocumuli. Vielleicht.

Jonas hängte den letzten Socken an die Leine. »Fertig. Was machst du?«

Der Nachbarsjunge blätterte gedankenverloren in einem kleinen Buch.

»Ich dachte eigentlich es ist leer, aber …« Otis klappte das rosa Büchlein zu. »Ähm, ich wollte nicht schnüffeln. Ich glaube, es ist ein Tagebuch.«

»Oho!«, machte Jonas und griff danach. Ein winziger Schlüssel, ein glitzerndes Einhorn, eine runde Handschrift mit Kringeln statt i-Tüpfelchen: Cecilias Tagebuch aus Kindertagen. »Wo hast du das denn her?«

»Hab ich im Keller gefunden. Ich brauch was für ein Schulprojekt, ich dachte … na ja, vergiss es. Ist euer Kram.«

Jonas schlug das Buch auf.

»*Ich bin neun*«, las er laut vor. »*Ich bin zu alt, um Angst vor dem Alleinsein zu haben.*« Er lachte. »Sisi war schon als Kind so unglaublich vernünftig. *Ich hab eine Zwei-minus in Mathe, ich bin schwer enttäuscht von mir. Muss mich mehr anstrengen.* Meine Fresse, Sisi, der Oberstreber.«

»Sie hat nette Hunde gezeichnet.« Otis deutete auf eine eng bepinselte Seite. Tiere, die aussahen wie Lebensmittel: Auberginen-Köter, Gurken-Dackel, Baguette-Beagle.

»Passt gar nicht zu ihr.« Jonas blätterte weiter im Tagebuch. »*Ich wünschte, Mama wäre wieder da. Dauernd muss ich Jonas helfen (ich hasse es!). Er ist dumm wie Brot. Kapiert gar nichts. Haha. Das Baby hat Hand-Mund-Fuß. Sie heult die ganze Zeit. Ich hasse Papa. Ich hasse ihn! Immer wenn sie telefonieren, streiten sie die ganze Zeit. Warum schreit man jemanden an, der krank ist? Hä?*« Er runzelte die Stirn.

»Wusstest du …«, sagte Otis und hob eine vom Wind heruntergewehte Socke aus dem Gras, hängte sie zurück an die Leine. »… dass der Keller bei Feng-Shui für die Vergangenheit und das Unterbewusstsein steht?«

»Aha«, sagte Jonas, der sich die Daten der Tagebucheinträge ansah. »Das ist eindeutig Bullshit, sonst wäre das Unterbewusstsein meiner Familie wegen Überfüllung geschlossen.«

»Aber es ist ja sehr symbolisch, dass du …«

»Hey, dieses Datum hier … warte mal …« Jonas tippte auf das Buch, so fest, dass etwas Asche von seiner zwischen Zeige- und Mittelfinger geklemmten Zigarette auf die vergilbten Seiten rieselte. »… das erinnert mich an die Fotos!«

»Welche Fotos?«

»Na, Riki hat doch im Sommer diese Fotos gefunden. Die mit Dodi, wo sie dachte, sie ist adoptiert. Nee, ein Kuckuckskind! Das muss die gleiche Zeit gewesen sein.« Die Fotos aus Frankreich: Ihre Mutter am Strand, türkisblaues Wasser, Côte d'Azur, Dodi vor dem Sommerhaus. Gleich nach seinem Umzug in die Ritterburg hatte er die Box wiederentdeckt, die Fotos studiert, aus Langeweile, und auch, weil er Marika zeigen wollte, dass er ein besserer Detektiv war, als sie. Er hatte nicht geglaubt, tatsächlich etwas herauszufinden.

Otis blickte über seine Schulter. »Was sind das für Wörter?«

»Das war ich«, sagte Jonas. Irgendwann hatte er seiner großen Schwester das Einhorn-Büchlein gemopst, um düstere Geheimnisse zu erfahren. Aber Cecilia hatte keine düsteren Geheimnisse, noch nie gehabt, jedenfalls keine, die der kleine Jonas von damals gegen sie hätte verwenden können. Eine (kurze) Zeit lang hatte er versucht, selbst Tagebuch zu schreiben: klischeehafte Aufzeichnungen darüber, welche seiner Schwestern ihn mehr ärgerte, oder welche Lehrer seiner Meinung nach dringend nach Sibirien auswandern sollten. Nach nur wenigen Tagen war er zu faul geworden. »Ich hab meine Lieblingsausdrücke gesammelt. Guck.« Er streckte Otis das Buch hin. *Leckomio, oh leck, futschikato, kapisch?!, Rambazamba, Remmidemmi, plemplem,* die Liste war lang, verfasst in seiner krakeligen Grundschulhandschrift, die seine Lehrer stets mit Rotstift kritisiert hatten. *Sauberer schreiben, Jonas!*

Sie stapften zurück zum Sommerhaus, Jonas warf seine Zigarette auf den Boden, und trat sie aus.

»Auch ein Schulprojekt?«, fragte der Junge, während er die Haustür öffnete.

»Nee, ich hab fast nie was für die Schule gemacht.« Jonas schlug die Tür hinter sich zu. Im Raum duftete es bereits nach italienischem Restaurant.

»Wieso bist du dann Lehrer geworden?«

»Ferien«, sagte Jonas. Und er wollte einer der netten sein, einer, den er selbst damals gebraucht hätte. Seine Schüler fanden, er war wie der Gangster aus der spanischen Serie mit dem Banküberfall, und der Vergleich gefiel ihm – südländisch, gewitzt, ein kluges Kerlchen.

»Otis! Ich bin hier einem Familiengeheimnis auf der Spur!«

Der Nachbarsjunge gähnte. »Du lenkst dich doch nur von Julia ab.« Er gab Jonas das Buch zurück und schaltete den Laptop wieder ein. »Aber hier ist was rausgerissen, Meisterdetektiv.«

Nach ein paar sehr schlechten Illustrationen davon, wie Jonas seine große Schwester an einem Marterpfahl quält, kamen leere Blätter und danach verwischte Spritzer, die Tinte verschmiert. Es stimmte: Dazwischen fehlten Seiten.

»Hmmm«, machte Jonas. Er musste unbedingt die Daten auf den Frankreich-Fotos mit denen der Tagebucheinträge vergleichen.

»Weißt du, was wir machen sollten?«

»Hm?«

»Alte Jugendbegriffe wieder aufleben lassen. So wie: ›Leckomio, riecht diese Lasagne knorke.‹«

»Danke für das Kompliment«, sagte Otis. »Aber das kannst du schön alleine machen.«

EIN FUNDUS AUSGEDIENTER DINGE

»Wann kommen denn nun die Kinder zum Ausmisten?«

»Demnächst, es gibt noch keinen festen Termin. Ich hab schon angefragt. Sie sind zwar alle furchtbar beschäftigt, aber dann müssen sie sich eben die Zeit nehmen.«

»Und du bist wirklich sicher?«

»Das hatten wir doch schon, Walter.«

»Wenn du meinst. Hast du an mein Roggenbrot gedacht?«

»Natürlich.«

»Das ohne harte Kruste? Roggenmisch?«

»Ich weiß ganz genau, welches dein Lieblingsbrot ist, Walter. Ist noch was? Ich bin am Parkplatz, und es ist kalt.«

»Was meintest du denn vorhin, dass wir reden müssen?«

»Ach, lass uns das nicht am Telefon besprechen, ja? Ich bin gleich zu Hause.«

»Aber ... das klingt so dramatisch, Marianne.«

»Ich erzähl es dir daheim, okay? Ich bin in zwanzig Minuten da.«

Die Matratze in Jonas' Bett war durchgelegen, und sie war es bestimmt seit mindestens zehn Jahren. Alle Dinge in diesem Haus waren ausrangiert worden: Irgendjemand hatte sie woanders nicht mehr gebraucht und hierhergeschafft, damit sie noch irgendeinen Nutzen hatten.

Jonas wurstelte die zweite Wolldecke fester um seine Füße.

Er hätte Marikas Zimmer nehmen können, schließlich war sie

nicht da, und das Zimmer eindeutig das größte und beste mit der neuesten Matratze, aber aus reiner Gewohnheit war er in sein eigenes Ritterburg-Zimmer gezogen: ein kleines Kabuff gleich neben dem Badezimmer. Jahrelang wurde er immer von der Klospülung geweckt, die wie ein Wasserfall toste. Wenigstens war er im Augenblick der Einzige, der die Klospülung betätigen würde.

In den Wänden raschelte und scharrte es; es mussten Mäuse sein, die die Herrschaft übernahmen, sobald niemand mehr da war, die nur im Sommer nach draußen in den Garten zogen, um den speckbehafteten Mausefallen seines Vaters zu entgehen, und im Herbst zurückkehrten in ihre wollig-weichen Tunnel und Gänge in den Wänden. Die Ritterburg wurde von innen aufgefressen, aber er würde es nicht übers Herz bringen, Fallen aufzustellen, würde einfach hoffen, dass die Mäuse weiterhin in der Wand blieben.

Es war erst kurz nach zehn, und er war nicht besonders müde, obwohl er in letzter Zeit verdammt viel schlief, trotz des 90-Zentimenter-schmalen Stockbetts, an dem er sich regelmäßig den Kopf stieß.

Jonas schrieb seiner Mutter eine E-Mail, dass er irre eingespannt im Job sei (was stimmte, und das Pendeln raubte ihm zusätzlich viel Zeit) und in den nächsten Wochen wohl kaum zum Ausmisten kommen würde. Er setzte seine Schwestern in cc und hoffte, sie würden ebenfalls absagen. Cecilia hatte sowieso immer einen vollen Terminkalender und Marika sowohl die längste Anreise als auch bestimmt Besseres zu tun.

Die E-Mail hatte gerade den Postausgang verlassen, als sein Telefon klingelte. Julias fuchsroter Pony erschien auf dem Display.

»Wieso rufst du mich an?« Jonas stellte das Gespräch auf laut. Er wollte nicht so hart klingen, war ja froh, dass sie anrief, er sprach seit 25 Jahren jeden Abend mit ihr, die letzten fünf Monate einmal ausgenommen.

»Dir auch einen schönen Abend.« Julia sah geisterhaft aus auf dem verpixelten, dunklen Bild: Blass und mit nassen Haaren, die grünen Augen viel zu tief im Schatten, als das man erkennen konnte, dass sie grün waren. Aber das waren sie, er kannte diese Augen in- und auswendig. Jonas brummte eine kaum hörbare Antwort, fürchtete, seine Stimme würde sich anhören wie mit 15, als Julia ihn zum ersten Mal verlassen hatte. Zwei Wochen später waren sie wieder zusammengekommen, auf einer Party, wo sie beide zu viel getrunken und langsam zu einem peinlichen Take That-Song getanzt hatten.

»Ich mache mir Sorgen«, sagte das verwackelte Julia-Bild jetzt. »Bist du immer noch in der Ritterburg?«

Jonas schwenkte seine Kamera einmal durch das Zimmer.

»Und weiß deine Familie inzwischen Bescheid? Cecilia? Hast du es wenigstens Cecilia erzählt?«

Jonas antwortete nicht.

»Mann, Jonas, es sind schon fünf Monate. Du kannst nicht ewig so tun, als … als …«

»Als wäre alles wie immer? Nichts ist wie immer, das ist mir schon klar, Juli.«

»Als würde ich wieder zurückkommen, wollte ich sagen.«

Jonas biss sich auf die Unterlippe. Sie schwiegen beide.

»Denn das werde ich nicht, Jonsi«, sagte sie schließlich leise.

Warum eigentlich nicht? Warum kommst du nicht einfach zurück und wir machen da weiter, wo wir aufgehört haben?

Es war doch keine schlechte Ehe. Es war ein behaglicher, netter Kokon, in dem man sich aufeinander verlassen konnte, abends Netflix guckte, gemeinsam die Eigentumswohnung abbezahlte, gelegentlich miteinander schlief und ab und zu noch richtig gute Gespräche führte. So sollte das doch sein nach 25 Jahren, oder?

Auf dem Lattenrost über ihm hatte eine jüngere Version von ihm selbst mit Kuli: *Cecilia stinkt* eingeritzt.

Julia räusperte sich. »Hör zu, Jonas, sag deiner Schwester, was los ist. Oder Marianne. Und dann such dir ne neue Wohnung, du kannst doch nicht ewig in dieser Hütte hausen.«

»Ja, Veränderungen haben doch auch was Gutes, ich weiß, ich weiß.« Diesen Satz wiederholte Julia immer wieder. Und er fühlte sich jedes Mal, als streifte sie ihr altes Leben ab wie eine Schlange ihre Haut. Jonas lag da, knitterig und leer, und wartete darauf, dass sich diese Neuerung endlich gut anfühlte.

Ich will dich einfach zurück.

»Ich möchte noch mal was anderes, bevor es zu spät ist. Du nicht. Wir haben das doch alles schon besprochen.« Julias Bild war hängen geblieben und zeigte ihre Stirn, auf der ihr nasser Pony klebte. Wie er diesen Pony liebte. Sie hatte ihn sich das erste Mal mit 17 selbst geschnitten und seither einfach behalten. Er gehörte zu ihr, wie … ja, wie Jonas selbst. Jetzt kamen ihm die Haarsträhnen länger vor.

»Lässt du deinen Pony rauswachsen?«, fragte er.

»Was?«

»Lässt du …«

»Ich wollte dir nur sagen, dass ich eine Weltreise mache. Also, keine richtige Weltreise, aber … na ja, ich bin ein paar Monate weg.«

»Du warst doch grade erst in Island.«

»Ja, und?«

»Okay. Dann, gute Reise«. Bevor sie noch etwas sagen konnte, legte Jonas auf und warf das Handy in den Deckenberg neben sich. Das Scharren der Mäuse drang dumpf durch die Wand. Er meinte sogar, ein Fiepen zu hören. Irgendwo polterte etwas laut. Und dann rauschte die Klospülung.

Jonas riss seine Zimmertür auf. Sein Daumen schwebte über dem Button der Notrufnummer am Handy, das er wie eine Taschenlampe vor sich hielt, um durch die Dunkelheit zu leuchten.

»Hallo?«, rief er. Im Bad rumpelte etwas, die Tür ging auf, und sein Vater stand unter der baumelnden Glühbirne.

»Jonas?!«

»Paps?!«

»Was machst du denn hier?«

»Und du?!«

Mit einer Handbewegung wedelte sein Vater Jonas aus dem Weg und trabte die Treppe hinunter.

»Sie hat mich rausgeworfen«, sagte er.

»Was?« Jonas folgte seinem Vater nach unten, wo Licht brannte und eine große, grüne Reisetasche mitten in der Küche stand. Er hatte den Eindruck, dass er in einen falschen Film geraten war, hatte mit seiner Mutter gerechnet, die hier auftauchen würde, mit Wischmopp und Staubwedel bereit zum Großreinemachen. Aber nicht mit seinem Vater, der genauso zerknittert und wirr aussah, wie Jonas sich fühlte.

»Deine Mutter. Sie hat mich rausgeworfen.«

»Wieso das denn?«

Sein Vater seufzte. »Frag sie selber. Warum stehen hier so viele Kartons rum?«

»Äh …«

»Und was machst du überhaupt hier?«

Jonas wusste, dass er endlich etwas sagen sollte. Dass es sinnlos war, weiter zu lügen. Aber er sagte: »Ich will mich nicht anstecken.«

»An was, an Long Covid? Ich wusste gar nicht, dass das geht.«

»Genau. Ja. Willst du ein Bier?« Er spurtete in den Keller, stieß sich das Knie an einer seiner Umzugskisten und angelte zwei Flaschen aus einem der halbleeren Kästen (halbleer, halbvoll) unter der Treppe. Oben saß sein Vater auf dem Sofa und hatte den Kopf in den Nacken gelegt.

Jonas öffnete die Kronkorken und hielt seinem Vater ein Bier hin.

»Danke.« Paps trank. Mehr sagte er nicht, und dann bewegte er sich auch nicht weiter, saß nur da und starrte an die Zimmerdecke, die Bierflasche in der Hand, die braunen Lederschuhe von den Füßen gestreift.

»Was ist denn passiert?«, fragte Jonas nach einer Weile, in der sein Gehirn versucht hatte, die ganze Situation angemessen zu verarbeiten.

»Ich brauche eine Schmerztablette.« Sein Vater hob ruckartig den Kopf. »In der Besteckschublade müssten welche sein. Da sind immer welche.«

Jonas stand auf, fand tatsächlich zwischen Messern und Gabeln eine Packung Ibuprofen, die vermutlich seit 20 Jahren in dieser Schublade lag und sicherlich ebenso lange abgelaufen war, und drückte seinem Vater eine aus dem Blister. »Hier. Und jetzt erzähl mal.«

»Jonas, ich mag nicht. Ich mag nicht erzählen. Es ist einfach wieder dasselbe.«

»Dasselbe? Hä?«

»Wie damals.« Sein Vater warf die Tablette ein und lehnte den Kopf wieder zurück. »Genau dasselbe.«

Jonas blinzelte. »Mama hat dich schon mal rausgeschmissen?«

»Natürlich nicht.«

Jonas trank einen Schluck Bier. Es schmeckte nicht, er nahm sich ein Glas Wasser. Dann holte er die Lasagne aus dem Kühlschrank, wo Otis die Reste hingeräumt hatte.

»Willst du was essen?«, fragte er ein wenig hilflos, aber sein Vater schien ihn gar nicht zu hören.

»Weißt du, wie schwierig das damals war, mit euch drei Kindern?«

»Äh ...«

»Und jetzt will sie ausmisten! Ausmisten!« Sein Vater sagte das, als würde seine Mutter im Keller der Ritterburg eine Bombe bauen.

»Weißt du, ich glaube, es hat alles im Sommer angefangen.«

»Was denn, alles?« Jonas setzte sich mit den Lasagne-Resten seinem Vater gegenüber aufs Sofa und aß einen Löffel voll.

»Alles! Die ganze Sache mit Dodi. Und dann auch noch an meinem Geburtstag, es ist nicht zu fassen.« Sein Vater schüttete auch Jonas' Flasche Bier hinunter, es gluckerte, so schnell trank er sie leer. Dann schüttelte er langsam den Kopf. »Unsere schöne Ritterburg«, sagte er.

»Hä? Dodi? Du meinst Doro? Die, äh, tote Doro?« Jonas verstand kein Wort. Erst Julia mit ihrer Weltreise und nun sein Vater mit seinen konfusen Aussagen. Sollte er einen Krankenwagen rufen? Äußerten sich nicht Schlaganfälle durch verwirrtes Sprechen? Er aß noch mehr Lasagne.

»Ja! Doro! Wäre sie doch bloß nicht gestorben. Dann wäre alles noch beim Alten. Hast du noch ein Bier für mich?«

Jonas ging und holte zwei weitere aus dem Keller, außerdem eine Flasche Whiskey, die eingestaubt in einem Regal stand. In der Ritterburg fand man so einiges: Abgelaufene Gummibärchen, antiquierten Schnaps, Ibuprofen aus den 90ern. Es war ein Fundus an nutzlosem Plunder. Jonas kam sich vor, als wären auch sein Vater und er Teil dieses Fundus' – nichts, was man noch daheim haben wollte, hier abgestellt, weil man es nicht übers Herz brachte, sie ganz wegzuschmeißen.

Sein Vater spülte noch eine Kopfschmerztablette mit Bier herunter. Hinter Jonas' Augenbrauen klumpten sich die Fragen zusammen, bis auch er Kopfweh bekam.

Er goss Whiskey in zwei Gläser, für seinen Vater pur, für sich selbst mit Cola aus dem Kühlschrank, und knallte sie auf den Couchtisch wie auf einen Tresen.

Veränderungen haben doch auch etwas Gutes!

Keine Entwicklung, keine Neuerung, kein rausgewachsener Pony. Alles beim Alten.

»Veränderungen sind überbewertet, oder?« Leckomio, waren die überbewertet.

Sein Vater prostete ihm zu.

SAMSTAG

DAS LAUE LÜFTCHEN DER FAMILIE

Ich kann einfach nicht mehr, P-O. Du bist dauernd weg, und Oskar ist ... anstrengend. Er klebt an mir. Und die Logopädin sagt, sein Zungenbändchen ist zu kurz, man sollte das abklären lassen. Und einen Kitaplatz haben wir auch noch nicht. Ja, ich weiß, dass ich ihn wieder rausgenommen habe. Ja, natürlich bin ich gern mit ihm zu Hause, meistens jedenfalls, aber soll das einfach so weitergehen, bis er in den Kindergarten kommt? Noch, keine Ahnung, zwei Jahre? Ich geh auf dem Zahnfleisch. Das weiß ich auch, dass er ein Wunschkind ist, natürlich ist er ein Wunschkind. Trotzdem macht er mich manchmal wahnsinnig. Ich flüstere, damit er mich nicht hört. Weißt du, was das mit Kindern macht, wenn sie sowas mitkriegen? Dass die Eltern ... Also ... Kinder dürfen anstrengend sein. Und nervig. Und ... Ja, aber das waren andere Zeiten. Ich muss Schluss machen. Viel Spaß noch bei deiner Konferenz.

Etwas kitzelte Jonas an den Füßen. Er wachte mit einem Ruck auf, merkte, dass sein Nacken völlig verspannt war, und erst dann, dass er auf einem der Sofas im Wohnzimmer lag. Seine Nase war dick verquollen vom Staub in den Kissen (Hausstaubmilbenallergie), und als er es endlich schaffte, den Blick zu seinen Füßen zu lenken, schrak er gleich wieder zusammen.

»Ossi!«

Sein Neffe stand ans Couch-Ende gelehnt da und bearbeitete Jonas' Ferse mit einem Plastikdinosaurier.

»Grrr-grrr«, sagte Oskar.

»Was machst du denn hier?«

Oskar sah ihn an, als verstünde er die Frage nicht, und Jonas quälte seine Füße vom Sofa, weg vom kitzelnden Dinosaurier. Er nieste ein paarmal. Von seinem Vater keine Spur. Beinahe hätte man meinen können, er hätte sich die ganze Episode am Abend (Vater, Sohn, Ritterburg, zu viel Whiskey) nur eingebildet.

Aber Jonas erinnerte sich vage daran, dass er Cecilia angerufen hatte, irgendwann, als Paps schon auf der Couch schnarchte, Kopf im Nacken, Mund offen.

Oskar deutete auf den Kühlschrank und sagte etwas, was Jonas nicht verstand. Er war um einiges gewachsen, der kleine Mann, und er hatte viel mehr Haare auf dem Kopf als beim letzten Mal.

»Was willst du? Das hier? Wo ist denn der Opa?«, fragte Jonas, während er Oskar verschiedene Dinge zur Auswahl hinhielt (Milch, Wasser, ein Stück Brot, den halbleeren Teller Lasagne). »Oder die Mama?«

»Mamam«, sagte Oskar.

»Ich bin hier.« Cecilia wehte ins Haus wie frischer Wind. »Hast du Hunger?«

Sie meinte wohl ihren Sohn, aber Jonas nickte. Seine Schwester trug ein fließendes Gewand, so wie immer, alles an ihr war immer weit und segelte hinter ihr her, wenn sie vorbeirauschte. Er wusste schon, warum er sie angerufen hatte. Aber dass sie so schnell hier sein würde, hätte er wirklich nicht gedacht. Sie reichte Oskar und Jonas jeweils ein Stück Banane.

»Ich bin so froh, dass du da bist«, sagte Jonas und biss in die Banane. Sein wattiges Gehirn lichtete sich langsam. »Paps war … seltsam, gestern Abend. Er wird immer grantiger und wunderlicher, irgendwie.«

»Jeder wird grantiger und wunderlicher im Alter.« Cecilia gab

Oskar noch einen gesunden Snack aus einer Lunchbox. »Hat sie ihn wirklich rausgeworfen? Und wieso wissen wir davon nichts?«

»Es scheint gerade erst passiert zu sein. Wolltest du nicht mit Mama sprechen?«

»Ich hab sie nicht erreicht. Dass in dieser Familie ständig alle ihr Handy ausmachen müssen.«

Cecilia leerte eine Korbtasche, die lässig über ihrer Schulter gehangen hatte, auf der Anrichte aus. Gurken, Paprika, ein Kopfsalat, Eier, mehr Bananen, eine Dose, in der etwas schwappte, was nach Tomatensuppe aussah, aber vielleicht Cecilias berühmtes scharfes Chili sin Carne war.

»Bitte sagt mir, ihr habt nicht diese Uralt-Tabletten hier genommen?« Sie warf den Blister mit Ibus in den Müll. »Oskar, schmier deine Bananenhände nicht an Opas Sofa, bitte. Papa? Pa-pa!«

Sie wirbelte aus dem Raum, und Jonas war tatsächlich für einen kurzen Moment schwindelig. Wenn Cecilia die steife Brise der Familie war, dann war er das laue Lüftchen. Oder (sein Magen knurrte): Cecilia war das Chili und er die fade Tomatensuppe der Ritters.

Er wünschte sich, seine Schwester hätte nicht die Tabletten weggeworfen. Ersatzhalber probierte er den Inhalt des Suppenbehälters: Chili, tatsächlich. Dann fuhr er sich durchs Haar, spülte sich im Bad den Mund mit einer vermutlich ebenfalls vorsintflutlichen Mundspülung, und rief Cecilia zu, dass er in ein paar Stunden zurück wäre. Die Ehekrise seiner Eltern würde warten müssen; er hatte Billy schon lange versprochen, sie zu ihren Hausbesuchen zu fahren, weil ihr Auto kaputt war.

»Schwarz, ohne Zucker«, sagte Jonas und gab Billy einen Thermobecher, als sie eingestiegen war. Die Sonne strahlte mit dem babyblauen Himmel um die Wette, als müsste sie beweisen, was sie noch draufhatte, so spät im Jahr.

»Mit Milch und ein bisschen Süßstoff«, sagte Billy und reichte wiederum ihm einen Isolierbecher. Dieses kleine Kaffee-Ritual hatten sie irgendwann im Sommer begonnen und einfach beibehalten.

»Wohin geht's?«

Billy tippte auf ihrem Handy herum und legte ihm das Navi vor die Nase, und Jonas fuhr an, aus dem Mühlenweg hinaus, knirschenden Schotter unter sich.

»Sind deine Schwestern da?«, fragte sie.

»Sisi. Und mein Vater. Anscheinend hat meine Mam ihn rausgeworfen.«

»Na, wenn das mal keine Duplizität der Ereignisse ist.« Billy grinste. Sie bekam niedliche Grübchen in den Wangen, wenn sie lächelte. »Ist doch gut. Da könnt ihr ja gemeinsam loslassen, ihr zwei Verlassenen.« Sie trank einen Schluck Kaffee.

»*Ich* hab voll und ganz losgelassen«, murmelte Jonas. »Aber mein Vater ist völlig durch den Wind.«

Draußen zogen abgemähte Felder vorbei, ein Traktor in der Ferne, Bäume mit buntem Laub, das plätschernde Bächlein.

»Hier rein, Kirschkernspucker«, sagte Billy schließlich, deutete auf eine Einfahrt, und Jonas bog ab.

Die erste Schwangere sah aus, als wäre sie kurz davor, gleich hier auf ihrer Türschwelle zu gebären. Jonas nickte höflich und blieb dann auf dem »Welcome«-Fußabstreifer stehen, wo er eine seiner dämlichen Rache-Zigaretten rauchte, während Billy drinnen tat, was immer sie da tat. Bunte Tretroller und Laufräder lagen neben dem Gartenzaun. Der sorgfältig zusammengerechte Laubhaufen vor dem Gartentor leuchtete goldgelb.

In Jonas' Vorstellung einer fernen Zukunft war schon irgendwie Nachwuchs herumgeschwirrt – er als älterer Typ mit schütterem

Haar und zwei geschlechtslosen, sehr niedlichen Kindern, die Julias fuchsfarbenen Schopf hatten. Er stellte sich vor, wie er Bücher vorlas, und Fußball spielte, aber Julia hatte gesagt: »Ich kenn dich, Jonas. Du machst Faxen, und ich den ganzen Rest. Nein, danke.«

Billy kam wieder aus dem Haus, und in Jonas' Phantasie von der fernen Zukunft sah er nun zwei süße, blonde Mädchen, die genauso aussahen wie ihre bezaubernde Mutter, abstehende Elfen-Ohren, breiter Mund, schmale Nase.

Er hörte sich fragen: »Du willst keine Kinder mehr, oder?«

Billy stieg ins Auto und tippte die nächste Adresse in ihr Handy. »Eins reicht.«

»Das klingt ja sehr überzeugt«, sagte Jonas.

»Bin ich auch. Meine Unabhängigkeit ist mir ziemlich wichtig. Und das geht nicht mehr so easy, wenn man erst mal Kinder hat. Oder ... Kind, Singular.«

»Julia will auch keine Kinder. Und ich ... auch nicht wirklich.«

»Okay. Versteh ich.« Billy sah ihn belustigt an. »Und? Überlegst du doch? Gerade jetzt, wo du wieder Single bist?«

»Nee«, sagte er. »War nur so ein Gedanke.«

»Wieso sprechen wir übers Kinderkriegen, Jonas?«

»Das war rein hypothetisch.« Jonas sah sie einen Moment lang an. In ihrem linken Auge war ein karamellfarbener, fast goldener Sprenkel, ein bisschen wie bei einer Katze. Er blinzelte, richtete seinen Blick zurück auf die Straße und fuhr los.

Als sie zurückkamen: verblühte Blumen im Garten, Sonnenflecken in der Auffahrt, weiße Wölkchen am Himmel – Oktoberidylle. Im Dorf heulte ein Laubbläser. Oskar hockte vor dem Haus am Boden und klaubte Blätter vom Weg. Er sah verändert aus: Seine Haare waren kurz, die Ohren rot. Das Herbstlaub raschelte unter Jonas' Füßen, als er aus dem Wagen stieg.

Sein Vater schaute aus dem Küchenfenster. »Guck, ich hab mir die Matte abrasiert. Fünf Millimeter!« Er sah aus wie ein alternder Veteran in einem Hollywoodfilm. Der Wind pustete ein paar graue Haarflusen aus dem Fenster und durch den Garten.

»Bisschen streng«, sagte Jonas.

»Nicht mehr so schluffig.« Sein Vater hob einen Rasierapparat an und ließ ihn brummen. »Willst du auch?«

»Wrrrmm!«, imitierte Oskar den Rasierer, der ihm ebenfalls einen unguten Buzzcut verpasst hatte. Man konnte sehen, dass er Segelohren hatte, eine Tatsache, die Jonas vorher nie aufgefallen war. Es erinnerte ihn daran, wie er Marika mal die Haare geschnitten hatte, als sie ein kleiner und er ein nicht viel größerer Pimpf gewesen war. Einfach mit der Küchenschere abgesäbelt.

»Sisi bringt dich um.«

»I wo! Ist doch gut, mal was Neues!«

Veränderungen haben doch auch was Gutes!

»Steht dir, Walter.« Mit ihrem einnehmenden Billy-Lächeln reckte Billy einen Daumen in die Höhe und grüßte dann einen unverschämt gut aussehenden Mann in Gartenhandschuhen, der vor ihrem Haus herumlungerte. »Kann ich euren Apfelpflücker leihen? Wir wollten die Birnen ernten.«

Der Mann nickte ihnen zu, und hob einen Handschuh. Ein Fehdehandschuh, direkt vor Jonas' Füße geschleudert. *Wir?*

»Klar«, sagte Jonas und dann rollte ein Mietwagen auf den Hof. Aus den Autofenstern winkten Kai und Marika.

»Huhu! Oh, Papa, neue Frisur? Schau mal, ich auch!«

»Full house, hm?«, sagte Billy, während sein Vater den Apfelpflücker holen ging, und Kai erst eine Reisetasche und dann seine Freundin aus dem Wagen hievte. Er trug ein Hemd mit Flamingos darauf und einen winzigen, dünnen Schnauzbart.

Jonas drückte seine jüngere Schwester, die zwar noch keinen

Schwangerschaftsbauch, aber schon zugelegt hatte, ihr Gesicht drall, die Wangen rund. »Was macht ihr denn hier?«

»Helfen? Da sein? Urlaub?« Marika zupfte eine Aster-Blüte aus dem Blumenbeet und steckte sie sich ins Haar, das ebenfalls kurz geschnitten und fast weiß blondiert war. Sie klemmte die Blüte hinter einen pinken Haarreif, der sich gewaltig mit dem Rot der Blume biss. Seine kleine Schwester zog sich immer an wie ein Kindergartenkind, das erwachsen spielte. Und nun wurde sie Mutter, du meine Güte! Hatte sie nicht erst vor kurzem ihre Zahnspange rausgekriegt?

Cecilia kam aus dem Sommerhaus und schimpfte wegen Oskars Frisur (»Papa, du bist ja wohl von Sinnen, zieh nicht noch mein Kind mit in deine komische Lebenskrise!«), und Billy drückte Jonas einen Schmatzer auf die Wange, war schon beinahe weg. Ihm kam es vor, als wäre er noch vor fünf Minuten völlig allein in der Ritterburg gewesen, allein mit sich und seinem Selbstmitleid, und nun war fast seine gesamte Familie da, wie eh und je.

»Alle meine Lieben zusammen«, sagte sein Vater zufrieden.

Weil es sehr wahrscheinlich der letzte schöne Herbsttag war, wie Paps sagte, saßen sie im Garten zusammen: Oskar mit seinen neu entdeckten Segelohren, Kai mit seinen Flamingos, Jonas' kleine Schwester und seine große, die wie immer aussahen, als seien sie kein bisschen verwandt, und sein Vater, der so frisch-tatkräftige Kurzhaarträger. Cecilia hatte Kuchen mitgebracht, oder jedenfalls etwas, das daran erinnerte. Die Luft schmeckte schwer nach Erde, Bienen surrten noch zwischen den Astern herum, und Sonnenstrahlen fielen warm durch die bereits verwelkten Stängel der Sommerblumen. Nur seine Mutter fehlte. Die hätte einen richtigen Käsekuchen vom Bäcker geholt, einen mit Zucker und kleinen, weichen Mandarinenstücken darin, und sie hätte verhindert, dass alle durchdrehten, sich die Haare abrasierten oder seit Wochen allein zwischen ihren Umzugskartons hausten.

»Hat Billy einen neuen Freund?«, fragte sein Vater in die Runde, als könnte irgendjemand das beantworten.

Jonas kniff die Augen zusammen. »Hab den noch nie hier gesehen.«

»Sieht nett aus.« Kai ließ Oskar, der es sich auf seinem Schoß bequem gemacht hatte, auf seinem Knie auf und ab hopsen. Am liebsten hätte Jonas Kai mit seiner Kuchengabel gepiekt. Nur ein bisschen. Nur um zu sehen, ob er mal nicht lächelte. Wie konnte man immer so gut gelaunt sein? Es war ein Wunder, dass seine kleine Schwester das aushielt.

»Wieso steht eigentlich das gesamte Haus voll mit deinen Umzugskisten?«, fragte Cecilia und nahm Oskar die Sprühsahne ab, die Paps großzügig auf seinem zuckerfreien Kuchen verteilt hatte.

Alle sahen Jonas an. Er hätte sie wegräumen sollen, wenigstens in den Keller, das Bermuda-Dreieck der Ritterburg. Jonas legte den Kopf auf die Tischplatte zwischen Porzellanteller und Kuchengabeln und Sprühsahneresten.

»Weil Julia mich rausgeworfen hat«, sagte er kraftlos.

»Aha!«, machte Cecilia wie der Inspektor in einem Krimi, der den Fall gelöst hatte.

Sein Vater rieb sich die Hände. »Dann können wir ja jetzt gemeinsam unsere Frauen zurückerobern.«

Eine Viertelstunde später rauschte das Auto ihrer Mutter auf den Hof, mit etwas zu viel Schwung, und fuhr den neu gewonnenen Optimismus seines kurzhaarigen Vaters gleich wieder über den Haufen. Sie bremste scharf ab, aber die Stoßstange klebte schon am Zaun ihres Cottage-Gartens. Aber das war nicht das Auffälligste. Als sie ausstieg, verwehte der Oktoberwind malerisch ihr Haar, und sie trug einen Hosenanzug in Pink, der sie sehr mondän aussehen ließ. Auf ihrem Arm saß ein kleiner, lockiger Hund, dessen Kopf sie kraulte. Er bellte.

Was für ein Auftritt.

»Ja, fein«, sagte Jonas' Mutter. »Bist ein guter Wachhund, John Irving.«

»Mama?«

»Jonsi! Guck! Ich hab einen Hund adoptiert.«

»Was machst du denn hier?«

»Wir wollten doch ausmisten«, sagte seine Mutter. Sie klang ebenso aufgesetzt fröhlich wie sein Vater, wenn er nicht gerade in einem depressiven Loch steckte. Jonas schaute zu Paps hinüber, der aussah, als habe Mama ihn geradewegs in ein solches Loch zurückbefördert. Eiskalt geschubst, mehr oder weniger.

»Marianne«, sagte er klanglos.

»Walter«, antwortete sie, und Jonas hatte ein seltsames Bild vor Augen: seine Eltern in weißen Tennisoutfits, die sich vor einem Match mit grimmiger Miene die Hände schüttelten. Der Hund sprang an Jonas' Vater hoch, und schnüffelte an seinen Fingern; er zog die Hände zurück.

»Ich habe eine Hundehaarallergie«, sagte er vorwurfsvoll.

»Deshalb hatten wir ja auch nie einen«, sagte Jonas' Mutter. »Dabei wollte ich schon immer so einen kleinen Wusel.«

Die Nasenflügel seines Vaters bebten leicht.

»Du bist ein Katzenmensch«, sagte er. »Wie ich.«

»Du wolltest auch keine Katze«, sagte seine Mutter. »Und ich hab nie gesagt, dass ich ein Katzenmensch bin. Ich mag viele Tiere. Ich mag auch Schildkröten. Und Meerschweinchen.«

Marika und Kai schienen beide zu versuchen, nicht zu lachen.

»Und ich mag Hühner!«, sagte sein Vater. »Dann hole ich mir jetzt Hühner!«

Kai hustete; es klang auffällig nach Lachanfall.

»Außerdem kannst du nicht hier sein, das ist mein Refugium! Es ist kein Platz für uns beide!«

»Ich schlafe unten im Fernsehzimmer«, sagte Mama würdevoll. »Das tangiert dich gar nicht.«

Paps nahm seinen Kuchenteller und verschwand im Haus.

Jonas streichelte den Hund. »John Irving?«

»Du weißt doch, wie ich Irving verehre«, sagte sie. »Außerdem finde ich, er sieht sehr amerikanisch aus.«

Der Hund war beigebraun und hatte kringelige, kleine Löckchen und einen runden Kopf mit hellen Augen. Eine kleine Zunge hing rosa zwischen seinen Zähnen hervor, und er schien pausenlos zu lächeln. Wenn überhaupt, sah er dämlich aus, eine Nationalität konnte Jonas ihm nicht zuschreiben.

Marika fiel ihrer Mutter um den Hals, als sei die wochenlang verschwunden gewesen.

»Kommt ihr mit ausräumen, Kinder?«, rief Mama sofort, als Marika sie wieder losließ. »Es ist Zeit! Ich will nicht länger in der Vergangenheit hängen. Raus mit dem alten Mist!« Sie klatschte in die Hände.

»Wehe, ihr schmeißt meine Comics weg!«, sagte Jonas und brummte etwas von einer Schulaufgabe, die er noch zu korrigieren hatte.

Während der weibliche Teil der Familie tatkräftig im Keller verschwand, ging sein Vater – mies gelaunt – zum Angeln, obwohl es bereits dämmerte, und Jonas saß in der Küche und beobachtete Kai, Oskar und den Hund, die ein perfektes Trio bildeten. Sie zogen muntere Runden ums Haus, warfen Stöckchen, apportierten abwechselnd und tollten im Laubhaufen herum, den Otis, das fleißige Bienchen, unbemerkt von allen, im Laufe des Tages zusammengerecht hatte.

Er lauschte der Unterhaltung aus dem Keller (»Den Badeanzug hab ich geliebt, als ich fünf war!« – »Die Marmelade kann man nun wirklich nicht mehr essen, die ist von 93.« – »Igitt, unter dem Boot sind Mausefallen.«) und schmierte sich eine Butterstulle zum Abendbrot. Seine Mutter war wie Cecilia, nur von allem noch etwas mehr. Sie war etwas größer, etwas schöner, etwas pragmatischer und etwas Chili-artiger als seine Schwester, die das alles schon zuhauf war. Die Stimmung im Haus wäre ab sofort eine andere – das Schluffige, Träge, das er, Jonas (das musste er zugeben) mitgebracht hatte, würde endgültig verschwinden.

Er legte sich Essiggurken für sein Brot zurecht, als seine Mutter hinter ihm auftauchte, und sich eine schnappte.

»He!«

»Schneller!« Mama biss in die Gurke. Ihre Wangen waren gerötet, sie wirkte munter und vergnügt.

»Tut die Ausmisterei gut?«

»Und wie!« Seine Mutter aß auch die zweite Gurke, die er aus dem Glas fischte.

Jonas umarmte sie. »Jetzt hast du den Alten also verlassen.«

»Das hab ich wohl«, sagte sie. »Das Leben ist kurz.«

EINE VERSAMMLUNG VON SCHLAFLOSEN

Hejhej, meine wunderbare Cecilia und mein Lieblingsoskar!
Papa sendet sonnige Grüße aus dem hohen Norden. Die Uni ist
der Hammer, die Kollegen supernett, und meine Wohnung liegt
gleich am Hafen. Es würde euch so gut gefallen! Die Kitas sind so
schön, Cecilia, Oskar wäre das glücklichste Kind überhaupt. Zum
Abendessen gehe ich in ein ganz tolles Lokal, das ich euch bald
zeigen muss. Nur noch ein paarmal schlafen, dann bin ich wieder
da, Ossi! Und wenn ich zu Hause bin, gibt es Neuigkeiten.
Pusspuss, Papa

Später am Abend machte sich Jonas eine Milch in der Mikrowelle
warm – seit seiner Kindheit ein bewährtes Mittel, wenn man nicht
schlafen konnte. Der Wind heulte ums Haus, wie es sich für eine
graue Herbstnacht gehörte. Jonas daddelte auf seinem Handy herum, während er wartete, und drückte auf eine Nummer.

»Wieso rufst du mich an?«

»Ich hab mich vertippt. Ich wollte Julia anrufen.«

»Wieso rufst du Julia an?«

»Ich hab bestimmt mit Absicht die falsche Nummer gewählt. Un-
bewusst wollte ich sie gar nicht anrufen.«

»Ja, klar«, sagte Otis, und es raschelte.

»Was machst du?«, fragte Jonas.

»Ich zähle, wie viel Geld mir noch für meinen Führerschein fehlt.
Du schuldest mir übrigens noch 40 Euro.«

»40?!«

»Weißt du, wie oft ich für dich putze, Mann?«

Die Mikrowelle piepste. Jonas holte die Tasse heraus und verbrannte sich die Zunge an der heißen Milch.

In der Ritterburg überkam ihn öfter ein dumpfes Gefühl, das er nicht einordnen konnte, das ihn aber an seine Zeit auf Kur erinnerte, mit neun, in diesem Luftkurort an der Ostsee, wo er vier Wochen der Sommerferien verbracht hatte, um seine Lunge und seine Haut zu kurieren. Er hatte den ganzen Tag Fußball gespielt und seine Freiheit genossen, keine nervigen Schwestern, keine Hausaufgaben, keiner, der ihm sagte: »Räum dein Zimmer auf!« Nur am Abend, wenn er im Bett lag, hatte ihm seine Mama gefehlt, und dieses Gefühl jetzt, das war genauso wie damals, ein hartnäckiger Kloß, der in seinem Magen lag, schwer wie der Dugong auf dem Kalender.

»Hast du manchmal Heimweh nach einem Ort, den es gar nicht mehr gibt?«, fragte er und konnte Otis fast die Augen rollen hören.

»Ich bin 15, was denkst du?«

Jonas nippte an der Milch. Zuhause – das waren nur noch ein paar Gegenstände in Umzugskisten.

Otis fragte: »Hast du schon rausgefunden, was auf den rausgerupften Seiten stand? Im Tagebuch, mein ich.«

»Wie soll ich das denn rausfinden, wenn die ausgerissen sind?«

»Mit einem Erstklässler-Detektiv-Club-Trick natürlich«, sagte Otis. »Ich dachte, der ist allseits bekannt.«

Das Einhorn-Tagebuch hatte er in die Eisschachtel gelegt, nachdem er die Daten verglichen hatte (sie passten!). Beides stand in einem Regal neben dem Couchtisch. Jonas holte das Buch hervor, und blätterte bis zu den fehlenden Seiten.

»Und der wäre?«

»Schraffieren.«

»Oh«, machte Jonas. »Klar.«

»Oder du fragst einfach mal deine Schwester.«

»Hm, ja.« Das war eine Idee.

»Weißt du, was ich glaube?«, fragte Otis in sein raschelndes Geldzählen hinein.

»Was?« Jonas kramte in den Küchenschubladen nach einem Bleistift.

»Du bist nicht richtig abgelöst.«

»Hä?«

»Von deinen Eltern. Meine Mutter und ich sind uns einig, dass ich mit spätestens 20 raus bin.«

»Wie, raus? Ich bin mit 19 ausgezogen. Das ist doch zurzeit nur vorübergehend.«

»Ja, aber so rein emotional bist du doch noch sehr verstrickt mit …«

»Ach, komm, Otis …«

»Na ja, wieso ist dir dieses alte Zeug so wichtig? Nach was genau hast du Heimweh? Und wieso denkst du immer, du kommst zu kurz?«

»Das denke ich gar nicht. Es ist ja wohl eine Tatsache, dass Sandwichkinder … Wieso lachst du denn?«

»…«

»Bist du sicher, dass du Koch werden willst, du Küchenpsychologe?«

»Ganz sicher. Gute Nacht, Sandwichkind!« Otis legte auf.

Jonas fand nur Kulis, die nicht funktionierten. Er starrte auf den Kalender mit den Meeressäugetieren. An seiner linken Hand juckte etwas; er kratzte gedankenverloren.

Der Dugong in Jonas' Magen wurde größer und größer. Es war, als käme das Gefühl direkt aus dem Kalender gekrochen, oder, wie metaphorisch, aus dem Keller, dem kollektiven, überfüllten Unterbewusstsein seiner Familie. Eine Erinnerung schwappte mit nach oben – er, allein in seinem Bett in der Ritterburg, mit kalten Füßen und einem flauen Magen. Er rief nach seiner Mama, aber sie kam nicht, es kam nur sein Vater. *Du bist doch ein großer Junge, Jonsi, es ist Schlafenszeit.* Aber das konnte nicht sein, er musste da was vermischen. Das leise Vermissen-Gefühl, das Heimweh, das war an der Ostsee gewesen, nicht hier, im Sommerhaus war seine Mutter immer da gewesen, oder nur so minimalst kurz weg, dass er gar keine Zeit gehabt hatte, sie zu vermissen.

Jonas drehte den Kalender um, bis ein gruseliger Anglerfisch zu sehen war. Besser.

»Kannst du auch nicht schlafen?«

Marika stand in der Tür, in einem geblümten, langen Nachthemd und mit einer Schlafhaube auf dem Kopf.

»Nee, Witwe Bolte, kann ich nicht.«

Sie ignorierte den Kommentar und ließ sich aufs Sofa fallen. »Ich auch nicht. Blöde Schwangerschaft. Dabei ist doch jetzt die Zeit, wo mich noch kein schreiender Säugling weckt.«

»Hm.«

»Wieso bist du wach?«

Jonas antwortete nicht und betrachtete den Anglerfisch, hinter dem der Dugong lauerte. Dann riss er weitere Schubladen auf.

»Julia?«, fragte Marika. »Das tut mir wirklich leid, Jonsi.«

Er machte ein Geräusch, das nach »hmpf« klang und war beinahe froh, als auch Cecilia ins Wohnzimmer kam.

»Was ist denn hier los?«

»Eine Versammlung der Schlaflosen.« Marika streckte die Beine auf dem Sofa aus. »Willkommen im Club.«

Cecilia nahm sich ein Glas Wasser und setzte sich neben ihre Schwester.

»Macht ihr euch auch Sorgen um die Eltern?«

Das war klar. Die Große war nicht wegen sich selbst schlaflos, sondern wegen anderer.

»Die kriegen sich schon wieder ein«, sagte Jonas, und schenkte sich noch Milch nach.

»Ach ja, so wie Julia?« Cecilia klang spitz. »Kuhmilch ist übrigens schlecht für deine Haut, ich würde nicht so viel davon trinken.«

Jonas stöhnte. Alle Schubladen waren mit zahllosem Zeug vollgestopft, ein Nudelholz, Siebe, Muffinförmchen, keine Bleistifte.

»Können wir uns einigen, nicht über Julia zu reden?« Aus den Augenwinkeln sah er, wie seine Schwestern sich ansahen.

»Paps muss nur mal seinen Arsch hochkriegen«, sagte er. »Mit Mama Urlaub machen oder so was. Mehr will sie doch gar nicht.« *Island. Eine Weltreise. Die Küche salbeigrün streichen. Eine Katze.* »Ihr glaubt doch nicht ernsthaft, dass unsere Eltern sich trennen?«

»Doch, das glaube ich«, sagte Cecilia. »Wenn wir nichts dagegen unternehmen.«

»Vielleicht war das nur ein Weckruf«, sagte Jonas und betrachtete seine Hände. An der linken bildete sich eine schorfige Stelle. Er hatte seit Jahren keinen Neurodermitis-Schub mehr gehabt. »Vielleicht will sie gar nicht gehen.«

Ihr gemeinsames Wohnzimmer, das jetzt Juli alleine gehörte, stellte er sich vor wie eine Filmkulisse: Julia in einem Zimmer, das zur Hälfte leergeräumt war, säuberlich in der Mitte geteilt – ein Leben mit, ein Leben ohne Jonas.

»Was willst du denn dagegen unternehmen?«, fragte Marika und stopfte sich ein Kissen in den Nacken. »Ich denke, es hängt alles mit Dido zusammen.«

»Dodi, sie nennen sie Dodi.« Jonas leckte sich Milch von der Lippe und schaute hinaus in den dunklen Garten. Das Licht aus dem Fenster bildete ein helles Rechteck im Hof; über der Wiese lag Nebel, grau wie Jonas' Gedanken.

»Di-Do, Do-Di, ist ja völlig Jacke wie Hose«, sagte Marika. »Dirk und Doro halt. »

»Du meinst, Mama hat sich verliebt?« Billys lange, schlanke Arme, ihre Grübchen beim Lächeln. Nachdem er vom Angeln zurück war, hatte Jonas' Vater ihr und dem unbekannten Mann dabei geholfen, die Birnen zu ernten (das hieß, er stand neben dem Baum, und sagte wenig Hilfreiches wie: »Wenn du ein Stück höher klettern würdest, da hängt noch eine …«), aber er hatte keinen Ton verlauten lassen, wer der Typ war.

»Nein, ich meine, es gibt da ja eine Vorgeschichte. Im Sommer war er doch schon so aufgelöst.«

»Du und deine Detektiv-Phase, Riki. Damit hast du uns schon immer genervt, als du so ein Stöpsel warst.« Jonas hielt seine Hand knapp über den Boden. Marika beugte sich ächzend hoch und knuffte ihn gegen das Schienbein.

»Aua.«

»Möglich wäre es«, sagte die Große. »Oder nicht?«

»Im Ernst?« Marika wirkte beinahe fasziniert. »Wenn du das sagst, klingt es gleich viel … plausibler. Ach je. Am Ende bin ich vielleicht doch Dirks Kind.«

»Ich meinte das Verliebtsein.« Cecilia schnalzte mit der Zunge. »Natürlich bist du kein Kuckuckskind, Riki. Wie geht es dir eigentlich? Nimmst du deine Folsäure-Tabletten?«

Jonas staunte immer wieder über die Fähigkeit seiner großen Schwester, das Thema zu wechseln.

»Natürlich, was denkst du denn?«

Das wüsste Cecilia, wenn sie mit Marika sprechen würde, dachte Jonas, aber so war das, ein ungeschriebenes Gesetz: Die Ritter-Kinder sprachen fast nie miteinander (von einem selten genutzten WhatsApp-Chat mal abgesehen), nur hier, im Sommerhaus, wo sie sich dann verhielten, als wäre die Zeit irgendwann Mitte der Neunziger stehengeblieben.

»Hat jemand von euch einen Bleistift?«, fragte er.

Cecilia deutete auf ein Regal über dem Sofa. »Hinten links in der Kaffeebüchse.«

Jonas griff danach; auf Cecilia war Verlass. Er klappte das Buch auf und schraffierte die Seite hinter den ausgerissenen Blättern, in der Hoffnung, dass die Schreibende schön fest aufgedrückt hatte.

»Was machst du denn da? Sag mal, ist das mein Tagebuch?« Cecilia riss es ihm aus der Hand. »*Liebe Mama, wir vermissen dich sehr*«, las sie den Text, der unter der grauen Schraffur erschienen war. »Hä?«

»Aha!«, sagte Jonas. »Riki, ich bin dem Rätsel auf der Spur.«

»Welchem Rätsel?« Marika gähnte.

»Na, dem Eisschachtel-Rätsel.«

»Dem Eisschachtel-Rätsel? *Bitte komm heim.* Hab ich das geschrieben? Es sieht aus wie meine Handschrift.« Cecilia blätterte im Heft.

»Bestimmt«, sagte Jonas. »Mama muss irgendwann mal weg gewesen sein.«

»Sie hatte Drüsenfieber«, sagte eine Stimme, und alle drei Kinder fuhren zusammen. »Das wisst ihr doch längst.« Ihr Vater stand an der Eingangstür, eine Stirnlampe um den Kopf gebunden. Die blendete sie alle, bevor er sie ausschaltete. Von draußen roch es klamm nach Herbst.

»Wo kommst du denn her?«, fragte Jonas.

Aus irgendeinem Grund fing sein Paps an zu kichern. Die drei Geschwister warfen sich beunruhigte Blicke zu.

»Ich war fischen.« Ihr Vater hob einen Eimer in die Luft, in dem etwas hin- und herschwappte.

»Jetzt noch?!«

»Ja. Wieso seid ihr auf?«

»Schwanger.« Marika deutete auf ihren Bauch.

Ihr Vater sah Jonas und Cecilia an, als würden sie ebenfalls gleich einen Grund aus ihrem Bauch zaubern und ihn mit einem Begriff belegen. *Dugong.*

Er giggelte immer noch.

»Bist du etwa betrunken, Papa?« Cecilia schnupperte wie ein kleiner Hund.

Der Alkoholvorrat, den Jonas in jahrzehntelanger Arbeit im Baumhaus angelegt hatte, war in dieser einen Geburtstagsnacht verbrannt, aber im Keller gab es ja noch mehr als genug. Sein Vater quetschte sich neben Cecilia und Marika aufs Sofa, und weil kein Platz mehr war, legte er sich Marikas Füße auf den Schoß. Er stellte den Eimer vor sich auf den Boden. Jonas beugte sich darüber: Der Fisch schwamm im Kreis und schien sich seiner ausweglosen Lage sehr bewusst zu sein.

»In der Gefriertruhe war noch Eierliköreis.«

»Meine Güte, Papa«, sagte Cecilia.

»Sie hat einen Hund«, sagte sein Vater. »Und ich wurde rausgeschmissen. Und dieses blöde Haus ist ein Symbol!«

»Einen süßen Hund«, sagte Jonas. »Das heißt nichts Gutes.«

»Verheißt«, verbesserte sein Vater. »Ich wette, Dirk liebt Hunde.«

»Wir kriegen das schon wieder hin«, sagte Cecilia. »Es macht ja auch keinen Sinn, hier zu sitzen und Vermutungen über Mama und Dirk anzustellen.«

»Ergibt«, sagte Paps. »Es ergibt keinen Sinn.«

Den Oberstudienrat a.D. bekam er einfach nicht raus, sein alter Herr.

»Was meinst du damit, das Haus ist ein Symbol? Für was?«, fragte Marika.

»Sie will alten Kram loswerden! Alten Kram wie mich! Außerdem erinnert es mich an das alles.«

»An was denn?« Cecilia sah im fahlen Dämmerlicht der schwachen Lampe über ihnen bleich aus.

»Hier haben wir Dodi kennengelernt«, sagte ihr Vater. »Damals waren wir alle dicke Freunde, Dodi, Marianne und ich. Sie waren prima Babysitter. Am Anfang.«

»Was für ein Anfang?«, fragte Marika. »Ein Anfang von was?« Aber ihr Vater antwortete nicht und betrachtete seinen Fisch. »Ich werde ihn wieder freilassen. Den armen Kerl.« Er stand auf und verschwand im Garten.

»Kannst du dich an diese Babysitter erinnern?«, fragte Jonas seine große Schwester. Sie schüttelte den Kopf. »Vage.«

Das war doch schon komisch, dachte Jonas, egal, was Otis sagte. Er leckte seinen Milchbart ab. In Billys Haus brannte noch Licht.

»Ich habe Eis!«

Jonas schwenkte eine Eispackung, als Billy die Tür öffnete.

»Oh.« Sie trug einen Schlafanzug, den hübschesten Schlafanzug der Welt, mit dem Aufdruck einer sich kämmenden Sonne und gelben Boxershorts.

»Hab ich dich geweckt?«

»Nein, nein, komm rein.«

»Meine Familie dreht durch«, sagte er und folgte ihr in den Wintergarten. Sie schloss die Tür zur Wohnung, und er fragte sich kurz, ob der Typ noch da war und oben schlief, aber eigentlich wollte er es gar nicht wissen.

»Erzähl.« Billy schenkte Tee aus einer Thermoskanne ein. »Ich kann eh nicht schlafen.«

»Meine kleine Schwester denkt, sie ist ein Kuckuckskind, mein Vater glaubt, das Haus ist ein Symbol, und Cecilia meint, sie kann alles einfach wieder hinbiegen, so wie immer.«

»Und du, Kirschkernspucker?«

»Ich?« Jonas öffnete das Schokoladeneis und reichte Billy seinen Löffel. Sie griff zu.

»Ja, was sagt das Mittelkind zu dieser außerordentlichen Situation, dass sich eure Eltern im reifen Alter von 70 Jahren trennen?«

»Mannometer, sage ich, was ein Kuddelmuddel.«

Billy lachte, und er grinste mit einem Mundwinkel. Sie leckte den Löffel ab und gab ihn ihm zurück.

»Und ernsthaft?«, fragte Billy.

Jonas bohrte den Löffel ins Eis und brach ein viel zu großes Stück heraus. Er manövrierte es zu seinem Mund.

»Holla die Waldfee?!«

Diesmal lachte Billy nicht. »Also spielt jeder seine Rolle?« Sie nippte an ihrem Tee. Jonas tat es ihr gleich; er war lauwarm und schmeckte nach Hagebutten, was ihn seltsamerweise wieder an den Aufenthalt im Kurheim an der Ostsee erinnerte. Hagebuttentee aus Thermoskannen und Schokoladeneis.

»Wie, Rolle?«

»Na, Cecilia nimmt alles in die Hand, Walter hat Angst vor Veränderung. Und du ...« Sie legte den Kopf schief und hob eine Augenbraue, »... bist zwölf.«

»Gruml, argh!«, sagte Jonas.

»Aber stimmt, oder?«

»Ich bin nicht zwölf. Ich bin derjenige, der gerade verlassen wurde, weil seine Frau eine Weltreise meiner Gegenwart vorzieht. Wer ist hier bitte unreif?«

»Entschuldige, du bist nicht zwölf, du bist selbstmitleidig, hab mich da gerade vertan.«

Er streckte ihr die Zunge raus. »Ich dachte, ich bin derjenige, der Angst vor Veränderungen hat?«

»Das hast du wohl mit deinem Paps gemein«, sagte Billy und schenkte ihm noch Tee nach. Jonas stellte sich vor, die Haut an seinem Bauch (wie bei seinem Vater die dickste Stelle an seinem Körper) würde grau und ledern werden, wie bei der Seekuh.

Er kniff sich in das Speckröllchen an seinem Bauchnabel und fragte: »Findest du eigentlich Jack Reacher gut?«

»Wer ist das?«

Jemand, der Billy längst geküsst hätte, hier, in ihrem niedlichen Schlafanzug, und der nicht mit einer Teetasse bei ihr säße, um über seine verkorkste Familie und seine zukünftige Ex-Frau zu sprechen.

»Ein tatkräftiger Typ«, murmelte Jonas.

»Bitte?«

»Ach, nichts … Weißt du, ich dachte, meine Mutter und Doro waren Freundinnen. Da bandelt man doch nicht mit dem Ehemann der anderen an.«

»Nicht? Ich dachte, Doro ist gestorben?«

»Ja, aber früher. Es geht doch irgendwie auch um früher.«

»Vielleicht war es ja eine Dreiecksbeziehung.« Billy grinste.

»Uäh, will ich gar nicht wissen.«

»Ich finde es eigentlich ganz mutig von deiner Mutter, sich nach so vielen Jahren zu trennen«, sagte Billy. »Um mal wieder aufs Thema zurückzukommen.«

»Mutig war meine Mutter schon immer.« Jonas zog einen Mundwinkel hoch.

»Also ist Walter das Problem?«

»Problem, was ist schon ein Problem?«

»Manchmal sind Neuerungen gut, das sag ich dir doch die ganze Zeit.«

»Meine Ex auch.«

Jonas sah Billy direkt an. Wieder konnte er den goldbraunen Tupfer in ihrem linken Auge sehen. Er beugte sich leicht vor und schaute auf ihre sehr schönen Lippen.

»Ha«, sagte Billy und lachte. »So war das nicht gemeint. Ich mag dich wirklich, Jonas, aber …«

»Ich hab komplett losgelassen«, behauptete er. »Tutti completti.

Ich hatte schon losgelassen, als wir im Sommer nacktbaden waren ...« Er beugte sich noch ein wenig vor. »... was wir im Übrigen mal wieder tun sollten ...«

»Um die Jahreszeit? Außerdem warst du nicht richtig nackt.«

»Das hab ich aber anders in Erinnerung ...« Seine Nase streifte ihre Nase.

»Du hattest ja noch diesen Bart an.« Sie zupfte leicht daran und grinste. Jonas verzog das Gesicht. »Haha.«

»Ich geh jetzt ins Bett«, sagte Billy. »Gute Nacht, du Flitzpiepe.«

Auf dem Weg nach Hause steckte er sich eine Zigarette an, die ihm nicht schmeckte. Und Julia bekam nicht mal mit, dass er rauchte! Offenbar hatte Billy recht, und er war wirklich zwölf. Jonas bog ab zum Steg, der unter seinen Schritten knarrte und gefährlich glitschig war. Herbstnebel über dem Wasser.

Waren sie Freunde, Billy und er? Er hoffte nicht. Er wusste aus zahlreichen Filmen und Serien der Neunziger und 2000er, die Julia so liebte, dass man aus der Friendzone nur sehr schwer wieder herauskam.

Er setzte sich auf die feuchten Bretter, ließ die Beine knapp über der Wasseroberfläche baumeln, mitten in den Nebel hinein. Blies Rauch aus, stellte die Taschenlampe am Handy an, zog das Einhorn-Tagebuch aus seiner Hosentasche und notierte *Flitzpiepe, Lauch* und *Lusche* auf einer der leeren Seiten. Darunter malte er Billy in ihren Boxershorts und rahmte die Wörter in einer Sprechblase ein, die ihr über dem Kopf hing. Dann schlug er das Buch zu. »Ich bin nicht zwölf«, sagte er laut, und es fühlte sich gut an, das zu sagen. Wie eine Erinnerung.

»Natürlich nicht«, sagte seine Mutter, und Jonas zuckte zusammen.

»Du bist auch noch wach?«

»Ich glaube, heute ist Vollmond. Da geistern alle schlaflos durch die Gegend. Außerdem musste John Irving Pipi.« Sie deutete in die Dunkelheit, wo irgendwo ein verwaschener Hundefleck herumstromerte.

Jonas wedelte mit dem rosa Tagebuch. »Hast du Paps für Dirk verlassen, Mama?«

»Was, nein!« Seine Mutter, die ihrem Hund nachgesehen hatte, blinzelte ihn empört an.

»Und vor, keine Ahnung, 30 Jahren?«

»Auch nicht! Was sind das denn für Fragen, Jonas Ritter?«

Seine Mutter lachte. Sie pfiff ihren Hund zu sich, küsste Jonas auf die Wange und wünschte ihm eine gute Nacht. *Flitzpiepe*, dachte Jonas, und meinte nur sich selbst.

SONNTAG

VERSTEINERT IN DER FRIENDZONE

»Hi Marika, ich weiß, du bist bei deiner Familie, aber wie geht bitte dieses Gitter zum Balkon auf? Ich komm kaum noch raus. Und den Staubsauger krieg ich auch nicht zum Laufen, weil diese Stöpsel nicht mehr aus den Steckdosen rausgehen ...«

»Oh, sorry, du, ich geb dir mal meinen Freund, ich hab damit nix zu tun. ... Ist für dich. Mein Mitbewohner.«

»Hallöchen, hier spricht Kai.«

»Wieso hast du bitte jetzt schon die Wohnung kindersicher gemacht? Du wohnst ja noch nicht mal hier!«

»Na ja, man kann nie früh genug ...«

»Das Baby kommt erst in ein paar Monaten! Und am Anfang liegen die nur rum!«

»Vorsicht ist die Mutter der ...«

»Och, bitte! Du bist selbst so ne Porzellankiste, ey.«

Diesmal weckte Jonas das Klingeln seines Handys. Verschlafen tastete er danach.

»Hallo?«, nuschelte er, ohne aufs Display zu schauen.

»Jonas«, sagte Per-Olov, »gut, dass ich dich erwische. Hör zu, ich rufe an, weil ... ist Cecilia gerade bei dir?«

»Nein.« Jonas kratzte sich an einer trockenen Hautstelle.

»Gut. Ich wollte nur sagen, denkt ihr dran, sie dieses Wochenende ein bisschen zu entlasten? Sie hat zurzeit genug um die Ohren, und ich weiß, wie sehr sie diese Familienwochenenden stressen.«

»Ach nee«, sagte Jonas. »Als dürften wir ihr irgendwas abnehmen!«

»Ich meine nur, sie macht ja immer alles, wenn sie im Sommerhaus ist.«

»Das stimmt doch gar nicht!«

»Das stimmt sehr wohl«, sagte Per-Olov streng, und Jonas rollte die Augen.

»Wieso rufst du sie nicht selbst an?«

»Sie würde es übergriffig finden …«

»Ist es ja auch.« Irgendwo sprang der Staubsauger an und der Lärm vibrierte durch Jonas' müden Kopf.

»… und behaupten, ich habe Unrecht. Aber ich würde nicht anrufen, wenn ich mir nicht wirklich große Sorgen um sie machen würde. Also, tust du mir den Gefallen?«

»Sorgen?« Um Cecilia musste man sich keine Sorgen machen. Sie war die Große. Ihr persönlicher Familien-Jack-Reacher.

»Es geht ihr nicht so gut«, sagte Per-Olov. »Also, ich muss. Sag ihr nichts, okay? Hej då.« Und weg war er. Der Staubsauger schrammte über den Holzboden. Jonas fiel ein, dass er Otis noch die 40 Euro schuldete. Und nun putzte der Junge schon wieder!

Er ging nach unten in die Küche. Seine Hände juckten, die Neurodermitis-Stellen hatten sich ausgebreitet. Jemand hatte den Kalender zurück zur Seekuh geblättert, was er als persönlichen Affront auffasste.

Kai saß unter der Kalender-Wand, hielt eine Schüssel mit Cornflakes in der einen und einen Löffel in der anderen Hand.

»Guten Morgen!«, rief er. »Wie geht's, wie steht's?«

Seine kleine Schwester musste verrückt sein, sich mit jemandem einzulassen, der allen Ernstes »wie geht's, wie steht's« sagte.

»Tippi-toppi«, antwortete Jonas im gleichen Tonfall, bevor er sein Gesicht zurück in seine normalen Züge flutschen ließ, sich auch eine Schale Cornflakes machte und zu Kai aufs Sofa setzte.

»Wieso bist du so wach?«, fragte er und meinte: gut gelaunt.

»Ich übe schon mal für das Baby. Stelle mir jeden Morgen um 5.30 Uhr den Wecker, um meinen Biorhythmus anzupassen.«

»Du meinst, dein Kind wacht jeden Morgen um halb. sechs auf?«

»Na ja, jedenfalls früh.« Kai lachte.

Marika kam mit schlafverquollenen Augen in die Küche. »Kaffeepulver ist … irgendwo«, sagte sie.

»Danke«, sagte Billy, die hinter ihr auftauchte wie eine wunderschöne Erscheinung. »Ohne einen Kaffee am Morgen geht bei mir gar nichts.«

Jonas war sich plötzlich seiner strubbeligen Haare, seiner Boxershorts und seines stinkigen Atems sehr bewusst. *Friendzone!*, dachte er. Marika öffnete ein paar Schranktüren.

»Stellst du dir auch alle halbe Stunde nachts nen Wecker?« Anscheinend hatte Billy ihr Gespräch gehört. »Oder mal alle zehn Minuten, mal alle 50?«

»Ist eine Überlegung wert.« Kai schien ernsthaft darüber nachzudenken. Jonas machte hinter seinem Rücken eine Erschieß-mich-Geste gegen seine Schläfe. Billy grinste.

»Das hab ich gesehen, Jonsi.« Marika zog eine Packung aus einem der Küchenschränke. »Hier! Kaffee! Der Tag ist gerettet!«

»Ihr könnt euch nicht drauf vorbereiten«, sagte Billy. »Auch wenn das sehr löblich von dir ist, Kai.«

»Er wird ein toller Vater.« Obwohl Jonas' kleine Schwester zärtlich Kais Wange tätschelte, klang es, als müsste sie sich selbst davon überzeugen, indem sie diese Aussage laut aussprach. Wie ein Mantra. *Der wird ein toller Vater, der wird ein toller Vater.*

Kais Brust schwoll sichtbar an, er richtete sich auf. »Ich hab richtig Lust drauf«, sagte er und strahlte in die Runde. »Vater sein, meine ich. Ich glaube, die meisten haben nur Angst vor der Verantwortung. Dabei muss man sich nur trauen!«

»Ich dachte, das war ein Unfall?« Billy zwinkerte Jonas zu. Marika wurde rot, Kai noch viel röter.

Cecilia kam mit Oskar auf dem Arm in die Küche, kochte Kaffee, schäumte Milch auf. Jonas schnappte sich seinen Neffen, hievte ihn auf seinen Schoß und fütterte ihn mit kleinen Stückchen Brot, die ihm die Große wortlos hinstellte. Billy setzte sich ihm gegenüber an den Frühstückstisch.

Jonas erinnerte sich an Per-Olovs Anruf. »Bist du eigentlich gestresster als sonst, Sisi?«

Seine große Schwester machte ein Was-willst-du?-Gesicht, das auch »Nerv mich nicht« heißen konnte und reichte ihm eine Tasse perfekt cremigen Cappuccino.

»Ist mit Hafermilch. Besser für deine Haut als Kuhmilch.«

»Danke.« Jonas trank einen Schluck Kaffee. Er wurde erst langsam wach. Die Nacht kam ihm vor wie ein Traum, nur noch vage greifbar, an den Ecken schon ausgefranst und blass. Oskar verschmierte Butter und Frischkäse auf der Couch und auf Jonas' Schoß, leckte den Belag von den Brotstückchen und gab die abgeleckten Stücke Kai, der sich brav bedankte.

»Wo ist Paps?«

»Angeln.«

»Wusstet ihr, dass Seekühe sich fortbewegen, indem sie furzen?«, fragte Kai, der den Meerestierkalender betrachtete.

»Aha«, sagte Marika.

»Apropos …« Jonas hob das frischkäseverschmierte Kleinkind hoch, schnupperte, und reichte es an Marikas Freund weiter. »Hier, da kannst du gleich weiterüben.«

»Boah, müffelt der«, sagte seine kleine Schwester und presste sich eine Hand auf den Mund. »Mir wird schlecht!«

»Ja, sie nutzen die Luft als Antrieb«, sagte Kai, während Marika ihn vom Sofa zog. »Ich kann ihn wickeln. Mir macht das nichts aus.«

»Nee, wir gehen. Sorry, Ossi, aber ich kotz gleich«, sagte Marika.

Kai übergab Oskar an Cecilia, die bereits mit einer Windel und ein paar Feuchttüchern wartete und mit ihrem Sohn nach oben verschwand.

»Soll ich dir die Füße massieren?« Kai ging hinter Marika die Treppe hoch. »Ich kenne Akkupressurpunkte gegen Übelkeit ...«

»Das ist schon ein guter Fang, der Kai, oder?«, sagte Billy.

Jonas dachte an diese eine, einzige Nacht mit Billy, unten am Wasser, Spätsommersonne, Vollmond, der Steg, Rotwein und Spaghetti.

»Möchtest du auch eine Fußmassage?«, fragte er. Sie schüttelte leicht amüsiert den Kopf.

Er stand auf, holte eine Bratpfanne aus einer Schublade und öffnete den Kühlschrank. »Aber Frühstück? Ich mache weltbeste Rühreier.«

»Da sag ich nicht nein.« Billy lächelte ihr breites, schönes Billy-Lächeln. Er würde nicht nach dem Typen fragen. Er würde cool sein. Jonas Ritter war immer cool. Er schlug drei Eier in eine Tasse, verquirlte sie mit etwas Milch und gab Salz und Pfeffer dazu. Oben rumorte Otis weiterhin mit dem Staubsauger herum. Über das Röhren des Saugers hörte man ihn singen, abgehackte Melodien, halbe Sätze, durch Hmm-hmmms verbunden.

»Meine Putzhilfe hat Kopfhörer auf«, sagte Jonas. Billy grinste.

»Kenn ich. Wie war deine Nacht noch?«

»Gut«, sagte Jonas misstrauisch. »Flirtest du etwa mit mir?«

»Ich? Niemals. Ich will nur deine ... Eier.« Sie kicherte.

»Okay ... Und gegrillten Käse auf Toast?«

»Immer.«

Er stellte zwei Teller auf den Tisch vor Billy, belegte die Toastscheiben mit Emmentaler und steckte sie in den Sandwichmaker. Dann trug er die Pfanne und zwei Gabeln zum Tisch. »Vorsicht, heiß und fettig.«

»Danke. An deiner Schwester ist echt eine Barista verloren gegangen.« Billy hob ihre Cappuccino-Tasse. »Sie ist sowieso ziemlich beeindruckend, deine Schwester.«

»Findest du?«

»Alle beide, ja.«

»Erstaunt dich das?«, rutschte Jonas heraus, während er ein paar Eier aufspießte. »Weil ich so unbeeindruckend bin?«

»Och«, machte Billy, fasste über den Tisch und tätschelte seinen Kopf. »Du bist niedlich, wenn du eingeschnappt bist.«

Der Sandwichmaker piepte, und Jonas reichte Billy eine Scheibe Brot mit geschmolzenem Käse.

»Ich bin froh, dass bei Marika alles so gut läuft«, sagte Billy. »Nach diesem Schock im Sommer.«

»Ich glaube, sie ist sehr glücklich«, sagte er. »Auch wenn es ungeplant war.«

»Tja, manchmal sind die ungeplanten Dinge die besten.« Billy sah ihn an. Etwas zu lange? Bildete er es sich ein, oder war da wirklich etwas? Etwas mehr als Freundschaft?

Einen Moment lang schwiegen sie. Jonas dachte, dass sie sich noch nicht gut genug kannten, um gemeinsam zu schweigen. Aber das Schweigen war angenehm, trotz allem, und Julia hatte er so lange gekannt und dennoch war ihr gemeinsames Schweigen in letzter Zeit anstrengend und frostig gewesen. Dieses hier war warm und weich wie der Grillkäse auf ihrem Toast.

»Machen wir einen total ungeplanten Spaziergang?«

Auf dem Weg sammelten sie blöde Wörter für Jonas' Einhorn-Büchlein. Der Wind wehte Schäfchenwolken über den strahlendblauen Himmel, es roch nach Moos und feuchten Blättern.

»Heidewitzka!«, sagte Jonas.

»Pipapo«, sagte Billy. Sie wanderten am Wasser entlang, das höher stand als im Sommer. Er war so selten im Herbst hier gewesen, dabei war es so schön: gelbes Laub, das auf die feuchte Wiese fiel, das sprudelnde Bächlein, das veraltge Mühlrad. Schwalben, die tief flogen, und diese absolute Ruhe.

»Wischiwaschi.«

»Schabernack.«

»Brimborium!«

Morgen würde er wieder in die Stadt pendeln, wo seine Schüler ihm von ihren deprimierenden Wochenenden erzählen würden, Schlägereien am Bahnhof, Polizeieinsätze. Einer seiner Schützlinge war kürzlich verhaftet worden und saß nun wegen Körperverletzung ein paar Wochen in Haft. Natürlich war so ein idyllisches Landleben auch Bullshit. Nur Mist, an den Städter wie er glaubten, wenn der Herbsttag besonders schön und die Herbstluft besonders mild war. Trotzdem.

»Ich sollte einfach hierbleiben«, sagte Jonas in das Blau des Himmels hinein und Billy, die an einer Pferdekoppel stehen geblieben war und einem dicken Haflinger mit zotteliger Mähne über die Nüstern strich, sagte: »Trantüte.«

Jonas zog eine Grimasse. »Rotzlöffel.«

»Lauf, Chewbacca.« Billy klopfte dem Pferd auf die Seite, und es trabte brav davon.

»Du kennst den?«

»Das ist meiner. Wusstest du das nicht?«

Nein, das wusste er nicht. Es gab so vieles, was er nicht über sie wusste.

»Wieso machst du's denn nicht?«, sagte sie. »Einfach hierbleiben, meine ich. Du wohnst doch eh schon halb da.«

»Würde dich das freuen?« Er schaute in ihre leicht gesprenkelten Augen, aber sie wandte den Kopf ab, wieder leise lächelnd.

»Du hast keine Bleibe, du brauchst eine Bleibe, du hast ein frei stehendes Häuschen. Und du merkst gar nicht, was das für ein Privileg ist.«

Jonas zog die Mundwinkel nach unten und nickte ein paarmal langsam. Das war so wahr, dazu fiel ihm jetzt auch nichts mehr ein. »Wusstest du, dass es eine psychische Erkrankung gibt, bei der Menschen versteinern?«, fragte er.

Billy hob die Augenbrauen und grinste die wunderschönen Grübchen in ihre Wangen.

»Ich weiß, was du denkst. Aber die rühren sich wirklich nicht mehr. Eine meiner Schülerinnen hat das drauf, und pünktlich um eins ist sie wieder genesen.«

Billy lachte.

»Möchtest du heute mit mir essen?«, fragte Jonas. »Ich kann zwar nicht kochen, aber im Bestellen bin ich ganz gut.«

Billy schien zu zögern, und bevor sie antworten konnte klingelte Jonas' Handy. Der Name am Display: »Juli«, sagte er, wie zu sich selbst. Er überlegte, ob er rangehen sollte, tat es aber schlussendlich.

»Na, dann, Kirschkernspucker.« Billy nickte ihm noch einmal zu und ging über den Feldweg zurück zu ihrem Haus. Gräser wogten am Wegrand.

»Ja?«, sagte er ins Telefon und sah Billy nach. *Scheibenkleister.*

»Schlechter Zeitpunkt?«, fragte Julia, die ein Gespür für ihn hatte, selbst jetzt noch, wo sie doch schon seit fünf Monaten nichts mehr von ihm wissen wollte.

»Ja, schon.« Jonas' Vater kam den Weg entlang, winkte. Julia sagte: »Ich wollte nur ganz kurz fragen, ob meine Schlittschuhe noch bei euch in der Ritterburg rumliegen?«

»Deine ...?«

»Jonsi!«, rief Paps. »Gehst du mit mir Hühner kaufen? Die Billy kennt jemanden, der Küken hat!«

»Ich ruf dich zurück, okay?«, sagte Jonas, froh über die Unterbrechung. Schlittschuhe? Was war das für eine blöde Frage? Etwa nur ein Vorwand, ihn anzurufen? Er beobachtete, wie Billy durch ihr Gartentor ging.

»War das Juli?«, fragte sein Vater.

»Ja, woher ...?«

»Sie hat es erst auf Festnetz probiert, hab gesagt, sie soll dich direkt anrufen. Gibt es da nicht doch noch Hoffnung, Jonsi? Ist doch so eine Nette, die Julia.«

»Gehen wir mal Hühner kaufen«, sagte Jonas. »Wo müssen wir hin?«

SPEEDDATING

Nee, Jonsi, ich werd dich nicht noch mal auf ne Party mitnehmen. Mir ist ja selten was peinlich, aber das ... Und wie du allen erzählen wolltest, dass dieses eine Take-That-Lied ein moderner Klassiker ist? Sorry, aber ... boah. Ich glaube, alle aus meiner Klasse wissen jetzt, dass deine Frau dich für Island hat sitzen lassen. Doch, genauso war die Kurzzusammenfassung, jedenfalls die, die du unter Einfluss von diversen alkoholischen Getränken von dir gegeben hast. Und bitte tanz nie wieder langsam zu Billie Eilish, okay? Oder Taylor Swift. Oder irgendeinem Popsong.

Jonas und sein Vater fuhren über die Landstraße zwei Dörfer weiter zu einem Bio-Bauern, der Küken abzugeben hatte. Schrägstehendes Sonnenlicht fiel durch die Bäume im Wald, und über die Äcker tuckerten Traktoren. Jonas kurbelte das Fenster herunter und hängte einen Arm in die kühle, frische Herbstluft.

Der Bauer war gerade auf dem Feld, also parkten sie das Auto und gingen zur Dorfmitte, wo sich ein paar Buden um einen hübschen kleinen Brunnen tummelten. Es war Markt, ein richtiger Sonntagsmarkt, einer von der Sorte, der hauptsächlich für Besucher und Touristen veranstaltet wurde, wo es Körbe und Eier und Fleisch und Käse und Birnen und Eingemachtes gab, und sie probierten sich durch diverse Milchprodukte und Apfelsaft, kauften sich dann eine Bratwurstsemmel und setzten sich auf den Rand des Brunnens. Im Wasser lagen viele kleine schimmernde Münzen.

»Oder hat Julia auch einen anderen?«, fragte sein Vater, und Jonas verschluckte sich an seiner Bratwurst.

»Du weißt doch gar nicht, ob Mama ...«

»Sie hat einen Hund, Jonsi, und ich wette, Dirk taucht auch wieder auf.«

Jonas schwieg. Dann sagte er: »Julia hat keinen Neuen, soweit ich weiß. Sie wollte nur einfach ...« Er zögerte. Etwas Neues? Etwas Anderes? Abenteuer? Eine Weltreise? »... mich nicht mehr.«

»Ojemine«, sagte sein Vater, und Jonas nickte. Er überlegte, ob er ihm mehr erzählen sollte – über Julias und seine unterschiedlichen Vorstellungen davon, wie ihr weiteres Leben aussehen würde, von seinem Herzschmerz, der ihm irgendwie lächerlich vorkam. Warum eigentlich? Weil Paps in seinem Alter schon dreifacher Vater und seit Ewigkeiten glücklich verheiratet gewesen war? Bei seinen Eltern hatte alles immer so einfach gewirkt. Betonung auf »hatte«.

»Mensch, Jonsi«, sagte sein Vater. »Wir zwei, hm? Wir zwei.«

Was wollte er damit sagen? Wir zwei Loser? Wir zwei Verlassenen? Wir zwei armselige Würstchen? Jonas' Blick fiel auf einen Aushang vor einem Haus mit drei breiten Stufen. Die Grundschule, am Wochenende für Veranstaltungen geöffnet.

»Schau mal«, sagte er. »Da findet gerade ein Senioren-Speeddating statt.« Seltsamerweise schien ihn das Selbstmitleid seines Vaters zu beflügeln, so, als würde ein Teil in seinem Inneren sagen: *Mensch, Jonas, sei doch nicht wie dein Paps. Das geht doch nicht, also los, auf jetzt.*

»Um Gottes willen«, sagte sein Vater, aber Jonas war schon fast dort, war schon fast die Stufen oben, war schon fast drin. Sein Vater folgte ihm keuchend, und Jonas zwinkerte ihm zu. »Du willst doch nicht der Langweiler sein, für den Mama dich hält. Oder?«

Die Schule sah aus wie alle Schulen, überall, Jonas fühlte sich gleich heimisch: quietschende Gummiböden, zerkratzte Türen, müffelnde

Toiletten, pädagogisch wertvolle Plakate. Er folgte den Hinweis-schildern und Pfeilen zu einem Klassenzimmer, an dessen Fenster aus Transparentpapier ausgeschnittene Kinderhände geklebt waren. Rote, gelbe, braune Blätter, auf denen die Namen der Bastler stan-den: Emilio, Noah, Sara, Evangeline. Die Tür stand offen, Jonas trat in den Raum, in dem fünf ältere Damen auf winzigen Stühlen saßen und nervös kicherten.

»Oha!«, rief eine, als sie Jonas erspähte. »Den nehm ich!«

»Sie kommen gerade recht.« Eine junge Frau mit viel zu vielen Piercings und einer Frisur, die dem Topfschnitt, den er Marika als Pimpf verpasst hatte, ähnelte, kam ihnen entgegen. »Wir haben überhaupt keine Männer.«

»Ich liefere nur meinen Vater ab«, sagte Jonas, aber der drehte im selben Moment auf dem Absatz um, nachdem er kurz zur Tür hereingelinst hatte.

»Halt!«, riefen Jonas und die kleine Frau gleichzeitig.

»Nee, nee«, sagte sein Vater. »Ich bin ja hier der Hahn im Korb.«

»Komm schon, Paps«, sagte Jonas. Die kleine Frau fasste ihn am Arm. Sie hatte eiskalte Hände, und er zuckte zusammen. »Können Sie draußen noch ein paar Männer animieren, mitzumachen? Ich bin hier echt überfragt. Die Damen haben sich so gefreut.«

Jonas schob seinen Vater zu einem kleinen Stuhl neben der Frau, die gesagt hatte, sie würde ihn nehmen. Sie kicherte und gab seinem Paps die Hand. »Ich bin die Renate.«

»Walter«, sagte Jonas' Vater. »Ich mache hier aber nicht mit. Ich warte hier nur auf Hühner.«

»Na, wenn Sie der Hahn sind …«, fing Renate an, aber die kleine Frau unterbrach sie.

»Solche Ausdrücke verwenden wir hier nicht, Walter.«

»Er wartet wirklich auf Hühner«, sagte Jonas. »Echte.«

Die Frauengruppe gackerte los, und Jonas tat sein Vater auf einmal sehr leid. Aber das eiskalte Händchen der Piercing-Frau lag schon wieder auf seinem Unterarm. »Ich bitte Sie. Wollen Sie nicht dableiben? Einige der Damen sind beinahe in Ihrem Alter.«

»Die könnten alle meine Mutter sein!«, sagte Jonas und ging, um draußen nach ein paar Männern Ausschau zu halten. Das Marktgeschehen war trubelig, und er hatte keine Ahnung, was er tun sollte. Er konnte ja nicht einfach eine Seniorengruppe ansprechen und sagen: Haben Sie Lust, Frauen kennenzulernen? Er blinzelte in die gleißende Sonne vor dem Schulgebäude und entdeckte Billy, die an einem Stand Marmelade probierte. Er eilte auf sie zu.

»Ich brauche schnell ein paar Männer, die Lust auf Speeddating haben«, sagte er etwas atemlos. »Mein armer Vater und ich sind da in die Höhle des Löwen geraten.«

Billy lachte. »Ach je, hat Susanne niemanden mehr gefunden? Ich hab ihr gesagt, das ist ne blöde Idee auf dem Dorf. Da kommen doch nur Frauen.«

»Ist so«, sagte Jonas. »Und Paps.«

Billy lachte wieder. Ihr Lachen war glockenhell und freundlich, wie das einer Elfe aus einer Kinderserie. Er konnte sie sich vorstellen mit einem grünen Kleid und abstehenden Ohren, wie Tinkerbell in *Hook*, seinem Lieblingsfilm als Kind. Ein Klecks Marmelade klebte unterhalb ihrer Nase, Jonas streckte ohne zu überlegen die Hand aus und wischte ihn weg. Er schleckte seinen Finger ab.

»Süß«, sagte er, und sie sahen sich einen Moment an.

»Kirsche«, sagte sie.

Otis kam mit einem Karton Apfelsaft auf beide zu.

»Otto, kannst du uns ein paar rüstige Rentner suchen?«, fragte Billy.

Er hielt ihr den Mittelfinger unter die Nase. »*Otto* kann gar nix.«

»Komm mal.« Billy nahm Jonas' Hand. »Ich weiß wen.«

Sie ging geradewegs zurück in die Schule, zog ihn aber statt nach oben ein Stockwerk nach unten, ins Souterrain. Ihre Hand war klein und schmal, und er wunderte sich mal wieder, dass sie jeden Tag so Wahnsinnsdinge tat wie Kinder auf die Welt bringen. Im unteren Stock der Schule knarrten Dielen unter ihren Füßen, niedrige Haken an den Wänden waren mit Namen beschriftet, eine Glastür führte nach draußen zu einer kleinen Freifläche mit Rutschbahn und Klettergerüst, ein Kindergarten? Billy riss eine Tür auf, und sie standen in einer Turnhalle. Ein Mann mit schlohweißen Haaren saß an einem Tischchen und schrieb etwas in ein Buch; um ihn herum wuselten andere ältere Leute, schnatterten durcheinander.

»Hallo allerseits«, sagte Billy, und sieben Köpfe (wenn Jonas richtig gezählt hatte) wandten sich zu ihr um und begrüßten sie enthusiastisch.

»Sag bloß, Isabella!«, rief der Mann mit den weißen Haaren. »Machst du wieder mit?«

»Nee«, sagte Billy.

Jonas stutze. Aber natürlich, welche Frau hieß schon Billy? Sie hielt noch immer seine Hand fest, bemerkte er, und etwas in ihm freute sich darüber.

»Günther, wir bräuchten oben beim Speeddating noch ein paar Männer«, sagte Billy.

»Ach, die Susanne gibt nicht auf, hm? Jungs!«, rief der weiß behaarte Mann in die Menge. »Wer hat Lust?«

Allgemeines Murren.

»Dauert doch nicht lang.« Günther klappte das Buch zu (es knallte), und klatschte in die Hände. »Und danach spendiere ich euch einen Cappuccino! Los, los, seht es als Aufwärmübung!«

Wieder Maulen, aber vier der sieben Personen gaben sich geschlagen: »Also gut.«

»Ihr könnt euch ja in eure Rollen begeben. Method Acting!«, sagte Billy.

»Method Acting?« Jonas kratzte sich am Kopf.

»Das ist eine Theatergruppe«, sagte Billy. »Ich hab die mal geleitet.«

Die vier Speeddater folgten Billy, Günther und Jonas die Treppe nach oben. Es war auch eine Frau dabei, aber das schien egal zu sein.

»Du hast eine Theatergruppe geleitet?«

»Zwei Saisons lang. Sie machen immer ein Weihnachtsstück ...«

»Wir sind richtig gut«, fiel Günther ihr ins Wort. »Und wir bräuchten etwas Frischfleisch – falls du Lust hast.« Er stieß die Tür zum Speeddating auf und rief mit grollender Stimme: »Ladys!«

Allgemeines Gejohle. Jonas sah seinen Vater, klein und eingefallen auf seinem Erstklässler-Stühlchen.

»Ich glaube, wir müssen die Hühner abholen«, sagte er. »Aber Sie haben ja jetzt genug Leute.«

»Ach, Walter«, sagte Billy, als Jonas' Vater aufstand (so schnell er von dem winzigen Stuhl hochkam). »Möchtest du nicht vielleicht bei Günther mitmachen? Sie spielen dieses Jahr *Eine Weihnachtsgeschichte* und könnten noch einen Scrooge gebrauchen. Stimmt doch, Günni?«

Der Weißhaarige wackelte mit seinen buschigen Augenbrauen. »Stimmt genau, Isabella. Hätten Sie Interesse?«

Sein Vater sah aus, als wollte er alles lieber als das, aber dann huschte etwas Neues über sein Gesicht, ein Ausdruck wilder Entschlossenheit.

»Wo trage ich mich ein?«, fragte er, und Günther öffnete das dicke Buch, das er unter dem Arm trug.

OFFEN FÜR NEUES

Gut, also, sie bieten dir einen Job an. Langfristig? Oder was? Okay, und was soll ich da machen? Du weißt schon, dass mein Chef mich gefragt hat, ob ich Nadines Stelle übernehme, wenn ich aus der Elternzeit zurück … Ja, genau. Das ist eine Führungsposition, P-O. Ich kann nämlich auch noch was anderes als Hausfrau und Mutter sein. Aber das hast du ja vergessen, in letzter Zeit. Ja, natürlich ist Stockholm schön! Aber hast du mal darüber nachgedacht, was das für diese Familie bedeutet? Ach, tu doch nicht so, natürlich wirst du die Stelle annehmen, oder etwa nicht? Und wenn du sie nicht annimmst, wirst du mir jahrelang vorwerfen, dass ich deine Karriere boykottiert habe oder sabotiert oder dass wir … Doch, die Arbeit ist dir sehr wohl wichtiger als Oskar und ich. Gerade jetzt, wo wir es echt nicht leicht haben und ich … Nein, ich hab noch keinen OP-Termin gemacht, aber ist ja auch gut so, oder? Wer soll sich um Ossi kümmern, wenn du in Schweden bist und ich im Krankenhaus? Nee, du kannst mich mal, Per-Olov. Echt. Geh doch einfach hin, wo auch immer du hinwillst. Wir kommen hier schon klar.

»Theaterspielen, ernsthaft? Willst du dir was beweisen oder Mama?«

Jonas' Wagen schlingerte über die Landstraße. Es sah nach Regen aus. Der Oktober war zwar golden, aber es war immerhin Oktober. Die kalte Jahreszeit war nicht weit.

»Mal was ganz anderes. Vielleicht habe ich ja ein unentdecktes Talent.«

Jonas lachte. Dann hörte er auf zu lachen. Bei ihrer Trennung, oder vielmehr bei einem ihrer vielen Gespräche, die der Trennung folgten, hatte Julia gesagt: »Es würde dir guttun, dich auch mal für Neues zu öffnen. Wir sind noch nicht 70, Jonas.«

Und jetzt sagte sein 70-jähriger Vater im Grunde dasselbe. Die restliche Fahrt über grübelte Jonas, worin er ein verstecktes Talent haben könnte. Detektiv spielen gehörte jedenfalls nicht zu seinen Stärken. Einer seiner Schüler, mit dem er sich in der Pause gern über Filme unterhielt, hatte ihn einmal einen »erstklassigen Kritiker« genannt. Vielleicht könnte er Filmrezensionen veröffentlichen? Aber auf keiner internationalen Plattform, denn sein Englisch war nur mittelmäßig. Sollte er einen Sprachkurs belegen? Der Dugong schwamm träge in seinem Kopf herum, angetrieben durch seine eigenen Fürze.

Der prächtige Spätsommermorgen hatte sich in einen grauen Herbstmittag verwandelt; es fing an zu nieseln, als sie beim Bauernhof ankamen. Der Landwirt war ein netter Kerl mit strohblondem Haar, der aussah wie ein Bauer aus einem Kinderbuch. Er schüttelte ihnen die Hand und zeigte auf fünf Küken, die bereits in einem mit Stroh ausgepolsterten Karton saßen und auf ihren neuen Besitzer warteten. In der Scheune war es dunkel und staubig, Jonas nieste. (Heuschnupfen: Gräser, Roggen, Gerste). Hinter einem Traktor stand ein riesiges, schmutziges Wohnmobil, das seine besten Zeiten lange hinter sich hatte. Eine schwarze Katze huschte vorbei, und Jonas war froh, dass er nicht abergläubisch war.

Sein Vater beugte sich über die Hühner. »Put-put-put …«, machte er begeistert, aber dann stockte er. »Wir haben ja noch gar keinen Stall. Und einen Zaun. Wir brauchen doch einen Zaun. Und ein Hühnerhaus. Und Futter.«

»Das ist richtig.« Der Bilderbuch-Bauer runzelte die Stirn. »Wollen Sie noch mal wiederkommen?«

Die Hühner fiepten leise und kuschelten sich zusammen. Jonas war sich sicher, dass sie alles Nötige aus dem Rechenzentrum zusammensuchen konnten, oder auch aus dem unerschöpflichen Keller-Fundus, aber sein Vater nickte.

»Wir kommen wieder. Sagen Sie mal, was ist das denn für ein Prachtstück?«

Jonas schaute von den Hühnern auf, erwartete eine Kuh oder ein besonders fettes Schwein, das sein Vater irgendwo in einer Ecke entdeckt hatte, aber dessen Blick hing an etwas anderem. Wieder huschte dieser seltsame Ausdruck über sein Gesicht; Jonas konnte die Idee, die sich hinter seiner Stirn bildete, beinahe sehen.

»Oh nein, Paps«, sagte er. »Bitte nicht.«

Als Jonas – allein – zurück in die Einfahrt bog, bremste er abrupt, sonst wäre er in einen riesigen Haufen Sperrmüll hineingefahren. Er stieg aus, hob einen bröseligen Softball auf und hielt ihn fest.

»Was in aller Herrgottsnamen …?«, sagte er, ein Ausdruck, den sein Vater manchmal verwendete. Jetzt waren sie alle verrückt geworden. Cecilia kam mit einem riesigen Karton aus dem Haus, den sie schwungvoll auf eine schmutzig-graue, durchgelegene Matratze warf. Ein paar schmuddelige Ordner fielen heraus.

»Was macht ihr?«

»Ausmisten. Super, Ossi, schmeiß es dahin!«

Oskar zog eine Tüte voller Kassetten hinter sich her. Kai, mit einem Indianerfederschmuck auf dem Kopf, schleifte das löchrige Schlauchboot über die Türschwelle und rief über die Schulter: »Lass das, Rika, du sollst doch nicht schwer tragen!«

»Das ist meine Kriegshaube!«, rief Jonas, warf den Softball weg und nahm Kai die Federn vom Kopf. Eine war abgebrochen, die restlichen total zerzaust. Der ganze Kopfschmuck war mit etwas Blauem verklebt, vielleicht Schlumpf-Eis. »Die will ich behalten.«

Jonas' Mutter tauchte auf, in den Händen ein kleines rundes Tischchen, dessen Füße von Holzwürmern zerfressen waren.

»Huhu!«, rief sie vergnügt. Der Hund sprang um ihre Beine. In ihrem Arbeitsoutfit wirkte seine Mutter sportlich und jung: Jeans, Turnschuhe und ein Trikot aus Jonas' Fußball-Zeit, auf dem »Ritter 7« und der Name des Vereins stand, bei dem er als Kind gespielt hatte. Es steckte locker in ihrer Hose und stand ihr ausgezeichnet.

»Mama!«, sagte Jonas. »Unsere ganzen Sachen!«

»Kommen weg!«, erwiderte seine Mutter. »Pfui, John Irving, das ist Müll, den fressen wir nicht! Du kannst mir gleich helfen, das Sofa rauszutragen, oder mach es am besten mit Kai.«

Jonas öffnete einen Karton. »Oh Mann, nicht meine Comics, hab ich gesagt!« Der Wind frischte auf und wehte ein paar Nieseltröpfchen und trockene Blätter über den Hof, die Wolken zogen schnell. Es würde regnen, und dann würde man all das Zeug gar nicht mehr retten können, es würde nass werden und vergammeln, und nur noch die Müllabfuhr würde es abholen kommen. Jonas setzte sich den Indianerkopfschmuck auf und begutachtete die Kassetten. TKKG, Bibi Blocksberg. Rolf Zuckowski. Er hatte Rolf Zuckowski schon als Kind nicht leiden können, und er konnte fast hören, wie Rika blödsinnig »Hex! Hex!« durch das Haus rief und auf einem Besenstiel namens »Kartoffelbrei« durch die Gegend rannte. Er steckte die Kassetten zurück und nahm sich wieder den Softball.

Dann dröhnte eine Hupe wie von einem LKW, Mama hielt den Hund am Halsband fest, Cecilia rief: »Ossi, weg da!«, und Kai und Oskar machten: »Woah!«

Sein Vater bog mit dem riesigen Wohnmobil in die Auffahrt, das ratterte und dröhnte, und allen stand der Mund offen.

»Leckomio«, sagte Jonas.

Sein Vater winkte aus dem offenen Fenster. »Guckt mal, was ich besorgt habe.«

DAS GEGENTEIL EINES DUGONGS

Liebe Marianne und lieber Dirk, wir freuen uns sehr auf euch!
Eure Zimmer sind schon hergerichtet – mit Meerblick! Denkt
bitte dran, dass ihr Bettwäsche selbst mitbringen müsst. Dünne
Laken reichen, wir haben herrliches Wetter. Und das Wasser hat
27 Grad, genau richtig.

»Du weißt ganz genau, dass ich alles loswerden will, und schleppst noch mehr Müll an!«

Das war die Stimme seiner Mutter. Alle drei Ritter-Kinder saßen im Wohnzimmer und lauschten dem Streit ihrer Eltern, der aus dem Keller zu ihnen heraufdrang, als hätten sie vergessen, wie hellhörig das Haus war und dass die Kellertür offenstand. John Irving lag unter dem Couchtisch und ließ sich von Oskar an den Ohren ziehen.

»Es ist kein Müll«, sagte Jonas' Vater, »ich restauriere es und fahre damit nach Spanien. Das wollte ich schon immer machen, aber du hasst ja Camping. So wie ich übrigens Hunde.«

»Wer bitte schön soll sich darum kümmern, wenn ich weg bin? Dafür machen wir doch diese ganze Ausmist-Aktion.«

In der Wohnküche stapelten sich Kisten und alte Sachen, die nach draußen getragen werden sollten. »Man kann kaum sitzen«, maulte Jonas und schob einen Karton mit der Fußspitze ein Stück von sich weg. Oskar kletterte aufs Sofa, über Jonas drüber, trat ihm dabei schmerzhaft in die Weichteile. Dann kraxelte er über Cecilia wieder hinunter und begann seinen Aufstieg erneut.

»Weg? Was meint sie denn mit weg?« Marika drehte den Kopf in Richtung Kellertür.

Cecilia sagte: »Hat schon jemand den Sperrmüll angerufen? Nicht, dass das Zeug noch wochenlang hier rumsteht.«

Sie drehte sich zu Jonas, und schnipste ihm ein ausgeleiertes Haushaltsgummi aus einem Einmachglas gegen die Schläfe. »Zeit für dich, auszuziehen.«

Er streckte ihr die Zunge raus.

»Es ist doch gut, mal Ballast abzuwerfen«, sagte Kai, der auch noch da war und Jonas' Meinung nach überhaupt nicht befugt war, etwas beizutragen.

»Tschörvin!«, rief Oskar, und Cecilia tätschelte abwesend seinen Kopf.

»Um das Wohnmobil kümmere ich mich schön selbst«, kam die Stimme seines Vaters von unten. »Und den Rest ...«

»Genau«, sagte Marika. »Du musst mal aktiv werden, Jonsi, raus mit dem Klimbim, wieso bist du immer so passiv?«

»Ich bin gar nicht passiv«, rief Jonas. Er war es leid, das zu hören. Erst Julia, dann Billy, nun seine Schwestern. »Oder, okay, ich bin passiv, weil es ja eh immer allen wurscht war, was ich mache. Wenn ich mich mal angestrengt hab, hieß es nur, jaja, Jonas, wie auch immer, Cecilia hat mal wieder eine Eins, und Marika hat gerade gelernt, wie man Rad fährt.«

»Du bist sauer, weil ich gelernt habe, wie man Rad fährt?«

»Wau-wau!« Oskar beugte sich vor, und zog den Hund am zotteligen Fell.

»Ich bin gar nicht sauer«, sagte Jonas eingeschnappt. »Das war nur einer der Gründe, warum sich Julia getrennt hat.«

»Weil du nicht Radfahren kannst?«, fragte Kai, und Jonas stellte sich Jack Reacher vor, der ihn in einer dunklen Gasse verprügelte.

»Nein, das behalten wir nicht, Walter!«, rief ihre Mutter aus dem

Keller, »du wirst nie wieder in deinem Leben klettern gehen, du brauchst keine Steigeisen!« Es kam Protestgebrummel von ihrem Vater hinterher.

Jonas öffnete einen Karton vor sich und fand ein Sammelsurium an unnützen Dingen. Er klappte die Box wieder zu.

»Ich dachte, bei eurer Trennung ging es um Kinder.« Marika lächelte Kai an, der ihr ein Glas mit einem sprudelnden Getränk reichte, das lecker aussah. Jonas wollte auch ein sprudelndes Getränk. Er wollte auch einen Kai, der Füße massierte und Getränke brachte. Also, na ja, nicht diesen Kai, aber …

»Wie? Was meinst du?«

»Na, wollte sie keine Kinder? Julia?« Marika wickelte gedankenverloren einen Wollfaden, der zu einem halbfertig gestrickten Schal gehörte, auf ein Knäuel. Der Hund betrachtete es interessiert.

»Kinderkriegen bedeutet Kontrollverlust, darauf hat Julia doch keine Lust, ich kenne sie«, sagte Cecilia, bevor Jonas irgendetwas antworten konnte.

»Und wieso hast du dann Bock da drauf, du Kontrollfreak?«, murrte er.

»Frag ich mich auch manchmal«, sagte Cecilia.

»Hormone!« Kai nickte wissend. »Wusstet ihr übrigens, dass Seekühe Zitzen in ihren Achselhöhlen haben, wo sie ihre Jungen säugen?«

»Was tut das jetzt zur Sache?« Marika klang leicht gereizt.

»Nichts, ist mir nur gerade eingefallen.« Kai deutete mit dem Kinn zum Kalender an der Wand.

»Tschörvin«, sagte Oskar.

»Was meinst du denn damit?«, fragte Kai ihn freundlich, als würde Oskar gleich dazu ansetzen, ihm dies elaboriert und eloquent darzulegen.

»Tschörvin«, wiederholte Oskar und sah Kai an, als wäre er doof.

»Ich mach das alles alleine!«, rief Jonas' Vater. »Du wirst schon sehen, wie ich alles angehe! Du erkennst mich gar nicht wieder, das sag ich dir!«

Jonas kratzte sich an der Hand. Seine Neurodermitis-Stellen waren größer geworden, trockener und an den Rändern weiß. Er würde zu Dr. Klein gehen müssen, der wie immer Witze über seinen eigenen Nachnamen machen würde, wie Jonas unnötigerweise einfiel. (»Klein wie Groß, haha!«) Er zwang sich, nicht zu kratzen und setzte einen schmutzigen Fahrradhelm aus einer der Kellerkisten auf. »Wisst ihr noch? Ritterhelm.«

Marika kicherte und hob ein paar Badminton-Schläger in die Höhe. »Ritterturnier!«

Cecilia warf einen Basketball gegen das Sofa. »Rittersport!«

»Ich werde jedenfalls nicht da sein, wenn mal wieder irgendein blöder Wasserschaden ist oder die Mäuse die halbe Küche auffressen, nicht dieses Mal, Walter, oh nein!«, kam es aus dem Keller.

Jonas reichte Oskar ein Stück Breze, das irgendwie auf der Küchenanrichte aufgetaucht war. Das Kind gab es direkt an John Irving weiter, der die Breze mit einem Haps fraß.

»Tschörvin!«, rief Oskar freudig.

»Aha!«, sagte Kai. »Tschörvin, klar.«

Cecilia stand auf. »Lasst uns mal weitermachen.« Sie schob einen Karton mit dem Fuß zu Jonas und deutete an, dass er ihn nach draußen tragen sollte.

»Ich werde nicht da sein, weil ich auf Bali sein werde!«, rief seine Mutter aus dem Keller.

»Wartet mal«, sagte Jonas und öffnete eine Klappe am Karton. »Das sind ja schon wieder meine Sachen.«

»Ach, ups«, sagte Cecilia.

»Hat sie Bali gesagt?«, sagte Marika, die nun kerzengerade an der Kante des Sofas saß.

»Ja, ups«, sagte Jonas verärgert und trat kindisch gegen den Karton, der wenig nachgab (sein Fuß tat weh). »Mein Gott, ihr habt sie doch nicht mehr alle.«

»Was ist mit Bali?« Cecilia schaute in einen Karton. »Das sind glaub ich auch deine Sachen, Jonsi, oder hat Papa eine Tarantino-DVD-Sammlung?«

»Mama?!« Marika ging zur Kellertür. »Du ziehst nach Bali?!«

Alle Mitglieder der Familie Ritter saßen im Keller neben staubigen Kisten in einer leergeräumten Ecke. Der Hund hatte den Kopf auf Oskars Schoß gelegt.

Die Geschwister starrten ihre Mutter an.

»Das kannst du doch nicht machen!«, rief Marika bereits zum dritten Mal, »ich kriege bald das Baby!«

»Doch«, sagte Jonas' Mutter ungewöhnlich stur und erinnerte ihn mehr denn je an Cecilia. »Doch, ich mach das. Und es ist ja nur auf unbestimmte Zeit, ihr tut ja gerade so ...«

»Aber man kann doch auch in Europa Urlaub machen«, sagte sein Vater. »Wieso musst du denn gleich ...«

»Walter, wir hatten das doch schon«, sagte Mama. »Außerdem ist es kein Urlaub. Eher eine längere Auszeit.«

»Dieses Wort wieder!«, rief sein Vater. »Auszeit. Sag doch einfach, wie es ist!«

»Und deine Enkelkinder interessieren dich nicht?«, fragte Cecilia.

»Ich kann ja jederzeit zurückkommen.«

»Wo wohnt ihr überhaupt?«

»Dirk kennt jemanden, der dort ein Retreat leitet, und wir können für ein paar Monate dort sein.«

»Ein paar Monate? Bis mein Baby laufen kann oder was?«

»Gut für dich, Marianne«, sagte Kai, und alle sahen ihn böse an.

Jonas' Mutter seufzte. »Ich wusste, ihr würdet es nicht verstehen.«

»Du musst doch zugeben, dass es ein ungünstiger Zeitpunkt ist«, sagte Cecilia.

»Der Zeitpunkt ist immer ungünstig. Ihr versteht einfach nicht, dass ich … Dass ich …« Mama stockte und holte Luft, anscheinend geräuschvoller, als sie es beabsichtigt hatte. Jonas kam sie auf einmal sehr alt vor, seine jugendliche, hübsche Mutter mit den dunkelbraunen Haaren (wenn auch gefärbt). Sie wirkte müde. Vom Alltag, vom Leben, von ihren Kindern, von ihrem Mann, von was auch immer.

»Es gibt keine guten Zeitpunkte. Mal sind die Kinder zu klein, dann haben sie zu viele eigene Probleme. Es wurde einfach Zeit. Meine Güte, Doro ist gestorben, bevor sie … Und im Gegensatz zu mir hat sie gelebt. Richtig! Und jetzt ist sie einfach tot. Ich noch nicht, Kinder, ich lebe noch. Und ich will noch ein bisschen … mehr.«

Sie atmete tief durch. Oskar fing unbeeindruckt an, ein paar Fotos aus einer Schachtel zu ziehen und zu zerfleddern.

»Selbstfindung ist immer was Gutes.« Kai hob einen Daumen in die Höhe.

»Aber Bali!«, rief Jonas' Vater. »Du meine Güte, Marianne!«

Er stand auf und ging einfach weg; das war etwas, das Paps oft tat – er vermied es zu streiten, er verließ einfach den Tatort. Jonas kannte das von sich. Er dachte an Julia, die ein ums andere Mal gesagt hatte: »Du kannst nicht einfach abhauen. So regelt man nichts.«

»Paps, du kannst doch nicht …« Aber sein Vater war schon weg. Jonas wusste, er würde ins Rechenzentrum gehen, seinen Werkzeugkoffer holen und in seinem Wohnmobil verschwinden.

»So viel dazu«, sagte Cecilia.

»Ihr habt ja keine Ahnung«, sagte seine Mutter.

»Bali.« Cecilia malte mit einem Finger Kreise auf Oskars Rücken. »Ist schön da.«

»Wieso seid ihr wütend auf mich?«, rief Mama. »Ihr seid erwachsen! Ich kann euch doch nicht mehr traumatisieren, nur weil ich mal eine schöne Reise machen will.«

»Du ziehst nach Bali«, sagte Marika.

»Ihr benehmt euch, als wärt ihr fünf. Ich kann es nicht glauben.« Seine Mutter räusperte sich. »Aber ihr seid nicht fünf. Und ... Ich bin auch wichtig.« Etwas lauter wiederholte sie es noch einmal: »Ich bin auch wichtig.«

»Ich nehm den Hund«, hörte Jonas sich sagen. »Oder soll der etwa mit?«

Mama schüttelte den Kopf. »Das wäre schön, nett von dir ...«

Jonas nickte fest. »Ich muss jetzt los«, sagte er und wusste auf einmal ganz genau, wohin er wollte.

Er stapfte die Treppe nach oben, nahm sich einen Pulli und rannte fast aus dem Haus. Die Wolken und der Nieselregen tauchten alles in ein fahles Licht, beinahe Zwielicht, obwohl es noch nicht mal halb zwei war.

Auf dem Wasser der Badestelle schwammen schmutzigbraune Blätter, der Steg war voller Algen. Am liebsten wäre Jonas ins Baumhaus gekrochen, aber das Baumhaus war verbrannt. Gras streifte seine Hose, er bekam nasse Füße, es musste gemäht werden. Er würde Otis Bescheid sagen. Jonas stieg über den Zaun zu Billys Grundstück hinüber und lief durch den Garten auf das Haus zu.

»Billy!«, rief er und klopfte an die Terrassentür. Vom Markt müsste sie längst zurück sein. Jonas versuchte, eine Nacktschnecke, in die er getreten war, von seinem Schuh zu putzen, ohne sie berühren. Er hatte sie total zermatscht, und es tat ihm leid, aber eklig war es trotzdem. Er klopfte noch ein paarmal, und da war sie, Billy, in ihrem Wintergarten, allein, ohne diesen Mann von gestern.

»Ich bin kein Dugong«, sagte Jonas, als sie ihm die Tür öffnete.

Er war außer Atem. Er wischte den Schneckenmatsch am Gras ab, rubbelte seinen Fuß hin und her.

»Was? Ist was passiert?«

»Mir ist egal, wer der Typ war«, sagte Jonas.

»Welcher Typ?«

Aber der für Neuerungen offene Jonas hatte sie längst geküsst. Billy schmeckte nach Kaffee und Zimtbrötchen, und sie erwiderte den Kuss. Zögerlich erst, dann etwas intensiver. Er legte eine Hand auf ihren Bauch und zog sie am T-Shirt näher zu sich heran, sie machte einen kleinen Hopser und schlang die Beine um seine Hüften, sie stolperten nach drinnen, hektisch, entledigten sich im Laufen ihrer Kleider, oder wenigstens der Pullis und Jacken und des Nacktschneckenschuhs.

Im Wintergarten stand eine dampfende Teekanne, neben der ein aufgeschlagenes Buch lag, mit dem Rücken nach oben, etwas, was Julia verteufelt hätte. »Das arme Buch«, hätte sie gesagt, es richtig rumgedreht, ein Lesezeichen hineingesteckt, und den Buchrücken gestreichelt. Aber er wollte jetzt nicht an Julia denken. Es war warm hier, und Billy sagte atemlos: »Warte kurz ...« und fummelte an ein paar Rollos herum, die heruntersausten und den Blick von draußen nach drinnen (und umgekehrt) versperrten. Sie sanken auf einen Korbsessel, Billys Haut schmeckte leicht salzig, ihre Haare waren lang und blond und breiteten sich über die Lehne, sie trug eine Jogginghose, die man sehr schnell ausziehen konnte, was Jonas vorkam wie ein großes Glück, und alles war genauso einfach und wunderschön wie im Sommer.

Nachher lagen sie da und schauten an die Zimmerdecke. Ein Riss zog sich über dem Fenster hin, und in der Ecke saß eine kleine Spinne.

»Das war unerwartet«, sagte Billy. »Aber schön.« Sie stand auf und zog sich an, obwohl er viel lieber hier gelegen, den Riss und die Spinne betrachtet und Billy im Arm gehalten hätte.

»Bleib doch noch ein bisschen liegen«, sagte er schläfrig. »Sollen wir einen Film gucken? Vielleicht was essen gehen? Oder ...?«

»Jonas ...«

»Was?«

»Kannst du nicht verstehen, dass mir das zu früh ist mit uns?«

Das klang, als gäbe es eine Chance auf ein Später, ein Happy End, das nach irgendwelchen Strapazen erreichbar wäre, wie in einer romantischen Komödie. (Jonas hatte in seinem Leben sehr viele Rom-Coms gesehen, die immer alle gleich abliefen. Trotzdem liebte Julia sie, je mehr Irrungen und Wirrungen, desto besser, möglicherweise, weil ihr eigenes Liebesleben – bis vor fünf Monaten – so langweilig einfach abgelaufen war.)

»Ich bin dabei, alles zu regeln«, sagte er und glaubte sich selbst beinahe, »meine Schwestern misten drüben aus. Das ist doch immer ein guter Anfang, Ballast abzuwerfen.«

Billy sah ihn mit einer Mischung aus Belustigung und Mitgefühl an.

»Es ist wegen dem Typ, oder?«, fragte Jonas, seine Hände wurden feucht. Er stand ebenfalls auf und schlüpfte in seine Hose.

»Welcher Typ?«

»Der mit den Birnen? Von gestern?«

»Der Typ ist mein Ex. Otis' Vater.« Sie lächelte ein mildes Lächeln, das seine Hände noch um einiges schwitziger machte. Es sah so mitleidig aus. So, wie man ein kleines Kaninchen anlächelte, das sich, beim Versuch, eine leckere Mohrrübe, die man ihm hinstreckte, zu erhaschen, auf die Hinterläufe stellt und umkippt. Das war ein dummer Vergleich. Billy war keine Mohrrübe.

Sie zog ihre Jogginghose hoch, beugte sich vor und küsste Jonas auf die Wange.

»Ich mag dich echt, Kirschkernspucker«, sagte sie, und in Jonas'
Magen gab es Schmetterlinge und Purzelbäume, als wäre er 13.
»Aber werd' mal ein bisschen erwachsen.«

»Ich bin erwachsen.« Jonas verfluchte seine Stimme, die ebenfalls
wie 13 klang. Ein bisschen gebrochen, ein bisschen kieksig. »Und du
bist die beste Veränderung, die mir in den letzten, keine Ahnung,
zwölf, sechzehn Wochen passiert ist. Von Otis und seinen Kochkünsten mal abgesehen.«

»Was ist mit meinen Kochkünsten?«

Jonas fuhr herum, einen Arm schon durchs T-Shirt geschlungen,
den zweiten noch nicht ganz. Otis stand in der Tür, guckte auf einen
Pulli, der noch am Boden lag, und auf Jonas' offenen Hosenstall.

»Shit, stör ich etwa?!« Mit einer Hand hielt er sich die Augen zu.

»Nein«, sagte Billy. »Jonas wollte gerade gehen.«

»Ach ja?«, fragte Jonas.

»Ist besser«, sagte Billy.

HERZENSANGELEGENHEITEN

»Sag mal, Cecilia, was soll das denn sein? ›Lieber Oskar, wenn
du das liest, kann die Mama leider nicht mehr bei dir sein? Ich
möchte, dass du weißt, dass du das Beste bist, was mir je ...‹«

»Hast du etwa meine Sachen durchwühlt?«

»Das lag auf dem Schreibtisch! Du stirbst doch nicht, das ist
eine harmlose kleine OP und ...«

»Harmlos und klein. Aha.«

»Ja, oder zumindest, na ja ...«

»Man muss auf alles vorbereitet sein. Du kannst nie wissen ...«

»Mensch, Cecilia!«

»Ich will, dass er weiß, wie lieb ich ihn habe! Du nimmst meine Ängste ja nicht ernst, aber ...«

»Sisi, ich unterstütze dich bei allem, was du tust, aber bitte
hör auf mit deinen Katastrophengedanken! Hast du noch mal
mit deiner Therapeutin gesprochen?«

Als er zurückkam, wirkte das Sommerhaus leer und verlassen. Wo
waren die alle? Jonas machte den Kühlschrank auf, nahm sich eine
Flasche Bier und eine Packung Kekse, und prostete dem Dugong auf
dem Kalender zu.

Werd' mal ein bisschen erwachsen. Ist besser.

Wie wäre das Gespräch verlaufen, wenn Otis nicht hereingeplatzt
wäre?

Seine rechte Hand juckte wie verrückt, und er gab dem Drang

nach und kratzte. Oh, diese Erleichterung! Er klickte auf seinem Handy herum und betrachtete Julias Instagram, Bildchen aus einer isländischen Stadt im Sonnenuntergang.

Jonas hatte gerade seine zweite Flasche mit einem Zischen geöffnet, das Bier rann kühl und herb seinen Rachen hinunter, als sein Vater hereinkam. Er war motorölverschmiert und sah zufrieden aus.

»Willst du auch?«, fragte Jonas, der noch am Kühlschrank stand, und öffnete ihm ohne eine Antwort abzuwarten ein Bier.

Sie stießen an. »Wo sind denn alle?«

»Ich habe keine Ahnung. Spazieren? War was mit dem Wohnmobil?

»Der Motor hat gestottert«, sagte sein Vater. »Nur eine Zündkerze, die nicht mehr wollte.« Beide warfen sich auf die Couch und legten synchron die Beine hoch. Ein eingespieltes Vater-Sohn-Ballett.

»Hilft das gegen Liebeskummer?«, fragte Jonas, obwohl ihm das Wort »Liebeskummer« in Bezug auf seine Eltern peinlich vorkam. Alte Leute und vor allem alte Eltern hatten doch keinen Liebeskummer.

»Was? Am Auto werkeln? Das hilft bei allem. Man kriegt den Kopf frei.«

»Ich brauche echt mal ein neues Hobby.« Jonas nahm einen Schluck Bier.

»Du könntest die Hühner abholen, die …«

»Das ist doch dein Ding.«

»Du kannst mir gern mit dem Wohnmobil helfen.«

Und aus irgendeinem Grund fand Jonas die Idee richtig gut. Sie gingen hinaus ins Rechenzentrum, wo eine kahle Glühbirne von der Decke baumelte und all den Krusch und Krimskrams beleuchtete. Die Stiele der Rechen morsch, der Rasenmäher rostig, ein verlassenes Wespennest in der Ecke. Der Schuppen hatte schon bessere Zeiten gesehen. Wie das ganze Haus. Wie die ganze Familie.

Obwohl es erst früher Nachmittag war, schleppte sein Vater einen Außenstrahler nach draußen – Oktober und Zwielicht und düsteres Wetter, »man kann nie wissen«. Dann sammelte er Werkzeug aus den Regalen. »Wir müssen noch den Verteiler untersuchen, da scheint …« Er stockte und blieb stehen. Ließ den Werkzeugkasten fallen, den er in der Hand hielt.

»Paps?«

»Scheiße.« Sein Vater war blass, und er hielt sich seinen Arm, fasste sich an die Brust.

»Paps?!«

»Scheiße«, wiederholte sein Vater und krümmte sich zusammen. »Jonas, hol … hol deine Mutter.«

Wo war sein Handy? Im Haus? In irgendeiner Sofa-Ritze? Jonas fühlte sich, als sei er wieder ein Kind, Angst stieg in ihm hoch, ganz reale, pragmatische Angst. Sein Vater sah nicht gut aus. Schweiß perlte auf seiner Stirn, er war kalkweiß, seine Hand krallte sich in die Seite, er beugte sich nach vorne, sank auf die Knie und erbrach sich.

»Paps!«, brüllte Jonas noch einmal, wo in aller Herrgottsnamen war sein blödes Handy, wo waren die anderen, wieso holte niemand Hilfe? Er sprang auf, rannte zum Haus. »Cecilia! Mama!«

Jonas packte das Festnetztelefon neben der Küchenzeile und wählte den Notruf.

Gelber Linoleumboden, der Geruch nach Desinfektionsmittel und Einmalhandschuhen, leicht unterlagert von etwas Ekligem (Katheterbeutel? Bettpfannen? Gab es so etwas noch?). Jonas drückte bereits das dritte Mal auf den Knopf am Kaffeeautomaten, und endlich tat sich etwas. Dünne Plörre strömte ratternd und gurgelnd aus dem Gerät. Er schaffte es, vier Becher in einem Karton zu balancieren und schlurfte zurück zu seiner Familie, die auf ungemütlichen Besucherstühlen neben einer Tür saß, die ständig auf- und zuging, Schwestern und Krankenpfleger kamen heraus, Ärzte und Ärztinnen, alle wirkten sehr geschäftig, niemand hatte ihnen etwas zu sagen.

Kai hielt Marikas Hand. Cecilia kaute an ihren Fingernägeln. Seine Mutter stand auf, setzte sich wieder, stand wieder auf.

»Ich bin so wütend«, hörte er sie sagen und blieb hinter einer Yucca-Palme stehen, die seiner Meinung nach ziemlich im Weg stand, aber was wusste er schon.

»Wütend?«, schniefte Marika.

»Wenn er jetzt stirbt, ist es, als wollte er mir eins auswischen.«

»Es geht doch nicht um dich!« Marikas Augen waren verquollen.

Die ganze Szene fühlte sich surreal an, wie aus einer Krankenhausserie. Zur Bestätigung lief gerade ein sehr gut aussehender Arzt vorbei.

»Ich weiß«, sagte Jonas' Mutter. »Entschuldigt bitte. Es ist nur so ...« Sie stand wieder auf, ging hin und her, tigerte im Kreis herum. »Er darf einfach nicht sterben. Nicht so, nicht jetzt.«

Jonas' Hand juckte. Wenn das denn so einfach ginge. Man sagte dem Schicksal: *Nein, stopp, so nicht!* Und es hielt sich daran. Ha. Pustekuchen. Er stellte den Kaffeekarton neben die Yucca-Palme und kramte nach seinem Handy, rief die einzige Person an, mit der er in diesem Augenblick reden wollte.

»Hallo?«, sagte Julia. »Was gibt's? Ich bin unterwegs.« Im Hintergrund ertönte eine Bahnhofsansage.

»Mein Vater ...« Jonas fing an zu weinen, bevor er sich stoppen konnte.

»Was ist mit Walter?« Julia klang alarmiert und etwas vernuschelt, als hielte sie eine Hand vor den Hörer.

»Er hatte einen Herzinfarkt«, sagte Jonas, und dann dachte er, *was soll's,* und sagte, zu Julia oder dem Schicksal oder niemand Bestimmtem: »Er darf nicht sterben.«

Seine Mutter drüben bei den Stühlen setzte sich wieder hin. Sie sah so verloren und klein aus. Jonas wischte sich über die Augen.

»Ich muss Schluss machen«, sagte er, ging zu seiner Mutter und legte ihr einen Arm um die Schulter.

»Da bist du!«, rief sie. »Ich dachte schon, wie lang kann es dauern, Kaffee zu holen?«

Jonas verteilte die Becher und guckte auf den Boden, damit niemand seine Tränen bemerken würde.

»Wisst ihr schon was Neues?« Seine Hände waren schweißnass vor Angst, die Fingerspitzen heiß vom Pappbecher. Oskar saß auf dem Boden, zerrupfte Broschüren über Herzkrankheiten und ließ sie wie Konfetti über den Flur segeln.

Als niemand antwortete, sagte Kai: »Die Ärztin hat irgendwas von einem Ballon gesagt, sie pusten die Verengung auf.«

Ein Arzt kam durch die Schwingtür, alle schauten auf, und sanken fast sofort wieder zurück; noch immer wollte niemand zu ihnen.

»Dummer alter Mann.« Jonas hatte plötzlich eine so große Angst, dass jemand aus dieser Tür kommen, ihnen eine Tüte mit letzten Habseligkeiten überreichen würde – Papas vollgekotzten Simon&Garfunkel-Pullover, seine ausgeleierte Hose, seine Armbanduhr, die er getragen hatte, so wie immer. Aber alle hasteten nur an ihnen vorbei.

»Er kann doch nichts für einen Herzinfarkt«, sagte seine kleine Schwester.

»Doch, er isst zu viel und das Falsche. Und trinkt zu viel Bier.«

Marika weinte los, als hätte Cecilia damit sein Todesurteil gesprochen.

»Ich finde, ihr solltet nach Hause gehen«, sagte die Große.

»Soll ich euch heimfahren?«, fragte Jonas sofort. Er wollte am liebsten einfach weg. Hier zu sitzen brachte auch nichts, nicht seinem Vater und niemandem.

»Aber was ist, wenn … wenn er …«, sagte Marika.

»Ich warte hier«, sagte seine Mutter. »Und rufe euch an, wenn sich was tut.«

»Ich auch«, sagte Cecilia.

»Geh mit heim, Sisi«, sagte Mama. »Ich bin da.«

WASSERSCHLACHT

»Gott, es ist so still, wenn sie schläft.«

»Ja, oder? Fast beunruhigend still.«

»Ich geh kurz und schau nach, ob sie noch atmet.«

»Weck sie nicht auf!«

»Atmet noch. Wie kann man so winzig sein? Guck mal, die kleinen Ärmchen ... Man will sie vor so vielem beschützen, alle Schicksalsschläge abwehren, man will, dass es ihr immer gut geht ... Dabei hat man sie vor ein paar Tagen noch gar nicht gekannt.«

»Aber das kann man eh nicht, Walter. Es wird nicht klappen, so oder so.«

»Ich kann es versuchen.«

»Das kannst du. Und jetzt schlafen wir ne Runde, bevor es wieder losgeht.«

In der Ritterburg saßen sie zwischen Kartons und Kram. Am Tankstellen-Shop hatten sie Brezen gekauft, aber niemand außer Oskar hatte Hunger. Keiner rührte sich, nicht mal Cecilia. Jonas fiel auf, dass sie mehr graue Haare hatte als gewöhnlich, dass auch seine große Schwester müde wirkte.

»So eine Stent-Implantation ist mittlerweile Routine«, sagte sie, aber ihre Stimme war rau; sie räusperte sich. An ihrem Ärmel klebten weiche Rotzefäden, vielleicht von Oskar.

Der Dugong glotzte dick und träge von seinem Kalender herunter. Jonas starrte ihn böse an. Dann stand er auf.

Er schob einige der Kartons mit seinen eigenen Habseligkeiten in eine Ecke, nahm sich eine Magnetwand aus einer anderen Kiste, sagte: »Die Kühlschrankmagnete hab ich selbst gebastelt. Die will ich. Die, die aussehen wie Sushi. Der Rest kann weg.« Jonas klatschte in die Hände. »Los, wir machen das jetzt.«

»Aber Papa wollte doch nicht ausmisten«, sagte Marika. »Er wollte doch …«

»Wenn er zurückkommt, braucht er eine Wohnung.« Cecilia stand ebenfalls auf. Sie schien froh zu sein, nicht mehr tatenlos herumzusitzen und zu warten. »Mama hat ihn immerhin rausgeschmissen.«

»Ja, er kann nicht davon ausgehen, dass sich alles einfach wieder zum Guten wendet.« Jonas öffnete ein Fenster und warf einen hässlichen Stofflampenschirm in hohem Bogen hinaus in die fahle Abenddämmerung. »Er muss aufhören, in der Vergangenheit zu leben.«

»Sein Zeug bleibt da, das kann er dann selbst entscheiden. Aber den Rest, unsere Kindersachen, die kein Mensch mehr braucht, kommen weg. Okay, Rika?«

»Wir machen es ihm richtig gemütlich«, sagte Marika. »Oder?« Sie klang piepsig wie als kleines Kind, gar nicht so, wie sie es mittlerweile von ihr gewohnt waren. Seine kleine Schwester war eigentlich ziemlich taff, wenn er darüber nachdachte. Sie wohnte als einziges Ritterkind meilenweit weg, war selbständig, besaß einen eigenen Laden und würde vermutlich eine richtig coole Mutter werden.

Marika öffnete einen Karton und zog ein paar Schlittschuhe hervor. »Können weg, würd ich sagen.«

Jonas zögerte kurz. Ach, sollte sich Julia doch neue kaufen! Er suchte auf seinem Handy nach aktivierender Musik, und über eine Lautsprecherbox schallte seine groovigste Playlist durch die Ritterburg.

»Kette!«, rief Jonas und drehte die Playlist lauter. Cecilia schleppte Tüten aus dem Keller, Jonas warf sie aus dem Fenster zu Marika, die vorsortierte. Kai übernahm größere Stücke wie Kinder-Ski oder wacklige Sessel.

Sie sangen Funk-Klassiker mit, die ihre Eltern früher gern gehört hatten, und wunderten sich, dass sie die Texte noch immer konnten. Sie machten Tanzmoves wie als Kinder und feuerten Oskar an, der im Kreis lief und stampfte und mit den Armen wedelte: der beste Tänzer der ganzen Familie.

Der Haufen vor dem Haus wuchs.

Marika fand in einem besonders staubigen Karton Kinderkleidung, die sie für ihren Laden und ihr Baby behalten wollte, Cecilia einen Stapel ihrer Lieblings-CDs von früher, Kai Mickey-Mouse-Heftchen mit Sammlerwert, und Jonas betrachtete die zahlreichen Kinderkunstwerke in einer Mappe mit rosa Herzen darauf und dachte an sein eigenes geschundenes Herz und an das seines Vaters auf einem OP-Tisch. Er merkte, dass er wieder an seiner Hand kratzte, ließ sich aufs Sofa sinken, legte den Kopf in den Nacken und schaute in den grauen Himmel. Die Wolken zogen schnell, Blätter fielen von den Bäumen auf den großen Sperrmüllberg vor ihm, der sein halbes Leben beinhaltete: Zusammengerollte Bravo-Poster, kaputte Fußbälle, Legoautos, Lucky-Luke-Comics. Die Couch, auf der er seine Unschuld verloren hatte, ein paar löchrige Bettlaken mit Spiderman darauf, Englisch-Schulbücher. Kein Wunder, dass niemand das Zeug je wegschmeißen wollte. So viel Zeit, so viel Leben in diesem Haufen.

Das Sofa wackelte, Cecilia setzte sich neben ihn und betrachtete ihren tanzenden Sohn.

»Von wem er das wohl hat.«

»Ist P-O kein Tänzer?«

»Nein.«

»Aber du hast doch immer gern getanzt«, sagte Jonas und erinnerte sich, wie Cecilia in sich versunken durch ihr Zimmer geschwebt war, die Arme flatternd um sich herum, als würde sie jeden Augenblick losfliegen.

»Hab ich das?«

Jonas nickte, und fragte sich, ob es etwas gab, was er früher gern getan hatte, an das er sich nicht erinnerte. Weil Julia es nicht mochte, weil es uncool geworden war, warum auch immer. Man wurde eine andere Person durch die Leute um einen herum, ob man wollte oder nicht.

Er stand auf und streckte ihr die Hand hin. »Darf ich bitten?«

Cecilia lächelte, erst spöttisch, dann leicht verlegen. Sie ließ sich von ihm hochziehen, er fasste sie um die Hüften, nahm eine strenge Tanzhaltung ein, und sie wirbelten walzerartig zu Siebziger-Jahre-Funk durch den herbstlichen Garten. Sie drehten sich im Kreis, »schneller«, sagte Jonas und nahm ihre Hände, Cecilia kreischte, alles flog an ihnen vorbei, das Gerümpel, der Garten in rot, gelb, braun, orange. Jonas schrie: »Voll Karacho in den Laubhaufen!«, und ließ los. Er landete in der feuchten Wiese, etwas schmerzhaft, aber wunderbar kreiselnd auf seinem Allerwertesten, alles drehte sich über ihm, und dann kugelte Cecilia zu ihm herüber und blieb neben ihm liegen, außer Atem, das Gesicht gerötet. Sie blickten in die Wolken.

»Ich hab gedacht, du und Juli, das ist für immer.«

»Was?« Jonas schloss die Augen, öffnete sie aber schnell wieder. Alles drehte sich noch immer. Er war keine neun mehr; Kreiseln bekam ihm nicht.

»Ich dachte, ihr seid eines dieser Paare, die es nur ganz selten gibt, weil ihr euch so früh gefunden habt.«

»Tja, hm.«

»Habt ihr schon Paartherapie probiert?« Cecilia setzte sich auf und zupfte Blätter von ihrem Pullover.

»Nein.« Jonas wollte nicht darüber sprechen. Wollte keine groß-schwesterlichen Ratschläge.

»Das hilft«, sagte Cecilia. »Das Wichtigste in einer Beziehung ist gute Kommunikation, und wenn die ins Stocken gerät …«

»Sprichst du aus Erfahrung?«

»Eine Beziehung ist Arbeit. Man kann es in Ordnung bringen.«

Jonas stellte sich seine Vorzeigeschwester mit ihrem Vorzeigeehe-mann und ihrem Vorzeigesohn vor, wie sie lächelnd und Händchen haltend in der Auffahrt ihres Vorzeigehauses standen. Sie sprach, als sei seine Beziehung zu Julia ein Fahrradschlauch, auf den man einen Flicken klebte, und gut war's. Er stand auf und klopfte sich Gras und Laub von der Hose. Obwohl es noch immer stark nach Regen aussah, regnete es nicht; der Wind pustete die Wolken wie-der weg.

Jonas klaubte eine Plastiktüte voller kleiner Ballons aus dem Hau-fen und füllte die Wasserbomben am Hahn im Garten, zwinkerte Ossi zu, der noch immer tanzte.

Cecilia runzelte die Stirn. »Jonas, es ist viel zu … Spinnst du?!« Die erste Bombe traf sie an der Schläfe.

Jonas warf weitere – auf Marika (»Das kriegst du zurück!«) und Kai, der sich hinter einen zerschlissenen Sonnenschirm duckte (»Och nö, jetzt hab ich nasse Füße.«).

»Rache, Oskar!«, rief Cecilia, und pfefferte mehrere ordentliche kleine Wasserbomben auf alle Familienmitglieder außer ihren Sohn. Ihre Augen blitzten. Sie traf jedes Mal. Jonas dachte, dass seine gro-ße Schwester es locker mit Jack Reacher aufnehmen könnte, sie wür-de den volle Kanne fertig machen. Er bekam zwei Ballons gegen die Brust; es war nass und es war kalt, aber es war ein großer Spaß. Ma-rika wedelte mit einem weißen Spitzenvorhang aus einer der Kisten herum. »Okay, okay! Ich kapituliere!« Sie sank auf die Couch, stand aber sofort wieder auf. »Scheiße, alles ist total durchweicht.«

»Hier sind irgendwo Handtücher«, sagte Cecilia. »Und dann rein mit euch und umziehen, wir holen uns ja noch den Tod!«

Bei dem Wort wurde Marika blass, und auch Jonas bekam einen Klumpen im Magen, sie hatten es vergessen, ganz kurz nur. Ihm fiel auf, wie kühl und dunkel es geworden war, und er bibberte in seinen triefenden Klamotten.

Cecilias Telefon klingelte.

»Mama«, sagte sie mit einem Blick auf das Display und wurde kreidebleich.

DIE WELT DREHT SICH

Ich bin krank, sage ich zu den Kindern. Ich bin ein paar Tage
weg, bis es mir besser geht. Nur ganz kurz. Papa kommt heute
Abend zurück. Ihr seid tapfer, ihr seid superstark, ihr packt das!
Ich hab euch so, so lieb.

Meine superstarken, tapferen Kinder nicken und sehen mich
stumm an.

Was hast du denn?, fragt Cecilia, natürlich fragt sie das, Doro,
es ist immerhin meine Große! Du sagst: Wir machen uns einen
schönen Nachmittag, mit Kakao und den Goonies *im Fernseh-*
zimmer! Was haltet ihr davon?

Beinahe wäre ich nicht eingestiegen, Doro. Beinahe.

Im Keller fand Jonas einen Spaten und einen ganzen Schrank voller
verzogener Tupperware und verbrachte ein paar lange Minuten damit, drei passende Boxen mit dazugehörigen Deckeln zu suchen, die
nicht unablässig absprangen.

Die Erleichterung hüllte ihn ein wie ein warmer, wohliger Mantel,
oder vielleicht war es auch Paps' Fleece-Pulli aus einer der Kellerkisten.

Die Worte seiner Mutter hallten in seinem Kopf wider, auf Lautsprecher in Cecilias zitternder Hand: »Er ist über den Berg.«

Alle waren sich in die Arme gefallen.

Als Jonas nach draußen kam, war es eigentlich schon zu dunkel
für ihr Vorhaben. Der Strahler, den sein Vater nach draußen ge-
schleppt hatte, leuchtete einen grellen Lichtkegel auf den Hof, zwi-

schen Bäumen und Bach hing die Dämmerung, und in Billys Haus
gingen die Lichter an. Seine Schwestern wuselten durch das Gerümpel und sammelten sich mit leuchtenden Handys ihre Andenken zusammen. Cecilia trug einen langen Wollmantel ihrer Mutter, Marika
eine geblümte Strickjacke mit kleinen Rosen als Knöpfen, die Mama
ihr einmal gestrickt hatte, als sie zwölf war, und die nur ungefähr
fünf Nummern zu klein war, und Jonas den alten Fleece-Pulli. Oskar
und Kai waren im Warmen geblieben und spielten mit einer Holz-
eisenbahn aus dem Keller-Fundus.

Jonas verteilte die Tupperware, behielt seine und schlenderte um
den Haufen herum – Quartett-Karten, Matchbox-Autos, selbstge-
bastelte Modelle von winzigen Bauernhöfen, die mit aufgeklebten
Mini-Kühen und Marsmenschen bevölkert waren. Etwas unschlüs-
sig setzte er sich auf das feuchte Sofa und steckte sich eine Zigarette
an.

»Seit wann rauchst du denn, Jonas Ritter?«, rief Cecilia streng
über einen Berg aus Kinderbettwäsche hinweg.

»Seit Juli Schluss gemacht hat.«

»Warum das denn?«

»Sie mochte es nie.«

»Du bist so ein Kindskopf, Jonsi.«

»Leg dir lieber ein neues Hobby zu, jetzt, wo du Julia los bist«,
sagte Marika. »Hier, du warst doch immer so ein Bastler.« Sie reichte ihm ein kaputtes Pfeil-und-Bogen-Set. Er sollte wirklich wieder
mehr basteln. Es machte Spaß, etwas selbst zu machen, auch wenn
es nur überflüssiges Gedöns war.

»Ich bin sie nicht … also, das klingt furchtbar.«

»Aber es ist so.« Seine kleine Schwester sah ihn mit einem schiefen Grinsen an. »Ich finde ja eh, sie war ein bisschen … ähm … spie-
ßig.«

»Was?«

»Sie war immer so gewissenhaft und … sorgfältig.«

»Was ist schlecht daran, gewissenhaft und sorgfältig zu sein?«

»Nichts, aber es passte so gar nicht zu dir.«

»Weil ich nachlässig und schlampig bin?«

»Nein, weil du … eher der kreative Typ bist?«

»Ist das ein Euphemismus für nachlässig und schlampig?«

Cecilia hielt zwei Barbies mit grässlich zerzausten Frisuren in den Händen und versuchte gleichzeitig, Oskar davon abzuhalten, halb versteinerte Weingummis zu essen. »Eben ein Bastler«, sagte sie. »Da hat Riki schon recht. Wie Papa.«

»Ich bin nicht wie Paps.«

»Als ob.«

»Was hat das mit Julia zu tun?«

»Nichts«, sagte Marika. »Ich meine nur, ohne sie hast du die Chance, noch mal nachzufühlen, was du wirklich gerne magst.«

Ein kleiner Troll mit lila Haaren ragte aus einem Sack Spielzeug heraus, Jonas nahm ihn und drehte ihn in der Hand, steckte ihn in seine Tupperdose. Dann kickte er mit dem Fuß gegen einen platten Ball, der gegen den Ex-Baumhausbaum prallte, wo er müde und kaputt liegen blieb. Durch die Blätter rauschte der Wind, wehte das Laub im Gras auf, das außerhalb des Strahler-Lichtes kaum mehr sichtbar war.

Jonas schnipste seine Kippe davon, stöberte noch ein wenig im Trödelhaufen. Sollten sie etwas aufheben? Für Oskar oder Marikas Baby oder für irgendwelche imaginären Kinder, die er haben würde oder auch nicht? Mit einer kleinen Plastikpistole klackte er ein paarmal in die Luft. »Piu-piu!«

In Hunderten von Jahren würden Archäologen diesen Ort seiner Jugend (längst unter einem Betonfundament verschüttet), ausgraben und in ein Museum bringen, wo alles unter »Kindheitserinnerungen, ca. 1994–2000« ausgestellt werden würde, so dass sich neue

Kinder die Nasen an dicken Glasscheiben plattdrücken würden (»Was ist das, Mama?« – »Oh, das nennt man ›Playmobilmännchen‹. Damit hat man früher gespielt.«). Er steckte die Pistole zusammen mit einem kaputten Lego-Technik-Auto in die Dose. Die Transformation zum Roboter war ihm nur halb geglückt, wie so vieles.

»In den Überseekoffer habt ihr mich mal eingesperrt und Mama erzählt, ich wäre weggelaufen«, sagte Marika. »Ich wette, daher kommt meine Platzangst.«

»Wir waren schon sehr kreativ.« Jonas wühlte in einer Kiste mit Bausteinen.

»Ihr wart hundsgemein«, sagte Marika fröhlich und setzte sich einen Haarreif mit Hasenohren dran auf. »Geht der Plattenspieler noch?«

»Der ist völlig hinüber«, sagte Cecilia.

Jonas riss ein Stück Stoff aus einer Patchwork-Decke, so zerkuschelt, dass nur noch ein löchriges Etwas übriggeblieben war, und stopfte es in die Dose. Das Dugong-Gefühl kehrte langsam zurück, zusammen mit der Dunkelheit. Er zog ein letztes, übersehenes Foto aus einem sonst schon leeren Album: seine Schwestern und er in einer selbstgebauten Deckenburg vor dem Sommerhaus, zwischen hohem Gras und Blumen.

Ferien in der Ritterburg: in den Tümpel springen, sich mit dem Gartenschlauch abspritzen, ein Tipi bauen. Streiten, wer zuerst auf die Reifenschaukel durfte. Abends im Zelt übernachten, bis man doch (sehr spät) ins Haus flüchtete, weil die Gruselgeschichten zu gruselig wurden und ein Igel im Gebüsch auch ein Alien, ein Grizzlybär oder ein Monster aus dem Sumpf hätte sein können.

Der verkohlte Baum. Vielleicht war alles schon bergab gegangen, als das Baumhaus im Sommer abgebrannt war. Vielleicht schon, als er beschlossen hatte, den Alkohol dort zu lagern, der das Feuer verursacht hatte.

Jonas hob seine Hände zum Mund und pustete hinein. Das dunkle Wasser am Badetümpel, der Laubhaufen, die letzten Astern im Cottage-Garten. Ihm war selten einmal aufgefallen, wie schön dieses Fleckchen Erde war. Man nahm Dinge, die einfach da waren, oft nicht wichtig.

So wie Julia, die hatte er auch einfach so hingenommen, als wäre sie etwas, was niemals weggehen würde, niemals weggehen könnte. Als gäbe es kein Ende von etwas. Er schaute zum Wohnmobil hinüber, unter dem jetzt normalerweise die Beine seines Vaters hervorragen würden.

Jonas faltete das Foto zusammen und legte es in die Box.

»Wollen wir?«

Der Nebel über dem Bach erinnerte an Herbstabende, die sie, auf dem Sofa im Fernsehzimmer in ein weiches Kissenlager gelümmelt, mit Kinderkino oder *Gänsehaut*-Lesen verbracht hatten, nur der Geruch nach heißem Popcorn und geschmolzenem Zucker fehlte. Sie zogen in Richtung Badetümpel, Taschenlampenfinger geisterten vor ihnen her. Jonas trug den schlumpfeisverschmierten Indianerkopfschmuck, seine Büchse und einen Spaten, Cecilia schleppte Oskar, und Marika hatte noch den Hasen-Haarreif auf dem Kopf.

»Und jetzt?«, fragte sie, als Jonas eine Grube ausgehoben hatte, weit genug von der Badestelle weg, um nicht bei Hochwasser weggeschwemmt zu werden, malerisch unter der Trauerweide neben dem Mühlrad, die Erde weich und leicht zu durchstechen. Jonas knibbelte eine Feder aus seinem Kopfschmuck und steckte sie in die Plastikdose.

»Otis würde ja sagen, dass ist Umweltverschmutzung.« Er legte die Box in die Grube und sah seine Schwestern an. »Aber wir buddeln die einfach wieder aus, oder? In 20 Jahren, wenn wir alt und weise sind?«

»In 20 Jahren bin ich noch nicht alt«, sagte Marika und stellte ihre Schachtel dazu. »Höchstens weise.«

Cecilia tat es ihr gleich. »Ich hoffe, das hält dicht.«

Sie nahm den Spaten und warf eine Schaufel Erde darauf.

Im Garten war es mittlerweile finster, der Strahler hatte wohl den Geist aufgegeben, war plötzlich ausgegangen, und nur aus den Fenstern des Sommerhauses fiel warmes Licht, kleine, gelbe Vierecke auf dunklem Gras. Wasser sickerte in Jonas' Schuhe. Die Luft roch nach Kiefern und dem klammen Holz des Mühlrads. Nebel waberte über dem Tümpel, das Wasser beinahe schwarz. Drüben bei Billy stand ein Fenster offen, ein schlaksiger Schatten ging hinter einem Vorhang vorbei, Otis.

Von irgendwoher kam John Irving angezockelt und streunte um ihre Beine. Jonas tätschelte gedankenverloren seinen wolligen Kopf.

»Kinder! Wo seid ihr denn?«, schallte die Stimme ihrer Mutter durch die Dunkelheit. »Ich hab Pizza mitgebracht!«

Sie kam hinter dem Hund her. »Was macht ihr denn hier im Finstern?«

»Unsere Kindheit verabschieden.« Marika deutete auf den Erdhaufen vor ihnen.

»Ach je. Zeit wird's.«

John Irving trottete schwanzwedelnd heran und pinkelte direkt auf die frisch verbuddelten Andenken.

»Oh, wie symbolisch«, sagte Cecilia.

Marika tänzelte von einem Bein aufs andere. »Ich erfriere. Lasst uns reingehen.«

Alle wandten sich ab, nur Jonas blieb stehen. Seine Mutter drückte seinen Arm. »Die Welt dreht sich, Jonsi, die Welt dreht sich.«

Ein bisschen zu schnell für Jonas' Geschmack, jedenfalls zurzeit. Es war, als würde er noch immer im Garten kreiseln und darauf warten, in trockenes Herbstlaub zu fallen. Nur dass diesmal kein weiches Laub zum Landen da sein würde.

Ein Auto steuerte Kies knirschend in die Hofeinfahrt, die Scheinwerfer strahlten durch die Finsternis bis zu ihnen herüber. Jonas kannte das Auto, sehr gut sogar. Er kannte auch die Schuhe und die Beine, die aus dem Auto stiegen, genau wie den grünen Mantel, der so gut zu den grünen Augen passte. Und den fuchsroten Pony, der tatsächlich lang geworden war. Julia hatte einen Koffer in der einen Hand, und hob die andere zum Gruß.

BALLAST ABWERFEN

Neulich bin ich beim Aufstehen in etwas getreten, ich vermute-
te direkt einen Legostein, bevor es mir eingefallen ist. Manchmal
schrecke ich nachts hoch, als hätte ich etwas vergessen. Wo sind
sie?, denke ich dann. Kein warmer, kleiner Körper neben mir im
Bett, keine weiche Hand, die mir eine Haarsträhne aus dem mü-
den Gesicht streicht. Das sind die schlimmsten Momente, Doro.
Das sind die, die ich kaum aushalte. Ich vermisse sie so sehr, dass
mir alles weh tut. Als wären sie ein Teil von mir, den jemand am-
putiert hat. Wie Phantomschmerzen, sehr körperlich.

»Und, wie war's auf Island?« Jonas hievte Julias Koffer auf das obere
Stockbett, damit er nicht im Weg rumstand.

»Dunkel und kalt.« Julia strich sich ihren Pony aus der Stirn. Wie
selbstverständlich saß sie auf seinem Bett, neben der Leiter. Wie eh
und je, als sei sie nie weg gewesen.

»Also hat es dir gefallen?« Er setzte sich neben sie, ebenfalls, damit er nicht dumm rumstand.

»Weil ich ein dunkles, kaltes Herz hab? Oder was soll das heißen?«

Jonas stand wieder auf. »Nee, war einfach nur … Vergiss es. Ich
wollte nett sein.«

Julia sagte: »Es war schön. Ja, es hat mir gefallen. Ich hab Nordlichter gesehen.«

Nordlichter, aha. Draußen im Garten wuselte seine Familie hin
und her, Pizzakartons wurden aufgeklappt, Pizzastücke verteilt. Jo-

nas hörte, wie Kai die Beschaffenheit des Teiges bemäkelte und wie pampig der Belag war.

Er blickte hinüber zu Billys Haus, dann über den Bach und den Berg an aussortiertem Trödel vor der Ritterburg. Dann sagte er: »Ich vermiss dich, Juli.«

Julia lag auf dem Bett, die Augen geschlossen. »Ich dich manchmal auch.«

Er wollte die Hand ausstrecken und ihr den viel zu langen Pony aus der Stirn wischen. *Schau mich an,* dachte er. *Schau mich an.* Aber sie ließ die Augen zu.

»Und …?«

»Nix und.«

»Aber …«

»Meinst du, es gibt noch Maple Walnut im Keller? Dein Vater hatte doch immer Nusseis da.«

»Es gibt Pizza«, sagte Jonas.

»Auch gut.«

»Juli?«

»Ja?«

»Danke, dass du da bist. Echt.«

Pizzakartons auf dem Couch-Tisch. Alle drei Ritter-Geschwister und Julia zwängten sich aufs Sofa, Oskar saß beim Hund auf dem Boden, Kai auf der Küchentheke, und Mama stapelte zwei Umzugskartons übereinander, die nur leicht wackelten. Die Pizza schmeckte, wie nur bestellte Pizza nach einem anstrengenden Tag schmecken konnte: heiß und fettig und salzig und wunderbar. Cecilia meckerte kurz, aber ließ sich dann drei Stücke schmecken, als habe sie keine Kraft mehr, zu protestieren. Oskars Kindermusik spielte kaum hörbar im Hintergrund. Jonas' Finger waren ölig vom Käse, und er hatte sich die Zunge verbrannt. Der Tag kam ihm unendlich lang vor.

»Wann können wir zu ihm?«, hatte Cecilia als erstes gefragt, und Mama hatte geantwortet: »Morgen.«

Marika öffnete zischend eine Limo, die genau wie der ganze Müll seit vielen, vielen Jahren im Keller gelagert haben musste. »Jetzt haben wir wieder richtig Platz, um neuen Mist anzusammeln.«

Seine Mutter sagte in Richtung von Cecilia: »Per-Olov hat angerufen, er hat dich nicht erreicht, Funkloch, oder so. Er kommt, sobald er kann.«

»Okay.« Cecilia leckte sich die Finger ab und zog ein dickes, staubiges Fotoalbum aus einer der Kisten. »Guckt mal, das müssen wir noch rausnehmen. Und was machen wir denn mit denen?«

Sie deutete auf einen Projektor und eine graue Box voller Dias, die etwas vernachlässigt zwischen all den Sachen lagen. Jonas hielt sich eines vor die Nase. Eine winzige Negativ-Ausgabe von ihm selbst, mit breitem Grinsen und wenigen Zähnen. Oskar rupfte Fotos aus dem Album und legte sie ordentlich unter den Tisch, wo John Irving sie beschnupperte.

»Ksch«, machte Jonas, und streckte die Hand aus, aber der Hund knurrte und fraß eines der Bilder. Cecilia schien es nicht zu bemerken. Sie betrachtete weitere Dias und streckte sie dann Jonas hin. Kleine, glückliche Versionen von ihnen dreien. Eine Deckenburg im Wohnzimmer. Trampolinspringen auf der Matratze im Elternschlafzimmer. Cecilia mit Kurzhaarschnitt und einem Eimer voll Löwenzahn. Marika in einem lila Strampelanzug, Hochzeitsfotos ihrer Großeltern, beide seltsam verkniffen, und ihrer Eltern, eine Party im Garten, ihre Mutter im bunt gestreiften Hosenanzug.

»Wieso habt ihr übrigens dieses riesige Stück Wellblechpappe neben dem Schuppen nicht mit auf den Haufen geschmissen? Das muss eindeutig weg«, sagte Mama.

»Das kann Paps für seinen Hühnerstall gebrauchen«, sagte Jonas. Er hielt Julias Hand, weil es schön war, dass sie da war, und weil seine Hand irgendwie den gewohnten Weg in ihre gefunden hatte.

»Wir müssen eh noch all sein Zeug ins Rechenzentrum bringen«, sagte Cecilia. »Bevor es ganz dunkel wird.«

»Was?« Mama sah von ihrer jüngsten Tochter zu Jonas und Cecilia.

»Wir dachten, wir räumen erst unseren Kram weg, und lassen Paps seine Sachen selbst ausmisten.«

»Damit hier Platz ist, wenn er heimkommt«, sagte Marika.

»Ach, Kinder.« Ihre Mutter klang, als spräche sie zu drei Fünfjährigen. »Euer Vater und ich haben uns darauf geeinigt, das Haus zu verkaufen.«

»Wie bitte?!« Marika machte große Augen.

»Wir verkaufen das Haus.« Mama atmete laut aus, als hätte sie die ganze Zeit die Luft angehalten. Jonas ließ Julias Hand los, gab ihr das Foto weiter, das er betrachtet hatte (Caorle in den Pfingstferien, Sandstrand und Eis), und sah seine Mutter an.

»Äh ...?! Paps wollte gerade noch einen Hühnerstall aus dem Rechenzentrum machen.«

Mama schüttelte den Kopf. »Wir hatten das besprochen. Wir wollten ausmisten, damit alles bereit ist für die neuen Besitzer. Es kümmert sich doch niemand mehr darum. Es bleibt alles immer an mir hängen.«

»Wir kümmern uns«, sagte Cecilia.

»Es hat sich doch sonst auch niemand gekümmert«, sagte Jonas gleichzeitig.

»Ist das wegen Dodi?«, fragte Marika. »Ist das alles, weil Doro gestorben ist?«

Ihre Mutter strich sich eine Haarsträhne hinters Ohr. »Nein, es war längst überfällig.« Jonas sah, dass sie leicht rosa anlief, obwohl sie tat, als wäre es ihr völlig egal.

»Ich fasse es nicht!«, rief Marika. »Ohne uns zu fragen? Wir sind auch Teil dieser Familie, Mama, und wir sind keine kleinen Kinder mehr!«

»Seid doch nicht so dramatisch«, sagte Jonas' Mutter. »Das Haus ist doch nicht mehr als Ballast.«

»Ist es nicht!«, rief Marika. »Nicht für mich.«

»All die tollen Sommer!« Die Blässe um Cecilias Nase hatte sich ausgebreitet und war teilweise rosa Flecken gewichen. Sie sah gescheckt aus, seine schöne große Schwester. Cecilia deutete auf die Alben und Dias vor ihnen und riss Oskar ein Foto aus der Hand, das der am Rand angekaut hatte, klammerte sich daran, wie an einen letzten Beweis für die schöne Zeit im Sommerhaus. »Hier, du musst doch nur … Du kannst doch … Es ist doch alles da. Alle schönen Stunden.«

Oskar rutschte von Cecilias Schoß, wischte sich die Nase mit dem Ärmel ab und ging zu Kai hinüber, der die Arme nach ihm ausstreckte. Der setzte das Kind auf seine Schultern und trabte mit ihm durch das Wohnzimmer, soweit es möglich war, um die Kartons herum. Julia rollte mit den Augen, Jonas nickte bestätigend. Ernsthafte Gespräche gab es immerhin nicht so oft in dieser Familie, aber der lustige Kai stolperte Pferdchenspielend über all ihre Konflikte hinweg.

»Manchmal ist es besser, etwas hinter sich zu lassen«, sagte seine Mutter. Alle schwiegen. Nicht mal Kai gab irgendeine aufmunternde Plattitüde von sich.

»Alles löst sich auf!«, rief Marika schließlich. »Gerade jetzt, wo ich … wo wir …« Sie tätschelte ihren Bauch, schien es aber nicht zu merken.

»Es löst sich doch nicht …«

»Was für ein schlechtes Omen!«

»Ach, meine Güte, Riki, sei nicht albern.«

»Das sind nur die Schwangerschaftshormone.« Kai legte seiner Freundin beschwichtigend eine Hand auf den Unterarm. Sie funkelte ihn böse an und riss den Arm weg.

»Ach, lass mich, Kai!«

»Halt ihn fest!«, sagte Cecilia im selben Moment, und Kai legte die Hand wieder an Oskars Schienbein, der noch immer auf seinen Schultern thronte wie ein kleiner Feldwebel auf seinem Gaul.

»Ich weiß, ihr wünscht euch Beständigkeit«, sagte Kai. »Aber das Leben geht weiter. Vor ein paar Monaten hab ich euch alle noch gar nicht gekannt. Und jetzt bin ich Teil der Familie!«

Alle sahen sich an. Teil der Familie, na ja.

»Beständigkeit ist wichtig, vor allem in deiner jetzigen Verfassung«, sagte Kai zu Marika. »Und deshalb hab ich gerade etwas beschlossen …« Jonas sah, wie Cecilia die Augen aufriss, als wüsste sie genau, was gleich kommen würde. Kai beugte sich ein wenig zu Marika vor. »Rika Ritter, möchtest du mich heiraten?«

»Ach du Scheiße«, hörte Jonas sich selbst sagen. Julia drückte seine Hand.

Marika bekam einen knallroten Kopf.

»Hüaaaah!«, rief Oskar und zog an Kais Haaren. Kai galoppierte ein wenig um Marika herum wie einer der Ritter der Kokosnuss.

»Ähm …« Marika räusperte sich, Oskar ließ sich nach hinten fallen, und alle sprangen gleichzeitig auf, um ihn aufzufangen.

WINTER

FREITAG

GAS GEBEN

Marika: Noch fünf Wochen! Waaah!

Jonas: Und dann was?

Marika: Dann bin ich Mutter, du Horst.

Jonas: Apropos, ich muss euch nächstes Mal was zeigen. Oskar hat doch sicher einen Kassettenrekorder, oder?

Cecilia: Jaaa ...?

Jonas: Bring den mal mit.

Cecilia: Wohin?

Marika: Wann ist denn nächstes Mal? Weihnachten ging ja in die Hose.

Cecilia: Wir sind ziemlich im Stress. Oskar hat Drei-Tage-Fieber und P-O ist kxljxkjdlkj xxkjgjb

Jonas: Der Parkritter ist der Parkritter, got it.

Cecilia: Sorry, Ossi hatte das Handy. Aber ich finde auch, wir sollten uns bald sehen. Und das SH würdigen.

Marika: Wohnst du eigentlich noch da? Oder ist das Traumpaar back together?

Jonas: Kein Kommentar.

Marika: Ich frage, weil ich die Ritterburg auch gern mal als Unterschlupf hätte.

Jonas: Unterschlupf? Du bist doch frisch verlobt. Nicht, dass das Kind noch hier geboren wird.

Marika: Nebenan wohnt doch diese supernette Hebamme, erinnerst du dich?! Wäre also kein Problem.

Jonas: Lustig.

Cecilia drückte aufs Gaspedal und versuchte, nicht an das bevorstehende Wochenende zu denken. Nicht an ihre Schwester, die so gemütlich noch immer die Kleine war, nicht an ihren Bruder, der in seiner emotionalen Reife auf dem Stand eines 15-Jährigen stehen geblieben schien, nicht an ihre Eltern mit ihrem Zerstreute-Professoren-Charme, die sich in ihrem hohen Alter noch trennten. Nicht an das Sommerhaus, das ihre Mutter einfach wegrationalisieren wollte aus ihrem neuen, aktiven Leben.

»Die Katastrophengedanken kommen sowieso, Sie haben sie jahrzehntelang eingeübt, ab heute üben Sie mal was Neues«, hatte sie ihre Therapeutin im Ohr.

Also übte sie. Sie dachte an das Lächeln ihres Sohnes, an Badeschaum und schrumpelige Fingerspitzen, an den Geruch von frischen Kaffeebohnen. Sie dachte nicht an die sonore Stimme des Anwalts am Telefon: »Ist das Trennungsjahr denn schon vollzogen?« Und auch nicht an den Brief von der Ärztin, an ihr Stirnrunzeln, an den unbequemen Stuhl, die Beine nach oben abgestellt, die Knie nach innen fallen lassend, um sich wenigstens ein bisschen zu bedecken. Sie dachte überhaupt nicht daran, wie nasskalt sich das Ultraschall-Gel angefühlt hatte oder wie seltsam nebulös und bedrohlich die Schatten waberten.

Cecilia überholte einen Traktor auf einem weniger kurvigen Stück der Landstraße und schaltete dem Kind eines seiner Lieblingslieder ein, den Inbegriff eines Ohrwurms. Aber Oskar war schlecht gelaunt, wollte nicht mehr sitzen, hatte Hunger, ihm war langweilig, er heulte bereits seit der letzten Ausfahrt, und ließ sich nicht mal durch eine volle Dröhnung Kinderlieder ruhigstellen.

Sein gesamtes erstes Lebensjahr hindurch hatte er fast ununterbrochen geschrien, so gesehen sollte sie daran gewöhnt sein. Sie waren beim Logopäden gewesen, beim Ergotherapeuten, beim Osteopathen, sie hatten Kinderärzte und Psychologen besucht und

Hebammen, die von einer traumatischen Geburt gefaselt hatten und von Hochsensibilität. Nichts half. Oskar schrie.

Mandelcroissants. Der Geruch von frischgedruckten Buchseiten. Das Sommerhaus im August: ein entspanntes Kleinkind, frische Luft, Abendessen zwischen Blumen. Cecilia überholte einen weiteren langsamen Autofahrer, der ihr mit dem Zeigefinger an seiner Stirn bedeutete, was er von ihr hielt, bremste scharf ab, was Oskar aus seiner Heulerei riss, und bog in die Auffahrt des Mühlenwegs.

Die Ritterburg im Winter sah aus wie die verlassenen Häuser der Familien aus Cecilias heißgeliebten Horrorfilmen, wo man schon in der ersten Einstellung erahnen konnte, dass ein paar Zombies – noch – in der Speisekammer eingeschlossen waren, oder dass im Keller ein irrer Psychopath jahrzehntelang wehrlose Frauen ermordet hatte: Das Gelb der Fensterläden ausgeblichen, der sonst blühende Garten kahl, der Boden von weißem Raureif überzogen, darunter Matsch.

Die Vorhänge bewegten sich, und Cecilia schauderte. Aber es war kein Zombie und kein Psychopath, nur ihr Bruder, der kurz darauf auf der Türschwelle erschien. »Hallo!«

»Hi!« Cecilia schnallte Oskar ab, und er lief zu seinem Onkel.

»Hattet ihr eine gute Fahrt?« Jonas küsste sie auf die Wange. Er sah besser aus als das letzte Mal, jünger irgendwie, und mit kürzeren Haaren, und trug ein flattriges, schwarzes Etwas, das aussah wie aus einem Film über asiatischen Kampfsport. Es dauerte einen Moment, bis ihr auffiel, was los war. »Du hast deinen Bart abrasiert!«

Er strich über seine kahlen Wangen. »War Zeit.«

»Du meine Güte, man erkennt dich ja kaum.«

»Ich mache jetzt Kung-Fu!«, sagte Jonas mit stolz geschwellter Brust, als hätte sich ihr Kommentar auf neu antrainierte Muskelberge bezogen.

Cecilia lud das Auto aus und schleppte (allein, Jonas preschte mit Oskar auf dem Rücken ins Haus) unzählige Schüsseln und Torten-platten in die stickige Wohnstube. Der kleine Kachelofen bullerte eine trockene Hitze in den Raum; die Luft war zum Schneiden.

Sie stellte die Ladung Essen auf dem Küchentisch ab und öffnete ein Fenster.

Die Aufräumaktion im Herbst war wohl nicht die letzte gewesen; seit Jonas hier hauste, schien er altes Inventar rausgeschmissen zu haben. (War das der Deal mit Mama? Er durfte hier wohnen, bis jemand das Haus haben wollte, wenn er dafür weiter ausmistete?) Die abgelaufenen Kalender hingen noch, aber einige Bilder waren weg – Löcher in den Wänden, wo früher Haken gewesen waren. In einer Ecke noch offene oder bereits gestapelte Kartons, vollgestopft mit in Zeitung eingewickeltem Geschirr. Eines der Sofas fehlte (das aus Cord, das sowohl Marika als auch Jonas in ihrer ersten WG ge-habt hatten). Das Fernsehzimmerchen war voller Umzugskartons, auf denen in grellgrünem Filzstift »Jonas« stand. Trotz weniger Staub, weniger Flusen, und weniger Plunder, fühlte sich auch hier alles horrorfilmartiger an als sonst.

»Ist die Deko auch schon weg?«

»Keine Ahnung.« Jonas ließ Oskar über seinem Kopf fliegen. »Hast du an den Kassettenrekorder gedacht?«

»Jaja. Später.« Cecilia ging die Koffer aus dem Auto holen. Gab es überhaupt noch Bettwäsche, die sie benutzen konnte? Und Weih-nachtsschmuck?

Draußen lehnte sie sich gegen den Wagen und schloss kurz die Augen, lauschte, als drinnen etwas rumpelte, aber alles blieb still. Ihr Bruder war zwar ein Idiot, und im Sommerhaus lauerten diver-se Gefahren für Kleinkinder – Glasvasen auf wackeligen Anrichten, rutschige Treppen nach oben und unten, Schubladen mit dubiosem Inhalt. Aber Jonas würde schon aufpassen, die paar Minuten.

Ihr Handy piepste. Per-Olov: *Dass du unseren ganzen Alltag managst (ohne Mühen) und dass du knallhart und echt brutal sein kannst (das meine ich positiv), eine richtige Löwenmama.* Plus vier unbeantwortete Anrufe von ihm, aber das war ihr egal. Neulich hatte er ihr nicht mal zugehört. Hatte am Laptop getippt, abwesend gemurmelt: »Du schaffst das schon. Du schaffst immer alles, Ceci.« *Bla bla.* Wenn man sich irgendwann KI implantieren lassen konnte, würde Per-Olov der erste sein, der irgendein lustiges Gadget in seinen Arm schießen lassen würde, um noch schneller seine Mails checken zu können. Direkter Download ins Gehirn. Zack! Cecilia merkte, wie es knackte, als sie den Unterkiefer hin- und herschob. Apropos Mails – immer noch keine Kitaplatz-Zusage, dafür ihre Mutter, die Fotos aus den Schweizer Alpen schickte: Vor einer Berghütte, Sunblocker auf der Nase, hielt sie eine dampfende Tasse in die Kamera. Cecilia schulterte das Gepäck.

»Soll ich dir helfen?« Wie eine gute Fee im Märchen erschien der Nachbarsjunge und nahm ihr den größten Koffer ab. Er hatte einen Staubwedel in der Hand und Wischlappen und Sprühflasche im Gürtel stecken wie ein putzender Friseur.

»Danke.« Wie hieß er gleich noch? Otto?

Sie nahm eine kleinere Reisetasche und drehte sich zum Haus um, das noch immer düster wirkte im ungemütlichen Februarnebel.

»Findest du auch, dass es hier aussieht wie bei *Conjuring,* oder so?«, fragte sie den Jungen, der schon fast an der Tür angekommen war.

»Oder *Sinister.*« Er grinste. Von drinnen kam ein Quieken, offensichtlich von Oskar. Sie hörte, wie ihr Sohn Luft holte, eine Atempause, gefolgt von einem langgezogenen Schrei. Dann Jonas: »Cecilia! Sisi!«

»Den sollte man wohl nicht mit einem Kleinkind alleine lassen«, sagte Otto.

Als sie in die Wohnstube kamen, zeigte Oskar jammernd auf seinen Kopf. Cecilia setzte sich mit ihm aufs Sofa und pustete auf die Beule an seiner Stirn.

»Ich schwöre, ich hab nur eine Sekunde nicht hingeschaut. Er ist von der Couch gefallen. Glaub ich.«

»Holst du einen Waschlappen?«

»Horrorfilme fangen immer damit an, dass einem Kleinkind was passiert«, sagte der Nachbarsjunge. »Und am Ende sollte der unfähige Onkel …«

»Unfähig, Quatsch.« Ihr nun so glattrasierter Ninja-Bruder kam mit dem Waschlappen angetrabt. »Hier, Großer. In Horrorfilmen sind es immer die Mütter, vor denen sich alle fürchten. Nicht die Onkel.«

»Männlicher Blick«, sagte Otto. »Männer hatten schon immer Angst vor der Macht von Müttern. Die produzieren Menschen! Das ängstigt natürlich so einen alten, weißen Mann ziemlich.«

Cecilia lächelte. Sie mochte diesen Kerl irgendwie.

»Du wirst auch irgendwann ein alter, weißer Mann sein«, sagte Jonas, warf sich aufs Sofa neben Oskar und legte die Beine auf den Couchtisch. Das konnte ihr Bruder schon immer am besten: Nichts tun.

Otto streckte ihm die Zunge raus. »Und Geburten sind ziemlich animalisch, das gruselt Männer auch.«

»Außer dich natürlich, Hebammen-Sohn«, sagte Jonas.

»Geht's wieder?« Cecilia pustete noch einmal auf die gerötete Stirn, schob Oskar von ihrem Schoß und stand auf, um weiter auszuräumen.

»Sisi, entspann dich, Otis ist ein fleißiges Bienchen!«, sagte ihr Bruder. »Und er nimmt nur zwölf Euro die Stunde.«

Der Junge zeigte ihm den Mittelfinger. Cecilia konnte es ihm nicht verübeln. Sie hätte am liebsten dasselbe getan.

»Wieso bezahlt mich eigentlich niemand?«, fragte sie.

»Er kann sogar kochen«, sagte Jonas zuckersüß und ignorierte ihren Einwand gekonnt.

»Alter, du hast Glück, dass mein D-Score so niedrig ist«, sagte Otto-Otis. »In meinem Kopf spielt hier ein Splatterfilm.« Er zwinkerte Cecilia zu. »Eine Mutter, ein fauler Sack ... Und hinterm Schuppen liegt ne Axt.«

»Ein fauler Sack?« Jonas sprang auf. »Ich hab hier schon richtig was gemacht, sieht man doch. Aufgeräumt, geputzt, ein paar von meinen Sachen sind weg ...«

»*Ich* hab geputzt«, sagte Otis. »Aber okay.«

»Jedenfalls hab ich Mama davon abgehalten, die Hütte sofort zu verkaufen ...«

»Indem du hier wohnst? Prima Leistung, Jonsi«, sagte Cecilia, aber sie war tatsächlich froh, dass es so war.

Jonas ließ sich zurück aufs Sofa fallen. »Ich kann sogar die Deko aufhängen, wenn du willst, Sisi. Fasching oder ...?«

»Weihnachten natürlich.« Es mochte zwar Februar sein, aber es war mit allen Beteiligten ausgemacht worden, dass sie ein letztes Weihnachtsfest in der Ritterburg feiern würden. Ein richtiges, geruhsames, schönes, nicht so wie der lahme Zoom-Call an Heiligabend, an dem Marika hustend ihren quietschepinken Verlobungsring in die Kamera gehalten, der grippefiebernde Jonas gar nicht teilgenommen, ihre Mutter mit Corona-Schnupfen nur kurz »Frohe Weihnachten« genäselt, und Cecilia sich anschließend allein mit ihrem Vater über die Vorzüge gegarten Gemüses unterhalten hatte, und wie schlecht die (wenngleich sehr leckere) Kruste des Schweinebratens für ihn sei. Cecilia entdeckte ein winziges Grinsen in Jonas' Mundwinkel.

»Meine Schwester ist eine Weihnachtsfanatikerin«, erklärte er Otis.

»Es ist das allerletzte in diesem Haus«, sagte sie. »Vergessen?«

»Dann musst du ja ausziehen!«, sagte Otis gespielt schockiert.

»Ich bin in der engeren Auswahl für eine richtig schöne Wohnung gleich neben meiner Schule«, sagte Jonas. »Die Pendelei nervt eh. Und deine Mom ...«

Otis wedelte mit seinem Staubwedel vor Jonas' Gesicht herum. »Ach, bitte fang nicht wieder mit meiner Mutter an ...«

Bevor Jonas noch irgendetwas sagen konnte, hörte man draußen ein Auto, dann Türenschlagen, ein lautes Bellen, und Oskar rannte zur Tür: »Tschörvin!«

EIN FESTGEZURRTER KNOTEN

Marika: *Ich glaub, ich hab Wehen!*
Cecilia: *Schon??? Du bist doch erst in der 36. Woche, oder?*
Marika: *Es fühlt sich aber so an.*
Cecilia: *Übungswehen? Ruf deine Hebamme an!*
Cecilia: *Und, was sagt sie?*
Cecilia: *Rika?*
Marika: *Bin im Krankenhaus. Sie will wohl jetzt raus.*
Cecilia: *Ok. Du schaffst das! Ist Kai bei dir? Hast du deinen Mutterpass? Und deine Klinik-Tasche, die war hoffentlich schon gepackt?*
Marika: *Kai ist diese Woche auf einer Convention in Amerika.*
Cecilia: *Oh, Männer und ihr Timing.*
Cecilia: *Wie schnell kommen die Wehen? Alle zwei Minuten? Ich ruf dich kurz an, ja?*
Jonas: *Und, darf man schon gratulieren?*

Ihre Mutter war schön wie immer. Sie stieg in einem karierten Wollmantel aus dem Auto, wild umsprungen von ihrem wolligen, kleinen Terrier, der wirklich niedlich war. Er schnüffelte an Oskars Hand, der ihn ebenso ungestüm streichelte. Der Hund ließ es über sich ergehen.

»Tschörvin, Tschörvin!«, schrie Oskar, und seine Oma gab ihm einen Kuss auf den Scheitel.

»John. Irving«, sagte sie langsam. »John. Irving.«

»Tschörvin!« Oskar strahlte.

»Was machst du denn schon hier?« Cecilia starrte ihre Mutter an. Gerade noch hatte sie Fotos aus der Schweiz geschickt und nun stand sie hier, augenscheinlich tiefenentspannt.

»War doch ausgemacht. Außerdem muss das Haus fertig werden. Und ich hab nicht viel Zeit, nächste Woche geht es schon ab nach Bali!« Das letzte Wort flötete ihre Mutter geradezu, es passte nicht zu ihr. Sie war eine stille, starke, ernsthafte Frau ohne Unsinn im Kopf. Und nun das: Flöten und Bali.

»Wir sind hier, um Weihnachten zu feiern«, sagte Cecilia. »Es ist eh schon fast alles weg.«

Ihre Mutter strich ihr besonders mütterlich über den Arm. »Veränderungen sind gut. Komm, John Irving, wir gehen rein, es ist ja eisig hier draußen!«

Sie verschwand mit ihrem Hund im Haus, dicht gefolgt vom begeistert »Wau-wau!«-rufenden Oskar.

Cecilias Handy klingelte.

»Ich will nicht reden.«

Sie ging in Richtung der Badestelle. Der Boden knirschte unter ihren Füßen. Tropfen hingen am Gartenzaun, am Mühlrad, Reif an den Fenstern. Der Nebel, der seit Wochen feucht und widerlich durch alle Winterklamotten kroch und sich auf der Haut niederließ, schien sich nie wieder verziehen zu wollen.

»Dafür, dass du immer auf gute Kommunikation pochst, bist du wirklich schlecht darin«, sagte Per-Olov am anderen Ende der Leitung. Cecilia schlitterte auf dem nassen Holz des Stegs, strauchelte. Im Wasser trieb das vermooste Ruderboot, abgeblätterte grüne Farbe, ein einzelnes Paddel. Jahrelang war es im Rechenzentrum verstaubt; Jonas musste es herausgeschleppt haben. Sie setzte vorsichtig einen Fuß hinein.

»Hallo?«

»Ich bin noch dran.« Das Boot wackelte, Cecilia hockte sich auf die nebelnasse Bank in der Mitte, stieß sich mit den Händen vom Steg ab. Trieb ein wenig auf dem Tümpel herum.

»Mach doch wenigstens mal deine Hausaufgaben.« Per-Olov klang eingeschnappt.

»Ich hab viel zu tun.«

»Ich auch! Aber ich bemühe mich immerhin.«

»Ach ja? Du bemühst dich?« Cecilia lachte auf. Sie merkte selbst, wie bitter sie klang. Sie wollte nicht bitter klingen. Sie wollte eine andere Rolle als die, in die sie seit Oskars Geburt hineingeraten war, so klischeehaft anstrengend: Die *nagging wife*. »Du bist nie da! Schönes Bemühen.«

»Ich wäre gern mehr da«, sagte Per-Olov. »Aber ich verdiene das Geld.«

»Oho, diese Nummer!« Das Boot schwankte, als sie versuchte, mit einer Hand das Paddel zu nehmen. Es gelang ihr nicht. »Als wäre meine Arbeit nichts wert. Ich bin ja nur zu Hause und kümmere mich um unser Kind.«

»So meine ich das nicht. Das kam jetzt falsch rüber.«

Im Hintergrund klapperte etwas, Tastatur-Klicken, das »Wusch« einer ausgehenden E-Mail. Immer war dieser Mensch am Arbeiten.

»Du bist doch diejenige, die meint, man kann alles lösen«, sagte er schließlich.

»Uns kann man nicht lösen.« Cecilia klemmte das Handy an ihr Ohr. »Wir sind ein zu festgezurrter Knoten.«

»Wir sind doch kein Knoten, Cecilia. Wir sind höchstens eine Schleife.«

»Aber keine schöne. Mehr so eine, die schon ganz zerfleddert und dreckig ist.«

Ihre Füße wurden feucht; irgendwo trat Wasser ins Boot.

»Aber …«

»Du, ich muss auflegen.« Cecilia steckte das Handy ein und nahm das Paddel.

»Was machst du denn da, Sisi?«, fragte ihre Mutter.

»Ich fahre Boot, siehst du doch.«

»Das ist nicht dicht.« Ihre Mutter stand am Steg, stemmte eine Hand in die Seite. »Du sinkst.«

»Das sehe ich selbst.«

»Oskar brüllt wie am Spieß. Er will unbedingt einen Dino, wir wissen nicht, was …«

»Er will sein Dinosaurier-Kostüm.« Cecilia versuchte, sich mit dem Paddel zurück zum Steg zu bewegen, legte es weg und nahm ihre Hände. »In der Spielgruppe haben wir schon Fasching gefeiert. Es ist im Auto.«

»Ach so, na dann. Brauchst du Hilfe?«

»Nein.« Das Boot bewegte sich minimal. Das Wasser war eiskalt.

»Gut«, sagte ihre Mutter, und hob eine Hand, als das riesige Ungetüm von Wohnmobil auf den Hof zuckelte, das ihr Vater im Herbst gekauft hatte. Der Motor röhrte noch einmal auf, und erstarb, und aus dem Wagen stieg Marika. Papi holte sein Käferchen aus Berlin ab. Was für eine Überraschung.

»Haaaa-llo!«, rief ihre kleine Schwester langgezogen und fiel ihrer Mutter um den Hals. Sie trug einen Lammfellmantel, eine Pudelmütze, und einen buntgestreiften Schal, das Baby war in eine rosa Strickdecke gewickelt, die früher einmal Cecilia gehört hatte, dann Jonas, dann Marika. Ihre Namen waren eingestickt; es war eine gemeinschaftliche Decke. Als kleiner Knirps hatte Oskar sie gehabt. Er war noch immer ein kleiner Knirps, und eigentlich hatte Cecilia die Decke nicht hergeben wollen. Aber sie war die älteste, vernünftige Schwester, sie hatte ihren kleinen Geschwistern beigebracht, wie man teilte. Ihr Vater ließ die dröhnende Hupe ertönen, und Oskar, mit dem Jonas auf der Türschwelle aufgetaucht war, quiekte vor Ver-

240

gnügen. Cecilia hatte den Steg erreicht, ihre Hände waren blaugefroren und ihre Ärmel nass, genauso wie ihre Schuhe, Socken und Füße. Sie kletterte etwas unbeholfen aus dem Boot und machte sich auf, ihre Nichte zu begrüßen, die sie bisher nur auf pixeligen Videos und in WhatsApp-Calls gesehen hatte, wo man außer einem schrumpeligen Gesichtchen kaum etwas erkennen konnte.

Ihre Zähne klapperten, als sie in der Einfahrt angekommen war.

»Ooooch.« Jonas linste in den Maxi-Cosi. »Man will sie fressen!«

»Untersteh dich, Kung-Fu-Panda«, sagte Marika. »Und jetzt lasst uns reingehen, es ist lausekalt. Ihr könnt sie drinnen noch bewundern.«

Sie war so stolz, ihre kleine Schwester. Stolz und selbstbewusst wirkte sie.

»Herzlich willkommen in der Ritterburg, Romy!« Ihr Vater versuchte, Marika den riesigen Koffer, den sie dabeihatte, abzunehmen.

»Ich mach das schon«, sagte Rika, aber Cecilia riss ihr das Gepäck aus der Hand.

»Du darfst im Wochenbett nicht schwer tragen! Lass mich.«

Cecilias Hände kribbelten unangenehm, als sie in die Wärme kam. Sie schlüpfte aus ihren Schuhen und hängte die nassen Socken vor den Kamin. Alle beugten sich über die Tragschale.

»Duzi-duzi«, machte Jonas blöde. »Was für ein Wonneproppen! Wo ist denn dein Verlobter?«

»Zu Hause«, sagte Marika. »Und er ist nicht mein ...«

»Ich glaube, es ist kein gutes Zeichen, wenn man sich 50 Mal umentscheidet«, sagte Jonas.

»Sagt der mit der andauernden Ehekrise. Glückwunsch zum Scheidungsanwalt übrigens.«

»Demnächst ist alles durch.«

Cecilia hörte kaum hin, was ihre Geschwister redeten. Romy sah sie mit haselnussbraunen Rehaugen an. Pausbäckchen, fast schwarzes Haar, den gleichen breiten Mund wie Marika. Rote Haut. Ein verschrumpeltes Näschen. Milchschorf am Kopf. Sie guckte ihre Großmutter, ihre Tante, ihren Onkel und ihren Cousin aufmerksam an, dann schob sie ein dickes Zünglein aus dem Mund, was ihnen allen Ausrufe der Verzückung entlockte.

»So, genug bewundert.« Marika hob ihre Tochter aus der Babyschale, packte die Brust aus und legte den Säugling an. Man hörte ein niedliches Schmatzgeräusch.

Jonas wurde rot. »Ähm …«

»Das ist ganz natürlich, du Kindskopf«, sagte Marika.

Cecilia lächelte. Ihre Schwester wirkte so lässig mit dem Baby. Das ängstliche Marienkäferchen von früher war verschwunden. Nun war Cecilia diejenige, die vor allem Angst hatte. Schatten auf einem Ultraschallbild. Dass sie nicht für Oskar würde da sein können, wenn er sie brauchte. Davor, dass dieses nicht vorhandene Weihnachtsfest ihr letztes als intakte Familie sein würde.

Marika zog sich die Bommelmütze vom Kopf.

»Rika!« Cecilia schnalzte mit der Zunge. Die Haare ihrer Schwester leuchteten azurblau. »Du darfst deine Haare nicht färben, wenn du stillst, das geht alles in die Muttermilch!«

»Das bisschen Farbe«, sagte Marika genervt.

»Sag mal, die Kalender …« Ihre Mutter sah alarmiert aus. »Ich dachte, es ist alles weg?« Eine Seehkuh starrte aus winzigen, verquollenen Augen von der Wand. Daneben vergilbten seit dreißig Jahren eine Löwenmutter und ihre zwei Jungen.

»Macht mal einer den Dugong weg.« Jonas drehte den Kalender um, statt ihn einfach abzureißen oder abzunehmen. Nun zeigte das Bild einen Laternenfisch.

»Morgen kommen die Interessenten, da sollte nichts mehr … und was ist das hier bitte?«

Mama deutete auf einen Koffer, auf dem mehrere »Atomkraft, nein danke!«-Aufkleber pappten.

»War noch im Keller. Unsere Verkleidungskiste!« Ihr Bruder klappte sie auf; ein penetranter Geruch nach Staub und Lavendelsäckchen schlug Cecilia entgegen, sie rümpfte die Nase. Jonas zog ein riesiges plüschiges Bärenkostüm aus der Truhe und schlüpfte hinein.

»Kung-Fu-Panda, sag ich doch!« Marika lachte. »Oder eher: Kung-Fu-Grizzly!«

»Die Betten, die Schränke, das muss alles noch raus ...« Ihre Mutter kramte in dem Chaos im kleinen Fernsehzimmer herum. »Himmel, Jonas, dein ganzes Zeug! Du hast doch versprochen, dass du es wegschaffst.«

»Mach ich ja bald«, sagte Jonas, stellte sich in eine alberne Kampfsport-Pose und fuchtelte ein wenig herum. »Bären-Kung-Fu!« Oskar kicherte.

»Irgendwo müssen wir ja auch noch schlafen«, sagte Cecilia. Oskar hängte sich an ihr Bein und ließ sie lautstark wissen, dass er jetzt sofort unbedingt sein Dinosaurier-Kostüm haben wollte. Er steigerte sich in einen Jammeranfall hinein, bis sie kapitulierte und das Kostüm aus dem Wagen holte. Sie zog es ihm an, drückte ihre Nase in seine flusigen Haare, schmiegte den pummeligen Körper an sich. Oskar roch nach Babyshampoo und einem erdbeerigen Sirup, mit dem das Kostüm einmal bekleckert worden war. Er wiggelte sich aus ihrem Arm und rannte zu Jonas, der ihn über seinem Kopf fliegen ließ. »Hey, Dino! Wir könnten glatt als cooles Detektiv-Duo durchgehen. Findet ihr nicht? Kung-Fu-Grizzly und Superbrain-Saurier! Lösen jeden Fall.«

Cecilia schloss die Augen. Alles kam ihr plötzlich vergeblich vor. Das Haus, die Familie, ihre bescheuerten Ultraschallbilder. Ein paarmal war sie versucht gewesen, ihre Mutter anzurufen. Hatte sich ein warmes Telefongespräch gewünscht, um halb sechs in der Früh, nach einer Nacht fast ohne Schlaf. Immer, wenn sie ängstlich auf die Ausdrucke gestarrt hatte, die in ihrem Nachtkästchen versteckt lagen. Schatten über Schatten, Grauschattierungen, so viele davon. Marika hatte dauernd ihre Ultraschallbilder in die Familien-Chatgruppe gestellt und Cecilia hätte am liebsten dasselbe getan. Es sah harmlos aus, man assoziierte winzige Gliedmaßen in die grauen Flecken hinein, aber ihr Herz hatte vor Angst so stark gepocht, dass sie befürchtete, Oskar aufzuwecken.

Sie hatte nie angerufen, nie etwas gesagt. *Mir geht's super, alles in Ordnung.*

Ihre Mutter stöberte in Kartons herum. Jonas und Oskar sangen etwas, was sich anhörte wie die Titelmelodie ihrer neuen Detektiv-Serie. Romy schmatzte.

Cecilia atmete tief durch. »Mama?«

»Ja, Liebes?«

»Lass uns einfach noch dieses eine schöne Weihnachten hier verbringen, okay? Nur dieses Wochenende.«

Ihre Mutter hob den Blick. »Es ist Februar, mein Schatz. Weihnachten ist längst vorbei.«

WEIH-NEVAL

»*Du, das war alles nett und ein bisschen Spaß im Sommer, aber ich hab keine Lust, deine Lückenbüßerin zu sein.*«

»*Das bist du nicht, ganz und gar nicht!*«

»*Jonas, deine Frau war letztens erst ...*«

»*Ex-Frau!*«

»*Lass uns einfach Freunde bleiben. Ist doch leichter so.*«

»*Es muss ja nicht immer alles leicht sein!*«

»*Sagst du?! Mister Der-einfachste-Weg-ist-immer-der-beste?*«

»*Ich will nicht nur Freunde bleiben! Oder hast du einen anderen?*«

»*Was heißt denn einen ›anderen‹, ist ja nicht so, als wären wir ...*«

»*Also ja?!*«

»*Ich bin dir keinerlei Rechenschaft schuldig, Kirschkernspucker. Und dein Trostpreis bin ich schon gar nicht.*«

Cecilia hackte Holz. Ihr Gehirn spielte ihr Bilder vor, wie sie sich den Fuß zerteilte, oder Oskar aus dem Haus kam, neben sie schlich und seinen Kopf unbemerkt auf den Hackklotz legte. Pausenlos sah sie Katastrophen vor sich. Messer, die von Anrichten fielen und Gliedmaßen abtrennten. Hunde, die Kinderwagen ansprangen und ihrem Sohn ins Gesicht bissen. Laster, die an der Ampel von der Fahrbahn abkamen und in Fußgänger krachten. Ihre Therapeutin hatte über diese Gedanken gesagt: »Das Gehirn macht das, weil es das kann.« Wenig beruhigend.

Mit steifen Fingern sammelte sie ein paar Holzscheite zusammen, das musste reichen. Am Nachbarshaus knutschte die hübsche Nachbarin mit einem attraktiven Typen auf ihrer Türschwelle herum.

Cecilia guckte auf ihre Axt.

»Hallo!« Die Nachbarin machte sich von ihrem anhänglichen Freund los. »Seid ihr alle wieder da? Auch Marika mit dem Baby?«

»Ja, genau. Wir feiern, äh, Weihnachten … nach.«

Die Nachbarin – sie hatte ihren Namen vergessen, irgendein Männername, Rudi? – quiekte ein »Oh!« und schob den gut aussehenden Hünen aus der Tür. »Ciao, Gus. Ich muss Baby gucken gehen!«

In der Küche roch es nach Hagebuttentee, als Cecilia mit triefender Nase hereinkam. »Mit Apfelsaft schmeckt der wie Punsch!« Ihre Mutter wedelte mit der Kanne, die prompt überschwappte. »Ich hol welchen aus dem Keller, der muss eh weg.«

Cecilia schleppte das Holz zum Ofen und warf es daneben. Die Nachbarin war schon da; sie hielt eine fettige Bäckereitüte in der einen und einen Glühwein in der anderen Hand und beugte sich über Romys Köpfchen. Jonas verteilte Rumtrüffel und Kokosmakronen aus Cecilias Plätzchendosen und grüßte mit einem kaum merklichen Kopfnicken. »Hi, Billy.«

»Erst müssen wir es doch gemütlich machen«, sagte Cecilia. Mit Gartenbeleuchtung, Christbaumschmuck und Bratäpfeln wie früher gäbe es den Nostalgie-Bonus, der ihre Eltern hoffentlich zur Vernunft bringen würde. *Waren es nicht doch schöne Zeiten in der Ritterburg?*

»Ach, Sisi, das ist doch genau, was du wolltest, auf dem Sofa lümmeln, Punsch trinken, Plätzchen essen, und jetzt bist du wieder nicht zufrieden«, sagte Jonas, der sein Bärenkostüm obenrum ausgezogen, die Ärmel um die Hüften geknotet hatte. Halb Bär, halb Kung-Fu-Kämpfer. »Koch doch Kaffee. Der macht alles besser.«

Cecilia gehorchte. Oskar kam angerannt und hängte sich an ihr Bein. »Mamam!«, rief er. Sie gab ihm ein Plätzchen, von dem er genüsslich den Zuckerguss leckte.

»Seit wann kriegt er Süßes?« Ihr Vater legte einen Arm voller Krempel – löchrige Gartenhandschuhe, eine rostige Schere, Gummistiefel – in der Wohnküche ab. »Du hast meine Skischuhe weggeschmissen, Marianne!«, fügte er sehr laut in Richtung Kellertreppe hinzu.

»Du warst seit 20 Jahren nicht mehr Skifahren!«, kam es von dort zurück. »Und du wirst auch nicht wieder damit anfangen, wo doch dein Herz …«

»Die Reha läuft gut, ich bin fit wie ein Turnschuh!« Papa klopfte sich auf die Brust wie ein betagter Orang-Utan.

»Ein alter, ausgelatschter vielleicht«, sagte Marika. »Skifahren ist eh schlecht für die Umwelt. Und außerdem schneit es nirgends mehr.« Ihre Schwester zog einen roten Mantel und einen silbernen Rauschebart aus der Kiste mit den Atomkraft-Aufklebern. »Ich mach nen Nikolaus.«

»Es geht hier ums Prinzip. Außerdem wolltest du doch, dass ich sportlicher werde, Marianne!«

»Du musst dich schonen«, sagte Cecilia, und ihr Vater brachte grummelnd sein Gerümpel nach draußen ins Wohnmobil.

Ihre Mutter stellte ein paar gestapelte Kellerkartons neben die Couch. »Da ist noch ein Babybett, Riki, braucht ihr das?«

Marika sagte: »Ja, kann ich gebrauchen, ich hab mir nämlich überlegt, ich könnte eine Weile hier wohnen.«

Hinter Marikas Mutter erschien Otis mit zwei Flaschen Apfelsaft auf der Treppe, setzte sich neben Billy und nahm sich eine Kokosmakrone.

»Du kannst nicht hier einziehen.« Jonas schenkte sich Kaffee ein.

»Ich dachte, du hast jetzt ne Wohnung«, sagte Cecilia zu ihrem Bruder, doch er zuckte nur die Schultern.

»Ich brauche mal eine Pause von Berlin«, sagte Marika.

»Was ist mit Kai?« Cecilia gab Oskar noch einen Keks.

Marika spielte mit den Haaren ihrer Tochter herum und antwortete nicht.

»Du trägst seinen riesigen Verlobungsklunker!«

»Den Ring find ich ja auch gut …«

Jonas lachte. »Und den Rest?«

Marika zog eine Grimasse. »Seit der Geburt nervt er mich einfach nur. Ich meine, es ist alles so unfair! Kai hat zu Romy nichts beigetragen außer einem netten, kleinen Orgasmus.«

Ihr Vater, der wieder im Haus aufgetaucht war, räusperte sich umständlich. »Kann mich mal jemand abhören? Ich muss noch Text lernen für das Theaterstück.«

»Und ich hab dieses gesamte Wesen hier hergestellt. Mit meinem eigenen Körper. Warum Frauen noch nicht die Weltherrschaft an sich gerissen haben, bleibt mir ein Rätsel.«

Oskar legte seine abgeleckten Plätzchen zurück auf den Teller.

»Ich kann dir sagen, warum.« Ihre Mutter wühlte noch immer in den Kartons herum. »Wegen der Frauenleiden. Nach so einer Geburt ist man doch total kaputt. Verspannte Scheideneingänge. Hämorrhoiden. Der Beckenboden tröpfelt. Dammrisse. Milchbläschen!«

»Marianne!« Ihr Vater lief pink an.

Jonas lachte. »Was ist denn mit dir los, Mama?«

»Ist doch wahr! Deshalb glaube ich auch, dass Gott eben doch keine Frau ist, sondern ein grantiger Mann, wie gehabt.«

Billy öffnete die Bäckereitüte und verteilte Faschingskrapfen, dann setzte sie sich einen Lampenschirm auf den Kopf, den auch jemand nach oben geschafft hatte. Eine Kordel baumelte um ihr Kinn. »Ich geh als Lampe.«

»Oh, dann macht Jonas sicher ne Motte«, sagte Marika.

»Haha.« Jonas warf ihr einen Jutebeutel zu. »Und dein Kind kann sich als Nikolaussack verkleiden, du Witzbold.«

»Ich hab jedenfalls schon einige meiner Sachen dabei, ich dachte, ich kann gleich bleiben. Nur als … Urlaub. Kai versteht das.« Marika hob einen flauschigen weißen Pulli aus der Truhe. »Willst du mein Schneeflöckchen sein, Romy?«

Ihre Mutter riss die Tür auf, ein Schwall frostiger Luft stob in den Raum. Sie warf ein paar Plastiktüten nach draußen. Dann stand sie in der offenen Tür, die Arme in die Seiten gestemmt.

»Du kannst nicht einziehen, Käferchen, das Haus ist verkauft!«

»Was?!« Jonas verschluckte sich an seinem Krapfen.

»Wie, das Haus ist verkauft? Ich dachte, es geht dir nur ums Kümmern, und wenn ich hier wohne, dann kümmert sich ja jemand«, sagte Marika. »Nämlich ich.«

»Ich wohne übrigens auch hier«, sagte Jonas. »Du hast allen Ernstes verkauft, ohne uns zu fragen?« Etwas Marmelade aus einem Krapfen klebte an seinem nun so glattrasierten Kinn.

Cecilia starrte ihre Mutter an. »Ich dachte, das sind nur Interessenten?!«

»Na ja.« Mama räusperte sich. »Ich war beim Notar … Es ist alles geregelt, ihr müsst gar nichts machen, nur noch ein bisschen…«

»Wann waren die denn bitte da?«, fragte ihr Bruder, der leicht kieksig klang. »Ich wohne hier!«

»Du bist ja auch manchmal arbeiten«, sagte Mama. »Du warst in der Schule.«

»Aha«, sagte Jonas und wischte etwas Marmelade von seinem Ninja-Anzug.

»Ich hab euch schon im Herbst gesagt, es kommt weg.« Ihre Mutter schien die Schultern zu straffen. »Es ist meins, ich kann damit machen, was ich will. Ich kann das allein entscheiden. Ich bin euch nichts schuldig.«

»Unglaublich«, sagte Marika.

Cecilia nahm sich eine Tasse Tee, der mit Apfelsaft immerhin tatsächlich beinahe wie Punsch schmeckte.

»Und das findest du gut so?«, sagte Marika. »Du stellst uns einfach vor vollendete Tatsachen?«

»So ist es. Die neuen Besitzer kommen später mal vorbei. Mit ihrem Architekten.« Ihre Mutter verschwand wieder im Keller.

»Architekt?!« Marikas Stimme bebte.

»Sie ist verrückt geworden«, sagte Jonas. »Wo soll ich jetzt bitte hin?«

»Wenn du das mit meiner Mutter nicht verkackt hättest, würde ich ja sagen, zu uns, aber …« Der Nachbarsjunge zuckte die Schultern.

»Otis!«, sagte Billy.

Jonas wurde rot. Seit der Bart ab war, konnte man seine Gemütswandlungen viel besser erkennen. Cecilia fragte sich, ob er das wirklich wichtiger fand als die Tatsache, dass die Heimat ihrer schönsten Kindheitserinnerungen einfach weg sein würde. Verkauft an irgendwelche Fremden.

Ihr Bruder biss in seinen Krapfen. »Ich dachte, wenn ich mal alt bin, kann ich wieder hier wohnen.«

»Du bist doch längst alt«, sagte Otis und duckte sich, weil Jonas ein Kissen nach ihm warf. »Sorry, der Witz hat sich angeboten.«

Cecilias Handy pingte: *Bei jedem Zombieangriff wärst du meine unbesiegbare Axt.* Ein poetischer Per-Olov, wie originell. Und was sollte das überhaupt heißen?

Der Teller vor ihr war voller abgeleckter, eingespeichelter Plätzchenreste. Cecilias kleiner Dinosaurier auf ihrem Schoß knurrte und fauchte, roch nach Shampoo und Staub, ein paar Spinnweben aus dem Keller hingen in seinem Haar; sie zupfte sie ab. Er streckte ihr eine Faust mit einem matschigen Plätzchen hin, und sie aß es.

»Feiert ihr unser letztes Weihnachten mit uns?«, fragte Jonas an Billy gewandt. »Oder Fasching? Karneval? Fasch-nachten. Nein, warte, das klingt falsch. Weihn-ing. Karne-nachten? Weih-neval?«

»Ich dachte, du bist wieder mit Julia zusammen«, sagte Marika.

»Ich hab nicht … Also wir … Da war nichts«, sagte Jonas und wurde noch röter.

»Oh!«, rief ihr Vater. »Wie schön! Kommt Julia dann auch?«

»Nein! Natürlich nicht. Wir mussten was abschließen. Aus nostalgischen Gründen.«

»Ach komm, du hast doch gehofft, dass das wieder was wird«, sagte Otis. Billy suchte angestrengt nach einem Teller für den letzten Krapfen aus der Bäckereitüte.

»Gar nicht.«

»Er denkt einfach nicht nach«, sagte Marika zu Billy. »So war er schon immer. Mein großer Bruder ist einfach nie erwachsen geworden.«

»Aber du, oder was?«, sagte Jonas.

»Ich bin immerhin Mutter.«

»Und verlobt.« Cecilia nickte in Richtung des pinken Plastikrings an Marikas Hand.

»So in etwa«, sagte ihre Schwester.

»Und ich hab bald meine Scheidungspapiere unterschrieben, habe eine neue Wohnung, war dieses Schuljahr noch keinen einzigen Tag krankgeschrieben und bringe täglich Kindern wichtige Grundlagen des Lebens bei.«

»Lesen, schreiben, rumgammeln?«, fragte Marika, und Jonas streckte ihr die Zunge raus.

Cecilia klammerte ihre Finger um die abgekühlte Teetasse. Ein herber, pelziger Nachgeschmack bildete sich in ihrem Mund. Die gemütliche Tee-Punsch-Plätzchen-Atmosphäre war dahin. Kerzen fehlten, das Licht, die Behaglichkeit. Und bald auch das Haus. Die Ritterburg, verkauft. Weg. Hatten das alle schon wieder vergessen?

»Es ist doch nicht unser letztes Weihnachten«, sagte ihre Mutter. »Nur das letzte ... hier.«

»Es fühlt sich aber so an«, sagte Jonas. »Wo sollen wir sonst feiern? Wir passen nie alle in eure Wohnung ... Oh! Was macht ihr damit? Wer von euch behält sie?«

Wie machte man einen Notartermin rückgängig? Per-Olov würde so etwas wissen. Aber Per-Olov konnte sie nicht anrufen, weil sie nicht mit Per-Olov sprach.

Marika machte ein quiekendes Geräusch. »Scheiße, Mama, echt.«

Romy fing an zu meckern, weil ihr die Brustwarze aus dem Mund gerutscht war.

Cecilias Mutter nahm einen Strohhut und ein Hawaii-Hemd aus der Kiste, zog das Hemd über den Kopf und setzte den Hut auf. »Ich übe schon mal für Bali. Und gehe als Touristin. Und du, Sisi?«

Zwischen Seidennegligés und schwarzen Vampirumhängen fischte Cecilia einen korallenfarbenen Rock, ein bräunliches, fließendes Oberteil und einen knallroten Schal heraus.

»Als Gebärmutterschleimhaut«, sagte sie.

KIPFERL-KATASTROPHE

Liebe Doro, es ist schön hier, aber das weißt du ja. Die Wohnung ist lichtdurchflutet und leer, so ganz anders als das verwinkelte, dunkle Sommerhaus mit all dem Krempel, und als die halb renovierte Wohnung mit ihrem Staub und ihren Abdeckplanen. Wie ich es hasse, die Windelkartons und Spielzeugautobahnen, Unmengen von Legoklötzchen und ausgeleierten Kassetten. Der Lärm und das Chaos, das fehlt nicht.

Ich gehe viel spazieren, ich esse Croissants und trinke riesige Becher Milchkaffee in allen Cafés der Stadt. Ich höre all die Oldie-Kassetten, die Dirk mir dagelassen hat. Nur die Beatles lasse ich aus. Ich sitze in der Küche und stelle mir vor, ich bin die Besitzerin dieser Wohnung, wie heißt sie noch? Die Professorin? Ich gebe Vorlesungen über Soziologie, Studierende recken mir die Hände entgegen, ich trage einen Blazer, der keine Babykotzeflecken hat, mein Gehirn funktioniert einwandfrei, ich schreibe lange, wissenschaftliche Artikel und halte Vorträge vor interessierten Kollegen. Das sind meine Fantasien, Doro, rein akademischer Art. Ich finde es selbst zum Schießen.

Aus dem Keller hörte man leise ihre Eltern streiten, als wäre es 1995. Ab und an kam ihr Vater mit Kisten voller Kram nach oben, die er dann in sein Wohnmobil trug, ihre Mutter brachte vollgestopfte, schwarze Müllbeutel. Papa hatte einen Neoprenanzug gefunden und verkleidete sich als Apnoe-Taucher, und Mama in ihrem Hawaii-Hemd sah ebenfalls ziemlich dämlich aus. Marika hatte den Bart angelegt und Romy unter den Nikolaus-Mantel gesteckt. Kung-Fu-Bär Jonas und Billy saßen auf dem Sofa, tranken den Glühwein, den die Nachbarin mitgebracht hatte, und entwirrten einen Haufen Lichterketten, die mysteriöserweise schon wieder verheddert waren. Sie bekamen rote Wangen und Nasen und kicherten wie angetrunkene Teenager. Otis, der eine kurze Lederhose aus der Verkleidungskiste über seiner Jeans trug, half Cecilia mit dem Ausstechen der Bratäpfel. Draußen wurde es fast schon wieder dunkel. Januar und Februar waren die schlimmsten zwei Monate, zwei, die man am besten aus dem Kalender streichen sollte. Cecilia seufzte. Positiver Gedanke: Umso heimeliger war es hier im Haus. Die Sommerhaus-Wohnküche warm und behaglich, der Kachelofen bullerte, es roch nach frischen Holzscheiten, Lavendel und Hagebutten-Tee.

Cecilia holte einen Teigklumpen aus dem Kühlschrank, den sie zu Hause vorbereitet hatte, und versuchte, das gefrorene Teil auszurollen. Es klappte nicht. Vanillekipferl-Teig war immer entweder steinhart oder viel zu weich. Man hatte allenfalls zwei Minuten, in denen er okay war.

»Oh!« Jonas sprang auf und kippte ein wenig Glühwein auf seine Bären-Beine. »Ich wollte euch ja noch was zeigen. Sisi, du hast doch den Kassettenrekorder dabei?«

»Ist in meinem Zimmer.« Oskars kleines, buntes Plastikteil mit Mikrofon dran.

»Okay, wartet.«

Jonas verschwand im oberen Stockwerk, Cecilia ließ den Teig wärmer werden, polierte stattdessen die übrigen Gläser, die im Schrank standen, ein paar Teller und Suppenschüsseln. Das gute Geschirr war weg; ihre Mutter hatte es verkauft, und Stoffservietten gab es auch nicht mehr, für das Festessen würden sie noch Papierservietten vom Supermarkt holen müssen. Billy stapelte Bauklötzchen auf dem Couchtisch, die Oskar glucksend wieder einwarf.

Jonas kam zurück und schloss die Kellertür. »Die Eisschachtel«, sagte er leise.

»Die mit den Fotos?«, sagte Marika.

»Ja! Und den Kassetten. Ich hab mir das in der Schule schon angehört. Da gibt's noch so Relikte wie Kassettenrekorder.«

Wie ein Zauberer zog er den kleinen Rekorder sowie ein Tonband mit einem Label der Beatles drauf hinter seinem Rücken hervor.

Marika wischte etwas von Romys Backe. »Oh, toll, Jonas, ich wollte schon immer mal die Beatles in schlechter Qualität hören.«

Oskar schmiss seinen Bauklotz-Turm ein und johlte.

»Nee, nee.« Jonas klickte auf »Play«. »Sie hat was aufgenommen.« Eine ganze Zeit lang rauschte es. »Wartet mal.« Ihr Bruder spulte ein Stück vor und wieder zurück, hin- und her, bis er den Anfang gefunden hatte.

»Kinder«, sagte ihre Mutter, die jung und kratzig klang. Ihre Stimme eierte ein wenig, ein ausgeleiertes Band. »Ihr fehlt mir. Wie verrückt. Ich fühle mich wie eine … wirklich schlechte Mutter. Aber …«, Mama räusperte sich, »… das wäre ich auch, wenn ich da wäre. Ich weiß, ich genüge euch nicht, und ich genüge auch mir nicht, es ist …« Ihre Mutter stockte, im Hintergrund hörte man eine Radioansage, und die Aufnahme brach ab.

»Wow, oder?«

»Na ja, sie war halt im Krankenhaus«, sagte Cecilia und stand auf, widmete sich wieder dem Teig. »Das wissen wir doch. Sie hatte dieses verschleppte Drüsenfieber.«

Marika schien aufzuatmen. »Ich dachte, sie bestätigt, dass …«

»Das im Radio …«, Jonas spulte wieder. Anscheinend kam er sich vor wie einer der Drei Fragezeichen, »… klingt eindeutig Französisch. Wieso sollte Mama in Frankreich ins Krankenhaus kommen, Sisi? Das passt doch nicht zusammen.«

»Die Postkarten aus der Schachtel«, sagte Marika, und deutete auf die Eisbox, die neben dem Rekorder stand. »Da ist überall die Côte d'Azur drauf.«

Cecilia knetete den Vanillekipferlteig und formte kleine Halbmonde. Oskar tauchte neben ihr auf und streckte die Arme nach ihr aus. »Meint ihr nicht, wir haben wichtigere Probleme als das? Ich meine, sollten wir nicht was unternehmen, um das Haus zurückzubekommen? Ich kann dich gerade nicht hochnehmen, Ossi, meine Hände sind voller Teig.«

»Interessant ist es ja schon«, sagte Marika.

»Fragt sie doch einfach«, sagte Cecilia. »Mama ist im Keller.«

»Fragt mich was?«, sagte ihre Mutter, die einen Karton nach oben schleppte. Sie versuchte, sich mit dem Ellenbogen eine verschwitzte Haarsträhne aus der Stirn zu wischen.

»Warum du ohne uns am Meer warst«, sagte Marika, »in Marseille.«

Ihre Mutter schleppte den Karton bis in die Küche und ließ ihn fallen. Er landete dumpf und schwer neben der Küchenanrichte. Sie schob sich die Haarsträhne aus der Stirn. »Marseille? Da waren wir doch mal im Urlaub.«

Oskar kletterte auf den Karton, und versuchte, sich an der Küchenzeile hochzuziehen.

»Ossi, nicht …«, fing Cecilia an, aber es war zu spät. Zum Festhalten erwischte er das Blech, und bevor Cecilia etwas tun konnte, segelten alle Vanillekipferl von der Anrichte.

»Nein!«

Das Blech schepperte auf den Boden und begrub die weichen Halbmonde unter sich. »Oh!« Oskar machte eine niedliche Geste des Erstaunens, kletterte von der Kellerkiste, setzte sich auf den Boden und zermatschte die mühsam geformten Plätzchen mit beiden Händen. Cecilia riss ihm die Teigbatzen aus der Hand.

»Oskar, nein! Die wollten wir … Hände waschen, du bist total voll!« Sie merkte, wie ihre Stimme flackerte, und schluckte ein paarmal hart.

»Ich kann welche kaufen gehen.« Jonas zuckte die Achseln. »Ist nicht so wild.«

»Es gibt doch jetzt keine Plätzchen mehr zu kaufen«, sagte Cecilia. »Und außerdem schmecken die nicht wie Selbstgemachte. Das liegt am Vanillearoma, das ist immer künstlich, dieser Teig war mit echter Vanille gemacht.«

»Ach, scheiß doch auf die Kipferl!«, sagte ihr Vater, der in der Kellertür aufgetaucht war. »Es ist eh schon Februar, niemand hat mehr Lust auf …« Mama, Jonas und Marika sahen ihn warnend an, und er verstummte.

»Wir wollten doch Weihnachten feiern!«, sagte Cecilia. Am Boden aß Oskar die rohe Teigmasse. Sie packte ihren Sohn grob am Arm, bog seine Finger auf, um ihm den Teigklumpen abzunehmen. Oskar brüllte los, und sie bekam ein schlechtes Gewissen. Sie war doch keine Mutter, die Finger aufbog. »Ich weiß, dass du dich ärgerst, Oskar, aber da sind rohe Eier drin, dir wird schlecht.«

»Es wird auch ohne Vanillekipferl ein tolles Fest, Sisi«, sagte ihre Mutter.

»Ach ja?« Wurde man so gelassen, wenn man eine dreimonatige Auszeit auf Bali in Aussicht hatte? Wenn man sich von seinem Mann trennte? Wenn man den einzigen Fixpunkt seiner Familie aufgab, ohne etwas zu sagen?

Oskar sträubte sich, rollte sich auf den Bauch und stopfte sich die letzten Reste Vanillekipferlmasse in den Mund. Cecilia versuchte, ihr kreischendes Kind zu übertönen. »Mach den Mund auf. Gib. Mir. Den. Teig, verdammt!« Er warf sich nach hinten und schlug mit dem Kopf gegen die Küchenzeile. Romy, die an Marikas Brust eingeschlafen war, wachte auf und fing an zu plärren. Oskar wimmerte: »Aua! Aua!« Tränen flossen über seine teigverklebten Wangen.

»Oh Gott.« Cecilia sprang vor. »Tut mir leid, mein Schatz, ich …«

»Es gibt doch sogar Cookie Dough zu kaufen!«, mischte sich Marika ein, und hob, sehr weihnachtsmannmäßig, den Zeigefinger.

»Scht, Romy, scht, die Tante kriegt sich gleich wieder ein.«

Cecilias Blick fiel auf den ewigen Kalender mit der Löwenmutter. Sie versuchte, tief durchzuatmen. Positive Gedanken ein – *Kerzenschein, Weihrauchduft, ein Lächeln ihres Sohnes,* negative aus – *Cookie Dough, Chaos, künstliches Vanillearoma.* Erst die eigene Wut regulieren, dann die des Kindes. Oskar fuchtelte mit den Armen in ihre Richtung und erwischte sie mit spitzen Fingernägeln an der Wange. Es brannte; sie musste wirklich seine Nägel schneiden.

»Ich fahre zu Aldi«, sagte ihr Bruder in den Tumult hinein. »Braucht sonst noch jemand was?«

»Ich will keine gekauften Vanillekipferl!« Cecilia vergaß, bei welchem positiven Gedanken sie war. *Teigklumpen aus, Oskarlächeln ein …*

»Das ist doch wirklich kein Weltuntergang.« Ihre Mutter nahm ihr den strampelnden Oskar aus den Armen und wiegte ihn sanft hin und her. »Wenn ihr wüsstet, was ihr alles aus Versehen gegessen habt! Ossi, mein Schatz, hier, nimm den Rest, das ist auch schon egal.«

»Mama, du untergräbst doch total meine Autorität, du kannst doch nicht … Oskar, gib mir …« Oskar biss ihr in den Finger, und Cecilia schrie auf. Jonas sah aus, als würde er ein Lachen unterdrücken.

»Der Opa geht mit dir raus, und alle beruhigen sich. So.« Ihr Vater nahm ihrer Mutter das strampelnde Kleinkind ab und verschwand mit ihm im Garten.

»Eine Jacke!«, rief Cecilia ihm nach. »Es ist saukalt.«

»Wieso hängst du denn so an diesem blöden Weihnachtsfest?«, fragte ihre Schwester.

»Es war ausgemacht.« Cecilia schämte sich für ihre brüchige Stimme. »Ein letztes, schönes Fest.«

»Reg dich ab«, sagte Jonas.

»Aber …«

»Hier, nimm Romy, zur Beruhigung«, sagte Marika und reichte ihr das Baby. Cecilia legte es über ihre Schulter und tätschelte ihm den Rücken. Der kleine warme Körper, der typische Babygeruch. Dieses perfekte, winzige Menschlein.

Romy hickste und spuckte einen Schwall schleimige, weiße Babykotze auf Cecilias Schulter.

»Huch.«

»Ach herrje«, sagte Marika. »Sie spuckt sonst nie. Sie ist kein Spuckkind. Das muss an dir liegen. Du bist so gestresst, da wird sogar mein tiefenentspanntes Kind unruhig.«

Cecilia gab ihr das Baby zurück. »Sie hat Koliken«, sagte sie. »Hast du es mal mit Kümmelöl probiert?«

Marika federte Romy sanft auf ihren Knien. »Sie hat einmal kurz gekotzt, Sisi, bleib locker.«

»Ich will ja nur helfen.« Cecilia versuchte, sich an ihre positiven Gedanken zu erinnern (*Lachsbrötchen, weiße Dahlien, wie Oskar aussah, wenn er schlief*). »Ich meine es gut!«

»Und gut gemeint ist das Gegenteil von gut gemacht, hat dir das schon mal jemand gesagt?«

Cecilia klappte den Mund auf und dann wieder zu. Sie wischte an dem weißen Fleck auf ihrem bescheuerten Kostüm herum.

Tschörvin kam angetrottet und fraß in aller Seelenruhe die restlichen ungebackenen Vanillekipferl, die Oskar nicht erwischt hatte.

»Pfui, John Irving!«, sagte ihre Mutter.

EINE DYSFUNKTIONALE REGENJACKE

Ich weiß, das war superschnell, aber, Riki, so ist das, wenn es klickt im Leben! Wir können ja noch feiern, so ganz traditionell, in Weiß ... Oder nicht in Weiß, du bist schön in jeder Farbe. Ja, ich bin am Gate, aber drei Stunden zu früh dran. Vorsicht ist die Mutter aller Porzellankisten. Jedenfalls wird mein Telefon für ungefähr acht Stunden im Flugmodus sein, aber dann bin ich sofort wieder erreichbar und ... Ja, ich weiß, dass es noch fast fünf Wochen hin sind. Aber ich will trotzdem wissen, wie es meiner ... Was meinst du, ich soll das Wort nicht sagen, das bist du doch! Nein, ich finde nicht, dass es klingt wie aus den Fünfzigern. Auch nicht, als wärst du mein Besitz. Ich finde das schön. Wir sind jetzt eine Familie.

Jemand – vermutlich ihr neuer Kung-Fu-Bruder – hatte die sonst so verkalkte grüne Badewanne geschrubbt. Sogar eine Kerze stand am Kopfende, inklusive eines Feuerzeugs, und eines nach Lavendel duftenden Badezusatzes. Cecilia ließ Wasser einlaufen, das Ewigkeiten brauchte, um warm zu werden, genau wie die Wanne selbst, die kalt an ihrem Rücken war, als sie sich hineingleiten ließ. Konnte man sich in einer heißen Badewanne eine Blasenentzündung holen?

Cecilia zündete die Kerze an. Ihr Kopf schmerzte. Es lief alles so schief, nicht nur dieses Wochenende, seit Monaten schon lief nichts wie geplant. Eigentlich schon seit Oskars Geburt. Dieses absolute Wunschkind, das viel zu spät sprach und viel zu viel biss und das die Ehe seiner Eltern auch nicht retten konnte. Gleichberechtigung, ha!

»Fifty-fifty ist in Schweden ganz normal, natürlich teilen wir uns die Care-Arbeit, Ceci!«

Nur, dass sie keine Stelle in Stockholm annehmen konnte, einfach mal so.

»Ist ja nur für ein, zwei Blockseminare, und auch nur für kurze Zeit, du wirst kaum merken, dass ich weg bin, Ceci.«

Wenn er anrief, erklang im Hintergrund Gläserklirren, Lachen und Smalltalk, als wäre Stockholm eine einzige After-Work-Party.

Cecilia betrachtete ihren weichen Körper im Wasser. Weiße Streifen, schlaffe Haut, der Bauchnabel viel größer als vor Oskar. (Nur die Zeitrechnung *vor Oskar* und *nach Oskar* zählte.) Alle meckerten immer herum deswegen, aber es war so ziemlich das Einzige, was Cecilia nicht störte an ihrer Mutterschaft. Ihrem Körper durfte man ja wohl ansehen, was er geleistet hatte. Alles andere war nur male gaze. Und den hatte sie mehr als satt.

Ihr Handy pingte. *Smartes Ziel: In zwei Wochen mal wieder einen echt blutrünstigen Horrorfilm mit dir schauen, wie früher, eingekuschelt auf dem Sofa.*

»Wenn du vorher Oskar ins Bett bringst, gern …«, murmelte sie und legte das Telefon weg.

Marika stürmte herein, ohne zu klopfen; natürlich ließ sich die Tür nicht abschließen. Sie hatte den Nikolaus-Bart auf ihre Stirn geschoben wie eine Sonnenbrille, wo er halb über ihrem Kopf hing, als hätte sie silbergelocktes Haar.

»Es tut mir leid«, sagte ihre kleine Schwester. »Aber du musst zugeben, dass du wirklich immer alles besser weißt. Schon immer.«

»Entschuldigungen mit ›aber‹ sind keine richtigen Entschuldigungen.« Cecilia senkte die Lippen ins Wasser und blubberte Blasen.

»Okay«, sagte Marika. »Du hast es gut gemeint. Und ich habe vielleicht etwas überreagiert. Aber …«

Cecilia hob einen Finger aus dem Wasser. »Ah!«

Die Kleine streckte ihr die Zunge raus.

»Wie geht es Kai?« Cecilia deutete auf den blöden Verlobungsring. War das wieder hip, sich verloben? Per-Olov und sie hatten damals einfach beschlossen, dass es finanziell besser sei, zu heiraten, und waren ins Standesamt marschiert. Ihre Scheidung würde genauso unromantisch werden wie ihre Hochzeit. Vernünftig, das waren sie alle beide. Man könnte auch sagen, langweilig. Ihr Ehemann war manchmal gähnend langweilig. Gegensätze zogen sich an, gleichgepolte Menschen dagegen dümpelten nebeneinander her, bis sie sich abstießen, nie wirklich nah und nie wirklich …

»Äh, ja, gut, nehme ich an.« Marika spielte mit einem Bändel an ihrem Pullover herum, kaute darauf herum wie eine Vierjährige.

»Ihr habt euch getrennt«, sagte Cecilia.

»Nein …«

»Also heiratest du ihn?«

»Hab ich schon …«

»Was?!« Cecilia hob den Kopf; ein wenig Wasser schwappte über den Rand der Wanne.

»War spontan.«

»Rika, meine Güte. Wann denn?«

»Kurz vor Romys Geburt. So eine Art Torschlusspanik oder so. Weiß auch nicht. Das war vermutlich ein bisschen schnell. Ich denke, ich mach das rückgängig.«

»Kann man das denn so einfach?«

»Keine Ahnung. Wird schon gehen.«

»Oh, Riki.«

»Was? Manchmal ist eben nicht alles schwarz und weiß. Und das ist genau das, was ich meine!«

»Was?«

»Du bevormundest mich einfach schon mein ganzes Leben lang! Ich bin erwachsen, Sisi.«

»Ich hab gar nichts …«

»Ach, allein dein Blick gerade! Du bist schlimmer als unsere Eltern.«

War sie das? Cecilia schob den Kopf unter Wasser und schaute an die Wasseroberfläche über ihr. Eine verschwommene, wabernde Schwester. Ihre Augen brannten im öligen Bad. Als ihr die Luft ausging, tauchte sie schnaubend wieder auf.

»Es nervt einfach, dass alles immer perfekt sein muss. Weil das Leben nicht perfekt ist, Sisi. Nie! Auch wenn du noch so viel echte Vanille drüber schüttest. Was hast du gegen Vanillearoma? Vanillepudding schmeckt doch auch gut.«

»Am besten ist der mit Bourbon-Vanille. Also auch mit echter …«

»Ach, du weißt doch, was ich sagen will.«

Cecilia prustete ins Badewasser. Sie hasste diesen überkritischen Antreiber in ihrem Kopf ja genauso wie alle anderen. Die hohen Ansprüche. Die Perfektion. Aber abstellen konnte sie ihn deshalb trotzdem nicht.

»Weißt du, Riki, du bist nach Berlin gezogen und erwachsen geworden. Und ich bin irgendwo gelandet, wo …«

»Du findest, ich bin erwachsen? Wieso sagst du mir dann bei jeder Gelegenheit …«

»Richtig erwachsen. Alles, was ich dir sage, sind Tipps. Mein Gott, ich versuche, hilfreich zu sein.«

Marika stippte einen Finger in Cecilias Ölbad. Sie nahm eine Handvoll Wasser und träufelte sie über ihren Unterarm. »Und wo bist du gelandet?«

Cecilia deutete vage um sich herum.

»…?«

»Irgendwo, wo ich gar nicht hinwill, obwohl ich immer alles richtig gemacht hab im Leben.«

»Vermeintlich.«

»Vermeintlich.« Cecilia ließ noch etwas heißes Wasser nach; es kühlte unwahrscheinlich schnell aus.

»Für wen richtig, Sisi? Für dich oder für … Mama? Papa? Per-Olov? Irgendein gesellschaftliches Ideal?«

»Was?«

»Na ja, alles muss immer genauso laufen, wie du es dir vorstellst. Weil du am besten weißt, was gut für uns ist. Aber ich hab manchmal den Eindruck, du willst, dass alle genau das Gleiche wollen wie du, damit du es gleichzeitig allen recht machen kannst. Was würdest du denn wollen, wenn dir das wurscht wäre?«

Cecilia tunkte den Hinterkopf ins Wasser, strich sich die öligen Haare aus dem Gesicht.

»Das stimmt doch gar nicht.«

Sie war doch die Meisterplanerin. Sie war diejenige, die alles organisierte, Familientreffen und Kindergeburtstage, diejenige, die man fragte, was man XY zum Geburtstag schenken sollte, weil sie immer wusste, was jemand brauchte, sogar Papa, der nie irgendetwas brauchte. Sie war diejenige, die alles im Griff hatte. Oder?

Unten schrie Oskar einen gellenden Ton, der nicht mehr aufhörte, es trampelte, und jemand hämmerte gegen die Tür.

»Sisi?«, das war ihr Bruder, »er will unbedingt zu dir.«

Die Tür sprang auf. Oskar, einen Spielzeugradlader in den Händen, schob sich an Marika vorbei. Jonas drehte direkt um und war wieder weg.

»Brumm-brumm!«, rief das Kind und ließ das Baufahrzeug auf dem Badewannenrand hin- und herfahren, stellte sich auf Zehenspitzen, der Radlader kurvte Cecilias Arm entlang, platschte ins Wasser, es spritzte. Cecilia pustete die Kerze aus.

»Weißt du, vielleicht bin ja gar nicht ich diejenige, die Hilfe braucht«, sagte Marika. »Vielleicht bin ja gar nicht ich die dysfunktionale Person in dieser Familie.«

»Dysfunktional?« Cecilia fischte den Radlader aus dem öligen Wasser. »Was meinst du bitte mit dysfunktional?«

»Bäh«, machte Oskar. »Bäh, bäh, bäh!«

»Keine Ahnung. Es ist nur …«

»Also, Riki, wenn ich nicht funktional bin, dann weiß ich auch nicht. Ich bin eine verdammte Regenjacke.«

Ohne es zu wollen, musste sie lachen. Marika lachte mit.

»Ich mein das ja gar nicht böse. Aber ich würde da mal drüber nachdenken«, sagte ihre Schwester in einem weisen Tonfall, der nicht zum kleinen Käferchen passte, und verließ den Raum.

Cecilia betrachtete die Tür, durch die Marika verschwunden war.

»Arschgeige. Ossi, sag mal: Arsch-gei-ge.«

Weil sie weder Handtuch noch Klamotten mit ins Bad genommen hatte, zog Cecilia ihr vollgespucktes Gebärmutterschleimhaut-Kostüm wieder an, als sie gefühlte fünf Minuten später die Wanne verließ. (Es entspannte sich nicht so gut mit brummenden Baustellenfahrzeugen, die gegen ihre Schläfe donnerten.)

»Bist du müde?«, fragte sie Oskar und schob ihn in ihr Zimmer.

»Nein, nein!«

Cecilia schämte sich ein bisschen, wie sehr sie sich über all seine mühsam erkämpften Schläfchen freute. Ein paar Minuten Zeit zum Denken. Nicht zum Nachdenken, so viel erwartete sie ja gar nicht, sondern einfach zum Denken. Ein, zwei durchschnittlich intelligente Gedanken am Tag, mehr war nicht drin.

Wieder wurde die Tür mit einem Knall aufgestoßen.

»Die neuen Besitzer sind da!«, rief ihre Mutter. »Ich weiß, wir sind alle überlastet, aber Sisi, bitte reiß dich kurz zusammen, wir wollen doch einen guten Eindruck machen!«

Fast hätte Cecilia gelacht. Reiß dich zusammen? Sie war der Inbegriff des Zusammengerissenseins, so sehr, dass sie beinahe schon

zer-rissen war. Trotzdem nickte sie (den Gedankengang ihrer kleinen Schwester im Kopf) und suchte nach etwas Sauberem zum Anziehen. Es war ein einziges Wochenende, und es würde schön werden. Startschwierigkeiten gab es doch immer. Oskar hängte sich an
ihre Wade, begann wieder zu schreien. Sie setzte ein freundliches
Gesicht auf.

Ein junges Paar kam die Treppe herauf, den Kopf leicht geduckt,
als wären sie in einer Höhle, dabei war die Decke fast normal hoch.
Hinter ihnen ein geschäftig wirkender Mann mit Bauplänen ihm
Arm, die er im Gehen zusammenfaltete. »Und diese Wand kommt
weg, da machen wir dann den Anbau hin, in Richtung Badeteich
natürlich.«

»Das wird so schön!«, sagte die Frau.

»Hallo.« Cecilia tat so, als wäre der brüllende Oskar nicht vorhanden, oder zumindest nicht am Brüllen.

»Hi.« Die Frau war schwanger, sah aber aus wie Hollywoodstars,
wenn sie schwanger waren: Superdünn bis auf den Bauch, die Haare
voll und glänzend, die Wangen leicht gerötet. Cecilia kratzte einen
besonders weißen Spuckefleck von ihrem Outfit und tätschelte mit
der anderen Hand den Kopf ihres schreienden Sohnes.

Oskar rief: »La-lader! La-lader!«

»Die Fenster werden natürlich auch vergrößert«, sagte der Architekt. Cecilias Handy klingelte, sie schob sich zusammen mit dem
Klumpfuß, an dem ihr Kind hing, aus dem Zimmer. Per-Olov.

»Ich kann grad nicht«, zischte sie ins Handy. Warum sie ranging,
wusste sie nicht. Gewohnheit.

»Dir auch einen guten Tag«, sagte Per-Olov.

»Was ist?«

»Was ist?! Ich hab deine ›Post‹ bekommen, Cecilia! Wir sollten
besprechen …«

»Wir? Auf einmal sind wir ein ›Wir‹?!« Sie versuchte, ihrer

Sprechweise einen freundlicheren Klang zu geben, aber es klappte nicht. Oskar hatte aufgehört zu plärren und schmiegte still seine Wange an ihr Schienbein. Er merkte immer, wenn sie Streit hatten.

»Ich ruf dich immerzu an, du bist hier diejenige, die sich aufführt wie eine …« Per-Olov holte Luft. »… wie eine Irre!«

Als Oskar sehr klein gewesen war und ihre Nächte zugegebenermaßen noch kürzer als zurzeit, hatte Per-Olov eines Tages verkündet, er sei nur deshalb so müde, weil er ja mit ihnen beiden ins Bett gehe und dann zwölf Stunden durchschlafe. »Ich schlafe einfach zu viel«, hatte er gesagt. Ihr waren reflexartig mehrere Arten, ihn still und leise zu ermorden, durch den Kopf geschossen.

Das passierte nun wieder.

»Du wolltest doch längst in Stockholm sein«, sagte sie. »Du solltest den Brief erst am Montag finden.«

»Ach so?! Du wolltest dich also erst am Montag von mir scheiden lassen? Ohne vorher mal mit mir zu reden?!«

Freundlicher Klang, ermahnte sich Cecilia. »Ich wollte dieses eine Wochenende gemütlich mit meiner Familie verbringen, du wärst spät gekommen, so wie immer, ich versuche außerdem seit Monaten, mit dir zu sprechen, aber du nimmst nichts, was ich sage, ernst, also …« Sie ließ den Satz ausklingen.

»Also rufst du einfach mal den Scheidungsanwalt an. Aha.« Per-Olov atmete heftig aus und schwieg kurz. Im Hintergrund sagte jemand etwas, und P-O antwortete auf Schwedisch. Es klang wie: »Schönes Wochenende.«

»Das ist unfair, Cecilia«, sagte er dann.

»Das Leben ist eben unfair«, sagte sie. Unfair war, dass alles an ihr hängen blieb. Sie machte den Großteil von einfach allem, und bei ihm ging alles weiter wie bisher, nur dass er ab und an ein paar Windeln einkaufen oder wechseln musste und dafür noch einen

Haufen Lob von seinen Single-Arbeitsfreunden und ihren Mami-Kind-Gruppen-Freundinnen erhielt. Was für ein toller Vater! Er wechselt eine Windel! Er kocht! Er hat ganze zwei Monate Elternzeit genommen, in denen sie dann auch noch im Urlaub waren.

Per-Olov machte ein frustriertes Geräusch.

»Ist dir denn alles egal? Was ist mit unseren Hausaufgaben von der Paartherapeutin, mit unseren Fortschritten, mit …«

»Welche Fortschritte?«

»Na ja …« Er klang tatsächlich leicht beunruhigt, ihr immer beherrschter Ehemann. »Die … also, der … Lass uns doch einfach mal ganz in Ruhe reden, Cecilia.«

»Na, aber mit einer Irren braucht man sich doch nicht zu unterhalten, oder?« Sie legte auf. Oskar blickte von unten mit feuchten Augen an ihr hoch.

»Alles gut, Spatz«, sagte sie. »Papa kommt nach.«

Das stimmte natürlich beides nicht. Es war nicht alles gut, und Papa würde nicht nachkommen, und wenn sie abreisten, würde sie anfangen müssen, für die Zeit nach ihrer Babypause einen Vollzeit-Kitaplatz für Oskar zu suchen, und Wohnungsannoncen zu lesen. Sie würde »alleinerziehend« googeln, und »Co-Parenting«. Sie würde das hinkriegen, so wie sie immer alles hinkriegte. Sie merkte, dass das gut aussehende Paar in der offenen Zimmertür stand. »Die Türen unten machen wir bodengleich, damit man mit dem Kinderwagen rein- und rausfahren kann«, sagte der Architekt hinter ihnen. Cecilia wischte eine nasse Haarsträhne aus ihrem Nacken.

»Wie alt ist er denn?« Die Frau zwinkerte Ossi zu, der an Cecilias Schienbein hing und wieder angefangen hatte, zu schreien.

»22 Monate«, sagte Cecilia.

»Süß«, sagte der Mann. »Der Jüngste?«

»Der Einzige.« Cecilias zog die Mundwinkel nach oben, angestrengt.

»Wir wollen ja mindestens vier«, sagte die Frau, über deren Gesicht kurz ein mitleidiger Blick geglitten war. »Und einen Hund!«

Cecilia lächelte höflich. Sie dachte an die Ultraschallbilder von Marika, von denen unten ein paar am Kühlschrank hingen, und an ihre eigenen, die sie zwischen ein paar Buchseiten versteckt hatte. Oskar biss ihr in die Wade. Sie versuchte, ihn abzuschütteln, aber es klappte nicht, er klammerte sich nur fester an ihr Bein.

»Ja, ein Kind ist kein Kind, oder?« Der Typ lachte, und das Paar sah sich verliebt an.

»Hmmm«, sagte Cecilia mit einem breiten Lächeln. »Haben Sie die Balken schon gesehen? Die Holzwürmer wurden schon vor Jahren ausgeräuchert. Und der Hamstergeruch im großen Zimmer lässt sich sicher total leicht übertönen, wozu gibt es Raumsprays?«

MÜDE MÜTTER

»Ja?«

»Hab ich dich geweckt? Ich wollte mal hören, wie es dir geht. Euch!«

»Gut. Gut geht es uns. Aber ich hasse Krankenhäuser! Ich glaube, die wollen auf der Station nicht, dass man schläft. Dauernd kommt jemand rein zum Fiebermessen oder sonst was. Außerdem schreit ständig irgendwo ein Baby. Und meine Zimmernachbarin schnarcht! Hörst du?«

»Oje. Daheim wird's besser, das verspreche ich, Riki. Das waren die schönsten sechs Wochen, so kurz nach Oskars Geburt, keiner wollte was von mir.«

»Außer das Baby.«

»Außer das Baby, klar. Aber das war ja auch das Einzige, was ich wollte. Mich um ihn kümmern.«

»Also, das Einzige, was ich im Moment will, ist schlafen.«

»Ja, dann mach das doch. Wenn's grad geht?«

»Geht nicht, ich bin so voll Adrenalin.«

»Gewöhn dich dran. Schlafentzug ist als Mutter ganz normal.«

»Oh, schöne Aussichten.«

»Und man fängt an, jeden zu hassen, der ohne Probleme und ohne Störung vor sich hin ratzt. Gesäuselte Einschlaf-Meditationen – ätzend! Wenn Per-Olov neben mir schnarcht – zum Kotzen!«

»Aber Romy ist schon süß, wie sie da so an meiner Brust schlummert. Ganz friedlich.«

»Niedlich, oder? Dieser selige Gesichtsausdruck, den die beim Trinken haben ...«

»Diese besabberten Lippen. Das Saugen fühlt sich allerdings echt weird an.«

»Klappt das Stillen?«

»Meistens. Ich wusste vorher gar nicht, dass das nicht klappen kann.«

»Ich hab mich viel zu viel in alles eingelesen. Mach das besser nicht, Rika.«

»What? Wer bist du und was hast du mit meiner Schwester gemacht?«

»Lass es einfach auf dich zukommen, ehrlich. Diese hormonüberladene Schonfrist ist eh bald vorbei. Dann kommen wieder alle an: ›Andere Mütter gehen schon wieder arbeiten!‹, ›Wann kannst du wieder Sex haben?‹, ›Wie lange willst du ihn noch stillen?‹ Bla bla.«

»Und diverse royale Personen haben schon zwei Tage nach der Geburt ihren Pre-Baby-Body zurück.«

»Ja! Genau. Genieß es noch ein bisschen.«

»Wieso telefonieren wir eigentlich sonst nie, Sisi?«

»Weiß nicht.«

»...«

»...«

»Warum bist du denn wach, Sisi?!«

»Ach, ich hatte gerade den Drang, meiner kleinen Schwester zu ihrer Tochter zu gratulieren.«

»Um vier Uhr morgens?!«

An den Rändern des Fensters kristallisierte Wasser, Zugluft blies unangenehm durch die kaputten Dichtungen. Das Bett knarrte, die Decke war ungemütlich verkrumpelt. Cecilia tippte auf ihr Handy, es zeigte 1.23 Uhr. Oskar wuselte herum und verteilte kleine Kinn-haken mit seinen Fersen.

»Schlaf endlich, du Monster«, zischte Cecilia ihm zu, aber er dachte gar nicht daran.

»Mamam!«, rief er und zupfte an ihrem Schlafshirt. Vermutlich bekam er einen neuen Zahn.

»Mama!«, sagte sie. »Nicht Mamam! Wäre das nicht ein Anfang?« Er war beinahe zwei Jahre alt, um Gottes willen. Was hatte sie falsch gemacht?

An seinem ersten Geburtstag wollte Cecilia wieder arbeiten gehen, aber die Eingewöhnung in die Kita missglückte – »Sie klammern zu sehr«, sagte man ihr, als sie ihr schluchzendes Kind nicht von sich wegreißen lassen wollte. Also meldete sie ihn wieder ab und ver-längerte die Elternzeit, ein Privileg, wie ihr sehr wohl bewusst war.

Scheiß auf die Krippenerzieherinnen, dachte sie jetzt, Oskars Füße in ihrem Gesicht. Zu sehr klammern, pah!

Cecilia stand auf, zog sich eine Strickjacke über, spannte sich den sehr wachen Oskar in der Trage vor ihren Bauch und verließ das Haus. Sie würde Rückenschmerzen bekommen, er war viel zu schwer, aber (sie hörte noch genau das Gelaber ihrer Hebamme) es war artgerecht, Menschenkinder waren Traglinge, und überhaupt. In ihren dicken Wollsocken schlüpfte sie in ein paar ausgelatschte Birkenstocks und schlurfte durch den nachtschwarzen Garten, an Billys Haus vorbei, am Bächlein entlang. Alles lag ruhig und fried-lich da, die kahlen Wiesen, die dunklen Bäume, das Mühlrad plät-scherte, eine Februarnacht auf dem Land. Cecilias Gedanken krei-selten um Per-Olov (»… wie eine Irre!«), um ihre Schwester (»… wenn dir alles wurscht wäre?«) und um die OP, für die sie dringend einen Termin vereinbaren musste. Sie schaffte es einfach nicht. Ihren Organspendeausweis hatte sie kurzerhand zerschnitten, aus einer abergläubischen Anwandlung heraus. Sie konnte nicht sterben, sie musste für Ossi da sein. Zurzeit weinte er weniger als noch als Baby, aber er hing an ihr wie eine Klette, sie schleppte ihn überall mit hin. Kein Wunder: Sein Vater war ein abwesender Workaholic und sie Oskars primäre Bezugsperson.

Ein leichter Kopfschmerz an den Schläfen und hinter den Augen erinnerte Cecilia daran, dass sie seit beinahe zwei Jahren nicht länger als drei Stunden am Stück geschlafen hatte. Der Bach gurgelte leise, ein paar Sterne schauten hinter wehenden Wolken hervor, ihr Atem kondensierte. Cecilia zog ihre Jacke fester um sich. Sie hatte keine Ahnung, wohin sie wollte.

Weiter hinten am Waldrand, wo die Bäume noch nicht dicht standen, glomm ein Feuerschein. Cecilia kannte den Platz – ein schmutziger Bauwagen gab ihm etwas leicht Gruseliges; Geschichten fielen ihr ein: Dort hausten angeblich Kinderfresser, Rattenmenschen, furchteinflößende Landstreicher. Scherben und Schrott lagen herum und sogar ein zerbeultes, rostiges Auto hatte jemand dort abgestellt. Cecilia ging auf das Feuer zu wie eine schlaflose Motte. Oskar nuckelte schläfrig vor sich hin.

Statt den üblichen rauchenden Jugendlichen (oder den kinderfressenden Rattenmenschen): ihre Schwester, die Romy ebenfalls in einem Tuch vor ihren Bauch gebunden hatte. Otis stocherte mit einem Stock in der Feuerstelle.

»Kannst du auch nicht schlafen? Romy will, dass ich mich bewege.« Marika machte ein paar Tanzmoves.

»Ich musste mal raus. Wo ist deine Mutter?«, fragte sie Otis. Ihre Stimme klang schärfer als beabsichtigt. »Bist du hier ganz ohne Aufsicht?«

»Ach, Sisi …«, stöhnte Marika.

»Ich glaube, die ist gerade bei eurem Bruder«, sagte Otis. »Und ich bin ja auch nicht mehr fünf.«

»Sondern? Zwölf?«

»15.«

»Naaa ja«, sagte Cecilia langgezogen.

»Sisi ist ein bisschen streng.« Marika tauschte einen feuerbeschienenen Blick mit dem Jungen. »Mich behandelt sie auch immer, als wäre ich ein Vorschulkind.«

»Ich hör sofort damit auf, wenn du anfängst, selbst deine Buchhaltung zu machen«, sagte Cecilia. »Und hast du jemals im Sommerhaus dein Bett bezogen? Nur weil du jetzt selbst ein Baby hast …«

»Jajaja«, sagte Marika und warf missmutig ein Holzscheit in die Glut.

»Was macht ihr hier eigentlich?« Cecilia fror, ihre Finger waren eiskalt. Sie knetete Ossis Füße und hoffte, dass ihre Körperwärme ausreichen würde. Marika trug einen Mantel, und Romy, soweit sie sehen konnte, ein Mützchen und einen warmen Anzug.

Otis packte einen Ast, schwang ihn wie einen Baseballschläger und warf ihn gegen die rostige Beifahrertür des Autos. Es rumpelte. »Sachen kaputt.«

»Macht man das so auf dem Land, als 15-Jähriger?«

»Nee, ich hab damit angefangen.« Marika schmiss etwas Zerfleddertes in die Flammen. »Ich dachte, es tut gut, ein paar alte Sachen so richtig loszulassen. Nicht nur, du weißt schon, in den Altkleidercontainer, oder so.«

»Hilft gegen angestaute Aggressionen«, sagte Otis mit einem kleinen Grinsen. Er reichte Cecilia ein mit Gänseblümchen bemaltes Stuhlbein, das am Boden gelegen hatte. »Hier.«

»Mach mit!« Marika hob einen Stein auf und schlug damit gegen die seltsamerweise noch intakten Rücklichter des Autos.

»Vorsicht! Denk an Romy.« Cecilia wiegte sich ein wenig hin und her. Oskar war mittlerweile eingeschlafen, sein Kopf nach hinten gekippt, der Mund stand offen.

»Wusstet ihr, dass es im Gehirn sogar schon Auswirkungen zeigt, wenn man sich nur vorstellt, was kaputt zu machen? Das tut gut«, behauptete Otis.

»Ach ja?«

»Ja!« Marika zerdepperte eins nach dem anderen die Rücklichter und Frontscheinwerfer. In einem »Wut-macht-Mut«-Kurs hatte Cecilia mal mit Schlagkissen auf Wände eingedroschen, alle um sie herum weinten, die Luft war muffig in der Dreifachturnhalle, und Cecilia kam sich blöd vor. Cecilia weinte nicht. Sie hatte gar nicht gewusst, warum sie hätte weinen sollen. Sie war wütend, nicht traurig.

Jetzt wog sie das Stuhlbein in der Hand, dachte an Per-Olov, den Blödian. An die Schatten im Ultraschall. Daran, wie wenig sie schlief.

Sie ging zum Wagen und hieb gegen die Windschutzscheibe. Es klonkte dumpf und unbefriedigend. Cecilia ließ das Stuhlbein fallen.

»Ich sollte heimgehen.« Fröstelnd zog sie die Strickjacke enger um Oskar und sich selbst, und beugte sich näher ans Feuer, lugte hinein. Der restliche Stuhl aus der Ritterburg, bemalte Füße, Gänseblümchenranken. Dazwischen Papier.

»Was ist das?« Sie ging in die Hocke und angelte nach einem Blatt, das eng beschrieben war, erreichte aber nur einen anderen, halb verbrannten Bogen Papier. Sie zog ihn aus dem Feuer und erinnerte sich schlagartig. Sie hatten sich auf das Papier gelegt, die Arme ausgebreitet und vorsichtig ihre Konturen nachgefahren, mit einem grünen Filzstift für Jonas, einem gelben für Cecilia und einem rosafarbenen für Marika. Dann hatten sie das Papier zusammengerollt und ihrer Mutter geschenkt. Geschickt? War sie damals im Krankenhaus gewesen?

»Das sind unsere Geburtstags-Umarmungen an Mama!« Cecilia pustete auf das angesengte Papier.

»Echt?« Marika kam wieder zu ihr herüber, drückte Romy einen

Kuss auf den Kopf. »Ich hab hier nur meine alten Tagebücher. Superpeinlich.«

»Aber das sind doch alles Erinnerungen!«

»Keine, die ich haben will.« Ihre Schwester griff in einen Jutebeutel neben sich auf dem Boden und schleuderte ein Heft ins Feuer.

»Juhuuu!«, rief sie dabei, weiße Atemwölkchen vor dem Mund. Cecilia legte die Umarmungsrolle weg und zog ein kleines Buch aus Marikas Beutel, schlug es auf. »Das kannst du doch nicht machen. Und das hier ist außerdem meins.« Das rosa Büchlein mit dem Schlüssel und dem Einhorn vorne drauf hatte Jonas schon im Herbst angeschleppt. Sie blätterte darin herum. Jonas' gesammelte Wörter. *Knorke, picobello, ätschbätsch.* Die schraffierte Stelle, weiß auf schwarzgrau in ihrer mädchenhaften Grundschulhandschrift: *Liebe Mama, wir vermissen dich sehr. Bitte komm heim.*

Ein Stich durchzuckte sie, ein aufquellendes, uraltes Gefühl von Überforderung. Sie war neun Jahre alt gewesen. Sie hatte geholfen, wo sie konnte. Hatte sich verantwortlich gefühlt für die kleinen Geschwister. Ihr Vater, zu verpeilt, um alles zu regeln. Als wäre er noch abwesender als sonst, rein geistig, der zerstreuteste aller zerstreuten Professoren. Hatte er vorher ihrer Mutter ab und an geholfen? Sie konnte sich nicht erinnern, dass er viel für Jonas oder sie dagewesen war, nur daran, dass er meistens am Arbeiten war. Die paar Monate ohne ihre Mutter waren seltsam verschwommen in ihrer Erinnerung: Hatten sie sie je im Krankenhaus besucht? Hatte ihr Vater sich je bei seiner Ältesten für ihre Hilfe bedankt? Cecilia wusste nur noch, wie sehr sie ihre Mama vermisst hatte. Dass sie nur nachts geweint hatte, wenn es niemand sah. Ihr Kopfkissen hatte Stockflecken bekommen. Cecilia schüttelte das Gefühl ab.

Wieder vollführte Marika ein kleines Tänzchen, damit Romy nicht aufwachte. »Oh, das sollten wir behalten. Was war denn nun damals mit Mama?«

»Du warst noch ganz klein«, sagte Cecilia. »Sie war länger in der Klinik. Ich hab mich um euch gekümmert.«

»Um mich meinst du.«

»Vor allem um dich, ja.«

»Aha!« Marika piekte einen Finger vor sich in die Luft. »Deshalb benimmst du dich, als wärst du meine Mutter.«

»Ach, leck mich«, entfuhr es Cecilia, und mit einer schnellen Handbewegung, die sie selbst nicht hatte kommen sehen, warf sie das Tagebuch in die Flammen. Die loderten auf, und alle drei schauten zu, wie Jonas' Hinweise auf Wasauchimmer langsam verkokelten.

»Ich will doch nur, dass du mich einmal wie den erwachsenen Menschen behandelst, der ich bin.« Marika nahm sich eine leere Bierflasche vom Boden und schleuderte sie mit Karacho, wie Jonas gesagt hätte, gegen den Bauwagen. Es schepperte und klirrte, und von dem Lärm wachten sowohl Oskar als auch Romy auf, und fingen unisono an zu brüllen.

»Zeit zu gehen, Riki«, sagte Cecilia.

»Du kannst mir nicht immer befehlen, was ich …«

»Es ist zwei Uhr morgens, Marika, es ist schweinekalt, und dein Kind heult. Wir gehen jetzt heim. Es gibt eine Zeit im Leben, wo man Sachen kaputt hauen kann, und eine, in der man vernünftig sein sollte und …«

»Du bist und bleibst eine Spielverderberin«, maulte Marika, und Cecilia sagte: »Sowieso.«

SAMSTAG

THE WAY TO HELL

»Frieden?«

»Du hast Kuchen gebacken? Und was ist das?«

»Na ja, ich hab den gekauft. Und das ist ein Kirschbaum.«

»Was?«

»Ich hab dir einen Kirschbaum aus einem Kern gezogen. Hab ihn gehegt und gepflegt.«

»Och, Jonas ... Komm rein, ist kalt.«

»Den kannst du dann an den Zaun pflanzen, dorthin, wo wir uns kennen gelernt haben ...«

»Hm-hm.«

»Und der ist auch ein Zeichen dafür, dass du eben kein Trostpreis bist. Ganz und gar nicht.«

»Aha. Sondern?«

»Meine bezaubernde Nachbarin, die mir einfach völlig den Kopf verdreht hat, ohne dass ich das geplant hatte?«

»Okay.«

»Weißt du, ich bin auch nur ein Junge, der vor einem Mädchen steht und es bittet, ihn zu lieben.«

»Oh, du hast deine Hausaufgaben gemacht, Kirschkernspucker.«

»Aber hallo. Ich kenne alle einschlägigen Filme. Ausnahmslos. Und bei Notting Hill hab ich am Ende immer Pipi in den Augen, ich geb's zu.«

»Pipi in den Augen, sowas sagt doch kein Mensch.«

»Ich schon.«

»*Du sagst ja auch* schnabulieren *und* Sportsfreund *und* Sapperlot.«

»*Ich hab noch nie in meinem Leben* Sapperlot *gesagt.*«

»*Aber* Papperlapapp?«

»*Schuldig. Du hast gut abgelenkt vom Jungen, der vor dir steht und …*«

»*Trotzdem, Jonas, du kommst aus einer jahrtausendalten Beziehung und meine längste war, na ja, keine Ahnung, vier Monate? Mit Otis' Papa ging es maximal zwei Jahre, aber on and off. Ich bin nicht so für das geschaffen, was du willst.*«

»*Vielleicht will ich ja gar nicht, was du denkst, dass ich will.*«

»*Ach nein?*«

»*Jaaa, okay, du hast recht, ich bin völlig bindungsfixiert, und du willst nur ganz wenig davon, also wieso treffen wir uns nicht einfach in der Mitte?*«

»*Am Zaun?*«

»*Am Kirschbaum.*«

»*Also gut, Kirschkernspucker. Treffen wir uns am Kirschbaum.*«

Am Samstagmorgen deckte Cecilia den Tisch für den Weihnachtsbrunch. Sie war müde, müder als sonst, und ihre Haare rochen nach Feuer und Rauch. Lange Zeit hatte sie noch wachgelegen, hatte an das Tagebuch gedacht, und an die Wut, die plötzlich in ihr aufgeflackert war, wie die Flammen, als es verbrannte.

Aber jetzt war es hell, es war Tag, alle nächtlichen Eskapaden waren vorbei und vergessen. Der Blumenstrauß, den sie bestellt hatte, war pünktlich geliefert worden, und in der ganzen Küche duftete es nach Kaffee. Oskar hing an ihrem Bein und biss ab und an zu; es störte sie kaum. Sie freute sich auf frisch gepressten Orangensaft und Lachsbrötchen. Das Geschirr war zwar zusammengewürfelt, aber mit rot-grünen Servietten war die Tafel dennoch festlich. Dazu eine Käseplatte, ein Wurstteller und allerhand Leckereien, die sie vorbereitet und mitgebracht hatte: Frischkäseröllchen, selbstgebackene Bagels, Fleischsalat, Spieße mit Tomate-Mozzarella, Blätterteigtaschen, sogar kleine Stücke Käsekuchen hatte sie zurechtgeschnitten, wie es bei einem Weihnachtsbrunch der Familie Ritter Tradition hatte.

Es war wunderbar ruhig im Haus; alle schienen noch zu schlafen, und als Oskar endlich von ihrem Bein abließ und stattdessen in ein Butterbrot biss, zündete Cecilia die Kerzen an und atmete durch. So sollte das sein. Schön, ruhig, besinnlich, leckeres Essen.

»Das sieht richtig hübsch aus«, sagte jemand, und sie fuhr herum. Billy stand in der Tür, nur bekleidet mit einer Boxershorts mit Rentieren darauf und einem Bandshirt, das ganz sicher Jonas gehörte.

»Ich dachte, du hast nebenan einen Gus.« Cecilia riss eine Lachspackung auf, um die Scheiben auf einer Platte anzurichten.

»Mein Sohn sagt, ich bin bindungsunfähig. Und es war ja nichts Festes, mit Gustl.« Billy schenkte sich Kaffee ein.

Da Oskar einen verdächtigen Gesichtsausdruck aufgesetzt hatte, wollte Cecilia gerade aufstehen, um Windeln zu holen, als ihr Bruder hereingeschlurft kam.

»Sisi«, sagte er. »Du bist auf.«

»Wolltet ihr euch rausschleichen wie verschämte Teenager?«

»So in etwa.« Jonas nahm sich einen Becher Kaffee. »Und was höre ich da, du bist bindungsunfähig?«

»Wie lange lauschst du schon?«, fragte Cecilia, und Billy antwortete: »Das sagt nur mein grauenhafter Sohn.«

Oskar kuschelte sich mit butterverschmiertem Gesicht gegen Cecilias Bauch. »*Mein* grauenhafter Sohn braucht ne frische Windel«, sagte sie.

»Blasphemie?« Jonas sprang auf. »Ich mach schon.«

»Eifrig«, sagte Cecilia. »Willst du ihr was beweisen?«

»Mir muss er nichts beweisen«, sagte Billy. »Ich bin schon durch mit Kindern.«

»Ich bin Ossis Onkel.« Jonas wurde rot. »Ich sollte das können.«

»Von vorne nach hinten wischen, sonst kriegt er eine Blasenentzündung«, sagte Cecilia. »Und versuch nicht ihn hinzulegen, er will stehen.«

»Weiß ich, geh weg. Schon mal was von maternal gatekeeping gehört, Sisi?«

»Boah, leck mich am Arsch, Jonas, du hast doch keine Ahnung.«

Jonas wischte an dem stinkenden Kleinkind herum. An Billy gewandt sagte er: »Cecilia traut uns allen nicht viel zu. Als waschechte Perfektionistin meint sie, sie muss alles selbst machen, weil sie es am besten kann.«

»Das stimmt gar nicht!« Cecilia merkte, wie ihr die Hitze ins Gesicht stieg. Ihr Bruder verschloss die frische Windel, verklebte die volle zu einem Päckchen und warf sie, todesmutig, über ihrer aller Köpfe in Richtung Mülleimer. Er traf und wirkte sehr stolz auf sich. »Fertig! Hab ich einen Geburtstag übersehen?« Jonas nahm sich ein Stück Käsekuchen vom Tisch und Cecilia gab ihm einen Klaps auf die Hand.

»Das ist für später. Unser Brunch, vergessen?«

»Ich dachte, morgen gibt es fett Braten, und das war's dann mit Weihnachten.«

»Aber das hat doch Tradition.«

»Du willst immer brunchen, und niemand hat Zeit dafür«, sagte Jonas. »Ich gehe jeden zweiten Weihnachtsfeiertag mit meinen Bandkollegen zum Frühschoppen, das ist meine Weihnachtstradition.«

»Aber jetzt ist ja Fasching, oder, Weih-neval, also ...«

»Außerdem wollte Mama mit Dirk zu irgendeinem Konzert ...«, sagte Jonas.

»Am Samstagvormittag?!«

»... und Paps ist bei einem Kurs.«

»Was?«

Marika kam mit Romy im Arm die Treppe herunter. »Könnt ihr leise sein? Ich hab die ganze Nacht nicht geschlafen. Billy, hi! Nimmst du mir die Kleine ab? Ich muss einfach fünf Minuten die Augen zumachen, oder besser noch, bis heute Mittag ... Wieso steht hier so viel Essen rum?«

Sie blinzelte müde den Blumenstrauß an.

»Es war doch ausgemacht«, sagte Cecilia. »Samstag, 10.30 Uhr, Brunch.«

»Oh.« Marika überreichte Billy ihr winziges Baby, das prompt anfing zu schreien, auf diese babyhafte, niedliche Art und Weise, die sagte: *Ich bin hilflos und winzig, beschütze mich!* Und nicht auf die Art, wie ihr Sohn mittlerweile schrie: wie ein kleiner Despot.

»Mama muss schlafen, Romy, tut mir leid«, sagte Marika. »Du bist in guten Händen.« Sie küsste ihre Tochter auf die Stirn und Cecilia auf die Wange (»Sorry, sorry, aber du weißt doch, wie das ist ...«) und verschwand die Treppe nach oben, nicht, ohne sich noch ein Stück Käsekuchen vom Tisch stibitzt zu haben.

»Aber ...«, sagte Cecilia.

»Manchmal klappt es eben nicht wie geplant.« Jonas gähnte. »Wir können doch morgen schön gemeinsam essen.« Cecilia war auch müde, dauerhaft, durchgehend, so sehr, dass sie sich manchmal fragte, ob sie einfach plötzlich auf dem Spielplatz (dem offiziell langweiligsten Ort der Welt) umfallen und in einem narkotischen Anfall einschlafen würde. Und ihr Bruder gähnte, weil er eine Nacht voller Sex gehabt hatte.

»Interessiert es hier eigentlich irgendjemanden, was ich will?«

Cecilia merkte, dass Wut in ihr aufstieg. Knackend schob sie den Unterkiefer hin- und her.

»Ach, meine Fresse, Sisi«, sagte Jonas. »Du bist doch immer die Bestimmerin. Und wenn wir einmal was anderes vorhaben, kriegst du gleich die Krise. Außerdem essen Billy und ich gern mit.«

»Ich krieg nicht …« Cecilia stopfte den hübsch aufgerollten Lachs zurück in die Packung. »Ihr seid doch sonst auch zufrieden damit, dass ich alles organisiere. Das kommt euch doch gelegen, dass ich immer alles mache.«

»So ist es.« Ihr Bruder gähnte noch einmal. »Du kannst das eben einfach am besten.«

»Jonas«, sagte Billy. »Sie meint es doch nur gut.«

»The way to hell is paved with good intentions«, sagte Jonas.

Cecilia versuchte, tief durchzuatmen, aber etwas in ihrer Kehle blockierte. Sie angelte nach ihrem Handy und rief erst ihre Mutter an, die nicht ranging, dann ihren Vater, der ebenfalls nicht antwortete. Sie steckte das Handy in die Tasche und ihre Faust hinterher. Abseits vom gedeckten Tisch war der Raum kahl, ein paar Kellerkisten standen herum. Cecilia riss den Löwenmutter-Kalender von der Wand und schleuderte ihn auf eine der Boxen.

»Sisi!«

»Ich hab keine Lust mehr. Macht ihr mal. Oder auch nicht. Mir egal.«

»Schmoll doch nicht«, sagte Jonas. »Wir können doch immer noch …«

Das Telefon an der Wand läutete; sie hatte vergessen, dass es ein Festnetz-Telefon gab, ein grünes Teil mit einem schrillen Klingelton. Sie ging ran. Die fröhliche Schwangere mit den zukünftigen vier Kindern und dem Hund meldete sich, um zu fragen, wann denn genau die endgültige Schlüsselübergabe stattfinden könnte, sie müssten vor der Geburt ja noch so viel schaffen.

»Jederzeit. Das Haus gehört euch«, sagte Cecilia und legte auf. Sie nahm sich die offene Räucherlachs-Packung und einen Tetra Pak O-Saft aus dem Kühlschrank, schnappte sich Oskar und schlug die Tür hinter sich zu.

BOMBE

Wally, mein liebstes Naturtalent! Anbei die Liste mit allen Probenterminen fürs Sommerstück, ich bin so froh, dass wir dich casten konnten. Das wird ein Spaß! Am Wochenende findet übrigens ein superinteressanter Workshop statt. Sieh ihn als Vorbereitung, bisschen Method Acting, weißt du. Vergangenheitsbewältigung ist immer gut. Und die Renate kommt auch! Die hat mich übrigens schon dreimal nach deiner Nummer gefragt. Hast du überhaupt ein Handy? Na ja, könnt ihr ja am Samstag selbst klären. Komm vorbei! Meine Frau backt ihre Schinken-Schnecken und danach gehen wir noch ein Bier trinken.

Der Weg in die nächstgelegene Kleinstadt war voller ultralangsamer Traktoren und Holztransporter. Cecilia hupte, sie überholte, wo es ging, und sie schob sich große Stücke Fisch aus der Räucherlachs-Packung in den Mund. Er zerging ihr auf der Zunge. Sie stopfte sich eine weitere Scheibe in den Mund und angelte nach dem Saft. Oskar sang hinten ein kleines Liedchen vor sich hin, Cecilia schraubte den Verschluss auf und nahm einen tiefen Schluck Orangensaft. Sie drückte am Radio herum; irgendein Oldie-Sender spielte dieses furchtbare Lied der Prinzen, das ihre Mutter früher so gerne gehört hatte, so oft, dass Cecilia heute noch mitsingen konnte, was peinlich aber nicht verwunderlich war. Eine Bombe sein und einfach explodieren. Wenn es denn so einfach wäre.

Ihr Handy klingelte. Sie ignorierte es. Dreimal, viermal, fünfmal. Beim zehnten Klingeln nahm sie ab, aus einer Laune heraus.

»Was?«, mampfte sie ins Nirvana ihrer Freisprechanlage hinein.

»Du kannst mich nicht einfach immer abwimmeln!«, sagte Per-Olov.

»Kann ich eben doch.« Cecilia hatte den Daumen schon fast wieder auf dem »Aus«-Knopf.

»Papa!«, kam es vom Rücksitz.

»Hi, Krümel. Isst du gerade was? Wo bist du? Es rauscht so.«

»Ossi und ich brunchen. Im Auto! Allein!« Sie nahm noch einen Schluck O-Saft, spülte einen Streifen Lachs damit herunter.

»Was?«, sagte Per-Olov. »Geht es dir gut?«

»Mir geht es bestens!« Cecilia zog an einem Wohnmobil vorbei, das trügerisch aussah wie das ihres Vaters. Am Steuer saß eine dünne Frau mit blondem Haar, eindeutig nicht ihr Vater. Sie winkte ihr mit der Saft-Packung zu.

»Hör zu, ich verstehe, wenn ich dieses Wochenende nicht kommen soll, aber lass uns bitte noch mal über die Scheidungssache sprechen.« Er flüsterte das böse Wort. »Es ist doch einiges gut an uns, oder nicht, Sisi?«

»Findest du?«

»Ja! Ist dir unsere Beziehung so wenig wert?«

Cecilia kurbelte das Fenster herunter, eisige Februarluft wehte ins Auto. Ihre Handgelenke wurden kalt. Sie hatte keinen Nerv, Per-Olov smarte Ziele für ihre künftige, verbesserte Beziehung zu schicken oder sich zu überlegen, was ihr an ihm gefiel. Positives Denken, am Arsch! Ihr Kopf war voll von negativen Dingen: *Schnarcht. Lässt den Schmodder im Abfluss, nachdem er geduscht hat. Lästige Stoppeln im Waschbecken vom Rasieren. Die Art, wie er beim Autofahren mit den Fingern auf das Armaturenbrett trommelt.* Nicht umsonst hatte sie die ausgefüllten Scheidungspapiere in einem Umschlag auf dem Küchentisch liegen lassen.

»Du bist doch derjenige, der mich nie ernst nimmt. ›Ach, es ist doch kein Krebs, deine Eierstöcke müssen nur so entfernt werden, na dann!‹ Nur so! Das waren deine Worte, P-O!« Cecilia riss sich noch ein Stück Lachs ab und steckte es in den Mund. Ihre Finger waren fettig und verschmierten das Lenkrad. Trotz des offenen Fensters roch es im ganzen Auto nach Fisch.

»Ich war erleichtert«, sagte Per-Olov. »Mein Gott, bist du nicht auch erleichtert?«

»Meine Eierstöcke sind dann weg. Entschuldigung, wenn ich denke, dass das eine große Sache ist.«

»Ich meine ja nur, ein bisschen positives Gedankengut hier und da könnte dir nicht schaden, gerade mit dieser unspezifischen Diagnose. Das kriegen wir schon hin mit deiner Operation, es ist ja nicht wirklich bösartig, es sind nur Wucherungen und …«

»Nur!«, schrie Cecilia. »Nur! Und sag nicht ›wir‹! *Wir* kriegen hier gar nichts hin, P-O.«

Oskar fing hinten an zu quengeln. Cecilia ließ das Fenster wieder nach oben fahren und machte die Sitzheizung an. Ein wohlig warmes Gefühl breitete sich langsam unter ihrem Hintern aus, das sie vage daran erinnerte, wie es war, als Kind im Winter in die Hose zu machen und die Wärme an den Beinen hinunterlaufen zu spüren.

»Ständig siehst du alles schwarz«, sagte Per-Olov. »Überall Katastrophen. Du machst diese OP, und … Ich bin dann da und kümmere mich um dich.«

Cecilia schnaubte. »Ja, klar.«

»Ich verspreche es dir. Du musst bei der Sache auch an Oskar denken, du kannst es nicht hinauszögern …«

»Als würde ich je an was anderes als Oskar denken!«, schrie Cecilia. »Du hingegen rufst von wo aus an? Ach ja, aus Stockholm! Was ist mit der festen Stelle, die sie dir angeboten haben? Hast du dich schon entschieden?« Cecilia krallte die Finger ins Lenkrad.

»Ich …«

»Aber ich bin ja negativ und egoistisch und sowieso die Bestimmerin und überhaupt ein schrecklicher Mensch.«

Cecilia hupte einen langsamen Kleinwagen vor sich an und trank noch mehr Orangensaft. Langsam wurde ihr übel, die Säure schwappte in ihrem Magen herum.

»Kriechen wieder alle?«, fragte Per-Olov sanft.

»Ausnahmslos.« Sie schickte eine Lichthupe hinterher. Der Fahrer drehte sich zu ihr um und zeigte ihr den Mittelfinger.

»Ich habe absolut nichts dagegen, dass du die Bestimmerin bist.« Per-Olov klang milde. »Du hast immer alles im Griff.«

»Ja!« Cecilia überholte endlich, merkte, dass sie ihren Fuß viel zu fest aufs Gaspedal drückte, sie rauschten nur so dahin, »Cecilia die Große kümmert sich um alles.«

»Deine undankbare Familie ist noch mal ein ganz anderes Thema ...«

»Ich bin unglücklich«, brach es aus Cecilia heraus. Da war es, ausgesprochen quetschte es sich ins Auto wie der sprichwörtliche rosa Elefant.

Und Per-Olov lachte. Lachte einfach.

»Jeder ist unglücklich«, sagte er. »Deshalb machen wir doch die Therapie. Daran muss man arbeiten.«

»Kaka«, sagte das Kind von hinten.

»Mein Gott, P-O, Arbeit ist nicht das Allheilmittel für alles! Ich arbeite schon genug! Unsere Ehe – Arbeit! Ein Frauenkörper nach der Geburt – Arbeit! Mein verspannter Kiefer – tief sitzende Wut, die man lösen muss. Dass sich das Kind gut entwickelt – Arbeit, Arbeit, Arbeit! Meine bescheuerte Familie, die auseinanderfällt – Arbeit! Ich hab keine Kraft mehr zu arbeiten, ich plane, ich organisiere, ich backe, ich koche, ich weiß jeden Termin, deine und meine und die von meinen Geschwistern, und dann heißt es, oh, Sisi, die ist die Bestimmerin.«

»Man kann sich ja auch ändern«, sagte Per-Olov. »Wenn du so unzufrieden bist mit dir und deinem Leben ...«

»Ich bin, wie ich bin. Und die Papiere müssen nur noch unterschrieben werden, P-O.« Cecilia legte auf, und bremste ab. Häuser und ein gelbes Schild und eine Geschwindigkeitsbegrenzung auf 50: Das Dorf, die Kleinstadt, was auch immer. Sie parkte das Auto und drehte sich zu Ossi um.

»Tut mir leid, dass dein Vater so ein Idiot ist.« Absolut unpädagogisch, aber egal. Oskar aß einen Keks, den er in den Untiefen seines Kindersitzes gefunden hatte. Sein Gesicht war tränenverschmiert, aber gelassen. Ein typischer Geruch umwaberte ihn.

»Kaka«, sagte er.

»Schon wieder?!« Cecilia fiel auf, dass sie nichts eingepackt hatte. Als Mutter eines Kleinkinds musste man allzeit bereit sein, wie eine Superheldin, deren Wortschatz sich um Wörter wie *Ringelröte* erweiterte, die mit viel zu wenig Schlaf auskam, die ohne zu zögern zermatschte Bananen von Kinderpullis aß, und ohne Scham auf offener Straße Dinge wie »wau-wau« und »tut-tut« sagte. Stets hatte man eine riesige Tasche mit sich herumzutragen, voll mit Feuchttüchern, Desinfektionsmitteln, Windeln, Wechselkleidung, Bilderbüchern, Spielsachen und Sonnencreme.

Cecilias Handtasche war – von Portmonee und Handy abgesehen – leer. Schuhe trug das Kind auch nicht. Oder eine Jacke.

»Kaka«, sagte Oskar.

Sie hievte ihren Sohn aus dem Wagen und suchte nach einer Drogerie mit Wickelplatz, aber alles, was es in Sichtweite gab, war eine Grundschule mit geöffneten Türen. Immerhin.

Cecilia schleppte Oskar in die Schultoilette, hoffte inständig, dass der Windelinhalt hart und wenig zerdrückt sein würde, hatte Glück, leerte alles aus, polsterte die Windel mit ein bisschen Klopapier und zog sie ihm wieder an.

Oskar klopfte vorwurfsvoll auf seinen Hintern. »Bäh.«

»Sorry, Ossi.« Cecilia setzte sich das Kind auf die Hüfte. In der Schule war es warm, die Luft schwer und stickig. Es roch leicht nach Wachsmalkreide. Am Treppengeländer war mit Tesa ein Zettel befestigt. *Heile dein inneres Kind. Vortrag und Demonstration.* Dazu ein Pfeil nach oben.

Oskar reckte sich nach einem Pappmaché-Kraken, der von der Decke baumelte, und rutschte ihr fast aus den Armen.

»Das bleibt da, Ossi«, sagte Cecilia, er fing an zu brüllen. Ein Mann kam die Treppe herunter und runzelte die Stirn.

»Das Kind riecht«, sagte er.

»Ich weiß.« Cecilia war schlecht vom rohen Fisch und puren Saft.

»Wollen Sie zum Vortrag?«

Ohne nachzudenken nickte Cecilia und folgte dem Pfeil in den ersten Stock. Oskar weinte dem Pappmaché-Kraken hinterher, strampelte, sie hatte Mühe, ihn festzuhalten. Oben hingen Papierschneemänner und Faschingsmasken aus Papptellern in den Fenstern. Aus einem der Räume drang Geplauder. Die Tür stand offen, und daneben, gleich über einem Schild mit der Aufschrift »1b«, klebte noch ein Zettel. *Inneres Kind. Hier.*

Cecilia lachte, schob die Tür auf und lachte gleich noch mehr. In einem Stuhlkreis aus Erstklässler-Stühlchen hockten einige ältere Personen, die andächtig einem Typen in Jeans und Strickpulli lauschten, der aussah, als würde er gern zur See fahren, hätte aber noch nie das Meer gesehen. Neben ihm, eingesunken auf seinem Platz – ihr Vater.

DAS VERDAMMTE INNERE KIND

»Nein, es hat überhaupt nichts mit Dirk zu tun, rein gar nichts! Es geht nur um mich allein. Aber das willst du ja nicht verstehen, Walter.«

»Dann erklär es mir doch. Erklär's mir!«

»Ich glaube, ich musste erst weggehen, damit du merkst, was los ist. Dass ich das wirklich kann. Dass ich es wirklich tun würde. Oder hast du je eine meiner Nöte ernst genommen?«

»Welche Nöte denn, Marianne? Du tust ja grade so, als hätten wir dich als Sklavin gehalten. Es sind deine Kinder, es sind keine Monster.«

»Du willst es nicht verstehen.«

»Oh, doch, klar, es geht allein um dich. Dass aber auch noch vier andere Personen dieser Familie in deine ganz persönliche Selbstfindungsreise involviert sind, das vergisst du dabei immer.«

»Ich hab es nicht vergessen, keine Sorge. Ganz und gar nicht.«

»Dann komm nach Hause.«

»Ich kann nicht.«

»Du willst nicht, das ist ein Unterschied.«

»Das Kind in dir ist verletzt«, sagte der Strickpulli-Typ. »Also, womöglich. Höchstwahrscheinlich.«

Ihr Vater wirkte, als würde er jeden Moment einschlafen. Auch die anderen Teilnehmer hatten die Augen zu, eine Visualisierungsübung? Cecilia fuchtelte mit den Armen, bis ihr Vater sie bemerkte.

»Und du musst ihm die Aufmerksamkeit schenken, die es verdient. Was will es dir sagen? Was braucht es?«, laberte der Strickpulli.

Ihr Vater stand umständlich von seinem Grundschul-Stühlchen auf und kam zur Tür. Er schnupperte.

»Du, Oskar stinkt.«

»Das weiß ich. Papa, heute ist Familienbrunch!«

»Hatte ich nicht auf dem Schirm. Ich hab schon eine Leberkässem–...«

»Nicht dein Ernst, Papa, Leberkäse?«

»Das war eine Ausnahme, das hat so gut gerochen beim ...«

»Hast du wenigstens an deine Tabletten gedacht?«

»Jaha! Und abgenommen hab ich ja auch schon vier Kilo.«

»Was machst du überhaupt hier?«

»Ach, der Günther von der Theatergruppe hat mich mitgeschleppt.«

Oskar streckte die Hände nach seinem Opa aus. Der nahm ihn auf den Arm.

»Einfach reinkommen!«, rief der Kursleiter, und kam lächelnd auf sie zu. »Mike, hallo!«

»Cecilia. Und ich mache nicht mit.« Sie hatte keine Lust, sich mit der Vergangenheit auseinanderzusetzen. Sie wusste eigentlich gar nicht, worauf sie Lust hatte. Mehr Lachs, diesmal mit Brötchen. Ein besonders blutrünstiger Film im Kino. Sauna und Solebad. Einen Tag Oskar-frei. Der drückte den Kopf an den Hals seines Großvaters und klammerte sich fest, als sie ihn wieder nehmen wollte.

»Pa!«, sagte er mit Nachdruck.

Ihr Vater zwickte seinen Enkel spielerisch in den Bauch. »Au ja, Opa-Time! Wir machen uns einen schönen Vormittag, stimmt's Kleiner?«

Cecilia ließ von Oskar ab. »Und dein Kurs?«

»Eigentlich ist das nichts für mich«, sagt ihr Vater. »Aber möglicherweise für dich. Wegen deiner Mutter.«

Einige der Teilnehmer schielten unter ihren Wimpern hervor, um zu sehen, was sich an der Tür abspielte. Mike machte eine einladende Geste in den Raum hinein.

Cecilia schüttelte höflich den Kopf. »Was meinst du, wegen meiner Mutter?«

»Na ja, weil doch Marianne …« Ihr Vater guckte auf die gebastelten Erstklässler-Kunstwerke an der Wand und wieder zurück zu ihr und hörte einfach auf zu sprechen.

»Weil …?«, sagte Cecilia.

»Na, weil sie doch mal weg war.«

Cecilia dachte an das Tagebuch, das sie ins Feuer geworfen hatte. *Bitte komm heim.*

»Ja, na und? Sie hatte irgendwas Ansteckendes, sie war ewig in Quarantäne, oder? Ist nicht so, als hätte ich irgendein Trauma.«

»Man kann eigentlich davon ausgehen, dass jeder ein Trauma aus seiner Kindheit mit sich herumschleppt«, sagte Mike.

»Das war damals schlimm für euch«, sagte ihr Vater. »Ihr wart ja … also, für uns alle.«

»Ja, aber dann war Mama wieder da und es war alles gut, oder nicht? Kaufst du Ossi bitte was Warmes zum Anziehen? Wir haben nichts dabei.«

»Eure Mutter hatte kein Drüsenfieber«, sagte Papa. »Sie konnte einfach nicht mehr.«

»Bitte, was?« Cecilia starrte ihn an. »Wie bitte?«

»Wir haben euch nur erzählt, sie sei krank. Also, ich habe das. Sie … brauchte einfach mal eine Auszeit.«

»Was?« Cecilia spürte die Schlagader an ihrem Hals pochen, und Blut rauschte in ihren Ohren. Die kleine Gruppe visualisierender Rentner schien jetzt interessiert zu lauschen.

»Sie hat in Frankreich gewohnt. Bei Dirk. Für ein paar … Wochen.«

Marseille. Die Fotos vom azurblauen Mittelmeer, vom dunkelroten Sommerkleid. Pinien und Zypressen, Café au lait. Die Kassette mit Mamas aufgesprochenen Worten.

Der Kursleiter legte ihrem Vater eine Hand auf die Schulter. »Sehr gut, Walter. Das muss raus. Es wird ihrer Tochter guttun.«

»Äh, nein«, sagte Cecilia. »Nein, tut es nicht. Wieso behauptest du sowas nach so langer Zeit?«

Ihr Vater deutete aus dem Fenster. »Deine Mutter ist drüben in der Kirche bei einer dieser Samstagsmatineen. Frag sie.«

Cecilia ging über den Platz vor der Schule, vorbei an einem Springbrunnen. Die Winterluft war schneidend. Nach dem stickigen Klassenraum fror sie in ihrem dünnen Pullover. In der Kirche gegenüber spielte sich ein Streichquartett warm, Geigen quietschten. Die Bänke waren gut belegt, aber Dirk ragte mit seinem popeligen Schal aus der Menge.

Cecilia drängelte sich durch die Reihe. »Entschuldigung, ich muss … könnten Sie mich durchlassen, ich …?«

»Sisi?« Ihre Mutter sah überrascht auf.

»Du hast den Brunch vergessen, Mama.« Cecilia schob sich zwischen Dirk und ihre Mutter in die Kirchenbank, ruckelte mit ihrem Hintern, damit sie Platz machten. »Und wieso warst du damals so lange weg, wenn du gar nicht krank warst?«

»Bitte?«

»Als ich neun war, warst du drei Monate weg«, sagte Cecilia. »Oder noch länger. Vier? Fünf? Ein halbes Jahr? Und jetzt erzählt mir Papa, du warst gar nicht krank?« Sie hörte, wie brüchig ihre Stimme klang. Ihre Hände zitterten. Monatelang hatten sie sich von Käsebrötchen ernährt, keine normalen belegten, sondern diese grässlichen, überbackenen Teile vom Bäcker. War das eine Erinnerung aus dieser Zeit?

Ein Mann in einem glänzenden Frack kam seitlich in den Raum gelaufen, und alle fingen an zu klatschen.

Ihre Mutter fächelte sich mit dem Programmblättchen Luft zu. »Sisi ...«

»Hattest du Drüsenfieber, oder nicht?«

Der Mann hob einen Taktstock, und es wurde sehr, sehr leise in der Kirche. Ein Hüsteln. Dann fingen die Geigen an zu spielen.

»Lass uns das doch nachher in Ruhe besprechen«, flüsterte ihre Mutter.

»Scht!«, raunte die Frau neben ihnen.

»Marika war noch ein Baby!«, zischte Cecilia so laut, dass der Dirigent leicht zusammenzuckte. Die Geigen gerieten kurz aus dem Takt, fingen sich aber schnell wieder.

»Du meine Güte.« Ihre Mutter sah sich unbehaglich um. »Es war komplizierter, ich ...«

»Entschuldigen Sie mal, könnten Sie das eventuell woanders klären?«, flüsterte die Frau.

Dirk räusperte sich. »Vielleicht solltet ihr ...«

»Ach, halt die Klappe, Dirk!«, sagte Cecilia.

»Gehen wir raus, ja?«

Ihre Mutter berührte Dirks Arm, eine zärtliche Geste, ein gewispertes »Das ist jetzt nötig«, dann schob sie Cecilia mit sanftem Druck aus der Kirchenbank. Alle mussten aufstehen, es gab Gerangel und Gerutsche und empörtes Getuschel.

Draußen blies der klirrende Februarwind Cecilias Haarsträhnen aus dem Gesicht. Das Kopfsteinpflaster war nassgesprenkelt. Nieseltropfen wie winzige Messerstiche auf der Haut.

»Also?«, sagte Cecilia.

»Wieso ist das so dringend?«, fragte ihre Mutter.

Cecilia sah sie an. »Wieso?!«

Mama nickte und setzte sich in Bewegung, Cecilia folgte ihr. Sie drehten drei Runden um den Brunnen, vier, fünf, bevor ihre Mutter anfing zu sprechen.

»Du weißt doch, wie es ist, wenn … Oskar mal …«

»Lass Oskar da raus!« Cecilia merkte, dass ihr Arm den ihrer Mutter streifte, und sie vergrößerte den Abstand zwischen sich.

»Na ja, ich versuche nur zu erklären, was …«

»Du wolltest weg von uns, ist es das?«

»Was heißt weg von euch, das klingt so drastisch, es …«

Ihre Mutter stotterte, stockte, ihre sonst so ebenmäßige Haut glänzte fleckig, ihre Nase war gerötet, und ihr Haar wurde wirr, als sie hindurch fuhr.

»Es war ja auch drastisch«, sagte Cecilia. »Oder nicht? Man verlässt doch nicht seine drei Kinder, eines davon ein Baby und … zieht mit seinem Lover nach Südfrankreich.«

»Hat Walter das so gesagt?« Ihre Mutter klang verletzt.

»In etwa.«

»Es war einfach … mir ist alles zu viel geworden. Ich hab …«

»Regretting Motherhood, oder was?«

»Wie?«

»Hast du es bereut, uns bekommen zu haben?«

»Ach, jeder bereut das doch von Zeit zu Zeit.«

»Gott, Mama!« Eine Taube flog vor ihnen aus dem leeren Brunnen und flatterte um sie herum. Cecilia schlang frierend die Arme um den Körper, ging schnell über den Marktplatz, bog in Richtung Friedhof hinter der Kirche ab, öffnete das quietschende Tor. Gräber, eines davon frisch aufgehäuft.

»Sisi, warte. Ich war nicht mehr die Mutter, die ich sein wollte. Rein gar nicht.«

Cecilia dachte daran, wie lange sie auf Oskar gewartet hatte. Sie dachte an alle ihre Freundinnen, die vor ihr Kinder bekommen hatten. »Wart's nur ab!«, sagten die ununterbrochen, seit der Schwangerschaft schon, ihr Kind war noch klein, und es würde älter werden, und dann gab es neue Dinge, die schrecklich werden würden. Dieses endlose Jammern. »Wart's nur ab!« Dabei vergaßen sie das größte Paradox von allen: Man würde niemals tauschen wollen.

»Man weiß doch vorher, worauf man sich einlässt.« Cecilia stellte eine Leuchte wieder auf, die auf einem Grab vor ihnen umgekippt war, sie flackerte, LEDs statt Kerzen.

»Weiß man das wirklich?« Ihre Mutter klang matt.

»Du hattest doch schon zwei davon! Oder war Marika so schlimm, dass ...«

»Es hatte nichts mit Marika zu tun. Oder, na ja, weißt du, man hat damals noch nicht viel über Wochenbettdepression gesprochen, aber gegeben hat es die auch schon.« Ihre Mutter zuckte die Schultern, blinzelte, schüttelte den Kopf, alles auf einmal.

Cecilia setzte an, um etwas zu sagen, und hielt inne. Sie dachte an Oskars erstes Jahr, an das durchgehende Schreien, daran, wie hilflos sie sich gefühlt hatte. An die schlaflosen Nächte seither, an ihren kaputten Rücken, und all die Wehwehchen, die seit ihrer Schwangerschaft einfach nicht mehr weggehen wollten. An die Aufopferung und die makellose Elternschaft von gefühlt allen anderen. An: *Ein Kinderlächeln entschädigt alles.* An die Zwickmühle zwischen Überbehüten und Loslassen, bei der man nur verlieren konnte. An einen Satz, den sie so gerne mal gehört hätte, aber keine Chance, schon gar nicht von P-O: Das klingt aber ganz schön anstrengend.

»Gerade du müsstest doch verstehen ...«, sagte ihre Mutter.

»Ich würde Oskar nie verlassen!« Natürlich sehnte man sich manchmal nach einem kinderfreien Tag. Oder knirschte mit den Zähnen, wenn befreundete, kinderlose Paare vier Wochen Urlaub in Thailand machten, oder spontan nach New York flogen, oder einfach mal nachts wach blieben, weil sie trinken und tanzen wollten und nicht, weil die Windel auslief. Aber: »Niemals.«

»Okay, es war unüberlegt«, rief ihre Mutter, »aber es war auch nötig. Es ging nicht anders. Du kannst mir nicht Jahre später noch Egoismus vorwerfen, ich bin ja zurückgekommen. Ich habe immer zurückgesteckt für euch, ich habe alles für euch getan, ich …«

»Weil du dich schuldig gefühlt hast?«

»Weil ich euch liebe!«

»Wieso habt ihr uns dann die ganzen Jahre lang angelogen?«

Ihre Mutter wich einem frischen Grabhügel aus. »Euer Vater wollte euch schützen.«

»Schützen?! Und du hast dir 30 Jahre lang gedacht, och, passt ja, muss ich ja nicht aufklären.«

»Ich …«

Cecilias Wut wallte wieder auf. »Bin ich eigentlich der einzige verantwortungsbewusste Mensch in dieser Familie?«, schrie sie, und stolperte gegen eine Gießkanne, die vor ihnen auf dem Weg stand. Die fiel klappernd zu Boden. »Scheiße!« Cecilia stellte die Gießkanne an den Rand des nächsten Grabes, wischte ihre feuchten Hände an ihrer Hose ab.

»Jetzt beruhige dich mal«, sagte ihre Mutter. »Ihr seid erwachsen, ich brauche mich doch vor dir nicht zu rechtfertigen.«

Cecilia fühlte sich wenig erwachsen in diesem Moment, sie fühlte sich klein und überfordert.

»Ich habe ein einziges Mal vor Jahrzehnten 16 Wochen lang an mich gedacht, Sisi, und ich habe deshalb lange genug ein schlechtes Gewissen gehabt. Ich weigere mich, mich noch immer damit zu quälen!«

»Okay«, rief Cecilia und stapfte durch die Kälte davon. »Und weißt du was? Ihr könnt mich alle mal!« Sie riss das Friedhofstor auf und trat hinaus auf die Straße. »Ehrlich, Mama. Ihr könnt mir alle gestohlen bleiben.«

Sie ließ ihre Mutter stehen und ging zurück zum Auto; mit einem Druck auf den Schlüssel und »Biep-biep« öffnete sich die Wagentür, sie schmiss ihre Handtasche auf den Beifahrersitz, stieg ein und startete den Motor. Der heulte auf, sie wechselte in den ersten Gang und brauste davon.

Die Landstraße schlängelte sich durch den Nadelwald, der immergrün und dunkel dalag, Nebel hing über den Feldern. Stille dröhnte in ihren Ohren. Cecilia drehte am Radio, bis sie einen Sender fand, der Rockmusik spielte, sie kannte das Lied nicht, aber es klang böse und wütend, sie drehte es voll auf und summte die E-Gitarren mit.

Jeder ist unglücklich, Cecilia.

Gerade du müsstest das doch verstehen, Cecilia.

Du bist doch erwachsen, Cecilia.

The way to hell is paved with good intentions, Sisi.

Sisi. Allein dieser Name. Sie hasste ihn, hatte ihn schon immer gehasst. Cecilia drückte das Gaspedal weiter durch, Adrenalin schoss durch ihre Adern. Sie öffnete ein Fenster und ließ den Fahrtwind rau ins Wageninnere blasen, er wehte ihr die Haare aus dem Gesicht. Ihre Nase lief. Cecilia wischte mit dem Handrücken darüber.

Auszeit. Auszeit. Auszeit.

Vor ihr tauchte hinter einer Kurve ein Traktor auf, und sie bremste scharf ab. Der Trecker fuhr gerade mal 60, wenn überhaupt, und tuckerte gemächlich die Landstraße entlang. Cecilia wollte nicht tuckern. Sie hatte keine Zeit zu tuckern. Irgendwo in den Untiefen ihrer Handtasche klingelte ihr Handy. Vielleicht war was mit Oskar, schoss es ihr durch den Kopf, und sie suchte kurz danach, ließ es dann sein, hupte den Traktorfahrer vor ihr an, der nicht reagierte.

Auszeit. Auszeit. Auszeit.

Cecilia blinkte, trat aufs Gas und setzte zum Überholmanöver an. Sie bog auf die Gegenfahrbahn, beschleunigte. Und sah, dass ein Auto direkt auf sie zugeschossen kam, viel schneller, als sie erwartet hatte.

Sie riss das Lenkrad herum. Spürte, wie ihr Wagen schlingerte, das entgegenkommende Auto hupte, und dann verlor sie die Kontrolle, es gab einen Ruck, Bremsen quietschten, und sie wurde unsanft in den Gurt gedrückt. Ihr Wagen kippte und – flog sie? Flog sie tatsächlich? Es fühlte sich so an, etwas drehte sich, sie drehte sich, und dann krachte ihr Wagen auf den Boden, und alles wurde dunkel.

EINE RETTUNGSDECKE FÜR JACK REACHER

Ach, Doro, ich erinnere mich an diesen Sommer, als wäre es gestern gewesen. Und kaum blinzelt man dreimal, sind 30 Jahre vergangen, und die Kinder sind groß. Und du liegst hier auf dem Friedhof. Dabei hab ich damals immer gedacht, dich kann nichts umhauen. Dieser Tag, an dem du mich auf dem Badezimmerfußboden gefunden hast. Ich weiß es noch wie heute. Die Fliesen kühl und glatt an meinem Rücken, das Baby schreit, die Kinder ... Und ich kann einfach nicht aufstehen. Alles wie durch Watte. Selbst der Schmerz, die entzündete Brust. Ich bleibe einfach liegen. In meinem Magen ist etwas Schweres und Glibberiges zugleich, mir ist übel. Mein Mund schmeckt säuerlich, meine Haare sind fettig, ich kann mich nicht erinnern, wann ich das letzte Mal geduscht habe. Die Dunkelheit hinter meinen Augenlidern ist beruhigend, eine wabernde Fläche aus Flecken und Finsternis. Dort wollte ich sein, Doro. Nur dort. Und dann du in der Tür, die Kinder schmale Schatten hinter deinem Rücken, das Baby auf deinem Arm. Einbrecher-Fähigkeiten, sagst du, weil ich wissen will, wie du hereingekommen bist. Deine Frage: Wo ist Walter? Ich muss lachen, trotz allem, denke an das gestreifte Männchen mit der Mütze, das meine Kinder auf Wimmelbildern suchen. Genauso wimmelig kommt mir Walter vor. Schüleraustausch, was für ein Witz, sagst du. Aber kein guter, sage ich.

Als die Welt wieder stillstand, oder zumindest das Auto, kontrollierte sie, ob sie alles bewegen konnte. Sie konnte. Ihr Nacken schmerzte, ihr Kopf auch, aber nicht so schlimm, wie sie es erwartet hätte. Sie lag auf der Seite, links neben ihr streckten sich ein paar Gräser ins Wageninnere, matschiger Boden quoll durch das offene Seitenfenster. Der Airbag presste sich gegen ihre Schläfe. Die Welt war aus den Fugen geraten, nicht mehr dort, wo sie sein sollte. Die Windschutzscheibe war noch ganz.

Cecilia fummelte mit zitternden Fingern nach dem Gurt, öffnete die Schnalle und versuchte, ihre Füße aus der Fahrerkabine zu bekommen. Ihr rechter Fuß klemmte unter dem Gaspedal und tat weh, als sie ihn befreit hatte und auftrat. Richtig, richtig weh. Sie zwang sich, hinzusehen, nicht, dass sie einen Schock hatte und nicht merkte, dass ihr Knochen senkrecht vom Bein abstand. Aber der Knöchel sah normal aus, wurde nur langsam dick. Cecilia schob sich hoch, am Airbag vorbei, versuchte, die Beifahrertür zu fassen zu bekommen, schaffte es, sie aufzustemmen, kletterte aus dem Wagen. Der Traktor stand auf der Straße, das entgegenkommende Auto auch. Jeweils ein Mann war ausgestiegen, beide schienen unverletzt, beide Fahrzeuge waren noch ganz. Bremsstreifen auf der Straße.

»Um Gottes willen!«, rief der Mann mit dem Traktor und kam ihr entgegen. »Geht es Ihnen gut?«

»Sind Sie völlig geistesgestört?«, schrie der andere. »Sie hätten uns alle umbringen können!«

Cecilia fühlte sich nicht imstande, zu antworten. Sie wankte ein paar Meter auf den Traktor zu und fühlte, dass sie sich setzen musste, schwankte. Einer der Männer packte sie am Arm, und sie ließ sich halb in seine Arme, halb auf den Boden sinken. Jeden Tag sah sie so viele eingebildete Katastrophen vor ihrem inneren Auge. Blutende Kleinkindknie, Platzwunden, abgestürzte Flugzeuge, ertrunkene Verwandte. Nur beim Autofahren katastrophisierte sie nie. Sie fuhr (zugegeben, sehr ungestüm) ohne Bedenken.

Ihr Auto steckte seitlich mit der Schnauze voran im morastigen

Graben. Es sah aus wie eines von Oskars Spielzeugautos, wenn er sie irgendwo herunterkrachen ließ. »Bamm!« Der Gedanke ließ sie schmunzeln. Sie hörte das Lachen, bevor sie bemerkte, dass es von ihr kam.

»Was zur Hölle ist so lustig?«, fragte der unfreundliche Mann. »Wegen Leuten wie Ihnen sterben Menschen!«

Cecilia nickte erschöpft, sie war eine furchtbare Person. Der nettere der beiden kam mit einer knisternden Rettungsdecke und einer Thermoskanne wieder, und sie verbrannte sich die Zunge am starken, heißen Kaffee, den er ihr einschenkte. Sie lachte wieder – ein benutzter Becher von irgendeinem Fremden. Igitt. Er konnte Herpes haben oder eine fette Erkältung oder sonst was Ekelerregendes. Der Kaffee rann heiß ihre Speiseröhre hinab.

»Die Polizei ist unterwegs«, sagte der Nicht-so-Nette.

»Und ein Sanitäter auch«, fügte der Nettere hinzu.

Die Rettungsdecke knisterte um ihre Schultern. Der Himmel war grau und bewölkt. Ein paar Baumkronen schoben sich in ihr Blickfeld, und ein Schwarm Vögel flog zwischen den Wolken hin und her.

Die Männer sprachen miteinander, mit ihr, aber sie hörte nicht zu, in ihrem Kopf spielte ein Kinderlied, das Oskar gerne hörte, es ging um ein Auto, dass erst langsam wie eine Schnecke fuhr, und dann immer schneller wurde, bis es um die Ecke sauste. In der Ferne heulten Sirenen, die näher kamen. Cecilia war schlecht, sie übergab sich auf die goldene Rettungsdecke, die sie umfloss wie der Mantel einer Heiligenfigur in einer Kirche.

… und dann Dirk und die Suppe und die Kinder mit rosigen Wangen wie aus einer Zwieback-Werbung. Irgendjemand von euch muss ihnen saubere Kleidung angezogen haben. Ihr sagt nichts. Ihr seid einfach da. Ich weiß nicht, wie viel man weinen kann, Doro. Ich schäme mich so.

Im Krankenhaus war es warm. Sie hatte ein paar Polizeileuten Auskunft gegeben, hatte die einzige Nummer angerufen, die sie auswendig wusste, weil ihr Handy verschollen war, aus dem Fenster geflutscht in den morastigen Graben. Per-Olov, den sie gar nicht anrufen wollte.

Sie wartete. Wartete auf eine Krankenschwester, auf mehr Kaffee, der ihr Herz zum Rasen brachte. Ihr war kalt, aber sie schwitzte. Ihr Nacken tat weh, ihr war schwindelig. Jemand begutachtete ihren Knöchel, irgendein Band war angerissen oder ganz gerissen, keine Ahnung, es tat höllisch weh. Sie bekam eine Schiene und Krücken und eine Halskrause, denn auch ihr Kopf schmerzte. Ihre Hände waren voll Matsch, fiel ihr auf, ihre Finger matschverkrustet, ein Fingernagel abgebrochen. Das Krankenzimmer steril, die Bettwäsche steif. Sie war allein. Sie war müde. So müde.

... *und die Tage danach: Ich kann den dritten Morgen in Folge nicht aufstehen. Das Baby schreit, es hat Bauchweh, es hat die Windeln voll, es hat Hunger. Dann alles von vorn. Wenn es schläft, liege ich mit weit offenen Augen da und zähle die Minuten, die ich nicht schlafe. Warte darauf, dass das Gebrüll wieder losgeht. Ich weiß nicht, wie lange ich nicht geschlafen habe, Doro, wie lange schafft man es, nicht zu schlafen?*

Aber du bist da, machst Frühstück. Dirk fährt die Kinder in die Schule, das Wochenende ist vorbei. Ich bleibe im Bett. Du sitzt irgendwann neben mir.

Ich kann einfach nicht mehr, höre ich mich sagen.

Ich weiß, sagst du.

Ich muss mal raus, sage ich, und du nickst langsam. Du schlägst vor, dass ich zu euch ziehe, nur für eine Weile, aber das Dorf ist zu klein. Ich kann meine Kinder nicht andauernd sehen, ohne sie zu sehen. Wieder fange ich an zu weinen, alles fühlt

sich wund an von all den Tränen. Ich schniefe, du reichst mir ein
Taschentuch.

Und dann sagst du: Dirk fährt morgen zu einer Bekannten
nach Marseille, und schaust mich lange an.

In Ordnung, sage ich. In Ordnung.

»Cecilia!«

Sie öffnete die Augen. Ihr Mund war trocken und pelzig, die Zunge klebte ihr am Gaumen. Ihr Knöchel pochte nun mehr, der Kopf ebenso, und Sterne tanzten vor ihrer Nase. Sie fühlte sich, als hätte sie ungefähr zwei Sekunden lang sehr tief geschlafen.

»Cecilia!«

»Hm?«

»Meine Große, was machst du denn für Sachen?!«

Sie blinzelte und blickte in die besorgten Gesichter ihres Vaters und ihrer Geschwister, die sich über sie beugten. Ein Streifen Licht fiel durch einen Spalt im Vorhang auf ihr Krankenhausbett, das bei jeder Bewegung quietschte. Die Laken fühlten sich fest und kühl an.

»Mamam!«, sagte Oskar von irgendwo unterhalb ihres Sichtfelds. Jemand hob ihn auf ihr Bett. Er schlang die Arme um ihren schmerzenden Nacken, roch nach Apfelsaft und Babyshampoo, und sie drückte ihre Nase in sein weiches Haar. Gott, sie hätte es sich nie verziehen, wenn er mit im Auto gewesen wäre. Wenn ihm irgendetwas passiert wäre. Nie, niemals.

»Hi«, krächzte sie. Ihre Lippen waren rissig.

»Sisi, meine Große, das ist alles meine Schuld. Himmel, ich hätte dich nicht so erschrecken dürfen, mit … mit meiner Beichte!« Ihr Vater knetete sein Kinn. Er wirkte ernsthaft zerknirscht. Cecilia sah Bilder vor sich, wie er sie auf den Schultern trug, wie er alles reparierte, was man wollte, von löchrigen Jeans bis zu einem verstopften Abflussrohr in Wohnheim-Bädern, er war der Spinnentöter und

Monster-unter-dem-Bett-Verjager. Er hatte zwar manchmal den Kopf in den Wolken, aber er war da, wenn man ihn brauchte. Er war gern allein, ja, aber wer war das nicht? Cecilia hätte ab und an morden können für ein paar Minuten Stille und Ruhe und Alleinsein.

»Hat P-O euch angerufen?« Sie stupste gedankenverloren mit dem Finger gegen einen Bügel, der über ihr baumelte, für eingegipste Beine oder Sonstiges. Marika nickte.

»Mamas Handy war mal wieder aus«, sagte Jonas. »Aber ich hab ihr eine Sprachnachricht hinterlassen.«

»Hier.« Marika trat vor und streckte Cecilia einen unförmigen Klumpen hin. Sie wirkte wie damals, als sie ein kleines Kind gewesen war. »Ich hab Cookie Dough dabei. Ohne Ei.«

»Rohen Teig«, sagte Jonas. »Lecker.«

»Die Vanillekipferl sind nicht ganz fertig geworden«, sagte Marika. »Nimm.« Cecilia nahm die in Klarsichtfolie eingepackte, steinharte Kugel Teig.

»Danke«, sagte sie. Oskar begann, sie auszuwickeln. Papa griff hinter sich und zog einen Karton mit vier Pappbechern hervor. »Ist nur die Plörre vom Automaten in der Eingangshalle, aber ... Mensch, Sisi, es hätte so viel ...« Er verstummte.

»Mir geht's gut«, sagte Cecilia.

Marika schunkelte Romy in ihren Armen. Sie hatte Tränen in den Augen. Auch ihr Vater blinzelte, und Jonas wühlte auffällig lang in seinem Rucksack herum.

Cecilia knibbelte kleine Bröckchen von der Teigkugel ab und schob sie sich in den Mund. Echte Vanille, eindeutig. Jonas beugte sich vor, stellte eine Kerze auf das Tischchen neben ihrem Bett, wo schon ein abgedecktes Tablett stand, und zündete sie an.

»Tannenduft«, sagte er. »Ist noch von Julia. Ich dachte, das ist am weihnachtlichsten.«

Die Duftkerze, die er aus seinem Rucksack gezogen hatte, roch tatsächlich sehr künstlich nach Christbaum. Cecilia schaute in die flackernde Flamme. »Es war einfach etwas viel in letzter Zeit.«

»Aber du wolltest doch diese dämliche Feier«, sagte Jonas. »Jeder andere wäre froh, wenn Weihnachten einfach mal ausfällt, aber du ...«

»Das ist es nicht nur.«

»Was ist noch?« Marika ließ sie los und sah sie ängstlich an. Cecilia dachte an ihre OP. An ihre Angst, Oskar allein zu lassen, ob nun freiwillig oder nicht.

»Nichts«, sagte sie. Ein großes Stück der Teigkugel war schon weg, sie würde Bauchweh kriegen. »Nur ... Ich muss euch was sagen.« Sie erzählte vom Befund, der nicht unauffällig gewesen war, von den Schatten, von ihrer Angst.

»Oh«, machten ihre Geschwister und ihr Vater.

»Oh«, machte Ossi es ihnen nach.

Cecilia guckte weiter in die Tannenduftflamme. »Ich wollte nicht, dass ihr euch Sorgen macht.«

»Ach, mein Schatz.« Ihr Vater drückte ihre Hand, etwas unbeholfen. Sie wartete darauf, dass er »alles wird gut« oder eine ähnliche Plattitüde sagen würde, aber er schwieg. Marika nahm sie in den Arm. Cecilia presste sich gegen ihre Schwester.

»Ich hab Angst«, sagte sie.

»Aber du kriegst doch immer alles hin«, sagte Marika.

»Du bist doch unsere harte Sau«, sagte Jonas. »Ich wette, du kannst es ohne zu Zögern mit Jack Reacher aufnehmen.«

»Mit wem?«, fragte ihr Vater.

»Ohne Probleme. Im Nahkampf und sonst wo.«

Cecilia befreite sich aus den Armen ihrer Schwester. »Ich will aber keine harte Sau sein. Ich will nicht die sein, die immer alles hinkriegt. Manchmal will ich auch, dass sich mal jemand um mich kümmert.«

Marika fing an zu weinen.

»Wieso heulst du jetzt?«, fragte Cecilia.

»Einfach so«, sagte ihre kleine Schwester. »Weiß ich auch nicht.« Cecilia reichte ihr eine Packung Taschentücher, die neben dem Bett lag.

»Du bist doch unsere Große«, sagte Papa. »Warst du schon immer.«

Cecilia schaute zur Decke. »Ihr versteht es nicht.«

»Doch, sehr wohl«, sagte Jonas. »Und wenn ich das richtig mitgekriegt habe, ist Mama genau deshalb damals durchgedreht, oder?«

»Sie ist doch nicht durchgedreht!«, sagte ihr Vater. »Marianne brauchte mal eine Auszeit.«

»Verständlicherweise!«, sagte Marika. »Ich würde Romy auch ganz gern mal abgeben. Also, na ja, nicht so lange, aber ...« Sie zuckte die Schultern.

»Ich nehm sie«, sagte Jonas.

»Du? Niemals! Ich will nur sagen, ich kann es verstehen.«

»Jedenfalls hast du bombe auf uns aufgepasst, Cecilia«, sagte Jonas. »Also, soweit ich mich erinnern kann. Es gab dauernd diese leckeren Käsebrötchen, oder? Jedenfalls, tippi-toppi, Sisi! Wie Marikas Freund sagen würde.«

»Das würde er nicht sagen.«

»Klar, tippi-toppi!«

»Du bist doch der mit den bekloppten Wörtern! Wer benutzt schon bombe als Adjektiv?!«

»Als Adverb«, sagte Papa.

»Hä?«

Cecilia drückte die Nase an den Hals ihres Sohnes, während ihre Geschwister und ihr Vater über alberne Ausdrücke und die deutsche Grammatik diskutierten.

Jonas trommelte auf seinen Knien herum. »Außerdem ist doch

jede Familie dysfunktional, oder? Und wir sind eben unglücklich auf unsere ganz eigene Weise. Wie bei Dostojewski. Sollen wir heimfahren?«

»Tolstoi«, sagte ihr Vater.

»Was?«

»›Alle glücklichen Familien sind einander ähnlich, jede unglückliche Familie ist unglücklich auf ihre Weise.‹ Anna Karenina«, sagte Papa. »Ist von Tolstoi. Nicht Dostojewski.«

»Ja, sag ich doch.«

»Ihr geht schon wieder?« Cecilia spielte mit der Fernbedienung fürs Bett herum, und ließ ihre Rückenlehne ein wenig hoch- und runterfahren.

»Du auch. Ich hab diesen Arzt belabert, dass er ...«

»Ich bleibe lieber noch eine Nacht«, unterbrach Cecilia, mehr zu sich selbst, obwohl sie gar nicht wusste, ob das ging. Immerhin war das ein Krankenhaus und kein Hotel. Sie drückte Oskar an sich. Er würde klarkommen, ihr kleines, großes Kind. Oder?

»Au ja, Ossi schläft bei Opa!« Ihr Vater strahlte seinen Enkel an. »Ich fahr ihn zur Not die ganze Nacht mit dem Kinderwagen rum. Und außerdem ist P-O auf dem Weg.«

»Ernsthaft?«

»Er hat uns vorhin vom Flughafen aus angerufen.«

Oskar ließ einen unsichtbaren Bagger auf ihrer Beinschiene auf- und abfahren.

»Mama muss mal schlafen, okay, Ossi?«, sagte Cecilia.

»Brrrm-brrrm«, machte das Kind.

SONNTAG

ZOMBIEAPOKALYPSE

Liebe Marianne, Mensch, nun ist es am Morgen schon richtig kalt. Hier im Dorf klebt Raureif an den Fenstern, wenn wir aufstehen. Dirk und ich wollen demnächst nach Kreta, noch ein wenig Sonne tanken, bevor das Semester losgeht. Es freut mich, dass es dir besser geht. Guter Schlaf ist wichtig. Und gut, dass du ausgehst! Es gibt eine Bar, ich schreibe dir die Adresse auf, in der man mittwochs tanzen kann. Und ein paar Restaurant-Tipps fallen mir sicher auch noch ein.

Ich verstehe, warum du nicht mit Dirk nach Hause fahren wirst, wenn er am Wochenende kommt. Und natürlich kann man das Alleinsein genießen und trotzdem sein anderes Leben vermissen, Marianne. Es ist doch nur logisch, dass du sie vermisst, Legosteine, in die man tritt, hin oder her. Gegen den Milchstau sollen Auflagen aus Quark helfen, sagt eine Freundin.

Cecilia schlief. Sie schlief tief, sie schlief lange. Die Nachtschwester fragte, ob sie mehr Schmerzmittel brauchte, und Cecilia schlief mit Hilfe des Mittels, das ihr die nette Pflegekraft brachte, und der Schmerztabletten, die dieses Mittel verstärkten. Sie schlief ohne schlechtes Gewissen und ohne nachts aufzuschrecken. Oskar war bei seinem Opa. Und bei seinem Vater. Seiner Tante, seiner Cousine und seinem Onkel. Und wahrscheinlich war auch die Oma da. Oskar ging es gut.

Sie träumte einen kitschigen Traum, in dem sie mit dem Kind im Sommerhaus wohnte, das luftig und hübsch war. Sie lebte von

Erspartem und pflanzte Biogemüse an, kaufte Eier beim Bauern, fuhr nur noch Fahrrad. Sie hatte gebräunte Haut und einen Pferdeschwanz und Muskeln vom vielen Radfahren. Oskar war glücklich und schmutzig und frei. Der Keller war leer, nur unterhalb der Gefriertruhe befand sich ein Pool, der erst gefroren war, dann aber auftaute und zur heißen Quelle wurde, in der man baden konnte.

Als sie aufwachte, fiel weiches Frühmorgenlicht durch die Jalousien, und auf den Gängen hörte man die quietschenden Schritte der Krankenschwestern und -pfleger. Cecilia fühlte sich wach. Sie hatte keine Ahnung, wann sie das letzte Mal richtig wach gewesen war.

Jemand klopfte und brachte ein tristes Frühstück, und Cecilia beschloss, sich selbst zu entlassen. Sich abholen lassen, nach Hause fahren. Ins Sommerhaus. Ossi umarmen. Mit ihrer Mutter reden.

Cecilia wartete vor dem Krankenhauseingang, und als das riesige Wohnmobil auf den Parkplatz rumpelte, erwartete sie ihren Vater, aber wer ausstieg, war Per-Olov. Er hob Oskar aus dem Sitz, der auf sie zurannte und sich in ihre Arme warf.

»Wie lief es?«, fragte sie und drückte das Kind an sich; sie hatte ihn vermisst, trotz allem, und wenn es nur eine Nacht war.

»Gut«, sagte Per-Olov. »Ossi und ich sind ein Team.«

»Echt?!«

»Ja, echt. Trau mir halt auch mal was zu, Cecilia.«

»Na ja, ich mein ja nur, es war das erste Mal ohne mich nachts und ...«

»Wir können das, Cecilia.«

Mit Krücken humpelte sie in Richtung Wohnmobil. Oskar rannte vor und überreichte ihr eine Tüte voller Vanillekipferl, alle zerbrochen und zerbröselt. Einige waren feucht, als hätte er sie angeschlabbert und dann wieder in die Tüte gesteckt. Sie aß trotzdem zwei davon. Sie schmeckten – interessant, hätte ihr Vater gesagt.

»Hat er selbst gebacken«, erklärte Per-Olov. »Mit Billy und Jonas.«

»Danke«, sagte Cecilia.

»Was ist denn eigentlich genau passiert?« P-O schnallte Ossi auf seinem Sitz fest.

»Mama hat uns verlassen.«

»Ähm, haben sie dir irgendwelche Medikamente gegeben? Stehst du noch unter Schock?«

Cecilia hievte sich in den Wagen, blinzelte, verscheuchte den Nebel um ihre Schläfen. »Ich bin in den Straßengraben gefahren. Mein Knöchel ist verstaucht, und ich habe wohl ein Schleudertrauma. Kein Grund zur Aufregung.«

»Kein Grund zur Aufregung? Vielleicht mache ich mir ja Sorgen!«

»Ich hab die Kontrolle verloren«, sagte Cecilia. »Über den Wagen.«

»Was, wenn unser Junge mit im Auto gesessen hätte?« Per-Olov stieg neben ihr ein.

Cecilia merkte, wie Tränen in ihren Augen aufstiegen wie Taucher aus den Tiefen ihres Unterbewusstseins. »Ich weiß«, flüsterte sie.

Per-Olov ließ den Motor an. »Na ja, hat er ja nicht.« Er reichte ihr eine weitere Tüte. »Lachsbrötchen?«

»Danke«, sagte sie. Die Mischung aus Vanillekipferln und Lachsbrötchen war ekelhaft, und genau, was sie im Moment brauchte.

P-O fuhr unglaublich langsam, er war das Wohnmobil nicht gewohnt, und auch sonst ein übervorsichtiger Fahrer. Ihr gesunder Fuß zuckte zum Gaspedal. Oskar saß zwischen ihnen und versuchte, eine Plastikdose mit den Zähnen aufzumachen.

»Was hast du ihm eingepackt? Blanke Nudeln?«

Per-Olov trommelte mit den Fingern auf dem Lenkrad herum. »Also, hör mal. Ich kann mich auch kümmern. Ich will mich kümmern! Aber diese ewige Kritik …«

»Kannst du aufhören?«

»Mit was?«

»Deine Finger!«

»Gott, Cecilia!«

»Ich hasse einfach dieses Geräusch, das …«

»Wenn dich schon meine Finger nerven, dann weiß ich auch nicht mehr.«

Oskar hatte es geschafft, die Dose zu öffnen. Er zog ein paar in Apfelmus getränkte Schupfnudeln daraus hervor, stopfte sich welche in den Mund. »Nicht alle auf einmal, du verschluckst dich, Ossi.« Bunte Pfeile tanzten vor Cecilias Augen. Sie aß noch ein matschiges Vanillekipferl, das seltsamerweise nach Pfeffer schmeckte.

»Weißt du, du bist wie deine Mutter!«

»Was?«

»Deine Mutter … also, bevor … diese Freundin, diese Doro von ihr gestorben ist. Die musste alles selbst machen. Nicht mal Tisch decken durfte man.«

Cecilias Kopf schmerzte, ihr Nacken schmerzte, ihr Knöchel schmerzte. Sie hatte keine Kraft für dieses Gespräch.

»Und jetzt muss sie mal raus«, sagte P-O. »Verständlich. Aber du …« Er sah angestrengt auf die Straße, ihr ordentlicher Per-Olov, mit seiner dunklen Jeans und seinem dunkelblauen Pullover, der nie einen Bartschatten oder Augenringe hatte. Nur die Geheimratsecken waren in den letzten Jahren etwas tiefer geworden.

»Ich was?« Cecilia sah auf ihre Hände und knibbelte am abgebrochenen Fingernagel herum. Sie hasste es, wenn irgendwo ein Eck abstand, und wünschte sich eine Nagelfeile.

»Du … ach, nichts.«

»Was?«

»Ich glaube einfach, dass du mich gerade echt brauchen würdest. Und nur deshalb so abweisend bist. Weil du es nicht erträgst, dass du mal jemanden so wirklich brauchst.«

»Oh, du Supertherapeut«, sagte Cecilia. »Ich brauch dich gar nicht. Ganz im Gegenteil.«

Sie schaute aus dem Fenster, dann zu ihrem Kind. Oskar hustete Schupfnudel-Matsch aus, und Cecilia wischte ihn von seinem Pulli. Die gewundene Straße, milchiges Winterlicht. Trockene Heizungsluft, die aus dem Armaturenbrett in ihr Gesicht pustete.

»Ich bin nicht wie meine Mutter«, sagte sie.

»Na ja, es gibt schon gewisse Ähnlich…«

»Als ich neun war, hat sie uns für vier Monate verlassen. Sie ist einfach weggegangen.«

»Ich dachte, sie war krank?«

»Das war eine Lüge.«

Per-Olov verzog das Gesicht. »Du meine Güte. Warum?«

Warum? Cecilia sah an die Autodecke, dann wieder auf ihre Finger. War das nicht offensichtlich? Sie hatte all das, was Cecilia hatte, hoch drei gehabt. Drei kleine Kinder. Einen Ehemann, der zwar hilfreich sein wollte, aber es irgendwie ganz und gar nicht war. Einen Perfektionismus, der ihr im Nacken saß. Du musst das richtig gut machen, Marianne, du musst perfekt sein, Cecilia. Wo auch immer der herkam. Man guckte sich Dinge von seinen Eltern ab, oder?

»Sie konnte nicht mehr.« Auf einmal wollte Cecilia ganz schnell zurück ins Sommerhaus, wollte auf der durchgesessenen Couch die Kalender betrachten, an nichts denken. Sie wollte Bratäpfel essen und Blaukraut und einen hässlichen Weihnachtspulli mit einem Rentier darauf anziehen und ihren schicken Samtrock darunter, damit sie noch ein letztes Weihnachtsfest in der Ritterburg haben konnte, genau, wie es geplant gewesen war.

Aber in Wahrheit wäre dort nur ihre faule Familie in einem halb-leeren Haus voller Umzugskartons.

Sie versuchte, sich unter der Halskrause zu kratzen.

»Und du?«, fragte Per-Olov in ihre Gedanken hinein.

»Was?«

»Kannst du noch?« Es klang so, wie er früher gewesen war: Verständnisvoll und lieb. Cecilia antwortete nicht. Draußen rauschten die Bäume vorbei, wirbelten ineinander zu einer verwaschenen Baumtapete.

»Alle machen sich Sorgen, Ceci«, sagte Per-Olov. »Wir alle. Ich auch.«

»Okay«, sagte sie. »Danke.«

»Okay, danke?!«

Sie zuckte die Schultern, was wirklich schmerzhaft war.

»Als du angerufen hast, bin ich echt erschrocken.« Per-Olov hob die Hände kurz vom Lenkrad. »Unfall! Man nimmt automatisch das Schlimmste an.«

Sie sah hinaus auf die Straße, die Felder, weiß vom frühen Raureif oder einem pudrigen Schnee, sie wusste es nicht.

»Und dann dachte ich, okay, nur ein gezerrtes Bein, das ist eine Chance!«

Das Kind saß da und futterte vor sich hin, aß eine zermatschte Schupfnudel von seiner Hose.

»Und ich musste daran denken, dass du immer unbedingt alles durchziehen willst. Du fängst was an, du ziehst es durch. Du beißt die Zähne zusammen, nur damit du dir nicht eingestehst, dass es ne falsche Entscheidung war.«

»Und?«

»Und genauso gehst du diese Scheidung an«, sagte er. »Du machst die Hausaufgaben nicht, weil du uns schon aufgegeben hast. Du willst es durchziehen, weil du es so entschieden hast. Punkt.«

»Wir streiten doch nur noch. Seit Oskars Geburt. Ich dachte, das erste Jahr ist das schlimmste, aber es geht einfach so weiter. Wir leben nur noch nebeneinander her. Und ich kann mich nicht auch noch um uns kümmern. Ich kümmere mich sonst schon um alles.«

»Aber wir sind auch wichtig. Vielleicht sogar wichtiger als alles andere. Wir, diese Familie.«

»Oh, du wirst kitschig, Per-Olov.« Cecilia kniff sich mit zwei Fingern in die Nasenwurzel. »Hast du auch eine praktische Lösung für deine tiefen Gefühle?« Sie wusste, dass es gemein war, so etwas zu sagen, aber sie konnte nicht anders. Es waren nur Worte. Worte halfen nicht weiter, wenigstens jetzt nicht mehr.

»Wir machen mal Urlaub«, sagte Per-Olov.

Sie lachte auf. »Urlaub?«

»Und danach mach ich Teilzeit.« Er lächelte. »Und du auch. Und Ossi geht in die Kita. Und wir kriegen das hin.«

Sie blinzelte. »Und sie lebten glücklich bis an ihr Lebensende.«

P-O öffnete das Handschuhfach und zog ein paar Blätter raus. »Schau. Ich hab unterschrieben. Wenn du das wirklich willst. Aber ... gib mir – uns – noch, sagen wir, sechs Monate. Um das hinzubiegen.«

»Hinbiegen?«

»Ja.« Er sah sie an, sehr kurz, dann blickte er wieder auf die Straße. »Du musst halt auch mal loslassen.«

»Gib nicht mir die Schuld!«

»Tu ich nicht. Ich hab mich nicht richtig bemüht, ich weiß. Ich hab dich allein gelassen. Man kann dich echt leicht allein lassen, weil du immer alles wuppst.«

Cecilia schaute aus dem Fenster auf die karge Winterlandschaft.

»Okay«, sagte sie. »Sechs Monate. Und ich seh es ein, wir müssen da beide mitmachen. Ich überlasse dir mehr Aufgaben, und du ... Du musst mehr ... Gas geben.«

»Okay. Pass auf.« Per-Olov blinkte, verzog das Gesicht und überholte einen Kleintransporter vor ihnen. Als er wieder eingespurt war, sah er sie stolz an. »Na?«

»Was?«

»Ich hab Gas gegeben!«

Cecilia lächelte ein bisschen.

»Bei einem Zombieangriff würde ich natürlich trotzdem nur dich fahren lassen.«

»Sowieso.«

»Und die Ritterburg würde sich bei einer Zombieapokalypse auch echt gut machen, so als sicherer Hafen«, sagte P-O.

»Weißt du mehr als wir Normalsterbliche? Werden wir demnächst von Untoten überrannt?«

Per-Olov trommelte mit den Fingern auf dem Lenkrad, aber nur ganz kurz. »Nein, aber ich hab mir was überlegt.«

URLAUB AN ÖSTERREICHS SCHÖNSTER KÜSTE

»Glaubst du eigentlich an sowas wie Schicksal?«

»Kitsch-Alarm, Kirschkernspucker?«

»Nee, aber ist doch lustig, dass alles in die Brüche ging und ich hier eingezogen bin und du da warst ...«

»Ja, weil ich hier wohne. Das hat ja wohl nichts mit dir zu tun.«

»Ja, aber ...«

»Nee, ich bin keine Nebenfigur in deinem Leben, Jonas. Lass mich mal schön die Hauptfigur in meinem eigenen Leben sein.«

»Okay, ja. Aber ich bin froh, dass es so gekommen ist, wie es gekommen ist. Ich bin Island dankbar.«

»Island?«

»Und der Ritterburg. – Was machst du da?«

»Ich schau mir das VHS-Programm an. Kung Fu zur Förderung des Gleichgewichts. Wäre das nichts für einen alten Mann wie dich?«

»Ich geb dir gleich alter Mann.«

»Nee, guck, ich hab den perfekten Kurs für dich: Vegane Würstchen leicht gemacht. Das ist doch was für dich!«

»Okay, okay, meld mich an. Aber später, jetzt komm her und hör auf zu reden ...«

Im Ex-Fernsehzimmer lag noch eine einsame Matratze am Boden, daneben nichts als der Koffer ihrer Mutter. Cecilia lauschte ihrer

Familie, die in der Küche herumlärmte, hörte Oskar kreischen und Jonas ein Lied singen; es klang, als tanzten sie den Macarena-Tanz.

Per-Olov klopfte an ihre Tür. »Darf ich?«

Cecilia schüttelte ihr Kissen auf. »Hast du Schokolade dabei? Dann ja.«

P-O zog eine Tüte Haribo hinter seinem Rücken hervor. »Gilt das auch?«

»Sag es nicht Ossi.«

Er kroch zu ihr unter die Decke, und sie rissen die Gummibärchentüte auf. Es war eine gemischte, die niemand mochte, außer Per-Olov, weil Lakritz dabei war. Draußen war ein trüber Tag, einer, der es rechtfertigte, im Bett zu bleiben.

Cecilia pulte jedes schwarze Stückchen heraus und reichte es ihrem Mann, während sie einen besonders dämlichen Film mit Nicolas Cage auf Hexenjagd anschauten. »Steiermärkische Küste« wurde eingeblendet, als Nicolas Cage an einer stürmischen Klippe entlangwanderte, und Cecilia sagte: »Wir müssen wieder mehr reden.«

»Hm?«

Sie aß das letzte gelbe Gummibärchen. Die grünen überließ sie ebenfalls P-O. »Wir müssen mehr reden. Und zwar nicht nur über Oskar und wie sein Windelinhalt ausgesehen hat oder was es zum Abendessen gibt. Sondern über was Richtiges. Was für uns. Was Gemeinsames. Und wenn es nur darüber ist, wie grottenschlecht dieser Film ist.«

»Ja«, sagte Per-Olov. »Klar. Und weißt du was, unser nächster Urlaub sollte in der Steiermark am Meer sein. Diese Klippen hier sind atemberaubend. Wenn es nicht regnen würde, hätte man sicher eine fantastische Sicht in Richtung Ungarn.«

Der Schneckenauto-Song sang in Cecilias Kopf, und sie überlegte, ob das ein Hinweis auf ein gefährliches Schädel-Hirn-Trauma sein konnte. Kinderlieder in Dauerschleife. Sie sah ihren Mann an, den Kopf an seine Schulter gelehnt, den Bauch voller Gummibärchenklumpen. Draußen wurde es langsam dunkel.

»Oder Slowenien«, fuhr P-O fort. »Und das Hotel sollte einen Privatstrand haben, damit wir mit dem Boot rausfahren können. Und Nicolas Cage sollte da sein, und irgendeine fiese Hexe.«

Cecilia nickte, dachte: *gleich diesen Sommer?*, und hörte sich sagen: »Oder ich mache einfach mal ganz allein Urlaub. Ohne euch.« Marseille, ein Café au lait, ein weinrotes Sommerkleid. Keine Verantwortung.

»Wenn du willst ...«, sagte Per-Olov.

»Und alle paar Wochenenden könntest du Ossi mal alleine nehmen.«

»Und was machst du dann?«

»Nichts«, sagte Cecilia und lächelte in sich hinein. »Was ich will.«

Jonas streckte den Kopf ins Zimmer. »Aufgestanden, faules Pack, Weih-neval steht vor der Tür!«

Cecilia stützte sich auf eine Krücke und humpelte aus dem Zimmer. P-O hielt sie fest, eine Hand lag auf ihrem Rücken. Es fühlte sich gut an, buchstäblich Unterstützung zu haben. Außerdem hatte ihr alberner Bruder ihr die Augen verbunden.

»Raus, raus!«, rief der. »In den Garten.«

»Es ist furchtbar kalt!«

Jonas lotste sie nach draußen, nahm die Augenbinde ab, und warf ihr einen Fleece-Pulli zu. »Bitteschön.«

Cecilia blinzelte. Im Garten warteten Marika, Romy und Oskar. Vor der Haustür standen weitere Kisten, also hatte ihre Mutter die Zeit wohl genutzt.

»Ist der Keller leer?«, fragte Cecilia ihren Vater, der hinter ihnen aus dem Haus kam.

»Muss nur noch gefegt werden.«

»Wir sollten die Fensterläden neu streichen«, sagte sie gedankenverloren. »Irgendwie mag ich das Gelb nicht mehr.«

»Schatz, das Haus ist verkauft.«

Cecilia schob einen Finger in ihre juckende Halskrause. Wenigstens hielt die den Nacken schön warm.

»Jetzt!«, schrie Jonas, und etwas klackte.

»Wouah!«, sagte Oskar, und Cecilia machte es ihm nach. Der halb
verbrannte Baumhausbaum funkelte bunt, die schwarz verkohlten
Äste, der morsche Stamm, die restlichen, wackeligen Bretter, die
übrig geblieben waren. Sie hatten alle aussortierten Lichterketten
(und das waren viele) über den kaputten Baum gehängt, flackernde,
violette, grüne, gelbe, sternförmige und welche mit kleinen Fischen
daran. Ein leuchtender Nicht-Weihnachtsbaum.

Marika legte ihr den Arm um die Schulter. »Gutes letztes Weihnachtsfest?«

Cecilia nickte, zog sich die Ärmel über die Hände und betrachtete das Sommerhaus, die abgeblätterte Farbe an den Fensterläden,
die Blumenbeete ihrer Mutter, braungrün und vertrocknet, das verbrannte Ex-Baumhaus, das gerade so schön schimmerte, aber ab-
gebaut werden müsste, und der Baum gefällt. Platz für einen neuen,
dachte sie.

»Alles okay, Große?« Ihr Vater drückte ihren Arm.

»Ich bin durch den Wind«, sagte Cecilia.

»Das tut mir leid«, sagte ihr Vater. »Ich war in diesem bescheuerten Kurs, weil … na, wegen meinem Herz und weil das Leben so
kurz ist und so, und ich dachte halt, es ist eine gute Idee, es dir endlich zu erzählen.«

»War's wahrscheinlich auch.«

»Wir hatten so lange nicht darüber gesprochen, dass es schon
ganz normal geworden war. Das mit dem Drüsenfieber hat sich ver-

selbständigt. Ich habe selbst schon daran geglaubt. Das war blöd von uns.«

Cecilia nickte. Sie sah zu, wie Billy drüben durch ihren Garten stiefelte, einen Gummibaum im Arm. Otis folgte ihr, die Hände in die Hosentaschen geschoben.

»Ging es ihr besser, als sie zurück war?«, fragte sie ihren Vater.

»Ich denke schon.«

Könnte sie Oskar für vier Monate verlassen? Einfach weggehen, in Frankreich am Strand liegen, und mit einem neuen, aufregenden Mann schlafen, der nicht Per-Olov war?

»Wenn man vom Teufel spricht!« Ihr Vater deutete in Richtung ihrer Mutter, die mit wehendem Mantel über den Hof geeilt kam.

»Gott, Sisi, ich hab gerade erst meine Nachrichten abgehört, mein Akku war leer, ich brauche wirklich mal ein neues Handy ...«

Ihre Mutter rannte zu ihr und umarmte sie, wie es nur Mamas können. »Bin ich froh, dass es dir gut geht!«

Cecilia antwortete nicht. Billy und Otis stiegen über den Zaun, beugten sich zurück und hievten gemeinsam den Blumenkübel über die Latten. »Für das Wohnzimmer.« Billy knipste eine weitere Lichterkette an, und auch der Gummibaum erstrahlte in hellem Licht. »Schnell rein, der erfriert mir noch!« Jonas nahm ihr den Baum ab, und küsste sie, schnell und selbstverständlich, auf den Mund.

»Isa?«, fragte jemand, während alle, sich die kalten Hände reibend, in Richtung Ritterburg gingen.

»Was?« Billy sah auf. »Oh, Gustl, hi.«

Sie wirkte leicht verlegen und löste sich von Jonas, der die Schultern straffte. Ein schmutziger Jeep rollte langsam in die Auffahrt, das Fahrerfenster heruntergekurbelt. Der blonde Typ, den Cecilia schon bei Billy gesehen hatte, sah verletzt aus, sein Gesicht eingefallen und aschfahl.

»Hallo!«, rief ihre Mutter. »Was macht denn mein Lieblings-Caterer hier?«

»Das ist Gustl?«, hörte Cecilia ihren Bruder raunen. »Du betrügst den Bilderbuch-Bauern mit mir?«

Cecilia fand, dass die Bezeichnung passte, der Typ sah wirklich blond und wettergegerbt aus, auf eine gute Ist-viel-an-der-frischen-Luft-Art und Weise.

»Betrügen?« Der Bilderbuch-Bauer wurde noch grauer.

»Was machst du denn hier, Gustl?«, fragte Billy, und fast wartete Cecilia darauf, dass sie sagte: »Es ist nicht, wonach es aussieht«, aber diesen Gefallen tat sie der gaffenden Zuschauermenge dann doch nicht. Ihr Vater bückte sich und lugte ins Auto.

»Ich hab meinen Schlüssel bei dir vergessen«, sagte Gustl. »Wollte ihn nur schnell holen.«

»Wieso hast du denn den dabei?«, fragte Papa. Cecilia schaute zum Auto. Vom Beifahrersitz winkte Dirk vorsichtig ihrer Mutter zu. »Ich bin gar nicht da«, rief er aus dem Wagen heraus. »Ignoriert mich einfach.«

Mama runzelte die Stirn.

»Das ist mein Onkel.« Gustl drehte sich zu seinem Jeep um. »Onkel Didi, wieso …«

»Marianne, ähm, wo ich eh schon da bin, ich hab Tschörvin hier, willst du ihn gleich, dann musst du ihn später nicht abholen«, sagte der nicht anwesende Dirk, und Cecilia merkte, wie ihr Vater sich neben ihr anspannte. Ihre Mutter nickte, Dirk öffnete die Beifahrertür ohne auszusteigen. Tschörvin stürzte aus dem Wagen und rannte auf sein Frauchen zu.

»Hä, ihr kennt euch?«, fragte Marika, die so verwirrt aussah, wie Cecilia sich fühlte.

»Wir sind zusammen in der Theatergruppe«, sagte ihr Vater. »Gustl spielt den Romeo.« Er klopfte dem Bauern auf die Schulter.

»Pah«, sagte der traurig.

Otis hüstelte; es klang nach Kichern.

»Ihr spielt Romeo und Julia?«, fragte Marika eher entsetzt als belustigt. Der Hund wedelte um sie alle herum wie ein kleiner Wischmopp.

Der Bauer sah Billy an. »Isa, ich dachte, wir sind …«

»Tut mir leid«, unterbrach Jonas, bevor Billy den Mund öffnen konnte. »Das war, also, ich wusste ja nicht …«

»Ich kann selbst für mich sprechen«, sagte Billy. »Ich bin doch kein Stück Kuchen, um das ihr euch streitet. Und Gustl, es tut mir wirklich leid. Ich war der Meinung, das ist nichts Festes zwischen uns.« Sie lief rosa an, und Cecilia sah, wie Otis »bindungsgestört« mit dem Mund formte.

»Ich will nicht der Bösewicht sein«, sagte Jonas.

»Tja«, sagte Otis. Jonas trat einen Schritt vor.

»Komm, hau mir eine aufs Maul«, sagte er. »Ich würde auch um diese Frau kämpfen wollen.«

»Du würdest was?«, fragte Billy.

»Ich kämpfe nicht«, sagte Gustl.

Cecilia sagte: »Können sich alle beruhigen und wir gehen rein und feiern gemütlich …«

»Doch, komm.« Jonas streckte ihm seine Wange entgegen. »Los, los, mach einfach kurzen Proze…«

Wumm, traf ihn ein Schlag gegen das Jochbein. Cecilia verzog den Mund, P-O neben ihr sog scharf die Luft ein. Cecilia drückte die Hand ihres Mannes. »Gott, Jonas«, sagte sie, musste aber grinsen. »Was bist du für ein Idiot.«

»Au«, sagte ihr kleiner Bruder. »Okay. Das saß.«

»Dirk, ich bin dafür, dass du auch aussteigst«, sagte ihr Vater.

»Meine Güte, Walter!«, sagte ihre Mutter.

»Ich bin Pazifist!«, rief Dirk aus dem Autofenster.

»Ich will ja auch *dir* eine reinhauen. Manchmal muss die Wut irgendwohin. Hat es geholfen?«, wandte sich Papa an Gustl. Der zuckte die Achseln.

»Also gut.« Dirk stieg aus dem Auto und stellte sich brav vor ihren Vater hin, das Kinn leicht vorgereckt.

»Himmel!« Ihre Mutter pfiff den Hund zu sich, der aufgeregt schwanzwedelnd um alle herumrannte.

Cecilias Vater ließ seine Faust nach vorne schnellen, »Papa!«, rief Marika, Dirk zuckte zurück. Aber er stoppte kurz vor Dirks Nase und grinste. »Nein, da steh ich doch drüber.«

»Du meine Güte.« Ihre Mutter klatschte in die Hände. »Los, rein jetzt mit euch, bevor sich noch alle erkälten!«

»Walter, was ist eigentlich mit deinen Küken?«, fragte Gustl. »Ich hab dir seit Monaten welche vorgemerkt, es sind halt keine Küken mehr, sondern Hühner ...«

»Ich melde mich«, sagte ihr Vater, noch immer breit grinsend.

»So viel geballte Manpower hier, ei-ei-ei.« Billy legte den Arm um Jonas und küsste ihn auf die Wange. »Das war äußerst heldenhaft von dir.«

»Jack Reacher wäre stolz auf dich«, sagte Otis. »Können wir essen? Und was ist mit unseren Verkleidungen? Ich denke, Jonas sollte als Oberschurke gehen ...«

RABENMUTTER

»Du hast den ganzen Weg bis nach Marseille diese klebrigen Karamellbonbons gelutscht.«

»Gekaut. Ich kau die immer.«

»Zuerst hatte ich das Gefühl, du verurteilst mich …«

»Hab ich nicht, Marianne. Noch nie!«

»Und dafür bin ich dir so dankbar. Ich weiß noch, ich meinte: Es ist nur kurz, bis ich auf die Beine komme. Und du hast gesagt: Du musst dich nicht rechtfertigen. Da hab ich mich das erste Mal von jemandem verstanden gefühlt.«

»Du hast die ganze Fahrt über geweint.«

»Wirklich?«

»Ja. Es lief so eine Sendung über Kinderkrankheiten, und du hast sofort angefangen zu weinen.«

»Hm. Ich erinnere mich nur an deine Oldie-Kassette. Ich kann vermutlich nie wieder die Beatles hören, ohne an meine Kinder zu denken. Oder Karamellbonbons essen. Die fühlten sich irgendwann an wie ein riesiger Klumpen Schuld in meinem Magen.«

»Ich hab gesehen, wie es dir ging. Das war nicht gut. Für niemanden.«

Drinnen war es heiß, der Ofen bullerte, und Cecilia blieb mit offenem Mund in der Wohnküche stehen. Zwischen den Kalendern und über dem Kamin funkelten Weihnachtslichter an der Wand. Der Tisch war gedeckt, sogar mit Servietten. Es roch nach warmen

Plätzchen und Bratäpfeln. In der Mitte des Tisches brannten Kerzen in zwei Leuchtern. Den Gummibaum, behängt mit roten Schleifen aus Geschenkpapier, stellte Billy daneben.

»Wow«, sagte Cecilia. Oskar saß auf dem Schoß seines Vaters und trug bereits einen Latz, bereit zum Essen. »Ihr habt es gemütlich gemacht.«

»Per-Olov hat uns in den Arsch getreten«, sagte Marika. »Aber ich muss zugeben, dass es wirklich schön geworden ist.«

»Ich verhungere gleich!«, sagte Jonas.

»Wartet!«, rief ihr Vater, der den Verkleidungskoffer anschleppte. »Es ist immerhin Weih-neval! Ich geh als Sportskanone.«

Er zog einen Jogginganzug aus der Kiste und schlüpfte hinein.

»Sehr selbstironisch«, sagte Jonas. »Wo ist mein Bärenkostüm?«

Cecilia wickelte sich einen dunkelgrauen Schal um den Hals und behängte sich mit einem schwarzen Umhang. Per-Olov fragte: »Was bist du denn?« Und Cecilia sagte: »Eine Rabenmutter.«

Sie setzten sich alle um den Tisch, die Rabenmutter und der Weihnachtsmann, der Kung-Fu-Grizzly und der Dinosaurier, die Touristin und die Sportskanone. Otis und Billy wühlten im Koffer und verkleideten sich als Putzhilfe (mit Staubwedel und Kittelschürze) und als Bindungsangst (was natürlich niemand erkannte).

»Wir haben ja gar keine Bescherung!«, rief ihr Vater. »Ohne Bescherung ist es doch kein richtiges Weihnachtsfest!«

Ihre Mutter sagte: »Wir haben das Haus fertig ausgeräumt und verkauft, das ist doch was? Eine Anti-Bescherung!«

Jonas klatschte Beifall. »Das warst du ganz allein. Das mit dem Verkaufen jedenfalls. Super, Mama.«

»Nein, ernsthaft. Wir sollten stolz auf uns sein! Der ganze alte Ballast ist weg.« Lächelnd blickte ihre Mutter sie alle an. »Ich meine, ernsthaft weg.«

»Jetzt können die neuen Besitzer den Keller mit ihrem eigenen Zeug vollmüllen«, sagte Jonas.

»Oder gemeinsames Musizieren!«, sagte ihr Vater, der noch immer bei seinem Weihnachtsablauf war. »Das macht man doch an Heiligabend. »Wir sollten wenigstens ›Ihr Kinderlein kommet‹ singen, das haben wir doch früher immer ...«

»Das musste ich allein auf der Blockflöte spielen«, sagte Jonas. »Weil ihr ja alle so absolut unmusikalisch seid.«

Billy grinste. »Du spielst Blockflöte?«

»Ich bin der weltbeste Blockflötenspieler.« Jonas teilte bereits das Essen aus. »Aber das zeig ich dir ein andermal, ich hab nämlich Hunger.«

Papa sagte: »Bestimmt haben wir die Flöte weggeworfen. Und die Triangel! Ich hab dich doch immer auf der Triangel begleitet.«

»Pst«, sagte Jonas. »Du lässt mich vor meiner neuen Freundin schlecht dastehen.«

»Das will ich unbedingt hören«, sagte Billy, und Otis sagte: »Ich wette, wir finden drüben irgendwo eine Flöte und eine Triangel, das können wir später ...«

»Genau, später!«, sagte Jonas. »Jetzt wird erst mal gegessen. Haut rein!«

Der Braten war trocken und zäh, das Blaukraut viel zu süß und die Vanillekipferl nur noch ein paar matschige Krümel in einer Tüte, aber es war trotzdem das beste Essen überhaupt.

»*Rabl*!«, rief Marika irgendwann, »habt ihr das gehört? Romy hat *rabl* gesagt!«

»Was soll das sein?«, fragte Jonas.

»Ihr erstes Wort!«, rief Marika. »*Rabl*, genau Romy, *rabl*!«

»Hä?«, sagte Jonas.

»Es bedeutet Hunger, stimmt's, Romy? *Rabl*?! Ja?«

Cecilia tauschte einen Blick mit ihrem Bruder, dann zuckten sie beide die Schultern. Per-Olov lud sich bereits die dritte Portion Braten und Knödel auf, und Jonas sagte: »Du hast auch *Rabl*, oder, P-O?«

»Und wie.« Per-Olov grinste.

Als sie beim Nachtisch (Bratäpfel mit dem letzten Kirscheis aus der Gefriertruhe, dazu Faschingskrapfen) angekommen waren, und ihr Vater seinen fünften Glühwein intus hatte, sagte er rührselig: »Ach, Kinder. Was ein schönes Fest. Unter Umständen habt ihr recht und man muss das Leben noch ein bisschen mit Leben füllen, solange es geht.«

»Oha!«, sagte Jonas. »Was ist mit deiner dir heiligen Ruhe?«

»Ach, auch mal ganz schön, euch alle um mich zu haben. Ich hab euch nämlich lieb. Das sagt man viel zu selten, wenn die Sprösslinge über drei sind.«

»Och, Paps, jetzt sind wir ganz gerührt«, sagte Jonas, und Marika blinzelte ein paar Tränchen weg.

»Ich find's auch schön, dass ihr da seid«, sagte Cecilia. »Auch wenn ihr echt nervig sein könnt.«

»So, und bevor das hier allzu gefühlsduselig wird, spielen wir ein paar Faschingsklassiker.« Jonas tippte auf seinem Handy herum. »Polonaise, anyone?«

Er stand auf, schnappte sich Oskar und Romy und tanzte mit ihnen beiden auf dem Arm einmal quer durchs Wohnzimmer, einer links, eine rechts. Er versuchte, die anderen zu animieren, mitzumachen, aber die Playlist war wirklich unerträglich schrecklich, und sie waren ziemlich vollgefressen. Schließlich erbarmte sich Marika, und Cecilia lächelte ihren Geschwistern zu, ihrem Kind und ihrer Nichte, die durch die buntbemalte Küche tanzten, vorbei an den alten Kalendern, von denen sich irgendwie niemand trennen mochte, vorbei an Dugong und Löwenmutter, die knarrende Treppe nach oben. Cecilia wippte mit einer Hand zur Musik. Sie hörte die Polonaise durch jedes der vier winzigen Zimmer trampeln – Marikas Hamstergeruchraum, das Elternschlafzimmer, Jonas' kleine Rumpelkammer neben dem Bad, Cecilias Ausblick über die Straße. Safe Space, dachte Cecilia, versuchte aufzustehen, verhedderte sich im Umhang, der um sie drapiert war, fiel zurück aufs Sofa, lachte, und blieb sitzen.

KLAR KOMMEN

Sehr geehrter Herr Dr. Franke, ich wende mich in einer dringenden Angelegenheit meine Familie betreffend an Sie: ...

Das Haus war viele Jahrzehnte lang in Familienbesitz und sollte es meiner Meinung nach auch bleiben. Ich denke, die Sache lässt sich regeln. Bitte rufen Sie mich doch schnellstmöglich zurück. Herzlichen Dank im Voraus.

Mit freundlichen Grüßen, Per-Olov Park

Später saßen ihre Mutter und Cecilia im Garten, auf der kleinen Holzbank, die trotz der Kälte noch aushaltbar für ihre Hintern war. Der Baumhausbaum glitzerte in all seiner Lichterkettenpracht, und aus den Ritterburg-Fenstern fiel warmes Licht in den grauen Februar-Abend.

»Es tut mir leid«, sagte ihre Mutter. »Dass wir nicht ehrlich waren. Wir haben einfach nie mehr darüber gesprochen. Der berühmte Zeitpunkt, der immer schlecht ist ...«

Jonas reichte zwei Becher aus dem Fenster: »Bitte sehr, extra weihnachtlich!« Cecilia nahm einen Schluck: Glühwein, auf den sie sich jedes Jahr freute, nur um dann festzustellen, dass er nicht schmeckte, dass er ein widerlich süßes Gesöff war, von dem man Bauchweh bekam. Immerhin war er heiß.

Ihre Mutter umklammerte ihren Becher. »Weißt du, damals war einfach alles zu viel. Natürlich hab ich an euch gedacht, ständig. Mein Gott, ich bin ja kein Unmensch. Aber es ging nicht mehr.«

»Also bist du einfach gegangen?« Etwas verschütteter Glühwein

lief an der Tasse hinunter, Cecilias Hände wurden klebrig. Ihre Halskrause juckte.

»Nicht einfach. Sag nicht ›einfach‹. Heute würden sie mich wahrscheinlich wegen Burnout in eine Klinik einliefern.« Ihre Mutter
blickte in ihren Garten, zurück in die Vergangenheit. Sie sah Cecilia
an, Atemwölkchen vor dem Gesicht. »Damals war es viel norma-
ler als heute, dass die Mutter bei den Kindern bleibt und der Vater
arbeiten geht, als wäre es die natürlichste Sache der Welt. Und Walter hat ja schon geholfen, vorher, wir wollten ein emanzipiertes Paar
sein. Aber na ja, du kennst das ja.«

Per-Olov und seine wichtige Karriere. Männer, die »halfen«.

»Dein Vater hat mir mal ein Buch über ›starke Frauen‹ geschenkt,
die alle irgendetwas Tolles geleistet haben. Für meine grandiose Frau,
hat er gesagt. Aber da waren nie Kinder dabei.« Mama schnaubte.
»Kinder leistet man nicht, man hat sie einfach. Am besten nebenher,
während man besagtes Grandioses vollbringt. Ich hätte das Ding am
liebsten in den Müll geschmissen. Ich fühlte mich wie eine Versa-
gerin.«

»Du?!« Cecilia wischte sich mit dem Handrücken über die Nase.
»Du bist doch immer so selbstbewusst.«

Ihre Mutter lachte ein helles Lachen. »Das hat nur den Anschein«,
sagte sie. »Außerdem – wenn jemand selbstbewusst ist, dann doch
du, Sisi.« Ein Vogel landete unter dem beleuchteten Ex-Baumhausbaum, pickte im gefrorenen Boden.

»Bitte nenn mich nicht Sisi. Ich hasse diesen Namen, schon immer.«

»Ehrlich?«

»Ja. Er macht mich klein.«

»Nichts könnte dich klein machen, Cecilia«, sagte ihre Mutter.
»Das weißt du, oder?«

Cecilia schaute in ihre Punschtasse. »Was ist danach passiert?«

»Wann?«

»Als du zurück warst.«

»Wir haben uns wieder vertragen, dein Vater und ich. Wir haben gesagt, okay, wir sind eure Eltern, wir kriegen das hin. Gemeinsam. Wir machen beide Kompromisse, wir … raufen auch uns wieder zusammen. Walter ist ja ein Guter, trotz allem. Jeder hat halt so seine Macken. Und er war dann echt engagierter. Ich hab wieder mehr gearbeitet, hatte einen Ausgleich zu euch.« Ihre Mutter nippte am Glühwein. »Und wir haben uns auch Unterstützung gesucht. Von Freunden. Sogar von deinen Großeltern, falls du dich erinnern kannst. Von Babysittern aus der Nachbarschaft. Es war besser, wenn nicht alles nur auf zwei Schultern verteilt war.«

Cecilia nickte. Mit glühweinklebriger Hand drückte sie die ihrer Mutter, ihre Mutter drückte zurück. »Und ich sag gar nicht, dass es leicht war. Oder wir alles perfekt gemacht haben. Wir haben uns halt durchgewurstelt.«

Eine Träne sickerte in Cecilias Halskrause, es kitzelte. Schweigend tranken sie ihren langsam kalt werdenden Glühwein. Aus der Ritterburg drangen leise die Faschingsschlager und das Geplapper der anderen.

»Und als Doro …«

»Als Doro gestorben ist, hab ich gedacht, Himmel, so schnell kann es gehen. Und ihr seid jetzt groß. Euch geht es gut. Wir haben einen guten Job gemacht, Walter und ich. Und so nervig ihr sein konntet, so bereichernd wart ihr ja auch für mein Leben. Aber in letzter Zeit hab ich vergessen, meinen eigenen Weg zu gehen.«

Cecilia fühlte eine Zuneigung zu ihrer Mutter aufwallen, die eben auch nur ein Mensch war.

»Und das machst du … mit Dirk?«, fragte sie.

Ihre Mutter schaute in den dunklen Himmel, dann knibbelte sie ein trockenes Blatt von einer Aster ab. »Ach, Dirk«, sagte sie. »Weißt du, Dodi waren immer kinderlos und frei in der Weltgeschichte unterwegs. Das kam mir sehr erstrebenswert vor: Wie könnte mein Leben aussehen, wenn ich mich gegen Kinder entschieden hätte?«

Oben hörte man Romy plärren und aufgeregtes Geraune. Jonas brüllte: »Bäh!« und klang wie Oskar.

»Also war Dirk sowas wie eine Projektionsfläche für unerfüllte Wünsche.« Mama lachte leise. »Und dann hat er mich kontaktiert, nach so vielen Jahren. Ich hab ihn in den letzten Monaten besser kennengelernt und na ja …« Die Augen ihrer Mutter glänzten wie die eines Teenagers. »Ich hab mich verliebt.«

»Das freut mich für dich, Mama«, sagte Cecilia und meinte es auch so.

Ihre Mutter lächelte, dann streckte sie die Hand aus und kippte den Glühwein ins kahle Blumenbeet. »Das ist ungenießbar, dieses Zeug, ich kann das nicht mehr trinken. Wollen wir reingehen? Ich glaube, Marika hat Kakao gemacht.«

Im Haus brüllte Jonas über die Faschingsschlager hinweg: »Ih! Nimm sie weg!«

»Hört sich nach mehr Katastrophen an, die es zu lösen gilt, oder?«, fragte Cecilia.

»Das können die auch gut ohne uns«, sagte ihre Mutter. »Lass die nur machen. Aber mein Hintern wird kalt, und mein Rücken tut weh, ich will aufs Sofa.«

Sie streckte Cecilia die Hand entgegen und zog sie auf die Beine, stützte sie, während Cecilia durch das Blumenbeet in Richtung Haustür humpelte.

»Geht's?«, fragte ihre Mutter. »Kommst du klar?«

»Ja«, sagte Cecilia. »Ich komme klar.«

Im Wohnzimmer streckte Jonas Romy weit von sich. »Marika hat nicht gemerkt, dass ihr Kind ausläuft. Der ganze Rücken ist voll.«

Cecilia erwartete, dass Rika irgendeinen Spruch entgegnen würde, aber die blieb stumm.

»Passiert.« Cecilia nahm Jonas das Baby ab und steckte es ins Spülbecken, wo ihre Eltern schon alle drei Ritter-Geschwister gebadet hatten. Eine Erinnerung: Marika mit niedlichen Speckfältchen, glucksend über in die Luft gepustete Schaumberge.

Cecilia wusch Romys Rücken. Ihre Schwester stand neben ihr.

»So, und jetzt du«, sagte Cecilia.

»Ich kann das nicht«, sagte Marika und klang, als sei sie den Tränen nahe.

»Das Baden oder …?«

»Alles.« Marika schniefte.

Mama stupste ihrer Enkelin auf die Nase. »Manchmal ist Mutter sein einfach ein Scheißjob. Im wahrsten Sinne des Wortes.«

Cecilia zeigte ihrer Schwester, wie sie Romy halten musste und sagte: »Ja, manchmal will man hinschmeißen.«

»Mama!«, rief Oskar und hängte sich an Cecilias Bein. Sie überließ es ihrer Schwester, das Baby zu baden, beugte sich hinunter und hob ihren Sohn hoch.

»Was hast du gesagt?«

»Mama!«, wiederholte Oskar. Cecilia blinzelte, drückte Oskar an sich, betrachtete ihre Familie, Marika mit Romy am Spülbecken, ihr Vater, der das Geschirr auf dem Tisch einsammelte, ihre Mutter, die Füße am Sofa hochgelegt, Jonas, der mit Otis und Billy *Uno* spielte.

Dann ging sie zum Festnetztelefon.

Sie wählte die Nummer, die auf einem kleinen karierten Zettel neben das Telefon gepinnt war. Die fröhliche Stimme meldete sich fast sofort. Cecilia schob Oskar etwas höher auf ihre Hüfte und sagte: »Hallo, Cecilia Park-Ritter hier. Ich muss was mit Ihnen besprechen. Und, bevor wir anfangen: Ein Kind ist kein Kind, was ist das eigentlich für ein bescheuerter Spruch?!«

FRÜHLING

NEUANFANG

Marika: Sisi, wenn du die Wohnung brauchst, ich bleibe nach
unserem Wochenende ein bisschen im Süden.

Cecilia: Ich sag dir noch Bescheid. Würde passen, Ossi hat seine
Eingewöhnung erst ab September.

Jonas: Sisi allein in Berlin?!

Cecilia: Cecilia, bitte.

Marika: Und wann fängst du an zu arbeiten?

Cecilia: Oktober.

Jonas: Natürlich alles mit super Timing.

Cecilia: Du kennst mich. Wann kommt ihr aus Spanien zurück?

Jonas: Zu Otis' Abschluss. Wir sind eigentlich schon auf dem
Rückweg.

Marika: Oh, Jonas, der Stiefvater. Wie süß.

Jonas: Ich hab ihm ein Moped gekauft.

Marika: Leicht übertrieben.

Jonas: Ist ja sozusagen für mich mit. Wann kommt ihr eigentlich alle an? Ich hab Otis schon den Rasen mähen lassen …

Cecilia: Freitag.

Marika: Ich auch. Romys erstes Wort war übrigens Oma. Oma!
Nicht Mama.

Ihre Jüngste saß auf der Hollywoodschaukel und ließ die nackten
Füße über den noch kühlen Boden wischen, hin und her. Romy lag
neben ihr und schlief, eingewickelt in die rosa Decke, die schon al-

343

len Kindern gehört hatte. Marika hatte zusätzlich zu den Namen der drei Geschwister noch »Oskar« und »Romy« eingestickt, und kurz überlegte Marianne, wie viele Namen noch auf dieses Deckchen passen würden, wie viele noch kommen würden. Die Babys der Babys, Kinder und Kindeskinder. Und ob sie in einigen Jahren hier mit ihren Urenkeln sitzen würde, als alte Frau mit violett gefärbten Haaren. Aber nein, wo dachte sie hin? Sie würde sich niemals die Haare lila färben lassen.

Marianne setzte sich zu ihrer Tochter und weckte dabei versehentlich Romy auf, die prompt anfing zu schreien.

»Mensch, Mama!«, rief Marika.

Cecilia kam aus dem Haus gelaufen. »Hast du ihr die Bauchweh-Tropfen gegeben?«

»Ja, hab ich.« Marika nickte. »Sie zahnt, das ist es.«

»Ich hole den Beißring«, sagte ihre Schwester.

»Setz dich doch einfach mal zu uns! Du sollst dich schonen!«

»Nee, ich will noch in den Baumarkt, die Farbe für die Küche aussuchen!«

»Aber nimm Otis mit, dass er dir hilft!«, rief Marika. »Du darfst doch nicht schwer tragen.«

»Cecilia ist kreuzunglücklich, wenn sie mal nichts tun darf«, sagte Marianne.

»Gestern hat sie sich eine Meditations-App runtergeladen und ist fast wahnsinnig geworden.« Marika lachte und tippte auf ihrem Tablet herum; sie verkaufte seit kurzem Babyklamotten online. »Man sollte meinen, sie ist ein bisschen entspannter, seit P-O sie angeblich mehr unterstützt. Weiß einer von euch, was eigentlich mit dem ist?«

»Keine Ahnung, ich trau mich nicht zu fragen«, sagte Marianne. »Aber die sechs Monate sind noch nicht um.«

»Der Parkritter hat noch eine Chance, es herumzureißen«, sagte

Jonas, der unbemerkt zu ihnen getreten war. »Dass er die mal nicht verkackt.«

»Ach, Cecilia wird ihren Weg schon gehen, mit oder ohne Per-Olov.« Marianne pfiff nach ihrem Hund, der ihr einen angesabberten Kauknochen vor die Füße warf. »Fein, Tschörvin, fein! Kauft das denn jemand?« Sie schaute über Marikas Schulter. »Den alten Plunder?«

»Die Leute stehen auf Second Hand. Und ich nähe ja auch selbst.«

»Bist du froh, dass du den Laden los bist?«, fragte Jonas schläfrig.

»Der lief ja eh nicht mehr so dolle. Und wenn Romy älter ist ... Wer weiß.« Marika zuckte die Schultern.

»Irgendwas kommt immer.« Jonas streckte sich neben ihnen im Gras aus, obwohl es noch feucht war.

»Dir fällt schon was ein«, sagte Marianne. Sie war sowieso beeindruckt, wie ihre Jüngste alles stemmte. Marika betonte stets, dass sie getrennterziehend sei, nicht alleinerziehend, ein Unterschied. Kai wohnte mit seiner neuen Freundin bei Marika ums Eck. Co-Elternteile. Auf sowas hätte ich damals kommen müssen, dachte Marianne, und sah gedankenverloren in den schwimmbadblauen Himmel. Die Maisonne war warm und brannte, aber seit Bali war ihre Haut gut vorgebräunt. Dirk trug mit Billy einen kleinen Baum hin- und her.

»Macht ihn einfach dahin, wo der Baumhausbaum war. Das ist der perfekte Standort«, rief Jonas ihnen zu und zeigte nach oben. »Oh, guck mal, die Wolke da sieht aus wie ein Teekessel.«

So etwas hatte er mit fünf schon gesagt. Manche Dinge änderten sich wahrscheinlich nie.

»Und die wie eine fleischfressende Pflanze«, sagte Marika.

Marianne schaute in die Wolken und sah ein Flugzeug vorbeiziehen. Sie dachte ans Meer und an die Welt und wie viel davon sie noch sehen wollte. Ihre Älteste kam mit dem Beißring wieder aus dem Haus.

»Und du, Cecilia?« Marianne kraulte Tschörvin den Bauch, der zufrieden hechelte. »Was siehst du?«

Cecilia setzte sich neben sie auf die Hollywoodschaukel. »Eine Tasse Kakao«, sagte sie. »Aber das ist Wunschdenken.«

»Ich mach dir einen.« Marika legte das Tablet zur Seite und stand auf. Jonas und Marianne riefen gleichzeitig: »Mir auch!«, und Marika sagte: »Zu Befehl!« und verschwand im Haus.

Cecilia sprang schon wieder auf, um Oskar nachzulaufen, der mit seinem Laufrad über den Hof flitzte. »Langsamer, Ossi! Pass auf, da vorne fahren Autos ...«

Mariannes Enkel bremste scharf ab, und ein Tuten dröhnte über den Hof.

»Opa!«, rief Oskar, warf das Laufrad hin und rannte dem Wohnmobil entgegen, das in die Einfahrt fuhr.

Walter kletterte aus dem Wagen. Er sah braungebrannt und dünner aus als gewöhnlich, und er winkte.

»Alle da!«, rief er. »Wie geht es meinen Hühnern?«

»Den Hühnern?«, fragte Jonas. »Und was ist mit deiner dich liebenden Familie?«

»Was machst du denn schon hier?«, fragte Marika.

»In Italien war so grässliches Wetter«, sagte Walter. »Außerdem rattert irgendwas am Wohnmobil, das muss ich mir mal ansehen. Und der Anglerclub trifft sich auch schon diesen Samstag. Und Gustl will unbedingt dringend mit mir Text lernen, für das Sommerstück, ihr wisst schon.«

»Wo du den Puck spielst?« Marika giggelte.

»Puh ...« Walter hob Oskar hoch und machte eine Geste wie ein Gewichtheber. »Da werde ich ja richtig fit, wenn ich dich Schwergewicht rumtrage, Ossi!«

Oskar deutete in Richtung Rechenzentrum, das derzeit ein Hühnerstall war. »Dahin!«, verlangte er.

Otis kroch darin herum und putzte. Sein neues Moped stand glänzend am Zaun, aber Geld konnte man als junger Mensch ja immer gut gebrauchen. Es war einfach unglaublich, wie oft man diese Viecher sauber machen musste. Marianne schauderte, dachte an Hühnerflöhe und anderes Ungeziefer. Aber es war nun Walters Haus, erinnerte sie sich. Oder Cecilias, aber Walter wohnte schließlich hier und konnte in Absprache mit seiner Tochter tun und lassen, was er wollte. Sie fühlte sich nicht mehr verantwortlich, und das war ein gutes Gefühl.

»Nimm Romy mit!«, rief Marika. »Sie schläft doch immer so gut, wenn du sie rumträgst.«

»Lasst mich doch erst mal ankommen«, sagte Walter, strahlte aber, setzte Oskar ab, gab ihm die eine Hand und nahm das kleine Romy-Bündel in seinen anderen Arm. »Kommt, meine Süßen, wir füttern die Hühner.«

»Wie war es in Italien, vom Wetter abgesehen?«, fragte Marianne höflich, und ihr Ex-Mann sagte: »Perfekt. Jeden Abend ein Gläschen Wein und Pizza in der Strandbar. Und tagsüber mit dem Schiff rüber nach Venedig!«

Mit Oskar warf er Körner in das Gehege, das Federvieh kam angewackelt und pickte eifrig. Billy und Dirk schleppten immer noch den kleinen Baum durch den Garten.

»Also doch hierhin!«, sagte Billy und setzte das Bäumchen auf das Loch, wo der Baumhausbaum gestanden hatte. »Und wehe, du spuckst mir dann wieder Kirschen über den Zaun.«

»Das würde ich doch niemals tun«, sagte Jonas. »Vor allem weil es doch jetzt auch mein Zaun ist.«

»Na ja, genau genommen ein Teilzeit-Zaun …«, sagte Billy, aber sie gab ihm einen Kuss.

Marianne stand auf und ging ins Haus, wo es seit der Entrümpelungsaktion anders aussah. Jonas hatte ein Sofa gespendet, eines, das weder Julia noch er in ihren neuen Wohnungen haben wollten, Cecilia hatte außerdem etliche Second-Hand-Basare und Trödelmärkte geplündert und dem Haus eine ganz eigene, cleane, aber dennoch irgendwie passende Note aufgedrückt: Frisch lasierte Holzmöbel, eine Reihe bunter Kissen, von Oskar gepinselte Wasserfarben-Gemälde in Bilderrahmen. Die zerkratzten und von Kinderhänden bemalten Türen und die bunte Küchenzeile hatte sie eigenhändig abgeschliffen und neu gestrichen. Das Haus wirkte luftiger, größer und ruhiger, und im Keller war wieder Platz, um Neues abzulagern (was Walter ohne Frage tun würde).

Als Gast hier zu sein, war schön. Nicht zu wissen, wo Cecilia die Bettwäsche hingeräumt hatte, sich ein bisschen bedienen zu lassen, und einfach so wieder abreisen zu können. Die Verantwortung abgeben zu können, was ihr in ihrem Leben selten genug gelungen war.

Es fühlte sich tatsächlich an, als wäre der Ballast verschwunden, als wäre das hier ein ganz neues Haus. Keine Ritterburg mehr.

Cecilia stand mit einer Tasse Kakao vor dem aktuellen Kalender, Tierporträts diesmal, ein Vogel Strauß stierte mit wildem Blick in die Kamera. Das Geburtstags-Wochenende war markiert, außerdem noch einige weitere in diesem Jahr. Walters 71. Weih-neval. Neue Traditionen neben alten.

»Ist schön geworden«, sagte Marianne. »Das Haus.«

»Find ich auch. Wann fliegst du wieder?«

»Ach, demnächst. Über den Sommer sind wir erst mal hier …«

»Ist es gut?«

»Was?«

»Bali? Alles … Neue?«

Marianne nippte an ihrem Kakao, den Marika auf die Anrichte gestellt hatte. »Weißt du, ich will nicht, dass das Leben etwas ist, was mir einfach so passiert. Das hat sich lange so angefühlt. Als hätte ich keine Kontrolle darüber. Ich möchte selbst entscheiden, was wird. Auch wenn es dann vielleicht Fehlentscheidungen sind. Immerhin sind es meine eigenen.«

Cecilia prostete ihr zu. »Auf die Fehlentscheidungen«, sagte sie und nahm einen Schluck aus ihrer Tasse.

»Geht's dir gut?«, fragte Marianne.

Ihre älteste Tochter nickte. »Mir geht's gut. Mir geht's wirklich, wirklich gut, Mama. Ehrlich.« Sie lächelte und ging wieder in den Garten.

Mariannes Handy pingte, es trudelten bereits verfrühte Geburtstagsnachrichten ihrer Freundinnen aus Bali ein; sie machte sich eine Notiz, dass sie allen ausführliche E-Mails schreiben musste, berichten, wie es so lief in der Heimat, ankündigen, wann sie wiederkäme.

Im Kühlschrank stand schon ein Geburtstagskuchen für sie bereit, und sie hatte ihn sich nicht selbst gebacken, auch nicht Cecilia, sondern Jonas, der sich besonders viel Mühe gegeben hatte. Ihr Name stand in Zuckerguss auf der Torte und eine Zahl, die so hoch war, dass sie sie am liebsten zuallererst gegessen hätte. Aber Kuchenanschnitt war erst Morgen. Heute war sie sozusagen noch ein Jahr jünger.

Marianne stieg die Treppe hoch und schaute von Marikas Zimmer aus nach draußen zu ihrer Familie. Cecilia lag auf der Wiese, Kopfhörer auf den Ohren, ein Meditations-Versuch. Walter und die Enkel wuselten am Hühnerstall herum. Dirk und Billy setzten den Spaten an, Jonas rollte den Gartenschlauch ab, um das frisch gepflanzte Bäumchen zu wässern. Otis und Marika baumelten in der Hollywoodschaukel mit den Beinen. Marianne öffnete das Fenster. Sie atmete tief ein. Die Luft war kühl, die Sonne warm, die Vögel zwitscherten, wie sie es nur im Frühling taten.

Marianne ging von Zimmer zu Zimmer und öffnete jedes einzelne Fenster. Tschörvin kam hinter ihr her, sie tätschelte seinen Rücken. Luft wehte durch das Sommerhaus. Irgendwo knallte eine Tür zu.

»Es zieht wie Hechtsuppe«, flüsterte Marianne ihrem Hund ins zottelige Fell. »Aber ich dachte, wir lüften mal durch. Lassen den ganzen alten Mief raus.«

Kristina Pfister
Ein unendlich kurzer Sommer
Eine atmosphärische Geschichte vom Ankommen und
Neubeginnen

In den Zug steigen, weil nichts mehr geht und erst an der
Endstation aussteigen. So strandet Lale auf Gustavs herun-
tergekommenen Campingplatz. Sie weiß, das ist kein Ort
an dem sie ihr Leben verbringen sollte, mit Mitte 30. Und
doch ist es genau richtig in diesem Moment. Jeden Tag die
gleiche Latzhose und Birkenstocks tragen. Dem alten, gran-
tigen Mann beim Renovieren helfen. Bloß nicht nachdenken. Über das, was war und das, was sein könnte. Und dann
bringt ein unerwarteter neuer Gast diese Routine auf bitter-
süße Weise durcheinander. Angereist vom anderen Ende der
Welt, ist Christophe eigentlich auf der Suche nach seinem
Vater, aber dann sieht er Lale.

Roman
384 Seiten, broschiert

Weitere Informationen finden Sie auf
www.fischerverlage.de